OEUVRES

COMPLÈTES

DE MARIVAUX.

TOME VIII.

PARIS. — IMPRIMERIE DE CASIMIR, RUE DE LA VIEILLE-MONNAIE, N° 12.

OEUVRES

COMPLÈTES

DE MARIVAUX,

DE L'ACADÉMIE FRANÇAISE;

NOUVELLE ÉDITION,

AVEC UNE NOTICE HISTORIQUE SUR LA VIE ET LE CARACTÈRE DU TALENT
DE L'AUTEUR,

DES JUGEMENS LITTÉRAIRES ET DES NOTES,

PAR M. DUVIQUET.

TOME HUITIÈME.

PARIS,

P.-J. GAYET, LIBRAIRE-ÉDITEUR,

RUE DAUPHINE, Nº 20.

MDCCCXXVII.

LE
PAYSAN PARVENU,

ou

LES MÉMOIRES DE M***.

LE
PAYSAN PARVENU.

TROISIÈME PARTIE.

Jusque-là nos autres témoins n'auraient rien dit, et seraient volontiers restés, je pense, n'eût-ce été que pour faire bonne chère; car il n'est pas indifférent à de certaines gens d'être convives; un bon repas est quelque chose pour eux.

Mais ce témoin, qui sortait, était leur ami et leur camarade; et comme il avait la fierté de ne pas manger avec moi, ils crurent devoir suivre son exemple, et se montrer aussi délicats que lui.

Puisque monsieur un tel.... (parlant de l'autre) s'en va, nous ne pouvons plus vous être utiles, dit à mademoiselle Habert l'un des trois, qui était gros et court; ainsi, mademoiselle, je crois qu'il est à propos que nous prenions congé de la compagnie.

Discours qu'il tint d'un air presque aussi triste que sérieux; il semblait qu'il disait : C'est bien à regret que nous nous retirons, mais nous ne saurions faire autrement.

Et ce qui rendait leur retraite encore plus difficile, c'est que pendant que leur orateur avait parlé,
on avait apporté les premiers plats de notre souper,
qu'ils trouvaient de fort bonne mine ; je le voyais bien
à leur façon de les regarder.

Messieurs, leur dit mademoiselle Habert d'un ton
assez sec, je serais fâchée de vous gêner ; vous êtes les
maîtres.

Eh ! pourquoi s'en aller ? dit madame d'Alain, qui
aimait les assemblées nombreuses et bruyantes, et
qui se voyait enlever l'espoir d'une soirée où elle
aurait fait la commère à discrétion. Eh ! pardi, puisque voilà le souper servi, il n'y a qu'à se mettre à
table.

Nous sommes bien mortifiés ; mais cela ne se peut
pas, répondit le témoin gros et court ; cela ne se peut
pas, notre voisine.

Ses confrères, qui étaient rangés à côté de lui,
n'opinaient qu'en baissant la tête, et se laissaient conduire sans avoir la force de prononcer un mot ; ces
viandes qu'on venait de servir leur ôtaient la parole.
Il salua, ils saluèrent ; il sortit le premier, et ils le
suivirent.

Il ne nous resta donc que madame d'Alain et sa
fille.

Voilà ce que c'est, dit la mère en me regardant
brusquement, voilà ce que c'est que de répondre aux
gens mal à propos ; si vous n'aviez rien dit, ils seraient encore là, et ne s'en iraient pas mécontens.

Pourquoi leur camarade a-t-il mal parlé ? répon-

dis-je; que veut-il dire avec les gens de sa sorte ? Il
me méprise, et je ne dirais mot !

Mais entre nous, monsieur de La Vallée, reprit-
elle, a-t-il tant de tort ? Voyons ; c'est un marchand,
un bourgeois de Paris, un homme bien établi. De
bonne foi, êtes-vous son pareil ? un homme qui est
marguillier de sa paroisse !

Qu'appelez-vous, madame, marguillier de sa paroisse ? lui dis-je ; est-ce que mon père ne l'a pas été
de la sienne ? Est-ce que je pouvais manquer à l'être
aussi, moi, si j'étais resté dans notre village, au lieu
de venir ici ?

Ah! oui, dit-elle ; mais il y a paroisse et paroisse,
monsieur de La Vallée. Eh! pardi, lui dis-je, je pense
que notre saint est autant que le vôtre, madame d'A-
lain; saint Jacques vaut bien saint Gervais.

Enfin, ils sont partis, dit-elle d'un ton plus doux ;
car elle n'était point opiniâtre ; ce n'est point la peine
de disputer, cela ne les fera pas revenir ; pour moi,
je ne suis point glorieuse, et je ne refuse pas de souper. A l'égard de votre mariage, il en sera ce qu'il
plaira à Dieu ; je n'en ai dit mon avis que par amitié,
et je n'ai envie de fâcher personne.

Vous m'avez pourtant bien fâchée, dit alors mademoiselle Habert en sanglotant ; et, sans la crainte
d'offenser Dieu, je ne vous pardonnerais jamais le
procédé que vous avez eu ici. Venir dire toutes mes
affaires devant des gens que je ne connais pas ; in-
sulter un jeune homme que vous savez que je consi-
dère; en parler comme d'un misérable, le traiter

comme un valet, pendant qu'il ne l'a été qu'un moment par hasard, et encore parce qu'il n'était pas riche; et puis, citer un pont Neuf, me faire passer pour une folle, pour une fille sans cœur, sans conduite, et répéter tous les discours d'un prêtre qui n'en a pas agi selon Dieu dans cette occasion-ci! Car, d'où vient est-ce qu'il vous a fait tous ces contes-là? Qu'il parle en conscience; est-ce par religion, est-ce à cause qu'il est en peine de moi et de mes actions? S'il a tant d'amitié pour moi, s'il s'intéresse si chrétiennement à ce qui me regarde, pourquoi donc m'a-t-il toujours laissé maltraiter par ma sœur pendant que nous demeurions toutes deux ensemble? Y avait-il moyen de vivre avec elle? Pouvais-je y résister? Il sait bien que non : je me marie aujourd'hui; eh bien! il aurait fallu me marier demain, et je n'aurais peut-être pas trouvé un si honnête homme. M. de La Vallée m'a sauvé la vie; sans lui je serais peut-être morte; il est d'aussi bonne famille que moi; que veut-on dire? A qui en a M. Doucin? Vraiment, l'intérêt est une belle chose; parce que je le quitte, et qu'il n'aura plus de moi les présens que je lui faisais tous les jours, il faut qu'il me persécute, sous prétexte qu'il prend part à ce qui me regarde; il faut qu'une personne chez qui je demeure, et à qui je me suis confiée, me fasse essuyer la plus cruelle avanie du monde; car y a-t-il rien de plus mortifiant que ce qui m'arrive?

Là, les pleurs, les sanglots, les soupirs, et tous les accens d'une douleur amère étouffèrent la voix de mademoiselle Habert, et l'empêchèrent de continuer.

Je pleurai moi-même, au lieu de lui dire : Consolez-vous ; je lui rendis les larmes qu'elle versait pour moi ; elle en pleura encore davantage pour me récompenser de ce que je pleurais ; et comme madame d'Alain était une si bonne femme que tout ce qui pleurait avait raison avec elle [1], nous la gagnâmes sur-le-champ, et ce fut le prêtre qui eut tort.

Eh ! doucement donc, ma chère amie, dit-elle à mademoiselle Habert en allant à elle. Eh ! mon Dieu ! que je suis mortifiée de n'avoir pas su tout ce que vous me dites ! Allons, monsieur de La Vallée, bon courage, mon enfant ; venez m'aider à consoler cette chère demoiselle, qui se tourmente pour deux mots que j'ai véritablement lâchés à la légère ; mais, que voulez-vous ? je ne devinais pas. On entend un prêtre qui parle, et qui dit que c'est dommage qu'on se marie à vous ; dame ! je l'ai cru, moi. On ne va pas s'imaginer qu'il a ses petites raisons pour être si scandalisé. Pour ce qui est d'aimer qu'on lui donne, oh ! je n'en doute pas ; c'est de la bougie, c'est du café, c'est du sucre. Oui, oui, j'ai une de mes amies qui est dans la grande dévotion, et qui lui envoie de tout cela ; je m'en ressouviens à cette heure que vous en

---

[1] *Comme madame d'Alain était une si bonne femme que tout ce qui pleurait avait raison avec elle.* Trait d'observation qui rappelle les deux vers suivans de Destouches dans *le Glorieux :*

... Qu'une femme pleure, une autre pleurera,
Et toutes pleureront tant qu'il en surviendra.

touchez un mot; vous lui en donniez aussi, et voilà
ce qui en est. Faites comme moi; je parle de Dieu
tant qu'on veut, mais je ne donne rien[1]; ils sont trois
ou quatre de sa robe qui fréquentent ici : je les reçois
bien; bonjour, monsieur; bonjour, madame; on
prend du thé, quelquefois on dîne; la reprise de
quadrille ensuite, un petit mot d'édification par ci
par là, et puis je suis votre servante; aussi, que je
me marie vingt fois au lieu d'une, je n'ai pas peur
qu'ils s'en mettent en peine. Au surplus, ma chère
amie, consolez-vous, vous n'êtes pas mineure, et
c'est bien fait d'épouser M. de La Vallée; si ce n'est
pas cette nuit, ce sera l'autre, et ce n'est qu'une nuit
de perdue. Je vous soutiendrai, moi, laissez-moi
faire. Comment donc! un homme sans qui vous seriez morte! eh! pardi, il n'y aurait point de conscience! Oh! il sera votre mari; je serais la première
à vous blâmer, s'il ne l'était pas.

Elle en était là, quand nous entendîmes monter
la cuisinière de mademoiselle Habert (car celle de

---

[1] *Je parle de Dieu tant qu'on veut, mais je ne donne rien.* En religion comme en toutes choses, les hypocrites font des dupes, et
l'exemple des dupes sert à produire des incrédules ou des égoïstes;
c'est la marche naturelle. Si madame d'Alain se bornait à ne rien
donner aux fourbes qui trafiquent de dévotion, elle ne serait que
prudente et raisonnable. Mais l'indifférence avec laquelle elle *parle
de Dieu tant qu'on veut*, et écoute *par ci par là* un petit mot d'édification, prouve qu'aux yeux du vulgaire, c'est-à-dire du plus grand
nombre, la religion se trouve presque toujours enveloppée dans le
discrédit où des torts personnels font tomber quelques-uns de ses
ministres.

madame d'Alain nous en avait procuré une, et j'avais oublié de vous le dire.

Allons, ma mie, ajouta-t-elle en caressant mademoiselle Habert, mettons-nous à table ; essuyez vos yeux, et ne pleurez plus ; approchez son fauteuil, monsieur de La Vallée, et tenez-vous gaillard ; soupons. Mettez-vous là, petite fille.

C'était Agathe à qui elle parlait, laquelle Agathe n'avait dit mot depuis que sa mère était rentrée.

Notre situation ne l'avait pas attendrie, et plaindre son prochain n'était pas sa faiblesse ; elle n'avait gardé le silence que pour nous observer en curieuse, et pour s'amuser de la mine que nous faisions en pleurant. Je vis à la sienne que tout ce petit désordre la divertissait, et qu'elle jouissait de notre peine, en affectant pourtant un air de tristesse.

Il y a dans le monde bien des gens de ce caractère-là, qui aiment mieux leurs amis dans la douleur que dans la joie ; c'est par compliment qu'ils vous félicitent d'un bien, c'est avec goût qu'ils vous consolent d'un mal [1].

A la fin pourtant, Agathe, en se mettant à table, fit une petite exclamation en notre faveur, et une exclamation digne de la part hypocrite qu'elle prenait à notre chagrin ; on se peint en tout, et la

---

[1] La Rochefoucauld a généralisé cette observation, et en a fait la base de son triste livre. Marivaux l'a restreinte à un grand nombre de personnes, et c'est encore trop pour l'honneur de l'humanité ; mais au moins notre auteur laisse à chacun en particulier le droit de se mettre dans l'exception.

petite personne, au lieu de nous dire : Ce n'est rien
que cela, s'écria : Ah! que ceci est fâcheux! et voilà
toujours dans quel goût les âmes malignes s'y prennent en pareil cas ; c'est là leur style.

La cuisinière entra ; mademoiselle Habert sécha ses
pleurs, nous servit, madame d'Alain, sa fille et
moi, et nous mangeâmes tous d'assez bon appétit.
Le mien était grand ; j'en cachai pourtant une partie,
de peur de scandaliser ma future, qui soupait très-
sobrement, et qui m'aurait peut-être accusé d'être peu
touché, si j'avais eu le courage de manger beaucoup.
On ne doit pas avoir faim quand on est affligé.

Je me retenais donc par décence, ou du moins
j'eus l'adresse de me faire dire plusieurs fois, mangez donc ; mademoiselle Habert m'en pria elle-même,
et, de prières en prières, j'eus la complaisance de
prendre une réfection fort honnête, sans qu'on y pût
trouver à redire.

Notre entretien pendant le repas n'eut rien d'intéressant ; madame d'Alain, à son ordinaire, s'y ré-
pandit en propos inutiles à répéter ; nous y parla
de notre aventure d'une manière qu'elle croyait très-
énigmatique, et qui était fort claire ; remarqua que
celle qui nous servait prêtait l'oreille à ses discours,
et lui dit qu'il ne fallait pas qu'une servante écoutât
ce que disaient les maîtres.

Enfin madame d'Alain en agit toujours avec sa
discrétion accoutumée ; le repas fini, elle embrassa
mademoiselle Habert, lui promit son amitié, son secours, presque sa protection, et nous laissa, sinon

consolés, du moins plus tranquilles que nous ne
l'aurions été sans ses assurances de services. Demain,
dit-elle, au défaut de M. Doucin, nous trouverons
bien un prêtre qui vous mariera. Nous la remerciâ-
mes de son zèle, et elle partit avec Agathe, qui, ce
soir-là, ne mit rien pour moi dans la révérence
qu'elle nous fit.

Pendant que Cathos nous desservait (c'était le
nom de notre cuisinière) : Monsieur de La Vallée,
me dit tout bas mademoiselle Habert, il faut que tu
te retires; il ne convient pas que cette fille nous laisse
ensemble. Mais ne sais-tu personne qui puisse te pro-
téger ici? Car je crains que ma sœur ne nous inquiète. Je gage que M. Doucin aura été l'avertir; et
je la connais, je ne m'attends pas qu'elle nous laisse
en repos. Pardi! cousine, lui dis-je, pourvu que vous
me souteniez, que peut-elle faire? Si j'ai votre cœur,
qu'ai-je besoin d'autre chose? Je suis honnête garçon une fois, fils de braves gens; mon père consent,
vous consentez, je consens aussi; voilà le principal.

Surtout, me dit-elle, ne te laisse point intimider,
quelque chose qui arrive, je te le recommande; car
ma sœur a bien des amis, et peut-être emploiera-t-on
la menace contre toi; tu n'as point d'expérience, la
peur te prendra, et tu me quitteras faute de résolution [1].

Vous quitter! lui dis-je; oui, quand je serai mort;

[1] *La peur te prendra, et tu me quitteras faute de résolution.* Il
est très-plaisant de voir à la fois Jacob redouter les réflexions de

il n'y aura que cela qui me donnera mon congé ; mais tant que mon âme et moi nous serons ensemble, nous vous suivrons partout l'un portant l'autre, entendez-vous, cousine? Je ne suis pas peureux de mon naturel ; qui vit bien ne craint rien ; laissez-les venir. Je vous aime, vous êtes aimable, il n'y aura personne qui dise que non ; l'amour est pour tout le monde ; vous en avez, j'en ai ; qui est-ce qui n'en a pas ? Quand on en a, on se marie ; les honnêtes gens le pratiquent [1], nous le pratiquons ; voilà tout.

Tu as raison, me dit-elle, et ta fermeté me rassure ; je vois bien que c'est Dieu qui te la donne ; c'est lui qui conduit tout ceci, je me ferais un scrupule d'en douter. Va, mon enfant, mettons toute notre confiance en lui, remercions-le du soin visible qu'il a de nous ; mon Dieu, bénissez une union qui est votre ouvrage! Adieu, La Vallée ; plus il vient d'obstacles, et plus tu m'es cher.

Adieu, cousine ; plus on nous chicane, et plus je vous aime, lui dis-je à mon tour. Hélas ! que je voudrais être à demain, pour avoir à moi cette main que je tiens ! Je croyais l'avoir tantôt avec toute la personne. Quel tort il me fait, ce prêtre ! ajoutai-je en lui pressant la main, pendant qu'elle me regardait

---

sa future épouse, et mademoiselle Habert ne compter que médiocrement sur l'héroïsme de son amant.

[1] *Les honnêtes gens le pratiquent. Le* ne se rapporte à rien, puisqu'il ne saurait remplacer le mot *amour*, exprimé dans la phrase précédente. On ne dit point *pratiquer l'amour*. Il fallait écrire : *Les honnêtes gens s'aiment, nous nous aimons ; voilà tout.*

avec des yeux qui me répétaient, quel tort il nous
fait! mais qui le répétaient le plus chrétiennement que
cela se pouvait, vu l'amour dont ils étaient pleins, et
vu la difficulté d'ajuster tant d'amour avec la modestie.

Va-t'en, me dit-elle toujours tout bas [1] et en ajoutant un soupir à ces mots; va-t'en, il ne nous est pas
encore permis de nous tant attendrir; il est vrai que
nous devions être mariés cette nuit, mais nous ne le
serons pas, La Vallée; ce n'est que pour demain;
va-t'en donc.

Cathos alors avait le dos tourné, et je profitai de
ce moment pour lui baiser la main, galanterie que
j'avais déjà vu faire, et qu'on apprend aisément; la
mienne me valut encore un soupir de sa part, et puis
je me levai et lui donnai le bonsoir.

Elle m'avait recommandé de prier Dieu, et je n'y
manquai pas; je le priai même plus qu'à l'ordinaire;
car on aime tant Dieu, quand on a besoin de lui [2]!

---

[1] *Va-t-en, me dit-elle tout bas.* Cet ordre, répété jusqu'à trois
fois, sans doute à cause du besoin qu'éprouve mademoiselle Habert
d'être promptement obéie, devient d'un excellent comique dans la
bouche d'une vieille fille que sa dévotion a bien empêchée d'avoir
des faiblesses, mais non pas des désirs, et qui s'était flattée de l'espoir qu'elle serait femme à cette même heure où elle se voit obligée
de renvoyer son amant.

[2] *On aime tant Dieu quand on a besoin de lui!* La Fontaine a
exprimé à peu près la même pensée dans une de ses fables :

> Oh! combien le péril enrichirait les dieux,
> Si nous nous souvenions des vœux qu'il nous fait faire!

Mais, dit le proverbe italien, *passato il pericolo, gabbato il santo.*

Je me couchai fort content de ma dévotion, et persuadé qu'elle était très-méritoire. Je ne me réveillai le lendemain qu'à huit heures du matin.

Il en était près de neuf quand j'entrai dans la chambre de mademoiselle Habert, qui s'était levée aussi plus tard que de coutume ; et j'avais eu à peine le temps de lui donner le bonjour, quand Cathos vint me dire que quelqu'un demandait à me parler.

Cela me surprit ; je n'avais d'affaire avec personne. Est-ce quelqu'un de la maison ? dit mademoiselle Habert, encore plus intriguée que moi.

Non, mademoiselle, répondit Cathos ; c'est un homme qui vient d'arriver tout à l'heure. Je voulus aller voir qui c'était. Attendez, dit mademoiselle Habert ; je ne veux pas que vous sortiez ; qu'il vienne vous parler ici, il n'y a qu'à le faire entrer.

Cathos nous l'amena ; c'était un homme assez bien mis, une manière de valet de chambre qui avait l'épée au côté.

N'est-ce pas vous qui vous appelez monsieur de La Vallée ? me dit-il. Oui, monsieur, répondis-je ; qu'est-ce ? Qu'y a-t-il pour votre service ?

Je viens ici de la part de monsieur le président... (c'était un des premiers magistrats de Paris), qui souhaiterait vous parler, me dit-il.

A moi ! m'écriai-je, cela ne se peut pas ; il faut que ce soit un autre monsieur de La Vallée, car je ne connais pas ce monsieur le président ; je ne l'ai de ma vie ni vu ni aperçu.

Non, non, reprit-il, c'est vous-même qu'il de-

mande, c'est l'amant d'une nommée mademoiselle
Habert; j'ai là-bas un fiacre qui nous attend, et vous
ne pouvez pas vous dispenser de venir, car on vous
y obligerait; ainsi ce n'est pas la peine de refuser;
d'ailleurs on ne veut vous faire aucun mal, on ne
veut que vous parler.

J'ai fort l'honneur de connaître une parente de
monsieur le président, et qui loge chez lui, dit alors
mademoiselle Habert; et comme je soupçonne que
c'est une affaire qui me regarde aussi, je vous suivrai, messieurs. Ne vous inquiétez point, monsieur de
La Vallée, nous y allons ensemble; tout ceci vient
de mon aînée, c'est elle qui cherche à nous traverser; nous la trouverons chez monsieur le président,
j'en suis sûre, et peut-être M. Doucin avec elle.
Allons, allons voir de quoi il s'agit; vous n'atten-
drez pas, monsieur; je n'ai qu'à changer de robe.

Non, mademoiselle, dit le valet de chambre (car
c'en était un), j'ai précisément ordre de n'amener
que M. de La Vallée; il faut qu'on ait prévu que
vous voudriez venir, puisqu'on m'a donné cet ordre
positif; ainsi vous ne sauriez nous suivre; je vous
demande pardon du refus que je vous fais, mais il
faut que j'obéisse.

Voilà de grandes précautions, d'étranges mesures!
dit-elle; eh bien! monsieur de La Vallée, partez,
allez devant; présentez-vous hardiment; j'y serai
presque aussitôt que vous, car je vais envoyer chercher une voiture.

Je ne vous le conseille pas, mademoiselle, dit le

valet de chambre ; car j'ai charge de vous dire qu'en ce cas vous ne parleriez à personne.

A personne, s'écria-t-elle ; eh ! qu'est-ce que cela signifie ? Monsieur le président passe pour un si honnête homme, on le dit si homme de bien ! Comment se peut-il qu'il en use ainsi ? Où est donc sa religion ? Ne tient-il qu'à être président, pour envoyer chercher un homme qui n'a que faire à lui ? C'est comme un criminel qu'on envoie prendre ; en vérité, je n'y comprends rien. Dieu n'approuve pas ce qu'il fait là, je suis d'avis qu'on n'y aille pas. Je m'intéresse à M. de La Vallée, je le déclare ; il n'a ni charge, ni emploi, j'en conviens ; mais c'est un sujet du roi comme un autre, et il n'est pas permis de maltraiter les sujets du roi, ni de les faire marcher comme cela, sous prétexte qu'on est président et qu'ils ne sont rien ; mon sentiment est qu'il reste.

Non, mademoiselle, lui dis-je alors ; je ne crains rien (et cela était vrai). Ne regardons pas si c'est bien ou mal fait de m'envoyer dire que je vienne ; qu'est-ce que je suis pour être glorieux ? Ne faut-il pas se mesurer à son aune ? Quand je serai bourgeois de Paris, encore passe ; mais à présent que je suis si petit, il faut bien en porter la peine, et aller suivant ma taille ; aux petits les corvées, dit-on. Monsieur le président me mande, trouvons que je suis bien mandé ; monsieur le président me verra ; sa présidence me dira ses raisons, je lui dirai les miennes [1].

---

[1] *Sa présidence me dira ses raisons, je lui dirai les miennes.* Le

Nous sommes en pays de chrétiens ; je lui porte une bonne conscience, et Dieu par-dessus tout. Marchons, monsieur ; je suis tout prêt.

Eh bien! j'y consens, dit mademoiselle Habert ; car en effet, qu'en peut-il être ? Mais avant que vous partiez, venez, que je vous dise un petit mot dans ce cabinet, monsieur de La Vallée.

Elle y entra, je la suivis ; elle ouvrit une armoire, mit sa main dans un sac, et en tira une somme en or qu'elle me dit de prendre. Je soupçonne, ajouta-t-elle, que tu n'as pas beaucoup d'argent, mon enfant ; à tout hasard, mets toujours cela dans ta poche. Va, monsieur de La Vallée ; que Dieu soit avec toi, qu'il te conduise et te ramène! Ne tarde point à revenir, dès que tu le pourras, et souviens-toi que je t'attends avec impatience.

Oui, cousine ; oui, maîtresse ; oui, charmante future, et tout ce qui m'est le plus cher dans le monde ; oui, je retourne aussitôt ; je ne ferai de bon sang qu'à mon arrivée ; je ne vivrai point que je ne vous revoie, lui dis-je, en me jetant sur cette main généreuse qu'elle avait vidée dans mon chapeau. Hélas ! quand on aurait un cœur de rocher, ce serait bientôt un cœur de chair avec vous et vos bonnes

---

parti que prend Jacob est d'un grand sens. Ce n'est pas en affectant de méconnaître et de braver une autorité supérieure, mais en lui résistant avec des formes respectueuses, qu'on parvient à se soustraire aux abus du pouvoir, et à faire revenir de leurs résolutions les esprits même les plus intraitables.

8.   2

manières [1]. Quelle bonté d'âme ! Mon Dieu ! la charmante fille ! que je l'aimerai, quand je serai son
homme ! la seule pensée m'en fait mourir d'aise.
Viennent tous les présidens du monde et tous les
greffiers du pays, voilà ce que je leur dirai, fussent-
ils mille avec autant d'avocats. Adieu, la reine de mon
âme ; adieu, personne chérie ; j'ai tant d'amour que
je n'en saurais plus parler sans parler aussi de notre
mariage ; il me faut cela pour dire le reste.

Pour toute réponse, elle se laissa tomber dans un
fauteuil en pleurant, et je partis avec ce valet de
chambre qui m'attendait, et qui me parut honnête
homme.

Ne vous alarmez point, me dit-il en chemin ; ce
n'est pas un crime que d'être aimé d'une fille ; ce n'est
que par complaisance que monsieur le président vous
envoie chercher ; on l'en a prié dans l'espérance qu'il
vous intimiderait ; mais c'est un magistrat plein de

---

[1] *Ce serait bientôt un cœur de chair, avec vous et vos bonnes manières. Un cœur de chair,* expression qui a quelque chose de bas.
Ce n'est que par métaphore, et dans le langage de la Bible, que le
mot *chair* peut s'employer noblement, ainsi que Racine en a donné
l'exemple dans ces vers d'*Athalie :*

> Si la chair et le sang, se troublant aujourd'hui,
> Ont trop de part aux pleurs que je répands pour lui.

Il est vrai que Tartufe dit à Elmire qu'*il n'est pas un ange, et
qu'un homme est de chair;* mais c'est un hypocrite qui parle, un
hypocrite qui cherche à donner à son langage une teinte religieuse,
et qui d'ailleurs n'est pas fâché, dans le choix de ses images, d'al-
lier le cynisme de la pensée avec les formules de la dévotion.

raison et d'équité ; ainsi soyez en repos, défendez-
vous honnêtement, et tenez bon.

Aussi ferai-je, mon cher monsieur, lui dis-je ; je
vous remercie du conseil. Quelque jour je vous le revau-
drai si je puis ; mais je vous dirai que je vais là aussi
gaillard qu'à ma noce.

Ce fut en tenant de pareils discours que nous arrivâmes chez son maître. Apparemment que mon histoire avait éclaté dans la maison ; car j'y trouvai tous
les domestiques assemblés, qui me reçurent en haie
sur l'escalier.

Je ne me démontai point ; chacun disait son mot
sur ma figure ; et heureusement, de tous ces mots, il
n'y en avait pas un dont je pusse être choqué ; il y en
eut même de fort obligeans de la part des femmes.
Il n'a pas l'air sot, disait l'une ; mais vraiment, la
dévote a fort bien choisi, il est beau garçon, disait
l'autre.

A droite, c'était : Je suis bien aise de sa bonne fortune ; à gauche : J'aime sa physionomie ; qu'il m'en
vienne un de cette mine-là, je m'y tiens, entendais-je
dire ici ; vous n'êtes pas dégoûtée, disait-on là.

Enfin je puis dire que mon chemin fut semé de
complimens, et si c'était là passer par les baguettes,
du moins étaient-elles les plus douces du monde ;
j'aurais eu lieu d'être bien content, sans une vieille
gouvernante qui gâta tout, que je rencontrai au haut
de l'escalier, et qui se fâcha sans doute de me voir si
jeune, pendant qu'elle était si vieille et si éloignée
de la bonne fortune de mademoiselle Habert.

Oh! le coup de baguette de celle-là ne fut pas doux; car, me regardant d'un œil hagard, et levant les épaules sur moi : Hum! qu'est-ce que c'est que cela? dit-elle; quelle bégueule, à son âge, de vouloir épouser ce godelureau! Il faut qu'elle ait perdu l'esprit.

Tout doucement, ma bonne mère; vous le perdriez bien au même prix, lui répondis-je, enhardi par tout ce que les autres m'avaient dit de flatteur.

Ma réponse réussit; ce fut un éclat de rire général; tout l'escalier en retentit, et nous entrâmes, le valet de chambre et moi, dans l'appartement, en laissant une querelle bien établie entre la gouvernante et le reste de la maison, qui la sifflait en ma faveur.

Je ne sais pas comment la vieille s'en tira; mais, comme vous voyez, mon début était assez plaisant.

La compagnie était chez madame; on m'y attendait, et ce fut aussi chez elle que me mena mon guide.

Modestie et courage, voilà avec quoi j'y entrai. J'y trouvai mademoiselle Habert l'aînée, par qui je commence, parce que c'est contre elle que je vais plaider.

Monsieur le président, homme entre deux âges.

Madame la présidente, dont la seule physionomie m'aurait rassuré, si j'avais eu peur; il n'en faut qu'une comme celle-là dans une compagnie pour vous faire aimer toutes les autres : non pas que madame la présidente fût belle, il s'en fallait bien; je ne vous dirai pas non plus qu'elle fût laide, je n'oserais; car si la bonté, si la franchise, si toutes les qualités qui font une âme aimable prenaient une physionomie en commun, elles n'en prendraient point d'autre que celle de cette présidente.

J'entendis qu'elle disait au président d'un ton assez bas : Mon Dieu ! monsieur, il me semble que ce pauvre garçon tremble ; allez-y doucement, je vous prie ; et puis elle me regarda tout de suite d'un air qui me disait : Ne vous troublez point.

Ce sont de ces choses si sensibles qu'on ne saurait s'y méprendre.

Mais ce que je dis là m'a écarté de mon sujet. Je comptais les assistans ; en voilà déjà trois de nommés, venons aux autres.

Il y avait un abbé d'une mine fine, et mis avec toute la galanterie que pouvait comporter son habit, gesticulant décemment, mais avec grâce ; c'était un petit-maître d'église ; je n'en dirai pas de lui davantage, car je ne l'ai jamais revu.

Il y avait encore une dame parente du président, celle que mademoiselle Habert avait dit connaître, et qui occupait une partie de la maison ; veuve d'environ cinquante ans, grande personne bien faite, et dont je ferai le portrait dans un moment ; voilà tout.

Il est bon d'avertir que cette dame, dont je promets le portrait, était une dévote aussi. Voilà bien des dévotes, dira-t-on, mais je ne saurais qu'y faire ; c'était par là que mademoiselle Habert l'aînée la connaissait, et qu'elle avait su l'intéresser dans l'affaire dont il s'agissait : elles allaient toutes deux au même confessionnal.

Et, à propos de dévotes, ce fut bien dans cette occasion que j'aurais pu dire :

Tant de fiel entre-t-il dans l'âme des dévots !

Je n'ai jamais vu de visage si furibond que celui de la mademoiselle Habert présente ; cela la changeait au point que je pensai la méconnaître.

En vérité, il n'y a de mouvemens si violens que chez ces personnes-là ; il n'appartient qu'à elles d'être passionnées ; peut-être qu'elles croient être assez bien avec Dieu pour pouvoir prendre ces licences-là sans conséquence [1], et qu'elles s'imaginent que ce qui est péché pour nous autres profanes, change de nom et se purifie en passant par leur âme. Enfin, je ne sais pas comment elles l'entendent, mais il est sûr que la colère des dévots est terrible.

Apparemment qu'on fait bien de la bile dans ce métier-là. Je ne parle jamais que des dévots ; je mets toujours les pieux à part ; ceux-ci n'ont point de bile, la piété les en purge.

Je ne m'embarrassai guère de la fureur avec laquelle me regardait mademoiselle Habert ; je jetai les yeux sur elle aussi indifféremment que sur le reste de la compagnie, et je m'avançai en saluant monsieur le président.

---

[1] *Peut-être qu'elles croient être assez bien avec Dieu pour pouvoir prendre ces licences-là sans conséquence.* Cette observation est d'une justesse remarquable, et il est très vrai qu'à force de s'occuper de petites pratiques religieuses, on parvient, dans les choses importantes, à se croire avec Dieu sur un pied de familiarité qui dispense de faire des façons pour essayer de lui plaire.

C'est donc toi, me dit-il, que la sœur de mademoiselle veut épouser ?

Oui, monsieur, du moins me le dit-elle ; et assurément je ne l'en empêcherai pas, car cela me fait
beaucoup d'honneur et de plaisir, lui répondis-je
d'un air simple, mais ferme et tranquille. Je m'observai un peu sur le langage, soit dit en passant.

T'épouser, toi, reprit le président ! Es-tu fait pour
être son mari ? Oublies-tu que tu n'es que son domestique ?

Je n'aurais pas grand'peine à l'oublier, lui-dis-je ;
car je ne l'ai été qu'un moment par rencontre.

Voyez l'effronté ! Comme il vous répond, monsieur
le président ! dit alors mademoiselle Habert.

Ah ! point du tout, mademoiselle ; c'est que vous
êtes fâchée, dit sur-le-champ la présidente d'un ton
de voix si bien assorti avec cette physionomie dont j'ai
parlé ; monsieur le président l'interroge, il faut bien
qu'il réponde ; il n'y a point de mal à cela ; écou-
tons-le.

L'abbé, à ce dialogue, souriait sous sa main d'un
air spirituel et railleur ; monsieur le président bais-
sait les yeux de l'air d'un homme qui veut rester
grave, et qui retient une envie de rire.

L'autre dame, parente de la maison, faisait des
nœuds, je pense, et, la tête baissée, se contentait
par intervalles de lever sourdement les yeux sur moi :
je la voyais qui me mesurait depuis les pieds jusqu'à
la tête.

Pourquoi, me dit le président, me dis-tu que tu

n'as été qu'un moment son domestique, puisque tu es
actuellement à son service ?

Oui, monsieur, à son service comme au vôtre; je
suis fort son serviteur, son ami et son prétendu, et
puis c'est tout.

Mais, petit fripon que vous êtes, s'écria là-dessus
ma future belle-sœur, qui ne trouvait pas que le président me parlât à sa fantaisie, mais pouvez-vous à
votre âge mentir aussi impudemment que vous le faites ? Là, mettez la main sur la conscience, et songez
que vous êtes devant Dieu, et qu'il nous écoute. Est-
ce que ma folle de sœur ne vous a pas rencontré
dans la rue ? N'étiez-vous pas sur le pavé, sans savoir
où aller, quand elle vous a pris ? Que seriez-vous devenu sans elle ? Ne seriez-vous pas réduit à tendre la
main aux passans, si elle n'avait pas eu la charité de
vous amener au logis ? Hélas ! la pauvre fille, il valait
bien mieux qu'elle n'eût pas pitié de vous; il faut bien
que sa charité n'ait pas été agréable à Dieu, puisqu'il
s'en est suivi un si grand malheur pour elle. Quel égarement, monsieur le président ! Que les jugemens de
Dieu sont terribles ! Elle passe un matin sur le pont
Neuf, elle rencontre ce petit libertin, elle me l'a-
mène; il ne me revient pas; elle veut le garder, malgré mon conseil et l'inspiration d'un saint homme qui
tâche de l'en dissuader; elle se brouille avec lui, se
sépare d'avec moi, prend une maison ailleurs, y va
loger avec ce misérable (Dieu me pardonne de l'appeler ainsi !), se coiffe de lui, et veut être sa femme; la
femme d'un valet, à près de cinquante ans qu'elle a !

Oh! l'âge ne fait rien à cela[1], dit sans lever la tête
la dame dévote, à qui cet article des cinquante ans ne
plut pas, parce qu'elle avait sa cinquantaine, et qu'elle
craignait que ce discours ne fît songer à elle. Et d'ailleurs, dit-elle en continuant, est-elle si âgée, mademoiselle votre sœur? Vous êtes en colère, et il me
semble lui avoir entendu dire qu'elle était de mon
âge; et sur ce pied-là, elle serait à peu près de cinq
ans plus jeune.

Je vis le président sourire à ce calcul; apparemment il ne lui paraissait pas exact.

Eh! madame, reprit mademoiselle Habert l'aînée
d'un ton piqué, je sais l'âge de ma sœur; je suis son
aînée, et j'ai près de deux ans plus qu'elle. Oui,
madame, elle a cinquante ans moins deux mois, et
je pense qu'à cet âge-là on peut passer pour vieille;
pour moi, je vous avoue que je me regarde comme
telle; tout le monde ne se soutient pas comme vous,
madame.

Autre sottise qui lui échappa, ou par faute d'attention, ou par rancune.

Comme moi, mademoiselle Habert! répondit la
dame en rougissant; eh! où allez-vous? Est-ce qu'il
est question de moi ici? Je me soutiens, dites-vous;

[1] *Oh! l'âge ne fait rien à cela.* Marivaux a ménagé une heureuse
diversion en faveur de Jacob dans cette querelle qui s'élève sur une
question d'âge, et où mademoiselle Habert s'engage mal à propos,
« la colère n'est bonne à rien, » dit Beaumarchais, et les gens pas-
sionnés nuisent presque toujours à leur cause, en voulant la servir
trop chaudement

je le crois bien, et Dieu sait si je m'en soucie! mais il n'y a pas grand miracle qu'on se soutienne encore à mon âge.

Il est vrai, dit le président en badinant, que mademoiselle Habert rend le bel âge bien court, et que la vieillesse ne vient pas de si bonne heure; mais laissons la discussion des âges.

Oui, monsieur le président, répondit notre aînée, ce ne sont pas les années que je regarde à cela ; c'est l'état du mari qu'elle prend, c'est la bassesse de son choix ; voyez quel affront ce sera pour la famille ! Je sais bien que nous sommes tous égaux devant Dieu, mais devant les hommes ce n'est pas de même, et Dieu veut qu'on ait égard aux coutumes établies parmi eux ; il nous défend de nous déshonorer, et les hommes diront que ma sœur a épousé un gredin [1] ; voilà comment ils appelleront ce petit garçon-là, et je demande qu'on empêche une pauvre égarée de nous couvrir de tant de honte ; ce sera même travailler pour son bien ; il faut avoir pitié d'elle. Je l'ai déjà recommandée aux prières d'une sainte communauté ; M. Doucin m'a promis les siennes, madame

---

[1] *Les hommes diront que ma sœur a épousé un gredin.* Toute dévote qu'elle est, mademoiselle Habert aînée ne se refuse pas le plaisir de dire des injures, mais c'est toujours avec quelque précaution oratoire ou quelque formule de piété qui font ressortir le comique de sa sainte indignation. Tantôt elle demande pardon à Dieu d'invectiver contre son prochain ; tantôt elle ne fait que répéter ou devancer le jugement des autres ; car, pour *elle*, elle n'oserait : elle est trop charitable !

aussi, ajouta-t-elle en regardant la dame dévote, qui
ne parut pas alors goûter beaucoup cette apostrophe ;
voilà madame la présidente et monsieur l'abbé, que
je n'ai pas l'honneur de connaître, qui ne nous re-
fuseront pas les leurs (les prières de monsieur l'abbé
étaient quelque chose d'impayable en cette occasion-
ci ; on pensa en éclater de rire, et aussi remercia-t-il
d'un air qui mettait ses prières au prix qu'elles valaient), et vous aurez part à une bonne œuvre, dit-
elle encore au président, si vous voulez bien nous
secourir de votre crédit là-dedans.

Allez, mademoiselle, ne vous inquiétez point, dit
le président ; votre sœur ne l'épousera pas ; il n'oserait
porter la chose jusque-là ; et s'il avait envie d'aller
plus loin, nous l'en empêcherions bien ; mais il ne nous
en donnera pas la peine, et pour le dédommager de
ce qu'on lui ôte, je veux avoir soin de lui, moi.

Il y avait long-temps que je me taisais [1], parce que

---

[1] *Il y avait long-temps que je me taisais.* Un homme qui se trouve
accusé n'a pas de meilleur parti à prendre que de laisser parler ses
accusateurs à loisir avant d'en venir à sa justification. Par là il se
donne d'abord à lui-même le temps d'observer le terrain le moins
glissant, l'instant le plus propice,

Aditus, et quæ mollissima fandi
Tempora, quis rebus dexter modus.

Il a en outre l'avantage de voir ses ennemis épuiser toute leur fureur, et, par la violence de leur emportement, indisposer contre eux
les juges désintéressés. Enfin il s'acquiert le droit d'être entendu sans
interruption dans sa défense ; son sang-froid même est un préjugé
favorable qui témoigne pour la bonté de sa cause, en prouvant le
calme de sa conscience.

je voulais dire mes raisons tout de suite, et je n'avais
pas perdu mon temps pendant mon silence ; j'avais
jeté de fréquens regards sur la dame dévote, qui y
avait pris garde, et qui m'en avait même rendu quelques-uns à la sourdine ; et pourquoi m'étais-je avisé
de la regarder ? C'est que je m'étais aperçu par ci
par là qu'elle m'avait regardé elle-même, et que cela
m'avait fait songer que j'étais beau garçon ; ces choses-
là se lièrent dans mon esprit ; on agit dans mille
occasions en conséquence d'idées confuses qui viennent je ne sais comment, qui vous mènent, et sur
lesquelles on ne réfléchit point.

Je n'avais pas négligé non plus de regarder la présidente, mais celle-là d'une manière humble et sup-
pliante. J'avais dit des yeux à l'une : Il y a plaisir à
vous voir, et elle m'avait cru ; à l'autre : Protégez-
moi, et elle me l'avait promis ; car il me semble
qu'elles m'avaient entendu toutes deux, et répondu
ce que je vous dis là.

Monsieur l'abbé même avait eu quelque part à mes
attentions ; quelques regards extrêmement honnêtes
l'avaient aussi disposé en ma faveur ; de sorte que
j'avais déjà les deux tiers de mes juges pour moi,
quand je commençai à parler.

D'abord je fis faire silence ; car, de la manière dont
je m'y pris, cela voulait dire : Écoutez-moi.

Monsieur le président, dis-je donc, j'ai laissé parler
mademoiselle à son aise ; je l'ai laissée m'injurier tant
qu'il lui a plu ; quand elle ferait encore un discours
d'une heure, elle n'en dirait pas plus qu'elle en a dit ;

c'est donc à moi de parler à présent ; chacun à son tour, ce n'est pas trop.

Vous dites, monsieur le président, que si je veux épouser mademoiselle Habert la cadette, on m'en empêchera bien ; à quoi je vous réponds que si on m'en empêche, il me sera bien forcé de la laisser là ; à l'impossible nul n'est tenu ; mais que si on ne m'en empêche pas, je l'épouserai, cela est sûr, et tout le monde en ferait autant à ma place.

Venons à cette heure aux injures qu'on me dit ; je ne sais pas si la dévotion les permet ; en tout cas, je les mets sur la conscience de mademoiselle qui les a proférées. Elle dit que Dieu nous écoute, et tant pis pour elle ; car ce ne sont pas là de trop belles paroles qu'elle lui a fait entendre. Bref, à son compte, je suis un misérable, un gredin ; sa sœur une folle, une pauvre vieille égarée ; à tout cela il n'y a que le prochain de foulé ; qu'il s'accommode ! Parlons de moi. Voilà, par exemple, mademoiselle Habert l'aînée, monsieur le président ; si vous lui disiez, comme à moi, toi par ci, toi par là, qui es-tu ? Qui n'es-tu pas ? elle ne manquerait pas de trouver cela bien étrange ; elle dirait : Monsieur, vous me traitez mal ; et vous penseriez en vous-même, elle a raison ; c'est *mademoiselle* qu'il faut dire : aussi faites-vous ; mademoiselle ici, mademoiselle là, toujours honnêtement mademoiselle ; et à moi toujours *tu* et *toi* [1].

---

[1] *Et à moi toujours tu et toi.* C'est un reproche que Jacob dirige habilement contre le président, qui a pris un ton un peu leste avec

Ce n'est pas que je m'en plaigne, monsieur le président; il n'y a rien à dire, c'est la coutume de vous
autres grands messieurs; toi, c'est ma part et celle
du pauvre monde; voilà comme on le mène; pourquoi pauvre monde est-il? ce n'est pas notre faute, et
ce que j'en dis n'est que pour faire une comparaison.
C'est que mademoiselle, à qui ce serait mal fait de
dire, que veux-tu? n'est presque pourtant pas plus
mademoiselle que je suis monsieur; c'est, ma foi, la
même chose.

Comment donc! petit impertinent, la même chose!
s'écria-t-elle!

Eh! pardi, oui, répondis-je; mais je n'ai pas fait,
laissez-moi me reprendre.

Est-ce que M. Habert votre père (et devant Dieu
soit son âme) était un gredin, mademoiselle? Il
était fils d'un bon fermier de Beauce, moi fils d'un
bon fermier de Champagne; c'est déjà ferme pour
ferme; nous voilà déjà, monsieur votre père et moi,
aussi gredins l'un que l'autre. Il se fit marchand, n'est-
ce pas? Je le serai peut-être; ce sera encore boutique
pour boutique. Vous autres demoiselles qui êtes ses
filles, ce n'est donc que d'une boutique que vous

---

lui; un reproche qui, à l'entendre, est bien loin de sa pensée,
mais qui n'en va pas moins frapper au but. Rien n'est plus adroit que
de commencer par mettre les gens dans leur tort, tout en protestant
de son respect pour eux. D'ailleurs Jacob, après avoir fait ressortir
toute la différence que le président a mise entre lui et mademoiselle
Habert aînée, en sera bien plus fort, lorsqu'il arrivera à prouver
que sa naissance est aussi bonne que celle de l'orgueilleuse dévote.

valez mieux que moi ; mais cette boutique, si je la
prends, mon fils dira : Mon père l'avait, et par là mon
fils sera au niveau de vous. Aujourd'hui vous allez de
la boutique à la ferme, et moi j'irai de la ferme à la
boutique ; il n'y a pas là grande différence, ce n'est
qu'un étage que vous avez de plus que moi ; est-ce
qu'on est misérable à cause d'un étage de moins ? Est-
ce que les gens qui servent Dieu comme vous, qui
s'adonnent à l'humilité comme vous, comptent les
étages, surtout quand il n'y en a qu'un à redire ?

Pour ce qui est de cette rue où vous dites que votre
sœur m'a rencontré, eh bien ! cette rue, c'est que tout
le monde y passe ; j'y passais, elle y passait, et il vaut
autant se rencontrer là qu'ailleurs, quand on a à se
rencontrer quelque part. J'allais être mendiant sans
elle ; hélas ! non pas le même jour, mais un peu plus
tard il aurait bien fallu en venir là, ou s'en retourner
à la ferme ; je le confesse franchement, car je n'y
entends point finesse ; c'est bien un plaisir que d'être
riche, mais ce n'est pas une gloire, hormis pour les
sots ; et puis y a-t-il si grande merveille à mon fait ?
On est jeune, on a père et mère, on sort de chez eux
pour faire quelque chose ; quelle richesse voulez-
vous qu'on ait ? On a peu, mais on cherche, et je
cherchais ; là-dessus votre sœur vient : Qui êtes-vous?
me dit-elle. Je le lui récite. Voulez-vous venir chez
nous? Nous sommes deux filles craignant Dieu, dit-
elle. Oui-dà, lui dis-je ; et, en attendant mieux, je la
suis. Nous causons par les chemins ; je lui apprends
mon nom, mon surnom, mes moyens ; je lui détaille

ma famille ; elle me dit : La nôtre est de même étoffe ;
moi, je m'en réjouis ; elle dit qu'elle en est bien aise ;
je lui repars, elle me repart ; je la loue, elle me le
rend ; vous me paraissez bon garçon ; vous, mademoiselle, la meilleure de Paris : je suis content, lui
dis-je ; moi contente ; et puis nous arrivons chez
vous, et puis vous la querellez à cause de moi ; vous
dites que vous la quitterez, elle vous quitte la première ; elle m'emmène ; la voilà seule ; l'ennui la
prend, la pensée du mariage lui vient, nous en de-
visons ; je me trouve là tout porté ; elle m'estime, je
la révère ; je suis fils de fermier, elle petite-fille ;
elle ne chicane pas sur un cran de plus, sur un cran
de moins, sur une boutique en deçà, sur une boutique en delà ; elle a du bien pour nous deux, et
moi de l'amitié pour quatre ; on appelle un notaire ;
j'écris en Champagne, on me récrit, tout est prêt ;
et je demande à monsieur le président, qui sait la
justice par cœur ; à madame la présidente, qui nous
écoute ; à madame, qui a bon esprit ; à monsieur
l'abbé, qui a de la conscience ; je demande à tout
Paris, comme s'il était là, où est ce grand affront
que je vous fais ?

A ces mots, la compagnie se tut, personne ne répondit. Notre aînée, qui s'attendait que monsieur le
président parlerait, le regardait étonnée de ce qu'il
ne disait rien. Quoi ! monsieur, lui dit-elle, est-ce
que vous m'abandonnez ?

J'aurais fort envie de vous servir, mademoiselle,
lui dit-il ; mais que voulez-vous que je fasse en pareil

cas ? Je croyais l'affaire bien différente ; et si tout ce qu'il dit est vrai, il ne serait ni juste ni possible de s'opposer à un mariage qui n'a point d'autre défaut que d'être ridicule à cause de la disproportion des âges.

Sans compter, dit la dame parente, qu'on en voit tous les jours de bien plus grandes, de ces disproportions, et que celle-ci ne sera sensible que dans quelques années ; car votre sœur est encore fraîche.

Et d'ailleurs, dit la présidente d'un air conciliant, elle est sa maîtresse, cette fille ; et ce jeune homme n'a contre lui, dans le fond, que sa jeunesse.

Et il n'est pas défendu d'avoir un mari jeune, dit l'abbé d'un ton goguenard.

Mais, n'est-ce pas une folie qu'elle fait, dit mademoiselle Habert, dont toutes ces généalogies avaient mis la tête en désordre, et n'y a-t-il pas de la charité à l'en empêcher ? Vous, madame, qui m'avez tant promis d'engager monsieur le président à me prêter son secours, ajouta-t-elle en parlant à cette dame dévote, est-ce que vous ne le presserez point d'agir ? Je comptais tant sur vous !

Mais, ma bonne demoiselle Habert, reprit la dame, il faut entendre raison. Vous m'avez parlé de ce jeune homme comme du dernier des malheureux, n'appartenant à personne ; et j'ai pris feu là-dessus. Mais point du tout, ce n'est point cela ; c'est le fils d'honnêtes gens d'une bonne famille de Champagne ; d'ailleurs, un garçon raisonnable; et je vous avoue que je me ferais un scrupule de nuire à sa petite fortune.

8. 3

A ce discours, le garçon raisonnable salua la scrupuleuse ; ma révérence partit sur-le-champ.

Mon Dieu ! qu'est-ce que c'est que le monde ? s'écria ma belle-sœur future. Pour avoir dit à madame qu'elle se soutenait bien à l'âge qu'a ma sœur, voilà que j'ai perdu ses bonnes grâces ; qui est-ce qui devinerait qu'on est encore une nymphe à cinquante ans [1] ? Adieu, madame ; monsieur le président, je suis votre servante.

Cela dit, elle salua le reste de la compagnie, pendant que la dame dévote la regardait de côté d'un air méprisant, sans daigner lui répondre.

Allez, mon enfant, me dit-elle quand l'autre fut partie, mariez-vous ; il n'y a pas le mot à vous dire.

Je lui conseille même de se hâter, dit la présidente ; car cette sœur-là est bien malintentionnée. De quelque façon qu'elle s'y prenne, ses mauvaises intentions n'aboutiraient à rien, dit froidement le président, et je ne vois pas ce qu'elle pourrait faire.

---

[1] *Qui est-ce qui devinerait qu'on est encore une nymphe à cinquante ans?* On sent que mademoiselle Habert a besoin de frapper un dernier coup avant de se résoudre à faire retraite. Mais ce qui peut paraître singulier, c'est que cette vengeance de désespérée tombe, non pas sur Jacob, son véritable ennemi, ni sur le président ou sa femme, qu'elle n'avait trouvés dès le commencement que très-peu zélés pour ses intérêts, mais sur cette parente qui avait d'abord embrassé son parti. Les esprits haineux et violens sont encore bien plus animés contre ceux qui avaient fait cause commune avec eux, et qui les abandonnent, que contre les indifférens, ou même contre leurs adversaires déclarés. N'a-t-on pas vu, par exemple, dans les guerres de religion, une légère dissidence d'opinions occasioner des haines bien plus irréconciliables qu'une séparation complète de croyance?

Là-dessus on annonça quelqu'un. Venez, me dit
en se levant la nymphe de cinquante ans ; je vais vous
donner un petit billet pour mademoiselle Habert ;
c'est une fort bonne fille ; je l'ai toujours mieux aimée
que l'autre, et je suis bien aise de lui apprendre comment ceci s'est passé. Monsieur le président, permettez-moi de passer un moment dans votre cabinet
pour écrire ; et tout de suite elle part, et je la suis,
très-content de mon ambassade.

Quand nous fûmes dans ce cabinet : Franchement,
mon garçon, me dit-elle en prenant une feuille de
papier, et en essayant quelques plumes, j'ai d'abord
été contre vous. Cette emportée qui sort nous avait
si fort parlé à votre désavantage, que votre mariage
paraissait la chose du monde la plus extraordinaire ;
mais j'ai changé d'avis dès que je vous ai vu ; je vous
ai trouvé une physionomie qui détruisait tout le mal
qu'elle avait dit ; et effectivement vous l'avez belle,
et même heureuse ; mademoiselle Habert la cadette
a raison.

Je suis bien obligé, madame, à la bonne opinion
que vous avez de moi, lui répondis-je, et je tâcherai
de la mériter.

Oui, me dit-elle, je pense très-bien de vous, extrêmement bien ; je suis charmée de votre aventure ; et
si cette fâcheuse sœur vous faisait encore quelque
chicane, vous pouvez compter que je vous servirai
contre elle.

C'était toujours en essayant différentes plumes

qu'elle me tenait ces discours, et elle ne pouvait pas
en trouver de bonnes.

Voilà de mauvaises plumes, dit-elle, en tâchant
d'en tailler, ou plutôt d'en raccommoder une; quel
âge avez-vous? Bientôt vingt ans, madame, lui dis-je
en gros. C'est le véritable âge de faire fortune, reprit-
elle; vous n'avez besoin que d'amis qui vous poussent,
et je veux vous en donner; car j'aime votre mademoiselle Habert, et je lui sais bon gré de ce qu'elle fait
pour vous; elle a du discernement. Mais est-il vrai
qu'il n'y a que quatre ou cinq mois que vous arrivez
de campagne? On ne le croirait point à vous voir: vous
n'êtes point hâlé, vous n'avez point l'air campagnard;
il a le plus beau teint du monde [1].

A ce compliment les roses du beau teint augmen-
tèrent; je rougis un peu par pudeur, mais bien plus
par je ne sais quel sentiment de plaisir qui me vint de
me voir loué sur ce ton-là par une femme de cette
considération.

On se sent bien fort et bien à son aise, quand c'est
par la figure qu'on plaît; car c'est un mérite qu'on
n'a point de peine à soutenir ni à faire durer; cette
figure ne change point, elle est toujours là; vos agrémens y tiennent; et comme c'est à eux qu'on en
veut, vous ne craignez point que les gens se trompent

---

[1] *Vous n'avez point l'air campagnard; il a le plus beau teint du
monde.* Ce n'est que par une distraction bien calculée que la bonne
dame passe si brusquement de la seconde à la troisième personne;
il est telle réflexion qu'on fait pour soi-même afin que d'autres l'entendent.

sur votre chapitre, et cela vous donne de la confiance.

Je crois que je plais par ma personne, disais-je donc en moi-même, et je sentais en même temps l'agréable et le commode de cette façon de plaire ; ce qui faisait que j'avais l'air assez satisfait.

Cependant les plumes allaient toujours mal ; on essayait de les tailler, on ne pouvait en venir à bout, et, tout en se dépitant, on continuait la conversation.

Je ne saurais écrire avec cela, me dit-elle ; ne pourriez-vous pas m'en tailler une ?

Oui-dà, madame, lui dis-je, je vais tâcher. J'en prends donc une, et je la taille.

Vous mariez-vous cette nuit ? reprit-elle, pendant que j'étais après cette plume. Je crois que oui, madame.

Eh ! dites-moi, ajouta-t-elle en souriant, mademoiselle Habert vous aime beaucoup, mon garçon ; je n'en doute pas, et je n'en suis point surprise ; mais, entre nous, l'aimez-vous un peu aussi ? Avez-vous de l'amour pour elle, là, ce que l'on appelle de l'amour ? Ce n'est pas de l'amitié que j'entends ; car de cela elle en mérite beaucoup de votre part, et vous n'êtes pas obligé au reste ; mais a-t-elle quelques charmes à vos yeux, tout âgée qu'elle est ?

Ces derniers mots furent prononcés d'un ton badin qui me dictait ma réponse, qui semblait m'exciter à dire que non, et à plaisanter de ses charmes. Je sentis que je lui ferais plaisir de n'être pas impatient de les posséder ; et, ma foi ! je n'eus pas la force de lui refuser ce qu'elle demandait.

En fait d'amour, tout engagé qu'on est déjà, la vanité de plaire ailleurs vous rend l'âme si infidèle, et vous donne en pareille occasion de si lâches complaisances !

J'eus donc la faiblesse de manquer d'honneur et de sincérité ici ; car j'aimais mademoiselle Habert, du moins je le croyais, et cela revient au même pour la friponnerie que je fis alors ; et quand je ne l'aurais pas aimée, les circonstances où je me trouvais avec elle, les obligations que je lui avais et que j'allais lui avoir, tout n'exigeait-il pas que je disse sans hésiter : Oui, je l'aime, et de tout mon cœur ?

Je n'en fis pourtant rien, parce que cette dame ne voulait pas que j'aimasse ma future, et que j'étais flatté de ce qu'elle ne le voulait pas.

Mais comme je n'étais pas de caractère à être un effronté fripon, que je n'étais même tout au plus capable d'un procédé faux que dans un cas de cette nature, je pris un milieu que je m'imaginai en être un, et ce fut de me contenter de sourire sans rien répondre, et de mettre une mine à la place du mot qu'on me demandait.

Oui, oui, je vous entends, dit la dame ; vous êtes plus reconnaissant qu'amoureux ; je m'en doutais bien ; cette fille-là n'a pourtant pas été désagréable autrefois.

Pendant qu'elle parlait, j'essayais la plume que j'avais taillée ; elle n'allait pas à ma fantaisie, et j'y retouchais pour alonger un entretien qui m'amusait beaucoup, et dont je voulais voir la fin.

Oui, elle est fort passée ; mais je pense qu'elle a été assez jolie, dit encore la dame en continuant, et, comme dit sa sœur, elle a bien cinquante ans ; il n'a pas tenu à moi tantôt qu'elle ne fût de beaucoup plus jeune, car je la faisais de mon âge pour la rendre plus excusable [1]. Si j'avais pris le parti de sa sœur aînée, je vous aurais nui auprès du président ; mais je n'ai eu garde.

J'ai bien remarqué, lui dis-je, la protection que vous m'accordiez, madame. Il est vrai, reprit-elle, que je me suis assez ouvertement déclarée ; cette pauvre cadette, je me mets à sa place ; elle aurait eu trop de chagrin de vous perdre, toute vieille qu'elle est ; et d'ailleurs je vous veux du bien.

Hélas ! madame, repris-je d'un air naïf, j'en dirais bien autant de vous, si je valais la peine de parler. Et pourquoi non ? répondit-elle : je ne néglige l'amitié de personne, mon cher enfant, surtout de ceux qui sont à mon gré autant que vous l'êtes ; car vous me plaisez. Je ne sais, mais vous m'avez prévenue en votre faveur ; je ne regarde pas à la condition des gens, moi ; je ne règle pas mon goût là-dessus.

Quoiqu'elle glissât ces dernières paroles en femme qui prend les mots qui lui viennent, et qui n'a pas à s'observer sur ce qu'elle pense, la force du discours

---

[1] *Car je la faisais de mon âge pour la rendre plus excusable.* Détour ingénieux pour ramener sur le tapis la question d'âge, et trouver une occasion de se justifier comme en passant du soupçon d'avoir la cinquantaine. Il n'y a que les coupables qui soient si pressés de faire leur apologie.

l'obligea pourtant à baisser les yeux ; car on ne badine
pas avec sa conscience.

Cependant je ne savais plus que faire de cette
plume ; il était temps de l'avoir rendue bonne, ou de
la laisser là.

Je vous supplie, lui dis-je, de me conserver cette
bonne volonté que vous me marquez, madame ; il ne
saurait me venir du bien d'aucune part, que j'aime
autant que de la vôtre.

C'était en lui rendant la plume que je parlais ainsi ;
elle la prit, l'essaya, et dit : Elle va fort bien. Vous
écrivez lisiblement sans doute ? Assez, lui dis-je. Cela
suffit, et j'ai envie, reprit-elle, de vous donner à
copier quelque chose que je souhaiterais avoir au net.
Quand il vous plaira, madame, lui dis-je.

Là-dessus elle commença sa lettre à mademoiselle
Habert, et de temps en temps elle levait les yeux
sur moi.

Votre père est-il bel homme ? Est-ce à lui que vous
ressemblez, ou à votre mère [1] ? me dit-elle, après
deux ou trois lignes d'écrites. A ma mère, madame,
lui dis-je.

Deux lignes après : Votre histoire avec cette vieille
fille qui vous épouse est singulière, ajouta-t-elle,

---

[1] *Votre père est-il bel homme ? Est-ce à lui que vous ressemblez,
ou à votre mère ?* Encore une manière indirecte et enveloppée de
faire entendre à Jacob qu'on le trouve fort bel homme et fort aimable. Au surplus, cet aveu, dans la bouche d'une femme, en renferme tant d'autres, qu'il doit être assez embarrassant pour elle, et
vaut bien d'ailleurs la peine d'être deviné.

comme par réflexion, et en riant; il faut pourtant
qu'elle ait de bons yeux, toute retirée qu'elle a vécu,
et je ne la plains pas; mais surtout vivez en honnête
homme avec elle; je vous y exhorte, mon garçon,
et faites après de votre cœur ce qu'il vous plaira;
car à votre âge on ne le garde pas.

Hélas! madame, lui dis-je, à quoi me servirait-il
de le donner? Qui est-ce qui voudrait d'un villageois
comme moi?

Oh! reprit-elle en secouant la tête, ce ne serait
pas là la difficulté. Vous m'excuserez, madame, lui
dis-je; parce que ce ne serait pas ma pareille que
j'aimerais, je ne m'en soucierais pas. Ce serait quelque
personne qui serait plus que moi; il n'y a que cela
qui me ferait envie.

Eh bien! me dit-elle, c'est là penser à merveille,
et je vous en estime davantage; ce sentiment-là vous
sied bien; ne le perdez pas, il vous fait honneur; et
il vous réussira, je le prédis. Je m'y connais, vous
devez m'en croire, ayez bon courage; et c'était avec
un regard persuasif qu'elle me disait cela. A propos
de cœur, ajouta-t-elle, êtes-vous né un peu tendre?
C'est la marque d'un bon caractère.

Oh! pardi! je suis donc du meilleur caractère du
monde, repris-je. Oui-dà, dit-elle; ah! ah! ah!...
ce gros garçon, il me répond cela avec une vivacité
tout-à-fait plaisante! Eh! parlez-moi franchement;
est-ce que vous auriez déjà quelque vue? Aimeriez-
vous actuellement quelque personne?

Oui, lui dis-je, j'aime toutes les personnes à qui

j'ai obligation comme à vous, madame, que j'aime plus que toutes les autres.

Prenez garde, me dit-elle, je parle d'amour, et vous n'en avez pas pour ces personnes-là, non plus que pour moi ; si vous nous aimez, c'est par reconnaissance, et non pas à cause que nous sommes aimables.

Quand les personnes sont comme vous, c'est à cause de tout, lui repartis-je ; mais ce n'est pas à moi à le dire. Oh ! dites, mon enfant, dites, reprit-elle ; je ne suis ni sotte ni ridicule, et, pourvu que vous soyez de bonne foi, je vous le pardonne.

Pardi ! de bonne-foi ! répondis-je ; si je ne l'étais pas, je serais donc bien difficile ! Doucement pourtant, me dit-elle en se mettant le doigt sur la bouche ; ne dites cela qu'à moi, mon enfant ; d'ailleurs, vous me brouilleriez avec mademoiselle Habert, si elle le savait.

Je m'empêcherais bien de le dire, si elle était là, repris-je. Vraiment ! c'est que ces vieilles sont jalouses, et que le monde est méchant, ajouta-t-elle en achevant sa lettre, et il faut toujours se taire.

Nous entendîmes alors du bruit dans une chambre prochaine.

N'y aurait-il pas là quelque domestique qui nous écoute ? dit-elle en pliant sa lettre. J'en serais fâchée : sortons. Rendez ce billet à mademoiselle Habert ; dites-lui que je suis son amie, entendez-vous ? et dès que vous serez marié, venez m'en informer ici où je demeure ; mon nom est au bas du billet que j'ai écrit ; mais ne venez que sur le soir : je vous donnerai ces

papiers que vous copierez, et nous causerons sur les
moyens de vous rendre service dans la suite. Allez,
mon cher enfant, soyez sage; j'ai de bonnes intentions
pour vous, dit-elle d'un ton plus bas avec douceur,
et en me tendant la lettre d'une façon qui voulait
dire, je vous tends la main aussi; du moins je le
compris de même; de sorte qu'en recevant le billet,
je baisai cette main qui paraissait se présenter, et qui
ne fit point la cruelle, malgré la vive et affectueuse
reconnaissance avec laquelle je la baisais; et cette
main était belle.

Pendant que je la tenais: Voilà encore ce qu'il ne faut
pas dire, me glissa-t-elle en me quittant. Oh! je suis
honnête garçon, madame, lui répondis-je bien confidemment, en vrai paysan pour le coup, en homme
qui convient de bonne foi qu'on ne le maltraite pas,
et qui ne sait pas vivre avec la pudeur des dames.

Le trait était brutal; elle en rougit légèrement, car
je n'étais pas digne qu'elle en rougît beaucoup; je ne
savais pas l'indécence que je faisais; ainsi elle se remit
sur-le-champ, et je vis que, toute réflexion faite, elle
était bien aise de cette grossièreté qui m'était échappée; c'était une marque que je comprenais ses sentimens, et cela lui épargnait les détours qu'elle aurait
été obligée de prendre une autre fois pour me les dire.

Nous nous quittâmes donc; elle rentra dans l'appartement de madame la présidente, et moi, je me retirai
plein d'une agréable émotion.

Est-ce que vous aviez dessein de l'aimer? me direz-
vous. Je n'avais aucun dessein déterminé; j'étais seu-

lement charmé de me trouver au gré d'une grande
dame ; j'en pétillais d'avance , sans savoir à quoi cela
aboutirait, sans songer à la conduite que je devais tenir.

De vous dire que cette dame me fût indifférente,
non ; de vous dire que je l'aimais , je ne crois pas non
plus. Ce que je sentais pour elle ne pouvait guère
s'appeler de l'amour ; car je n'aurais pas pris garde
à elle, si elle n'avait pas pris garde à moi ; et de ses
attentions même , je ne m'en serais point soucié, si
elle n'avait pas été une personne de distinction.

Ce n'était donc point elle que j'aimais ; c'était son
rang , qui était très-grand par rapport à moi.

Je voyais une femme de condition d'un certain air ,
qui avait apparemment des valets, un équipage, et qui
me trouvait aimable , qui me permettait de lui baiser
la main , et qui ne voulait pas qu'on le sût ; une femme
enfin qui nous tirait, mon orgueil et moi, du néant où
nous étions encore ; car avant ce temps-là m'étais-je
estimé quelque chose ? Avais-je senti ce que c'était
qu'amour-propre ?

Il est vrai que j'allais épouser mademoiselle Habert ;
mais c'était une petite bourgeoise , qui avait débuté
par me dire que j'étais autant qu'elle , qui ne m'avait
pas donné le temps de m'enorgueillir de sa conquête ,
et qu'à son bien près je regardais comme mon égale.

N'avais-je pas été son cousin ? Le moyen, après
cela , de voir une distance sensible entre elle et moi !

Mais ici la distance était énorme ; je ne la pouvais
pas mesurer, je me perdais en y songeant ; cependant
c'était de cette distance-là qu'on venait à moi , ou

que je me trouvais tout d'un coup porté jusqu'à une
personne qui n'aurait pas seulement dû savoir si j'é-
tais au monde. Oh ! voyez s'il n'y avait pas là de quoi
me tourner la tête, de quoi me donner des mouvemens approchans de ceux de l'amour ?

J'aimais donc par respect et par étonnement pour
mon aventure, par ivresse de vanité [1], par tout ce
qu'il vous plaira, par le cas infini que je faisais des
appas de cette dame ; car je n'avais rien vu de si beau
qu'elle, à ce que je m'imaginais alors ; elle avait pourtant cinquante ans, et je l'avais fixée à cela dans la
chambre de la présidente ; mais je ne m'en ressou-
venais plus, je ne lui désirais rien ; eût-elle eu vingt
ans de moins, elle ne m'aurait pas paru en valoir
mieux ; c'était une déesse, et les déesses n'ont point
d'âge.

De sorte que je m'en retournai pénétré de joie,
bouffi de gloire, et plein de mes folles exagérations
sur le mérite de la dame.

Il ne me vint pas un moment en pensée que mes

---

[1] *J'aimais donc par respect, par étonnement pour mon aventure,
par ivresse de vanité.* En nous montrant un paysan marchant à la
fortune, grâce à la bonne opinion que sa tournure inspire aux femmes, Marivaux a voulu faire passer son héros par toutes les modifi-
cations de ce qu'on appelle *amour*. Ainsi, c'est par reconnaissance
que Jacob aime mademoiselle Habert ; une sorte d'orgueil ambi-
tieux lui fait désirer la conquête de la parente du président. Plus
tard d'autres appâts, et même la séduction grossière du libertines-
nage, l'amorceront tour à tour, jusqu'à ce qu'enfin, pour la conclusion de ses aventures, il éprouve cet amour véritable, qui, dans
la vie, est le dernier de tous, et le seul où on trouve le bonheur.

sentimens fissent tort à ceux que je devais à mademoiselle Habert ; rien dans mon esprit n'avait changé
pour elle, et j'allais la revoir aussi tendrement qu'à
l'ordinaire ; j'étais ravi d'épouser l'une, et de plaire à
l'autre, et on sent fort bien deux plaisirs à la fois.

Mais avant que de me mettre en chemin pour retourner chez ma future, j'aurais dû faire le portrait
de cette déesse que je venais de quitter ; mettons-le
ici, il ne sera pas long.

Vous savez son âge ; je vous ai dit qu'elle était bien
faite, et ce n'est pas assez dire ; j'ai vu peu de femmes d'une taille aussi noble et d'un si grand air.

Celle-ci se mettait toujours d'une manière modeste,
d'une manière pourtant qui n'ôtait rien à ce qui lui
restait d'agrémens naturels.

Une femme aurait pu se mettre comme cela pour
plaire, sans être accusée de songer à plaire : je dis une
femme intérieurement coquette ; car il fallait l'être
pour tirer parti de cette parure-là ; il y avait de petits
ressorts secrets à y faire jouer pour la rendre aussi
gracieuse que décente, et peut-être plus piquante que
l'ajustement le plus déclaré.

C'étaient de belles mains, et de beaux bras sous du
linge uni ; on les en remarque mieux là-dessous ; cela
les rend plus sensibles.

C'était un visage un peu ancien, mais encore beau,
qui aurait paru vieux avec une cornette de prix,
qui ne paraissait qu'aimable avec une cornette toute
simple. C'est le négliger trop que de l'orner si peu,
avait-on envie de dire.

C'était une gorge bien faite (il ne faut pas oublier cet article-là, qui est presque aussi considérable que le visage dans une femme), gorge fort blanche, fort enveloppée, mais dont l'enveloppe se dérangeait quelquefois par un geste qui en faisait paraître la blancheur, et le peu qu'on en voyait alors en donnait la meilleure idée du monde.

C'étaient de grands yeux noirs qu'on rendait sages et sérieux, malgré qu'ils en eussent ; car foncièrement ils étaient vifs, tendres et amoureux.

Je ne les définirai pas en entier ; il y aurait tant à parler de ces yeux-là, l'art y mettait tant de choses, la nature y en mettait tant d'autres, que ce ne serait jamais fait si on en voulait tout dire, et peut-être qu'on n'en viendrait pas à bout. Est-ce qu'on peut dire tout ce qu'on sent ? Ceux qui le croient ne sentent guère, et ne voient apparemment que la moitié de ce qu'on peut voir.

Venons à la physionomie que composait le tout ensemble.

Au premier coup d'œil on eût dit de celle qui la portait : Voilà une personne bien grave et bien posée.

Au second coup d'œil : Voilà une personne qui a acquis cet air de sagesse et de gravité ; elle ne l'avait pas. Cette personne-là est-elle vertueuse ? La physionomie disait oui, mais il lui en coûte ; elle se gouverne mieux qu'elle n'est souvent tentée de le faire ; elle se refuse au plaisir, mais elle l'aime ; gare qu'elle n'y cède ! Voilà pour les mœurs.

Quant à l'esprit, on la soupçonnait d'en avoir beau-

coup, et on soupçonnait juste; je ne l'ai pas assez
connue pour en dire davantage là-dessus.

A l'égard du caractère, il me serait difficile de le
définir aussi; ce que je vais en rapporter va pourtant
en donner une idée assez étendue et assez singulière.

C'est qu'elle n'aimait personne, et qu'elle voulait
pourtant plus de mal à son prochain qu'elle ne lui
en faisait directement.

L'honneur de passer pour bonne l'empêchait de se
montrer méchante; mais elle avait l'adresse d'exciter
la malignité des autres, et cela tenait lieu d'exercice
à la sienne.

Partout où elle se trouvait, la conversation n'était
que médisance; et c'était la dame qui mettait les autres
dans cette humeur-là, soit en louant, soit en défen-
dant quelqu'un mal à propos, enfin par une infinité
de rubriques en apparence tout obligeantes pour ceux
qu'elle vous donnait à déchirer; et puis pendant qu'on
les mettait en pièces, c'étaient des exclamations charitables, et en même temps encourageantes : Mais
que me dites-vous là ? ne vous trompez-vous point [1] ?
cela est-il possible ? De façon qu'elle se retirait tou-

---

[1] *Mais que me dites-vous là? ne vous trompez-vous point ?* Cette espèce de médisance négative, qui consiste à laisser dire du mal d'autrui et à paraître le croire à regret, est la plus perfide de toutes,
et celle qui compromet le moins les gens qui s'y exercent. Le
fourbe dont parle Boileau médisait avec bien moins d'art que madame de Ferval. Shakespeare, dans le rôle d'Iago, a mis en scène
un calomniateur qui suit, avec une adresse infernale, le système
dont Marivaux n'a fait ici que glisser quelques traits.

jours innocente des crimes qu'elle faisait commettre
(j'appelle ainsi tout ce qui est satire), et toujours pro-
tectrice des gens qu'elle perdait de réputation par
la bouche des autres.

Et ce qui est plaisant, c'est que cette femme,
telle que je vous la peins, ne savait pas qu'elle avait
l'âme si méchante; le fond de son cœur lui échappait,
son adresse la trompait, elle s'y attrapait elle-même;
et parce qu'elle feignait d'être bonne, elle croyait
l'être en effet.

Telle était donc la dame d'auprès de qui je sortais;
je vous la peins d'après ce que j'entendis dire d'elle
par la suite, d'après le peu de commerce que nous
eûmes ensemble, et d'après les réflexions que j'ai
faites depuis.

Il y avait huit ou dix ans qu'elle était veuve; son
mari, à ce qu'on disait, n'était pas mort content
d'elle; il l'avait accusée de quelque irrégularité de
conduite; et, pour prouver qu'il avait eu tort, elle
s'était, depuis son veuvage, jetée dans une dévotion
qui l'avait écartée du monde, et qu'elle avait soutenue,
tant par fierté que par habitude, et par la raison de
l'indécence qu'il y aurait eu à reparaître sur la scène
avec des appas qu'on n'y connaissait plus, que le
temps avait un peu usés, et que la retraite même
avait flétris; car elle fait cet effet-là sur les personnes
qui en sortent. La retraite, surtout la retraite chrétienne, ne sied bien qu'à ceux qui y demeurent, et
jamais on n'en rapporta un visage à la mode; il en
devient toujours ou ridicule ou scandaleux.

8.   4

Je retournais donc chez mademoiselle Habert ma future, et je doublais joyeusement le pas pour y arriver plutôt, quand un grand embarras de carrosses et de charrettes m'arrêta à l'entrée d'une rue; je ne voulus pas m'y engager, de peur d'être blessé; et, en attendant que l'embarras fût fini, j'entrai dans une allée, où, pour passer le temps, je me mis à lire la lettre que madame de Ferval (c'est ainsi que je nommerai la dame dont je viens de parler) m'avait donnée pour mademoiselle Habert, et qui n'était pas cachetée.

J'en lisais à peine les premiers mots, qu'un homme descendu de l'escalier, qui était au fond de l'allée, la traversa en fuyant à toutes jambes, me froissa en passant, laissa tomber à mes pieds une épée nue qu'il tenait, et se sauva en fermant sur moi la porte de la rue.

Me voilà donc enfermé dans cette allée, non sans quelque émotion de ce que je venais de voir.

Mon premier soin fut de me hâter d'aller à la porte pour la rouvrir; mais j'y tâchai en vain[1], je ne pus en venir à bout.

D'une autre côté, j'entendais du bruit au haut de l'escalier. L'allée était assez obscure, cela m'inquiéta.

---

[1] *Mais j'y tâchai en vain.* On ne dit point : *tâcher à une chose.* et ces mots *j'y tâchai* semblent former un tour incorrect, quoiqu'on trouve des exemples de cette phrase : *il n'y tâchait pas.* Mais c'est une phrase faite, qui est consacrée à indiquer l'absence d'intention. Ainsi on dit en plaisantant, quand un homme a fait quelque chose de bien par hasard plutôt que par adresse : *pardonnezlui, il n'y tâchait pas.* ACAD.

Et comme en pareil cas tous nos mouvemens tendent machinalement à notre conservation, que je n'avais ni armes ni bâton, je me mis à ramasser cette épée, sans trop savoir ce que je faisais.

Le bruit d'en haut redoublait; il me semblait même entendre des cris comme venant d'une fenêtre qui donnait sur la rue, et je ne me trompais pas. Je démêlai qu'on criait : Arrête, arrête; et, à tout hasard. je tenais toujours cette épée nue d'une main, pendant que de l'autre je tâchais encore d'ouvrir cette misérable porte qu'à la fin j'ouvris, sans songer à lâcher l'épée ¹.

Mais je n'en fus pas mieux ; toute une populace s'y était assemblée, qui, en voyant mon air effaré et cette épée nue que je tenais, ne douta point que je ne fusse ou un assassin ou un voleur.

Je voulus m'échapper; mais il me fut impossible, et les efforts que je fis pour cela ne servirent qu'à rendre contre moi les soupçons encore plus violens.

En même temps voilà des archers ou des sergens, accourus d'une barrière prochaine, qui percent la foule, m'arrachent l'épée que je tenais, et me saisissent.

---

¹ *Sans songer à lâcher l'épée.* Cet incident paraîtra peut-être un peu romanesque, surtout dans un ouvrage où Marivaux nous a constamment habitués à la peinture la plus fidèle des choses telles qu'elles se passent dans le monde. Une bagarre, une méprise fondée sur une épée qui a changé de main, l'arrestation momentanée qui s'ensuit, sont des coups de théâtre assez extraordinaires, et qui jurent, pour ainsi dire, avec la simplicité vraie et naturelle des événemens et des tableaux de mœurs dont ils sont entourés.

Je veux crier, dire mes raisons ; mais le bruit et le tumulte empêchent qu'on ne m'entende ; et, malgré ma résistance, qui n'était pas de trop bon sens, on m'entraîne dans la maison ; on me fait monter l'escalier, et j'entre avec les archers qui nous mènent, moi et quelques voisins qui nous suivent, dans un petit appartement où nous trouvons une jeune dame couchée à terre, grièvement blessée, évanouie, et qu'une femme âgée tâchait d'appuyer contre un fauteuil.

Vis-à-vis d'elle était un jeune homme fort bien mis, blessé aussi, renversé sur un sopha, et qui, en perdant son sang, demandait du secours pour la jeune dame en question, pendant que la vieille femme et une espèce de servante poussaient les hauts cris.

Eh ! vite, messieurs, vite un chirurgien, dit le jeune homme à ceux qui me tenaient ; qu'on se hâte de la secourir ; elle se meurt ; peut-être la sauvera-t-on. (Il parlait de la jeune dame.)

Le chirurgien n'était pas loin ; il en demeurait un vis-à-vis la maison ; on l'appela de la fenêtre, et il monta sur-le-champ ; survint aussi un commissaire.

Comme je parlais beaucoup, que je protestais n'avoir point de part à cette aventure, et qu'il était injuste de me retenir, on m'entraîna dans un petit cabinet voisin, où j'attendis qu'on eût visité les blessures de la dame et du jeune homme.

La dame qui était évanouie revint à elle, et quand on eut mis ordre à tout, du cabinet où j'étais, on me ramena dans leur chambre.

Connaissez-vous ce jeune homme? leur dit un de
mes archers. Examinez-le ; nous l'avons trouvé dans
l'allée dont la porte était fermée sur lui, et qu'il a
ouverte en tenant à la main cette épée que vous voyez.
Elle est encore toute sanglante, s'écria là-dessus quelque autre qui l'examina, et voilà sans doute un de
ceux qui vous ont blessés.

Non, messieurs, répondit le jeune homme d'une
voix très-faible ; nous ne connaissons point cet homme, ce n'est pas lui qui nous a mis dans l'état où
nous sommes ; mais nous connaissons notre assassin ;
c'est un nommé tel . . . (il dit un nom dont je ne me
ressouviens plus) ; mais puisque celui-ci était dans la
maison, et que vous l'y avez saisi avec cette épée
encore teinte de notre sang, peut-être celui qui nous
a assassinés l'avait-il pris pour le soutenir en cas de
besoin, et il faut toujours l'arrêter.

Misérable, me dit à son tour la jeune dame, sans
me donner le temps de répondre, qu'est devenu celui
dont tu es sans doute le complice ? Hélas ! messieurs,
il vous est échappé ! Elle n'eut pas la force d'aller
plus loin ; elle était blessée à mort, et ne pouvait pas
en revenir.

Je crus alors pouvoir parler ; mais à peine commen-
çais-je à m'expliquer, que l'archer, qui avait le premier pris la parole, m'interrompant :

Ce n'est pas ici que tu dois te justifier, me dit-il ;
marche ; et sur-le-champ on me traîne en bas, où je
restai jusqu'à l'arrivée d'un fiacre qu'on était allé
chercher, et dans lequel on me mena en prison.

L'endroit où je fus mis n'était pas tout-à-fait un cachot, mais il ne s'en fallait guère.

Heureusement celui qui m'enferma, tout geolier qu'il était, n'avait point la mine impitoyable; il ne m'effraya point; et comme en de pareils momens on s'accroche à tout, et qu'un visage un peu moins féroce que les autres vous parait le visage d'un bon homme : Monsieur, dis-je à ce geolier, en lui mettant dans la main quelques-unes de ces pièces d'or que m'avait données mademoiselle Habert, qu'il ne refusa point, qui l'engagèrent à m'écouter, et que j'avais conservées, quoiqu'on m'eût fait quitter tout ce que j'avais, parce que de ma poche, qui se trouva percée, elles avaient, en bon français, coulé plus bas[1]; il ne m'était resté que mon billet, que j'avais mis dans mon sein, après l'avoir tenu long-temps chiffonné dans ma main.

Hélas ! monsieur, lui dis-je donc, vous qui êtes libre d'aller et de venir, rendez-moi un service ; je ne suis coupable de rien, vous le verrez ; ce n'est ici qu'un malheur qui m'est arrivé. Je sors de chez monsieur le président de...., et une dame, qui est sa parente, m'a remis un billet pour le porter chez une nommée mademoiselle Habert, qui demeure en

---

[1] *Elles avaient, en bon français, coulé plus bas. En bon français* est très-spirituel; mais la supposition a quelque chose de puéril, et même de peu vraisemblable. D'ailleurs l'innocence de Jacob est trop facile à prouver, son emprisonnement est occasionné par des circonstances trop légères, pour que le lecteur puisse s'intéresser vivement à cette ombre de péril.

telle rue et en tel endroit ; et, comme je ne saurais le rendre, je vous le remets, à vous. Ayez la bonté de le porter ou de l'envoyer chez cette demoiselle, et de lui dire en même temps où je suis ; tenez, ajoutai-je en tirant encore quelques pièces, voilà de quoi payer le message, s'il le faut ; et ce n'est rien que tout cela, vous serez bien autrement récompensé quand on me retirera d'ici.

Attendez, me dit-il en tirant un petit crayon, n'est-ce pas chez mademoiselle Habert que vous dites, en telle rue ? Oui, monsieur, répondis-je ; mettez aussi que c'est dans la maison de madame d'Alain la veuve.

Bon, reprit-il ; dormez en repos ; j'ai à sortir, et dans une heure au plus tard votre affaire sera faite.

Il me laissa brusquement après ces mots, et je restai pleurant entre mes quatre murailles, mais avec plus de consternation que d'épouvante ; ou, si j'avais peur, c'était par un effet de l'émotion que m'avait causée mon accident ; car je ne songeai point à craindre pour ma vie.

En de pareilles occasions nous sommes d'abord saisis des mouvemens que nous méritons d'avoir ; notre âme, pour ainsi dire, se fait justice. Un innocent en est quitte pour soupirer, et un coupable tremble ; l'un est affligé, l'autre est inquiet.

Je n'étais donc qu'affligé, je méritais de n'être que cela ; quel désastre ! disais-je en moi-même ; ah ! la maudite rue avec ses embarras ! Qu'avais-je affaire

dans cette misérable allée? C'est bien le diable qui
m'y a poussé, quand j'y suis entré.

Et puis mes larmes coulaient ; eh ! mon Dieu ! où
en suis-je ? eh ! mon Dieu ! tirez-moi d'ici, disais-je
après. Voilà de méchantes gens, que cette Habert
l'aînée et M. Doucin ; quel chagrin ils me donnent
avec leur président chez lequel il a fallu que j'allasse ! Et puis de soupirer, puis de pleurer, puis de
me taire et de parler. Mon pauvre père ne se doute
pas que je suis en prison le jour de ma noce, repre-
nais-je ; et cette chère mademoiselle Habert qui m'attend, ne sommes-nous pas bien en chemin de nous
revoir ?

Toutes ces considérations m'abîmaient de douleur ;
à la fin pourtant d'autres réflexions vinrent à mon secours ; il ne faut point me désespérer, disais-je ; Dieu
ne me délaissera pas. Si ce geolier rend ma lettre à
mademoiselle Habert, et qu'il lui apprenne mon
malheur, elle ne manquera pas de travailler à ma
délivrance.

J'avais raison de l'espérer, comme on le verra.
Le geolier ne me trompa point. La lettre de madame
de Ferval fut portée une ou deux heures après à ma
future ; ce fut lui-même qui en fut le porteur, et qui
l'instruisit de l'endroit où j'étais ; il vint me le dire à
son retour, en m'apportant quelque nourriture qui ne
me tenta point.

Bon courage, me dit-il ; j'ai donné votre lettre à la
demoiselle ; je lui ai dit que vous étiez en prison, et

quand elle l'a su, elle s'est tout d'un coup évanouie. Adieu [1]. C'était bien là un style de geolier, comme vous voyez.

Eh ! un moment, lui criai-je en l'arrêtant ; y avait-il quelqu'un pour la secourir, au moins ?

Oh ! que oui, me dit-il ; ce ne sera rien que cela ; il y avait deux personnes avec elle. Eh ! ne vous a-t-elle rien dit ? repris-je encore. Eh ! pardi non me répon-il, puisqu'elle avait perdu la parole ; mangez toujours, en attendant mieux.

Je ne saurais, lui dis-je ; je n'ai que soif, et j'aurais besoin d'un peu du vin ; n'y aurait-il pas moyen d'en avoir ? Oui-dà, reprit-il ; donnez, je vous en ferai venir.

Après tout l'argent qu'il avait eu de moi, en tout autre lieu que celui où je me trouvais, le mot de *donner* aurait été ingrat et malhonnête ; mais en prison, c'était moi qui avais tort, et qui manquais de savoir-vivre.

Hélas ! lui dis-je, excusez-moi, j'oubliais de l'ar-

---

[1] *Et quand elle l'a su, elle s'est tout d'un coup évanouie. Adieu.* Un homme de génie peut se méprendre quelquefois, et s'engager dans une situation fausse ; mais du moins il en tire toujours parti pour amener des détails originaux, et s'il se trompe, il ne se trompe pas comme le vulgaire. Ainsi Marivaux a esquissé avec un naturel parfait la brutale insensibilité du geolier, qui, s'en tenant à la lettre de la commission qu'il a reçue, n'a pas même attendu que la personne vers laquelle on l'a envoyé fût revenue de son évanouissement, et qui débite à son prisonnier une mauvaise nouvelle du ton dont il lui annoncerait l'aventure la plus insignifiante.

gent; et je tire encore un louis d'or; je n'avais point
d'autre monnaie.

Voulez-vous, me répondit-il en s'en allant, qu'au
lieu de vous rendre votre reste, je vous fournisse de
vin tant que cela durera? Vous aurez bien le loisir de
le boire.

Comme il vous plaira, dis-je humblement, et le
cœur serré de me voir en commerce avec ce nouveau
genre d'hommes qu'il fallait remercier du bien qu'on
leur faisait.

Ce vin arriva fort à propos, car j'allais tomber en
faiblesse quand on me l'apporta; mais il me remit, et
je ne me sentis plus, pour tout mal, qu'une extrême
impatience de voir ce que produirait la nouvelle
dont j'avais fait informer la secourable mademoiselle
Habert.

Quelquefois son évanouissement m'inquiétait un
peu; je craignais qu'il ne la mît hors d'état d'agir
elle-même, et je m'en fiais bien plus à elle qu'à tous
les amis qu'elle aurait pu employer pour moi.

D'un autre côté, cet évanouissement m'était un
garant de sa tendresse et de la vitesse avec laquelle
elle viendrait à mon secours.

Trois heures s'étaient déjà passées depuis qu'on
m'avait apporté du vin, quand on vint me dire que
deux personnes me demandaient en bas, qu'elles ne
monteraient point, et que je pouvais descendre.

Le cœur m'en battit de joie; je suivis le geolier.
qui me mena dans une chambre où, en entrant, je

fus accueilli par mademoiselle Habert, qui m'embrassa en fondant en larmes.

A côté d'elle était un homme vêtu de noir que je
ne connaissais pas.

Eh ! monsieur de La Vallée, mon cher enfant, par
quel hasard êtes-vous donc ici ? s'écria-t-elle. Je l'embrasse, monsieur ; n'en soyez point surpris ; nous devions être mariés aujourd'hui, dit-elle à celui qui
l'accompagnait ; et puis revenant à moi : Que vous
est-il donc arrivé? De quoi s'agit-il ?

Je ne répondis pas sur-le-champ ; attendri par l'accueil de mademoiselle Habert, il fallut me laisser le
temps de pleurer à mon tour.

Hélas ! dis-je à la fin, c'est une furieuse histoire que
la mienne. Imaginez-vous que c'est une allée qui est
cause que je suis ici ; pendant que j'y étais on en a
fermé la porte ; il y avait deux meurtres de faits en
haut ; on a cru que j'y avais part, et tout de suite
me voilà.

Comment ! part à deux meurtres pour être entré
dans une allée? me répondit-elle. Eh ! mon enfant,
qu'est-ce que cela signifie ? Expliquez-vous ; eh ! qui
est-ce qui a tué ? Je n'en sais rien, repris-je ; je n'ai
vu que l'épée, que j'ai par mégarde ramassée dans
l'allée.

Ceci a l'air grave, dit alors l'homme vêtu de noir :
ce que vous nous rapportez ne saurait nous mettre
au fait ; asseyons-nous, et contez-nous la chose comme
elle est ; qu'est-ce que c'est que cette allée à laquelle
nous n'entendons rien ?

Voici, lui dis-je, comment le tout s'est passé ; et là-dessus je commençai mon récit par ma sortie de chez le président ; de là j'en vins à l'embarras qui m'avait arrêté à cette allée dont je parlais, à cet inconnu qui m'y avait enfermé en s'enfuyant, à cette épée qu'il avait laissée tomber, que j'avais prise, enfin à tout le reste de l'aventure.

Je ne connais, lui dis-je, ni le tueur ni les tués, qui n'étaient pas encore morts quand on m'a présenté à eux, et ils ont confessé qu'ils ne me connaissaient point non plus ; c'est là tout ce que je sais moi-même du sujet pour lequel on m'emprisonne.

Tout le corps me frémit, dit mademoiselle Habert. Eh quoi ! on n'a donc pas voulu entendre raison ? Dès que les blessés ne vous connaissent pas, qu'ont-ils à vous dire ? Que je suis peut-être le camarade du méchant homme qui les a mis à mort, et dont je n'ai jamais vu que le dos, répondis-je.

Cette épée sanglante avec laquelle on vous a saisi, dit l'habillé de noir, est un article fâcheux ; cela embarrasse ; mais votre récit me fait faire une réflexion.

Nous avons entendu dire là-bas que, depuis trois ou quatre heures, on a mené un prisonnier qui a, dit-on, poignardé deux personnes dans la rue dont vous parlez ; ce pourrait bien être là l'homme qui a traversé cette allée où vous étiez. Attendez-moi ici tous deux : je vais tâcher de savoir plus particulièrement de quoi il est question : peut-être m'instruira-t-on.

Il nous quitta là-dessus. Mon pauvre garçon, me

dit mademoiselle Habert quand il fut parti, en quel
état est-ce que je te retrouve ? J'en ai pris un saisissement qui me tient encore et qui m'étouffe ; j'ai cru
que ce serait aujourd'hui le dernier jour de ma vie.
Eh ! mon enfant, quand tu as vu cet embarras, que
ne prenais-tu par une autre rue [1] ?

Eh ! mon aimable cousine, lui dis-je, c'était pour
jouir plutôt de votre vue que je voulais aller par le
plus droit chemin ; qui est-ce qui va penser qu'une
rue est si fatale ? On marche, on est impatient, on
aime une personne qu'on va trouver, et on prend
son plus court ; cela est naturel.

Je lui baignais les mains de pleurs en lui tenant ce
discours, et elle en versait tant qu'elle pouvait aussi.

Qui est cet homme que vous avez amené avec vous,
lui dis-je, et d'où venez-vous, cousine ? Hélas ! me
dit-elle, je n'ai fait que courir depuis la lettre que
tu m'as envoyée ; madame de Ferval m'y faisait tant
d'honnêtetés, tant d'offres de service, que j'ai d'a-
bord songé à m'adresser à elle pour la prier de nous
secourir. C'est une bonne dame ; elle n'en aurait pas
mieux agi quand ç'aurait été pour son fils ; je l'ai vue
presque aussi fâchée que je l'étais. Ne vous chagri-

---

[1] *Eh ! mon enfant, que ne prenais-tu par une autre rue ?* On ne
manque jamais de bons conseillers après l'événement. Au surplus,
Jacob, qui a plus que jamais intérêt à fortifier l'inclination de mademoiselle Habert, lui fait une réponse digne de l'amant le plus passionné, nonobstant le tête-à-tête équivoque qu'il a eu avec madame
de Ferval. Mais rien n'est tel que l'adversité pour réchauffer l'attachement qu'on porte à ceux dont on peut attendre du secours.

nez point, m'a-t-elle dit; ce ne sera rien; nous avons
des amis, je le tirerai de là; restez chez moi, je vais
parler à monsieur le président.

Et sans perdre de temps, elle m'a quittée; et, un
moment après, elle est revenue avec un billet du
président pour M. de *** (c'était un des principaux
magistrats pour les affaires de l'espèce de la mienne).
J'ai pris le billet; je l'ai porté chez ce magistrat, qui,
après l'avoir lu, a fait appeler un de ses secrétaires,
lui a parlé à part, ensuite lui a dit de me suivre à la
prison, de m'y procurer la liberté de te voir, et nous
sommes venus ensemble pour savoir ce que c'est que
ton affaire. Madame de Ferval m'a promis aussi de se
joindre à moi, si je voulais, pour m'accompagner partout où il faudrait aller.

Le secrétaire qui nous avait quittés revint au moment que mademoiselle Habert finissait ce détail.

J'ai pensé juste, nous dit-il; l'homme qu'on a
amené ici ce matin est certainement l'assassin des
deux personnes en question. Je viens de parler à un
des archers qui l'a arrêté comme il s'enfuyait sans
chapeau et sans épée, poursuivi d'une populace qui
l'a vu sortir tout en désordre d'une maison que l'on
dit être dans la même rue où vous avez trouvé l'embarras; il s'est passé un espace de temps considérable
avant qu'on ait pu le saisir, parce qu'il avait couru
fort loin, et il a été ramené dans cette maison d'où
il était sorti, et d'où, ajoute-t-on, venait de partir
un autre homme qu'on y avait pris, qu'on avait déjà
mené en prison, et qu'on soupçonne d'être son com-

plice. Or, suivant ce que vous nous avez dit, cet
autre homme, cru son complice, il y a bien de l'apparence que c'est vous.

C'est moi-même, répondis-je; c'est l'homme de
cette allée; voilà tout justement comme quoi je suis
ici, sans que personne sache que c'était en passant
mon chemin que j'ai eu le guignon d'être fourré là-
dedans.

Ce prisonnier sera bientôt interrogé, me dit le
secrétaire; et, s'il ne vous connaît point, s'il répond
conformément à ce que vous nous dites, comme je
n'en doute pas, vous serez bientôt hors d'ici, et l'on
hâtera votre sortie. Retournez-vous-en chez vous,
mademoiselle, et soyez tranquille; sortons. Pour
vous, ajouta-t-il en me parlant, vous resterez dans
cette chambre-ci; vous y serez mieux qu'où vous
étiez, et je vais avoir soin qu'on vous porte à dîner.

Hélas! dis-je, ils m'ont déjà apporté quelque ché-
tive pitance dans mon trou de là-haut; elle s'y serait
bien moisie, et l'appétit n'y est point.

Ils m'exhortèrent à manger, me quittèrent, et nous
nous embrassâmes, mademoiselle Habert et moi, en
pleurant un peu sur nouveaux frais. Qu'on ne le laisse
manquer de rien, dit cette bonne fille à celui qui me
renferma; et il y avait déjà deux ou trois minutes
qu'ils étaient partis, que le bruit des clefs qui m'en-
fermaient durait encore. Il n'y a rien de si rude que
les serrures de ce pays-là, et je crois qu'elles déplai-
sent plus à l'innocent qu'au coupable; ce dernier a
bien autre chose à faire qu'à prendre garde à cela.

Mon dîner vint quelques momens après ; la comparaison que j'en fis avec celui qu'on m'avait apporté auparavant, me réconforta un peu ; c'était un changement de bon augure ; on ne demande qu'à vivre, tout y pousse, et je jetai quelques regards nonchalans sur un poulet d'assez bonne mine [1], dont je levai nonchalamment aussi les deux ailes, qui se trouvèrent insensiblement mangées ; j'en rongeai encore par oisiveté quelques parties ; je bus deux ou trois coups d'un vin qui me parut passable, sans que j'y fisse attention, et je finis mon repas par quelques fruits dont je goûtai parce qu'ils étaient là.

Je me sentis moins abattu après que j'eus mangé. C'est une chose admirable que la nourriture, lorsqu'on a du chagrin ; il est certain qu'elle met du calme dans l'esprit ; on ne saurait être bien triste pendant que l'estomac digère.

Je ne dis pas que je perdisse de vue mon état, j'y

---

[1] *Je jetai quelques regards nonchalans sur un poulet d'assez bonne mine.* Quelle finesse et quel enjouement dans tous les détails de cette prétendue nonchalance ! En général, la manie la plus ordinaire, et peut-être la plus ridicule de toutes, c'est la prétention de sentir vivement, d'être susceptible d'impressions profondes. Quand on a quelque sujet de chagrin, on croirait presque commettre un sacrilége, si l'on faisait un moment trève aux démonstrations de sa douleur, pour s'occuper des besoins de la vie commune ; et l'homme est si habitué à cette espèce de mensonge innocent, que quand il n'a personne à tromper, il cherche encore quelquefois à se tromper soi-même, ainsi que le pauvre Jacob, qui, sans avoir de témoins de son héroïque dédain pour la bonne chère, savoure un bon dîner *par oisiveté*, et déguste du bon vin *sans y faire attention.*

rêvai toujours, mais tranquillement ; à la fin pourtant ma tristesse revint. Je laisse là le récit de tout ce qui se passa depuis la visite de mademoiselle Habert, pour arriver à l'instant où je comparus devant un magistrat, accompagné d'un autre homme de justice qui paraissait écrire, et dont je ne savais ni le nom ni les fonctions; vis-à-vis d'eux était encore un homme d'une extrême pâleur, et qui avait l'air accablé, avec d'autres personnes dont il me sembla qu'on recevait les dépositions.

On m'interrogea. Ne vous attendez point au détail exact de cet interrogatoire; je ne me ressouviens point de l'ordre qu'on y observa; je n'en rapporterai que l'article essentiel ; cet homme si défait, qui était précisément l'homme de l'allée, dit qu'il ne me connaissait pas; j'en dis autant de lui. Je racontai mon histoire, et la racontai avec des expressions si naïves sur mon malheur, que quelques-uns des assistans furent obligés de se passer la main sur le visage, pour cacher qu'ils souriaient.

Quand j'eus fini : Je vous le répète encore, dit le prisonnier les larmes aux yeux, je n'ai ni confident ni complice; je ne sais pas si je pourrais disputer ma vie, mais elle m'est à charge, et je mérite de la perdre. J'ai tué ma maîtresse, je l'ai vue expirer [1]

---

[1] *J'ai tué ma maîtresse, je l'ai vue expirer.* On se demande presque si on est en Italie ou en Espagne. Cet Othello en habit français, ce coutemporain de la régence qui a tué si gaillardement sa maîtresse et son ami, est un personnage bien étranger aux mœurs

(et en effet, elle mourut quand on le ramena vers elle); elle est morte d'horreur en me revoyant; elle est morte en m'appelant son assassin. J'ai tué mon ami, dont j'étais devenu le rival (et il est vrai qu'il se mourait aussi); je les ai tués tous deux en furieux; je suis au désespoir, je me regarde comme un monstre, je m'abhorre; je me serais poignardé moi-même si je n'avais pas été pris; je ne suis pas digne d'avoir le temps de me reconnaître, de me repentir de ma rage; qu'on me condamne, qu'on les venge; je demande la mort comme une grâce; épargnez-moi des longueurs qui me font mourir mille fois pour une, et renvoyez ce jeune homme, qu'il est inutile de retenir ici, et que je n'ai jamais vu que dans ce passage, où je l'aurais tué lui-même, de peur qu'il ne me reconnût, si, dans le trouble où j'étais en fuyant, mon épée ne m'avait pas échappé des mains; renvoyez-le, monsieur, qu'il se retire; je me reproche la peine qu'on lui a faite; je le prie de me pardonner la frayeur où je le vois, et dont je suis cause; il n'a rien de commun avec un abominable comme moi.

Je frémis en l'entendant dire qu'il avait eu dessein de me tuer; ç'aurait été bien pis que d'être en prison. Malgré cet aveu, pourtant, je plaignis alors cet infortuné coupable; son discours m'attendrit, et pour

---

parisiennes, et la jalousie ne produit guère chez nous de si terribles résultats. Mais un fait, pour sortir de l'ordre ordinaire, n'est pas impossible; et au fond, un grand crime, inspiré par une passion violente, appartient à tous les pays.

répondre à la prière qu'il me fit de lui pardonner mon accident : Moi, monsieur, lui dis-je à mon tour, je prie Dieu d'avoir pitié de vous et de votre âme.

Voilà tout ce que je dirai là-dessus. Mademoiselle Habert revint me voir après toutes les corvées que j'avais subies ; le secrétaire était encore avec elle ; il nous laissa quelque temps seuls. Jugez avec quel attendrissement nos cœurs s'épanchèrent! On est de si bonne humeur, on sent quelque chose de si doux dans l'âme quand on sort d'un grand péril ! et nous en sortions tous deux chacun à notre manière ; car, à tout prendre, ma vie avait été exposée, et mademoiselle Habert avait couru risque de me perdre ; ce qu'elle regardait à son tour comme un des plus grands malheurs du monde, surtout si elle m'avait perdu dans cette occasion.

Elle me conta tout ce qu'elle avait fait, les nouveaux mouvemens que s'était donnés madame de Ferval, tant auprès du président qu'auprès du magistrat qui m'avait interrogé.

Nous bénîmes mille et mille fois cette dame pour les bons services qu'elle nous avait rendus ; ma future s'extasiait sur sa charité et sur sa piété : La bonne chrétienne ! s'écriait-elle, la bonne chrétienne ! Et moi, disais-je, le bon cœur de femme ! Car je n'osais pas répéter les termes de mademoiselle Habert, ni employer les mêmes éloges qu'elle ; j'avais la conscience d'en prendre d'autres ; et en vérité il n'y aurait pas eu de pudeur, en présence de ma future, à

Iouer la piété d'une personne qui avait jeté les yeux sur son mari, et qui ne me servait si bien, précisément que parce qu'elle n'était pas si chrétienne. Or, j'étais encore en prison ; cela me rendait scrupuleux [1], et j'avais peur que Dieu ne me punît, si je traitais de pieux des soins dont vraisemblablement le diable et l'homme avaient tous les honneurs.

Je rougis même plus d'une fois pendant que mademoiselle Habert louait sur ce ton-là madame de Ferval, sur le compte de laquelle je n'étais pas moi-même irréprochable ; et j'étais honteux de voir cette bonne fille si dupe, elle qui méritait si peu de l'être.

Des éloges de madame de Ferval, nous en vînmes à ce qui s'était passé dans ma prison ; la joie est babillarde ; nous ne finissions point ; je lui contai tout ce qu'avait dit le vrai coupable, avec quelle candeur il m'avait justifié, et que c'était grand dommage qu'il se fût malheureusement abandonné à de si terribles excès ; car, au fond, il fallait que ce fût

---

[1] *J'étais encore en prison, cela me rendait scrupuleux.* Ce trait de poltronnerie superstitieuse déguisée en cas de conscience, est d'un comique essentiellement vrai. Walter Scott l'a reproduit sous diverses formes dans plusieurs de ses romans. Ainsi dans *le Monastère*, une espèce de brigand, Christie de Clinthille, ayant à traverser un endroit qui passe pour être le séjour des esprits et des revenans, se met dans la compagnie d'un prêtre, mesure ses paroles, et implore le pardon de la sainte Vierge pour un jurement qui lui échappe par la force de l'habitude ; mais s'apercevant qu'il est déjà hors du lieu suspect : « Au surplus, dit-il, nous voici dans la « grande vallée de la Tweed, et s'il m'arrive de jurer, il n'y a plus « tant de risque. »

un honnête homme; et puis nous en vînmes à nous, à notre amour, à notre mariage; et vous me demanderez peut-être ce que c'était que ce coupable; voici en deux mots le sujet de son action.

Il y avait près d'un an que son meilleur ami aimait une demoiselle, et en était aimé; comme il n'était pas aussi riche qu'elle, le père de la fille la lui refusait en mariage, et défendit même à sa fille de le voir davantage. Dans l'embarras où cela les mit, ils se servirent de celui qui les tua pour s'écrire et recevoir leurs billets.

Celui-ci, qui était un des amis de la maison, mais qui n'y venait pas souvent, devint éperdument amoureux de la demoiselle à force de la voir et de l'entendre soupirer pour l'autre. Il était plus riche que son ami, il parla d'amour; la demoiselle en badina quelque temps comme d'une plaisanterie, s'en fâcha quand elle vit que la chose était sérieuse [1], et en fit avertir son amant, qui en fit des reproches à ce déloyal ami. Cet ami en fut d'abord honteux, parut s'en

---

[1] *La demoiselle en badina quelque temps comme d'une plaisanterie, s'en fâcha quand elle vit que la chose était sérieuse.* On trouve, dans un épisode de *Gilblas*, une aventure à peu près semblable à celle-là, quoiqu'elle ne se termine pas d'une manière aussi tragique. Don Raphaël a été chargé par le grand-duc de Toscane de transmettre à une dame de Florence, dont le mari est jaloux, les hommages et les vœux secrets du prince. Mais, oubliant qu'il ne doit être qu'un médiateur désintéressé, Raphaël s'avise de parler pour son compte; tout ce qu'il y gagne, c'est d'être éconduit par la dame, et de perdre la faveur du grand-duc, informé de la *distraction* de son Mercure.

repentir, promit de les laisser en repos, puis continua, puis acheva de se brouiller avec le défunt, qui
rompit avec lui; et il porta enfin l'infidélité jusqu'à
se proposer pour gendre au père, qui l'accepta, et
qui voulut inutilement forcer sa fille à l'épouser.

Nos amans, désespérés, eurent recours à d'autres
moyens, tant pour s'écrire que pour se parler. Une
veuve âgée, qui avait été la femme de chambre de
la mère de la demoiselle, les recueillit dans sa maison, où ils allaient quelquefois se trouver, pour voir
ensemble quelles mesures il y avait à prendre. L'autre le sut, en devint furieux de jalousie; c'était un
homme violent, apparemment sans caractère, et de
ces âmes qu'une grande passion rend méchantes et
capables de tout. Il les fit suivre un jour qu'ils se
rendirent chez la veuve, il y entra après eux, les y
surprit au moment que son ami baisait la main de la
demoiselle, et, dans sa fureur, le blessa d'abord d'un
coup d'épée, qu'il allait redoubler d'un autre, quand
la demoiselle, qui voulut se jeter sur lui, reçut le
coup et tomba; celui-ci s'enfuit, et on sait le reste
de l'histoire. Retournons à moi.

Notre secrétaire revint, et nous dit que je sortirais
le lendemain. Passons à ce lendemain; tout ce détail
de prison est triste.

Mademoiselle Habert me vint prendre à onze heures du matin; elle ne monta pas, elle me fit avertir, je descendis; un carrosse m'attendait à la porte,
et quel carrosse? celui de madame de Ferval, où madame de Ferval était elle-même, et cela pour don-

ner plus d'éclat à ma sortie et plus de célébrité à
mon innocence.

Le zèle de cette dame ne s'en tint pas là. Avant
que de le ramener chez vous, dit-elle à mademoiselle
Habert, je suis d'avis que nous le menions dans le
quartier et vis-à-vis l'endroit où il a été arrêté; il
est bon que ceux qui le virent enlever, et qui pourraient le reconnaître ailleurs, sachent qu'il est innocent; c'est une attention qui me paraît nécessaire, et
peut-être, ajouta-t-elle en s'adressant à moi, recon-
naîtrez-vous vous-même quelques-uns de ceux qui
vous entouraient quand vous fûtes pris.

Oh! pour cela oui, lui dis-je; et n'y eût-il que le
chirurgien qui était vis-à-vis la maison, et qu'on
appela pour panser les défunts, je serais bien aise de
le voir pour lui montrer que je suis plus honnête
garçon qu'il ne s'imagine.

Mon Dieu! que madame est incomparable! s'écria
là-dessus mademoiselle Habert; car vous n'avez qu'à
compter que c'est elle qui a tout fait, monsieur de La
Vallée, et quoiqu'elle n'ait regardé que Dieu là-dedans.... A ce mot de Dieu, que madame de Ferval
savait bien être de trop là-dedans : Laissons cela, dit-
elle en interrompant. Quand avez-vous dessein de
vous marier? Cette nuit, si rien ne nous en empêche,
dit mademoiselle Habert.

Sur ce propos, nous arrivâmes dans cette rue qui
m'avait été si fatale, et dont nous avions dit au cocher
de prendre le chemin. Nous arrêtâmes devant la maison du chirurgien; il était à sa porte, et je remar-

quai qu'il me regardait beaucoup : Monsieur, lui dis-
je, vous souvenez-vous de moi ? me reconnaissez-
vous [1] ?

Mais je pense que oui, me répondit-il en ôtant bien
honnêtement son chapeau, comme à un homme qu'il
voyait dans un bon équipage avec deux dames, dont
l'une paraissait de grande considération. Oui, monsieur, je vous remets ; je crois que c'est vous qui
étiez avant-hier dans cette maison (montrant celle où
l'on m'avait pris), et à qui il arriva… Il hésitait à dire
le reste. Achevez, lui dis-je ; oui, monsieur, c'est moi
qu'on y saisit et qu'on mena en prison. Je n'osais vous
le dire, reprit-il ; mais je vous examinai tant, que je
vous ai reconnu tout d'un coup. Eh bien! monsieur,
vous n'aviez donc point de part à l'affaire en question ?

---

[1] *Monsieur, lui dis-je, vous souvenez-vous de moi? me reconnais-
sez-vous?* Cette fierté de Jacob, en reparaissant devant les témoins
de son arrestation, cet air de triomphateur avec lequel il se com-
plaît à *promener* son innocence dans la même rue où il s'est vu
arrêté comme coupable, tous ces détails peuvent sembler bizarres au
premier coup d'œil, et cependant ils appartiennent à l'histoire du
cœur humain. Rousseau, dans *Émile,* raconte qu'un jeune garçon,
d'un caractère mutin, qui lui avait été confié pour quelques jours,
ayant voulu sortir seul, fut assailli des brocards et des huées de
gens apostés pour lui donner une leçon capable de lui faire sentir sa
faiblesse quand il était livré à lui-même. Obligé de battre en retraite, et de se réfugier sous l'aile de son précepteur, il sortit le
lendemain, mais sous la sauvegarde dont il avait cru pouvoir se
passer, et Rousseau ajoute qu'en lui donnant le bras, l'enfant affectait de regarder d'un air de hauteur ceux dont la veille il avait essuyé les railleries. Les hommes sont de grands enfans, dit-on, et il
n'est pas étonnant qu'un observateur comme Marivaux nous montre, dans un esprit déjà formé par les années, la vanité du jeune âge.

Pas plus que vous, lui répondis-je ; et là-dessus, je
lui expliquai comment j'y avais été mêlé. Eh ! pardi,
monsieur, reprit-il, je m'en réjouis ; et nous le di-
sions tous ici, nos voisins, ma femme, mes enfans,
moi et mes garçons : A qui diantre se fiera-t-on après
ce garçon-là? car il a la meilleure physionomie du
monde. Oh ! parbleu, je veux qu'ils vous voient.
Holà ! Babet (c'était une de ses filles qu'il appelait),
ma femme, approchez ; venez, vous autres (il parlait à ses garçons); tenez, regardez bien monsieur ;
savez-vous qui c'est ?

Eh ! mon père, s'écria Babet, il ressemble au visage de ce prisonnier de l'autre jour. Eh ! vraiment
oui, dit la femme; il lui ressemble tant que c'est
lui-même. Oui, répondis-je, en propre personne.
Ah ! ah ! dit encore Babet, voilà qui est drôle ; vous
n'avez donc aidé à tuer personne, monsieur? Eh !
non certes, repris-je; j'en serais bien fâché, d'aider
à la mort de quelqu'un; à la vie, encore passe. En
bonne foi, dit la femme, nous n'y comprenions rien.
Oh! pour cela, dit Babet, si jamais quelqu'un a eu
la mine d'un innocent, c'était vous assurément.

Le peuple commençait à s'assembler ; nombre de
gens me reconnaissaient. Madame de Ferval eut la
complaisance de laisser durer cette scène aussi long-
temps qu'il le fallait pour rétablir ma réputation dans
tout le quartier ; je pris congé du chirurgien et de
toute la famille, avec la consolation d'être salué bien
cordialement par ce peuple, et bien purgé, tout le long
de la rue, des crimes dont on m'y avait soupçonné ;

sans compter l'agrément que j'eus d'y entendre de
tous côtés faire l'éloge de ma physionomie, ce qui
mit mademoiselle Habert de la meilleure humeur du
monde, et l'engagea à me regarder avec une avidité
qu'elle n'avait pas encore eue.

Je la voyais qui se pénétrait du plaisir de me considérer, et qui se félicitait d'avoir eu la justice de me
trouver si aimable.

J'y gagnai même auprès de madame de Ferval,
qui, de son côté, en appliqua sur moi quelques regards plus attentifs qu'à l'ordinaire, et je suis persuadé qu'elle se disait : Je ne suis donc point de si
mauvais goût, puisque tout le monde est de mon
sentiment.

Ce que je vous dis là, au reste, se passait en parlant ; aussi étais-je bien content, et ce ne fut pas tout.

Nous approchions de la maison de mademoiselle
Habert, où madame de Ferval voulait nous mener,
quand nous rencontrâmes, à la porte d'une église, la
sœur aînée de ma future et M. Doucin qui causaient
ensemble et qui semblaient parler d'action. Un carrosse, qui retarda la course du nôtre, leur donna le
temps de nous apercevoir.

Quand j'y songe, je ris encore du prodigieux étonnement où ils restèrent tous deux en nous voyant.

Nous les pétrifiâmes ; ils en furent si déroutés, si
étourdis, qu'il ne leur resta pas même assez de présence d'esprit pour nous faire la moue, comme ils
n'y auraient pas manqué s'ils avaient été moins saisis ; mais il y a des choses qui terrassent, et, pour

surcroît de chagrin, c'est que nous ne pouvions leur
apparaître dans un instant qui leur rendît notre apparition plus humiliante et plus douloureuse. Le hasard
y joignait des accidens faits exprès pour les désoler.
C'était triompher d'eux d'une manière superbe, et qui
aurait été insolente si nous l'avions méditée ; et c'est,
ne vous déplaise, qu'au moment qu'ils nous aper-
çurent, nous éclations de rire, madame de Ferval,
mademoiselle Habert et moi, de quelque chose de
plaisant que j'avais dit ; ce qui, joint à la pompe
triomphante avec laquelle madame de Ferval semblait nous mener, devait assurément leur percer le
cœur.

Nous les saluâmes fort honnêtement ; ils nous rendirent le salut comme gens confondus, qui ne sa-
vaient plus ce qu'ils faisaient, et qui pliaient sous la
force du coup qui les assommait.

Vous saurez encore qu'ils venaient tous deux de
chez mademoiselle Habert la cadette (nous l'apprî-
mes en rentrant), et que là on leur avait dit que j'é-
tais en prison ; car madame d'Alain, qui avait été
présente au rapport du geolier que j'avais envoyé
de la prison, n'avait pas pu se taire, et, tout en les
grondant en notre faveur, les avait régalés de cette
bonne nouvelle.

Jugez des espérances qu'ils en avaient tirées contre
moi. Un homme en prison ! qu'a-t-il fait ? Ce n'est pas
nous qui avons pris part à cela ; ce n'est pas le président non plus, qui a refusé de nous servir ; il faut donc
que ce soit pour quelque action étrangère à notre

affaire. Que sais-je s'ils n'allaient pas jusqu'à me soupçonner de quelque crime ? ils me haïssaient assez tous
deux pour avoir cette charitable opinion de moi. Les
dévots prennent leur haine contre vous pour une
preuve que vous ne valez rien. Oh! voyez quel rabat-
joie de nous rencontrer subitement en situation si
brillante et si prospère!

Mais laissons-les dans leur confusion, et arrivons
chez la bonne mademoiselle Habert.

Je ne monte point chez vous, lui dit madame de
Ferval, parce que j'ai affaire; adieu, prenez vos mesures pour vous marier au plus tôt; n'y perdez point
de temps, et que M. de La Vallée, je vous prie, vienne
m'avertir quand c'en sera fait; car jusque-là je serai
inquiète.

Nous irons vous en informer tous deux, répondit
mademoiselle Habert; c'est bien le moins que nous
vous devions, madame. Non, non, reprit-elle en
jetant sur moi un petit regard d'intelligence qu'elle
vit bien que j'entendais; il suffira de lui, mademoiselle, faites à votre aise; et puis elle partit.

Eh! Dieu me pardonne, s'écria madame d'Alain
en me revoyant, je crois que c'est monsieur de La
Vallée que vous nous ramenez, notre bonne amie.
Tout juste, madame d'Alain, vous y êtes, lui dis-je;
et Dieu vous pardonnera de le croire, car vous ne
vous trompez point. Bonjour, mademoiselle Agathe
(sa fille était là). Soyez le bienvenu, me répondit-
elle; ma mère et moi, nous vous croyions perdu.

Comment, perdu! s'écria la veuve; si vous n'étiez

pas venu ce matin, j'allais cette après-midi mettre tous mes amis par voies et par chemins. Votre sœur et M. Doucin sortent d'ici qui venaient vous voir, ajouta-t-elle à ma future; allez, je ne les ai pas mal accommodés; demandez le train que je leur ai fait. Le pauvre garçon est en prison, leur ai-je dit; vous le savez bien, c'est vous qui en êtes cause, et c'est fort mal fait à vous!... En prison? Et depuis quand?... Bon! depuis quand? Depuis vos menées, depuis que vous courez partout pour l'y mettre; et puis ils sont partis sans que je leur aie seulement dit : Asseyez-vous.

Par ce discours de madame d'Alain que je rapporte, on voit bien qu'elle ignorait les causes de ma prison; et en effet, mademoiselle Habert s'était bien gardée de les lui dire, et lui avait laissé croire que j'y avais été mis par les intrigues de sa sœur. Si madame d'Alain avait été instruite, quelle bonne fortune pour elle qu'un pareil récit à faire! Tout le quartier aurait retenti de mon aventure; elle aurait été la conter de porte en porte, pour y avoir le plaisir d'étaler ses regrets sur mon compte; et c'était toujours autant de mauvais bruits d'épargnés.

Eh mais! dites-nous donc ceci, dites-nous donc cela; c'était le détail de ma prison qu'elle me demandait; je lui en inventai quelques-uns. Et puis, je vous ai trouvé un prêtre qui vous mariera quand vous voudrez, dit-elle, tout à l'heure s'il n'était pas trop tard; mais ce sera pour après minuit, si c'est votre intention.

Oui-dà, madame, dit mademoiselle Habert, et
nous vous serons fort obligés de le faire avertir.
J'irai moi-même tantôt chez lui, nous dit-elle ; il
s'agit de dîner, à présent ; allons, venez manger ma
soupe ; vous me donnerez à souper ce soir ; et des
témoins pour votre mariage, je vous en fournirai qui
ne seront pas si glorieux que les premiers.

Mais tous ces menus récits m'ennuient moi-même ;
sautons-les, et supposons que le soir est venu, que
nous avons soupé avec nos témoins, qu'il est deux
heures après minuit, et que nous partons pour l'é-
glise.

Enfin, pour le coup nous y sommes ; la messe est
dite, et nous voilà mariés en dépit de notre sœur
aînée et du directeur son adhérent, qui n'aura plus
ni café ni pains de sucre de madame de La Vallée.

J'ai vu bien des amours en ma vie, au reste, bien
des façons de dire et de témoigner qu'on aime ; mais
je n'ai rien vu d'égal à l'amour de ma femme.

Les femmes du monde les plus vives, les plus tendres, vieilles ou jeunes, n'aiment point dans ce
goût-là ; je leur déficrais même de l'imiter. Non, pour
ressembler à mademoiselle Habert, que je ne devrais
plus nommer ainsi, il ne sert de rien d'avoir le cœur
le plus sensible du monde ; joignez-y de l'emportement, cela n'avance de rien encore ; mettez enfin
dans le cœur d'une femme tout ce qu'il vous plaira,
vous ferez d'elle quelque chose de fort vif, de fort
passionné, mais vous n'en ferez point une mademoiselle Habert ; tout l'amour dont elle sera capable ne

vous donnera point encore une juste idée de celui
de ma femme.

Pour aimer comme elle, il faut avoir été trente
ans dévote, et pendant trente ans avoir eu besoin de
courage pour l'être; il faut pendant trente ans avoir
résisté à la tentation de songer à l'amour, et trente
ans s'être fait un scrupule d'écouter ou même de regarder les hommes, qu'on ne haïssait pourtant pas.

Oh! mariez-vous après trente ans d'une vie de cette
force-là, trouvez-vous du soir au matin l'épouse d'un
homme, c'est déjà beaucoup; j'ajoute aussi d'un
homme que vous aimerez d'inclination, ce qui est
encore plus; et vous serez pour lors une autre mademoiselle Habert, et je vous réponds que qui vous
épousera verra bien que j'ai raison.

Je dis que son amour n'était fait comme celui de personne. Caractérisez donc cet amour, me dira-t-on.
Mais doucement; aussi bien je ne saurais; tout ce que
j'en puis dire, c'est qu'elle me regardait ni plus ni
moins que si j'avais été une image; et c'était sa grande
habitude de prier et de tourner affectueusement les
yeux en priant, qui faisait que ses regards sur moi
avaient cet air-là.

Quand une femme vous aime, c'est avec amour
qu'elle vous le dit; c'était avec dévotion que me le
disait la mienne, mais avec une dévotion délicieuse.
Vous eussiez dit que son cœur traitait amoureusement
avec moi une affaire de conscience [1], et que cela si-

_____

[1] *Vous eussiez dit que son cœur traitait amoureusement avec moi*

gnifiait : Dieu soit béni qui veut que je vous aime,
et que sa sainte volonté soit faite ! et tous les transports de ce cœur étaient sur ce ton-là, et l'amour n'y
perdait qu'un peu de son air et de son style, mais
rien de ses sentimens ; figurez-vous là-dessus de quel
caractère il pouvait être.

Il était dix heures quand nous nous levâmes ; nous
nous étions couchés à trois, et nous avions eu besoin
de repos.

Monsieur de La Vallée, me dit-elle, un quart d'heure
avant que nous nous levassions, nous avons bien quatre à cinq mille livres de rente ; c'est de quoi vivre
passablement ; mais tu es jeune, il faut s'occuper ; à
quoi te destines-tu ? A ce qu'il vous plaira, cousine,
lui dis-je ; mais j'aime assez cette maltôte ; elle est
de si bon rapport ! C'est la mère-nourrice de tous ceux
qui n'ont rien. Je n'ai que faire de nourrice avec vous,
cousine ; vous ne me laisserez pas manquer de nourriture, mais abondance de vivres ne nuit point ; faisons-
nous financiers par quelque emploi qui ne nous coûte
guère et qui nous rende beaucoup, comme c'est la
coutume du métier. Le seigneur de notre village, qui
est mort riche comme un coffre, était parvenu par
ce moyen ; parvenons de même.

---

une *affaire de conscience*. Tous ces détails sont remplis d'originalité, et ne sortent pas toutefois des limites de la décence ; ce qui est
méritoire, vu la situation. Marivaux est peut-être le premier auteur
qui se soit avisé de faire d'une première nuit de mariage une excellente scène de comédie.

Oui-dà, me dit-elle; mais tu ne sais rien, et je serais d'avis que tu t'instruisisses un peu auparavant; je connais un avocat aux conseils chez qui tu pourrais travailler; veux-tu que je lui en parle?

Si je le veux? dis-je; eh! pardi, cousine, est-ce qu'il y a deux volontés ici? est-ce que la vôtre n'est pas la nôtre? Hélas! mon bien-aimé, reprit-elle, je ne voudrai jamais rien que pour ton bien : mais à propos, mon cher mari, nos embarras m'ont fait oublier une chose; tu as besoin d'habit et de linge, et je sortirai cette après-midi pour t'acheter l'un et l'autre.

A propos d'équipage d'homme, ma petite femme, lui dis-je, il y a encore une bagatelle qui m'a toujours fait envie; votre volonté n'y penserait-elle pas par hasard? Dans cette vie, un peu de bonne mine ne gâte rien.

Eh! de quoi s'agit-il, mon ami? me répondit-elle. Rien que d'une épée avec son ceinturon, lui dis-je, pour être monsieur de La Vallée à forfait [1]; il n'y a rien qui relève tant la taille, et puis, avec cela, tous les honnêtes gens sont vos pareils.

Eh bien! mon beau mari, vous avez raison, me dit-elle; nous en ferons ce matin l'emplette; il y a

---

[1] *Pour être monsieur de La Vallée à forfait. A forfait* se prend ordinairement dans une autre acception que celle qui conviendrait à ce passage. Cette locution indique un marché par lequel un homme s'oblige de faire une chose pour un certain prix, à perte ou à gain. ACAD.

8.
6

près d'ici un fourbisseur, il n'y a qu'à l'envoyer chercher. Voyez, songez, que désirez-vous encore? ajouta-t-elle. Car en ce premier jour de noces, cette âme dévotement enflammée ne respirait que pour son jeune époux : si je lui avais dit que je voulais être roi [1], je pense qu'elle m'aurait promis de marchander une couronne.

Sur ces entrefaites dix heures sonnèrent ; la tasse de café nous attendait ; madame d'Alain, qui nous la faisait porter, criait à notre porte et demandait à entrer avec un tapage qu'elle croyait la chose du monde la plus galante, vu que nous étions de nouveaux mariés.

Je voulais me lever : Laissez, mon fils, laissez, me dit madame de La Vallée ; tu serais trop long-temps à t'habiller : voilà qui me fait encore ressouvenir qu'il te faut une robe de chambre. Bon! bon! il me faut! lui répondis-je en riant; allez, allez, vous n'y entendez rien, ma femme ; il me fallait ma cousine, avec cela j'aurai de tout.

Là-dessus elle sortit du lit, mit une robe, et ouvrit à notre bruyante hôtesse, qui lui dit en entrant :

---

[1] *Si je lui avais dit que je voulais être roi.* Voilà un des cas extrêmement rares où le comique s'élève presque jusqu'au sublime. Cette ferveur d'amour, cette libéralité enthousiaste de mademoiselle Habert, au moment où, suivant l'expression pindarique de J.-J. Rousseau, *elle sort toute radieuse de la couche nuptiale*, ont quelque chose de noble et de ridicule tout à la fois : de noble, par la beauté du sentiment ; de ridicule, par le motif assez gai qui vient de l'exciter.

Venez cà, que je vous embrasse, avec votre bel œil
mourant : eh bien! qu'est-ce que c'est? Ce gros garçon, s'en accommodera-t-on ? Vous riez, c'est signe
que oui : tant mieux, je m'en serais bien doutée ; le
gaillard ! je pense qu'il fait bon vivre avec lui, n'est-
ce pas [1] ? Debout, debout, jeunesse, me dit-elle en
venant à moi ; quittez le chevet, votre femme n'y
est plus, et il sera nuit ce soir.

Je ne saurais, lui dis-je ; je suis trop civil pour
me lever devant vous ; demain tant que vous voudrez,
j'aurai une robe de chambre. Eh ! pardi ! dit-elle,
voilà bien des façons ! s'il n'y a que cela qui manque,
je vais vous en chercher une qui est presque neuve ;
mon pauvre défunt ne l'a pas mise dix fois ; quand
vous l'aurez, il me semblera le voir lui-même.

Et sur-le-champ elle passe chez elle, rapporte cette

---

[1] *Le gaillard ! je pense qu'il fait bon vivre avec lui, n'est-ce pas ?*
C'était autrefois l'usage qu'une jeune mariée, le lendemain de ses
noces, attendît, sur un lit de parade, la visite des parens et des amis,
pour essuyer le feu roulant de leurs plaisanteries, qui étaient souvent
très-équivoques, et qui souvent aussi n'avaient pas même le mérite
de l'être. La bonne hôtesse semble faire revivre cette ancienne
coutume pour madame de La Vallée ; mais à travers sa grosse
gaîté on entrevoit un petit mouvement de jalousie, et son interrogatoire railleur tient moins de la curiosité que du regret. Au surplus, ses sentimens, comme dans *Marianne* ceux de madame Du-
tour, ne l'empêchent pas de saisir l'occasion de faire un marché
avantageux. Peut-être aussi, en vendant au nouvel époux la robe
de chambre de feu son mari, espère-t-elle que ce commencement
de succession mettra Jacob en goût de pousser plus loin la *ressemblance* avec le défunt, *qu'il me semble voir*, dit-elle.

robe de chambre, et me la jette sur le lit. Tenez, me dit-elle, elle est belle et bonne : gardez-la, je vous en ferai bon compte.

La veux-tu? me dit madame de La Vallée. Oui-dà, repris-je : à combien est-elle? je ne sais pas marchander.

Et là-dessus : Je vous la laisse à tant, c'est marché donné. Non, c'est trop. Ce n'est pas assez. Bref, elles convinrent, et la robe de chambre me demeura; je la payai de l'argent qui me restait de ma prison.

Nous prîmes notre café. Madame de La Vallée confia mes besoins, tant en habits qu'en linge, à notre hôtesse, et la pria de l'aider l'après-midi dans ses achats; mais, quant à l'habit, le hasard en ordonna autrement.

Un tailleur, à qui madame d'Alain louait quelques chambres dans le fond de la maison, vint un quart d'heure après lui apporter un reste de terme qu'il lui devait. Eh! pardi! monsieur Simon, vous arrivez à propos, lui dit-elle en me montrant; voilà une pratique pour vous; nous allons tantôt lever un habit pour ce monsieur-là.

M. Simon me salua, me regarda : Eh! ma foi, dit-il, ce ne serait pas la peine de lever de l'étoffe ; j'ai chez moi un habit tout battant neuf à qui j'ai mis hier le dernier point, et que l'homme à qui il est m'a laissé pour les gages, à cause qu'il n'a pas pu me payer l'avance que je lui en ai faite, et qu'hier au matin, ne vous déplaise, il a délogé de son auberge sans dire adieu à personne. Je crois qu'il sera juste à monsieur ; c'est une occasion de s'habiller tout d'un coup, et pas si cher que chez le marchand ; il y a habit, veste et culotte , d'un bel et bon drap bien fin , tout uni, doublé de soie rouge ; rien n'y manque.

Cette soie rouge me flatta ; une doublure de soie ! quel plaisir et quelle magnificence pour un paysan ! Qu'en dites-vous, ma mie ? dis-je à madame de La Vallée. Eh mais ! dit-elle , s'il va bien, mon ami, c'est autant de pris. Il sera comme de cire , reprit le tailleur, qui courut vite le chercher ; il l'apporte , je l'essaie ; il m'habillait mieux que le mien, et le cœur me battait sous la soie ; on en vient au prix.

Le marché en fut plus long à conclure que de la robe de chambre ; non pas de la part de ma femme , à qui madame d'Alain dit : Ne vous mêlez point de cela, c'est mon affaire. Allons, monsieur Simon, peut-être que d'un an vous ne vendrez cette friperie-là si à propos ; car il faut une taille, et en voilà une : c'est comme si Dieu vous l'envoyait ; il n'y a peut-être que celle-là à Paris ; lâchez la main ; pour trop avoir, on n'a rien. D'offres en offres, notre officieuse tracassière conclut.

Quand l'habit fut acheté, l'amoureuse envie de me voir tout équipé, prit à ma femme : Mon fils, me dit-elle, envoyons tout de suite chercher un ceinturon, des bas, un chapeau (et je veux qu'il soit bordé), une chemise neuve toute faite, et tout l'attirail ; n'est-ce pas ?

Comme il vous plaira, lui dis-je avec une gaîté qui m'allait jusqu'à l'âme ; et aussitôt dit, aussitôt

fait. Tous les marchands furent appelés, madame
d'Alain toujours présente, toujours marchandant,
toujours tracassière ; et avant le dîner j'eus la joie de
voir Jacob métamorphosé en cavalier, avec la doublure de soie, avec le galant bord d'argent au chapeau, et l'ajustement d'une chevelure qui me descendait jusqu'à la ceinture, et après laquelle le
baigneur avait épuisé tout son savoir-faire.

Je vous ai déjà dit que j'étais beau garçon ; mais
jusque-là il avait fallu le remarquer pour y prendre
garde. Qu'est-ce que c'est qu'un beau garçon sous des
habits grossiers ? Il est bien enterré là-dessous ; nos
yeux sont si dupes à cet égard-là ! S'aperçût-on même
qu'il est beau, quel mérite cela a-t-il ? On dirait volontiers : De quoi se mêle-t-il ? il lui appartient bien !
Il y a seulement, par ci par là, quelques femmes
moins frivoles, moins dissipées que d'autres [1], qui ont
le goût plus essentiel, et qui ne s'y trompent point.
J'en avais déjà rencontré quelques-unes de celles-là,
comme vous l'avez vu ; mais, ma foi ! sous mon nou-

---

[1] *Il y a seulement, par ci par là, quelques femmes moins frivoles,
moins dissipées.* Ces deux épithètes, qu'on pourrait prendre au
pied de la lettre si elles s'appliquaient à quelqu'un qui aurait su
découvrir les qualités d'un homme à travers l'humble apparence
de son ajustement, deviennent fort plaisantes quand Jacob adresse
l'éloge qu'elles renferment à ces femmes dont l'œil, exercé par l'habitude d'un raffinement de libertinage, sait tout d'abord deviner dans
un jeune homme le mérite *essentiel* qu'elles cherchent dans un
amant, sans s'inquiéter s'il a ce vernis d'élégance qui est ordinairement le premier moyen de séduction dans le monde.

vel attirail, il ne fallait que des yeux pour me trouver aimable, et je n'avais que faire qu'on les eût si
bons : j'étais bel homme, j'étais bien fait, j'avais des
grâces naturelles; et tout cela au premier coup d'œil.

Voyez donc l'air qu'il a, ce cher enfant ¹ ! dit madame de La Vallée, quand je sortis du cabinet où je
m'étais retiré pour m'habiller. Comment donc ! dit
madame d'Alain, savez-vous bien qu'il est charmant?
Et ce n'était plus en babillarde qu'elle le disait; il me
parut que c'était en femme qui le pensait, et qui
même, pendant quelques momens, en perdit son ba-
bil. A la manière étonnée dont elle me regarda, je
crois qu'elle convoitait le mari de ma femme; je lui
avais déjà plu à moins de frais.

Voilà une belle tête, disait-elle ; si jamais je me
marie, je prendrai un homme qui aura la pareille.
Oh ! oui, ma mère, dit Agathe qui venait d'entrer;
mais ce n'est pas le tout, il faut la mine avec.

Cependant nous dînâmes ; madame d'Alain se ré-
pandit en cajoleries pendant le repas ; Agathe ne
m'y parla que des yeux, m'en dit plus que sa mère;
et ma femme ne vit que moi, ne songea qu'à moi,
et je parus à mon tour n'avoir d'attention que pour
elle.

---

¹ *Voyez donc l'air qu'il a, ce cher enfant !* Pauvre **madame de
La Vallée !** si elle savait dans l'intérêt de qui elle vient de **faire**
tant de frais pour rehausser la bonne mine naturelle de son nouvel époux ! Ce qu'il y a de plus piquant pour l'épouse trahie, c'est
qu'elle-même l'envoie, le jour de ses noces, auprès d'une rivale.
Au reste, *il y songeait.*

Nos témoins, que madame de La Vallée avait in-
vités à souper en les quittant à trois heures du matin
le même jour, arrivèrent sur les cinq heures du soir.

Monsieur de La Vallée, me dit la cousine, je serais d'avis que vous allassiez chez madame de Ferval;
nous ne souperons que sur les huit heures, et vous
aurez le temps de la voir : faites-lui bien des complimens de ma part, et dites-lui que demain nous
aurons l'honneur de la voir ensemble.

Eh! oui, à propos, lui dis-je, elle nous a bien
recommandé de l'avertir, et cela est juste. Adieu,
mesdames; adieu, messieurs; vous le voulez bien,
jusqu'à tantôt.

Ma femme croyait me faire ressouvenir de cette
madame de Ferval; mais je l'en aurais bien fait ressouvenir elle-même, si elle l'avait oubliée : je mou-
rais d'envie qu'elle me vît fait comme j'étais. Oh!
comme je vais lui plaire! disais-je en moi-même;
ce sera bien autre chose que ces jours passés. On
verra dans la suite ce qu'il en fut [1].

---

[1] *On verra dans la suite ce qu'il en fut.* La position de Jacob est
tout-à-fait changée, et il fallait que Marivaux comptât bien sur les
ressources de son esprit et de son imagination, pour ne pas craindre
de contrevenir aux règles ordinaires du roman, en nous montrant
son héros enrichi, heureux, marié dès le premier tiers de l'ouvrage. Néanmoins il a su tenir sur le *qui vive* la curiosité du lecteur, en laissant pressentir que ce bonheur-là n'était que provisoire.
Et, en effet, quel bonheur, s'il était définitif, que celui d'un joli
garçon de vingt ans, dont la femme en a cinquante! Lesage, que
nous avons souvent occasion de citer, nous présente aussi le mariage

d'un jeune homme avec une vieille. Mais la vieille n'a d'autre intention que celle d'acquérir le droit d'enrichir son nouvel époux ; et, non
moins généreuse, mais plus désintéressée que mademoiselle Habert,
dès la première nuit de ses noces, elle se refuse aux empressemens
d'une reconnaissance qui se déguise en tendresse.

FIN DE LA TROISIÈME PARTIE.

QUATRIÈME PARTIE.

Je me rendis donc chez madame de Ferval, et ne rencontrai dans la cour de la maison qu'un laquais qui me conduisit chez elle par un petit escalier que je ne connaissais pas.

Une de ses femmes, qui se présenta d'abord, me dit qu'elle allait avertir sa maîtresse ; elle revint un moment après, et me fit entrer dans la chambre de cette dame. Je la trouvai qui lisait, couchée sur un sopha, la tête appuyée sur une main, et dans un déshabillé très-propre, mais assez négligemment arrangé.

Figurez-vous une jupe qui n'est pas tout-à-fait rabattue jusqu'aux pieds, qui même laisse voir un peu de la plus belle jambe du monde ; et c'est une grande beauté qu'une belle jambe dans une femme !

De ces deux pieds mignons, il y en avait un dont la mule était tombée, et qui, dans cette espèce de nudité, avait fort bonne grâce.

Je ne perdis rien de cette touchante posture ; ce fut pour la première fois de ma vie que je sentis bien ce que valaient le pied et la jambe d'une femme ; jusque-là je les avais comptés pour rien ; je n'avais vu les femmes qu'au visage et à la taille, j'appris

alors qu'elles étaient femmes partout. Je n'étais pourtant encore qu'un paysan ; car qu'est-ce que c'est
qu'un séjour de quatre ou cinq mois à Paris ? Mais il
ne faut ni délicatesse ni usage du monde pour être
tout d'un coup au fait de certaines choses, surtout
quand elles sont à leur vrai point de vue ; il ne faut
que des sens, et j'en avais.

Ainsi, cette belle jambe et ce joli petit pied sans
pantoufle me firent beaucoup de plaisir à voir.

J'ai bien vu depuis des objets de ce genre-là qui
m'ont toujours plu, mais jamais tant qu'ils me plu-
rent alors ; aussi, comme je l'ai déjà dit, était-ce
la première fois que je les sentais, c'est tout dire ;
il n'y a point de plaisir qui ne perde à être déjà
connu.

Je fis, en entrant, deux ou trois révérences à
madame de Ferval, qui, je pense, ne prit pas garde
si elles étaient bien ou mal faites ; elle ne me demandait pas des grâces acquises, elle n'en voulait
qu'à mes grâces naturelles, qu'elle pouvait alors remarquer encore mieux qu'elle ne l'avait fait, parce
que j'étais plus paré.

De l'air dont elle me regarda, je jugeai qu'elle
ne s'était pas attendue à me voir ni si bien fait ni de
si bonne mine.

Comment donc ! s'écria-t-elle avec surprise, et en
se relevant un peu de dessus son sopha, c'est vous,
La Vallée ! je ne vous reconnais pas ; voilà vraiment
une très-jolie figure, mais très-jolie. Approchez,
mon cher enfant, approchez ; prenez un siége, et

mettez-vous là; mais cette taille ! comme elle est
bien prise ! cette tête ! ces cheveux ! en vérité, il
est trop beau pour un homme ; la jambe parfaite avec
cela; il faut apprendre à danser, La Vallée, n'y
manquez pas ; asseyez-vous. Vous voilà on ne peut
pas mieux, ajouta-t-elle en me prenant par la main
pour me faire asseoir.

Et comme j'hésitais par respect : Asseyez-vous donc,
me répéta-t-elle encore du ton d'une personne qui
vous dirait : Oubliez ce que je suis, et vivons sans façon.

Eh bien ! gros garçon, me dit-elle, je songeais à
vous ; car je vous aime, vous le savez bien ; ce qu'elle
me dit avec des yeux qui expliquaient sa manière de
m'aimer; oui, je vous aime, et je veux que vous
vous attachiez à moi, et que vous m'aimiez aussi;
entendez-vous ?

Hélas ! charmante dame, lui répondis-je avec
un transport de vanité et de reconnaissance, je vous
aimerai peut-être trop, si vous n'y prenez garde.

Et à peine lui eus-je tenu ce discours, que je me
jetai sur sa main qu'elle m'abandonna, et que je
baisai de tout mon cœur.

Elle fut un moment ou deux sans rien dire, et se
contenta de me voir faire ; je l'entendis seulement
respirer d'une manière sensible, et comme une personne qui soupire un peu. Parle donc, est-ce que
tu m'aimes tant ? me dit-elle, pendant que j'avais la
tête baissée sur cette main. Eh ! pourquoi crains-tu
de m'aimer trop ? explique-toi, La Vallée ; qu'est-ce
que tu veux dire ?

C'est, repris-je, que vous êtes si aimable, si belle! et moi qui sens tout cela, voyez-vous! j'ai peur de vous aimer autrement qu'il ne m'appartient.

Tout de bon! me dit-elle; on dirait que tu parles d'amour, La Vallée. Et on dirait ce qui est, repartis-je; car je ne saurais m'en empêcher.

Parle bas, me dit-elle [1]; ma femme de chambre est peut-être là-dedans (c'était l'antichambre qu'elle marquait); ah! mon cher enfant, qu'est-ce que tu viens de me dire? Tu m'aimes donc? Hélas! tout petit homme que je suis, dirai-je qu'oui? repartis-je. Comme tu voudras, me répondit-elle avec un petit soupir; mais tu es bien jeune, j'ai peur à mon tour de me fier à toi; approche-toi, afin de nous entretenir de plus près, ajouta-t-elle. J'oublie de vous dire que, dans le cours de la conversation, elle s'était remise dans la posture où je l'avais trouvée d'abord; toujours avec cette pantoufle de moins, et toujours avec ces jambes un peu découvertes, tantôt plus, tantôt moins, suivant les attitudes qu'elle prenait sur le sopha.

Les coups d'œil que je jetais de ce côté-là ne lui échappaient pas. Quel friand petit pied que vous avez là, madame! lui dis-je en avançant ma chaise; car je

---

[1] *Parle bas, me dit-elle.* Une femme qui ne répond à une déclaration d'amour qu'en enjoignant de la faire plus bas, est une femme plus d'à demi vaincue. On doit remarquer que, tout enflammée qu'elle est, madame de Ferval ne perd ni son sang-froid ni sa prudence, et corrige à propos l'indiscrétion de Jacob, qui ne connaît pas le proverbe anglais: *If you speak love, speak low.* « Si vous « parlez d'amour, parlez bas. »

tombais insensiblement dans le ton familier. Laisse
là mon pied, dit-elle, et remets-moi ma pantoufle [1];
il faut que nous causions sur ce que tu viens de me
dire ; voyons un peu ce que nous ferons de cet amour
que tu as pour moi.

Est-ce que par malheur il vous fâcherait ? lui dis-je.
Eh! non, La Vallée, il ne me fâche point, me répondit-elle ; il me touche au contraire ; tu ne m'as que
trop plu, tu es beau comme l'Amour.

Eh! lui dis-je, qu'est-ce que c'est que mes beautés
auprès des vôtres ? Un petit doigt de vous vaut mieux
que tout ce que j'ai en moi ; tout est admirable en
vous. Voyez ce bras, cette belle façon de corps, des
yeux que je n'ai jamais vus à personne ; et là-dessus,
les miens la parcouraient tout entière. Est-ce que
vous n'avez pas pris garde comme je vous regardais
la première fois que je vous ai vue ? lui disais-je ; je
devinais que votre personne était charmante, plus
blanche qu'un cygne ; ah! si vous saviez le plaisir que
j'ai eu à venir ici, madame, et comme quoi je croyais
toujours tenir votre chère main que je baisai l'autre
jour, quand vous me donnâtes la lettre! Ah! tais-toi,
me dit-elle, en mettant cette main sur ma bouche
pour me la fermer ; tais-toi, La Vallée, je ne saurais
t'écouter de sang-froid ; après quoi, elle se rejeta

---

[1] *Laisse là mon pied, dit-elle, et remets-moi ma pantoufle.* Il y
a une apparence de contradiction dans ces deux ordres. Mais en
pareil cas l'interprétation est facile ; le ton, les regards, la posture
de la dame, forment un commentaire suffisant.

sur le sopha avec un air d'émotion qui m'en donna beaucoup à moi-même.

Je la regardais, elle me regardait; elle rougissait, le cœur me battait. Je crois que le sien allait de même, et la tête commençait à nous tourner à tous deux, quand elle me dit : Écoute-moi, La Vallée : tu vois bien qu'on peut entrer à tout moment; et puisque tu m'aimes, il ne faut plus nous voir ici, parce que tu n'y es pas assez sage. Un soupir interrompit ce discours.

Tu es marié? reprit-elle après. Oui, de cette nuit, lui dis-je. De cette nuit? me répondit-elle; eh bien! conte-moi ton amour : en as-tu eu beaucoup? Comment trouves-tu ta femme? M'aimerais-tu bien autant qu'elle? Ah! que je t'aimerais à sa place! Ah! repartis-je, que je vous rendrais bien le change! Est-il vrai? me dit-elle, mais ne parlons plus de cela, La Vallée; nous sommes trop près l'un de l'autre; recule-toi un peu, je crains toujours une surprise. J'avais quelque chose à te dire, et ton mariage me l'a fait oublier : nous aurions été plus tranquilles dans mon cabinet [1]; j'y suis ordinairement, mais je ne prévoyais pas que tu viendrais ce soir. A propos, j'aurais pourtant envie que nous y allassions pour te

---

[1] *Nous aurions été plus tranquilles dans mon cabinet. Tranquilles* n'est certainement pas le mot propre, pour exprimer l'idée que madame de Ferval a dans l'esprit; aussi est-ce le plus comique que l'auteur pût choisir. Le lecteur trouvera peut-être que la bonne dame y va bien vite pour une dévote. Mais qu'on lise les

donner les papiers dont je te parlai l'autre jour; veux-tu y venir ?

Elle se leva tout-à-fait là-dessus. Si je le veux! lui dis-je. Elle rêva alors un instant, et puis : Non, dit-elle, n'y allons point ; si cette femme de chambre arrivait et qu'elle ne nous trouvât pas ici, que sait-on ce qu'elle penserait ! restons.

Je voudrais pourtant bien ces papiers, repris-je. Il n'y a pas moyen, dit-elle, tu ne les auras pas aujourd'hui[1] ; et alors elle se remit sur le sopha, mais ne fit que s'y asseoir. Et ces pieds si mignons, lui dis-je, si vous vous tenez comme cela, je ne les verrai donc plus ?

Elle sourit à ce discours, et me passant tendrement la main sur le visage : Parlons d'autre chose,

---

Mémoires du dix-huitième siècle, ceux, par exemple, du baron de Bezenval ; on verra jusqu'à quel point *le beau sexe* avait abdiqué cette pudeur qui, dans les temps chevaleresques, lui créait une sorte de souveraineté supérieure à la puissance même des rois. L'amour, rabaissé alors à un simple commerce des sens, ne *s'élevait plus*, suivant la belle expression de Schiller, *à la dignité d'une pensée*. Ce sont là les mœurs que Marivaux a voulu peindre, parce qu'il les avait vues, et il faut lui rendre la justice de convenir qu'il a été aussi décent qu'on pouvait l'être dans la peinture de l'indécence. Pour peu qu'on se rappelle les images lascives des romans de Crébillon, les écarts licencieux du beau génie de Voltaire, et quelques pages échappées au grave Montesquieu lui-même dans les *Lettres persanes*, on saura du moins gré à Marivaux d'avoir toujours su s'arrêter à temps sur une route aussi glissante.

[1] *Il n'y a pas moyen, dit-elle, tu ne les auras pas aujourd'hui.* Par quelles tournures piquantes Marivaux a l'art de faire deviner

répondit-elle. Tu dis que tu m'aimes , et je te le pardonne ; mais, mon enfant, si j'allais t'aimer aussi,
comme je prévois que cela pourrait bien être (et le
moyen de s'en défendre avec un aussi aimable jeune
homme que toi!), dis-moi, me garderais-tu le secret ,
La Vallée ?

Eh ! ma belle dame, lui dis-je, à qui voulez-vous
donc que j'aille rapporter nos affaires ? Il faudrait que
je fusse bien méchant ! Ne sais - je pas bien que cela
ne se fait pas, surtout envers une grande dame comme
vous, qui est veuve, et qui me fait cent fois plus
d'honneur que je n'en mérite , en m'accordant le réciproque ? et puis, ne sais - je pas encore que vous
tenez un état de dévote [1] qui ne permet pas que pareille chose soit connue du monde ? Non, me répondit-elle en rougissant un peu , tu te trompes ; je ne
suis pas si dévote que retirée.

---

tout ce que le sentiment des bienséances ne lui permet pas de mettre
ouvertement dans la bouche de ses personnages ! *Ces papiers*, qui
signifient, dans la pensée des interlocuteurs, toute autre chose que ce
qu'ils semblent exprimer, tiennent la place d'un aveu plus direct,
qui serait à la fois choquant pour le lecteur et peu conforme au
caractère d'une femme prude et artificieuse comme madame de
Ferval.

[1] *Ne sais-je pas encore que vous tenez un état de dévote?* Avec sa
naïveté ordinaire, Jacob met l'hypocrisie de madame de Ferval
dans une nudité si embarrassante pour elle-même, qu'il la force à
rougir et à chercher une justification maladroite. Il n'y a guère de
gens assez effrontés pour s'entendre impunément louer des vertus
qu'ils affectent, par ceux qui sont dans le secret de la fausseté de
ces vertus.

8.   7

Eh! pardi! repris-je, dévote ou non, je vous aime
autant d'une façon que d'une autre ; cela empêche-t-il
qu'on vous donne son cœur, et que vous ne preniez
ce qu'on vous donne? On est ce qu'on est, et le monde
n'y a que voir. Après tout, qu'est-ce qu'on fait dans
cette vie? un peu de bien, un peu de mal, tantôt
l'un, tantôt l'autre ; on fait comme on peut, on n'est
ni des saints ni des saintes. Ce n'est pas pour rien
qu'on va à confesse, et puis qu'on y retourne ; il n'y
a que les défunts qui n'y vont plus ; mais pour des
vivans, qu'on m'en cherche !

Ce que tu dis n'est que trop certain ; chacun a ses
faiblesses, me répondit-elle. Eh! vraiment oui, lui
dis-je ; ainsi, ma chère dame, si par hasard vous voulez du bien à votre petit serviteur, il ne faut pas en
être si étonnée. Il est vrai que je suis marié, mais il
n'en serait ni plus ni moins quand je ne le serais pas ;
sans compter que j'étais garçon quand vous m'avez
vu, et si j'ai pris femme depuis, ce n'est pas votre
faute, ce n'est pas vous qui me l'avez fait prendre ;
et ce serait bien pis si nous étions mariés tous deux ¹ ;
au lieu que vous ne l'êtes pas ; c'est toujours autant
de rabattu ; on se prend comme on se trouve, ou

---

¹ *Et ce serait bien pis si nous étions mariés tous deux.* Il est
pourtant vrai que ce raisonnement absurde n'est pas sans exemple
dans le monde, et que beaucoup de gens s'excusent de faire mal, en
pensant qu'il y aurait moyen de faire pis encore. Jacob est très-
plaisant quand il s'érige en casuiste, et s'applaudit de ce qu'il n'y
aura d'adultère que d'un côté ; *c'est toujours autant de rabattu,*
est un trait qui va de pair avec les meilleurs de Molière.

bien il faudrait se laisser, et je n'en ai pas le courage depuis vos belles mains que j'ai tant tenues dans les miennes, et les petites douceurs que vous m'avez dites.

Je t'en dirais encore, si je ne me retenais pas, me répondit-elle ; car tu me charmes, La Vallée, et tu es le plus dangereux petit homme que je connaisse. Mais revenons.

Je te disais qu'il fallait être discret, et je vois que tu en sens les conséquences. La façon dont je vis, l'opinion qu'on a de ma conduite, ta reconnaissance pour les services que je t'ai rendus, pour ceux que j'ai dessein de te rendre, tout l'exige, mon cher enfant. S'il t'échappait jamais le moindre mot, tu me perdrais ; souviens-toi bien de cela, et ne l'oublie point, je t'en prie. Voyons à présent comment tu feras pour me voir quelquefois. Si tu continuais de venir ici, on pourrait en causer ; car sous quel prétexte y viendrais-tu ? Je tiens quelque rang dans le monde, et tu n'es pas en situation de me rendre de fréquentes visites. On ne manquerait pas de soupçonner que j'ai du goût pour toi ; ta jeunesse et ta bonne façon le persuaderaient aisément, et c'est ce qu'il faut éviter. Voici donc ce que j'imagine.

Il y a dans un tel faubourg (je ne sais plus lequel c'était) une vieille femme dont le mari, qui est mort depuis six ou sept mois, m'avait obligation ; elle loge en tel endroit, et s'appelle madame Remi ; tiens, écris tout à l'heure son nom et sa demeure, voici sur cette table ce qu'il faut pour cela.

J'écrivis donc ce nom, et quand j'eus fait, ma-

dame de Ferval continuant son discours : C'est une
femme dont je puis disposer, ajouta-t-elle. Je lui en-
verrai dire demain de venir me parler dans la matinée. Ce sera chez elle que nous nous verrons ; c'est
un quartier éloigné où je serai totalement inconnue.
Sa petite maison est commode ; elle y vit seule ; il
y a même un petit jardin par lequel on peut s'y rendre, et dont une porte de derrière donne dans une
rue très-peu fréquentée ; ce sera dans cette rue que
je ferai arrêter mon carrosse ; j'entrerai toujours par
cette porte, et toi toujours par l'autre. A l'égard de
ce qu'en penseront mes gens, je ne m'en mets pas
en peine ; ils sont accoutumés à me mener dans toutes
sortes de quartiers pour différentes œuvres de charité [1] que nous exerçons souvent, deux ou trois dames
de mes amies et moi, et auxquelles il m'est quelquefois arrivé d'aller seule aussi bien qu'en compagnie,
soit pour des malades, soit pour de pauvres familles.
Mes gens le savent, et croiront que ce sera de même
quand j'irai chez la Remi. Pourras-tu t'y trouver

---

[1] *Ils sont accoutumés à me mener dans toutes sortes de quartiers
pour différentes œuvres de charité.* Que ces œuvres de charité étaient
commodes jadis ! combien de mystères elles servaient à couvrir !
Car la charité doit toujours être pratiquée avec mystère. Il est vrai
qu'elle avait été suspendue pendant un temps ; mais, pour me servir d'une locution populaire, le diable n'y perdait rien, et on
avait inventé la philanthropie. Au surplus, la charité a repris son
ancienne vogue, et trois ou quatre fois heureux ceux qui se trouvent *par hasard* sur le passage de certaines dames, lorsqu'elles vont
visiter les malades et les pauvres familles !

demain sur les cinq heures du soir, La Vallée? J'aurai
vu la Remi, et toutes mes mesures seront prises.

Eh! pardi! lui dis-je, je n'y manquerai pas ; je suis
seulement fâché que ce ne soit pas tout à l'heure.
Eh! dites-moi, ma bonne et chère dame, il n'y aura
donc point, comme ici, de femme de chambre qui
nous écoute, et qui m'empêche de voir les papiers ?

Eh! vraiment non! me dit-elle en riant, et nous
parlerons tout aussi haut qu'il nous plaira ; mais je
fais une réflexion : il y a loin de chez toi à ce faubourg ; tu auras besoin de voitures pour y venir, et
ce serait une dépense qui t'incommoderait.

Bon! bon! lui dis-je, cette dépense, il n'y aura
que mes jambes qui la feront, ne vous embarrassez
pas. Non, mon fils, me dit-elle en se levant, il y a
trop loin, et cela te fatiguerait [1] ; et en tenant ce discours, elle ouvrit un petit coffret, d'où elle tira une
bourse assez simple, mais assez pleine.

Tiens, mon enfant, ajouta-t-elle, voilà de quoi
payer tes carrosses ; quand cela sera fini, je t'en donnerai d'autres.

Eh mais! ma belle maîtresse, lui dis-je, gonflé
d'amour-propre, et tout ébloui de mon mérite,
arrêtez-vous donc ; votre bourse me fait honte.

Et ce qui est de plaisant, c'est que je disais vrai ;
oui, malgré la vanité que j'avais, il se mêlait un

---

[1] *Il y a trop loin, et cela te fatiguerait.* C'est ici le dernier degré
d'une prévoyance qui n'est pas de nature à nous permettre un
commentaire détaillé.

peu de confusion à l'estime orgueilleuse que je prenais pour moi. J'étais charmé qu'on m'offrît, mais
je rougissais de prendre ; l'un me paraissait flatteur,
et l'autre bas.

A la fin pourtant , dans l'étourdissement où j'étais,
je cédai aux instances qu'elle me faisait ; et après lui
avoir dit deux ou trois fois : Mais, madame, mais, ma
maîtresse, je vous coûterais trop ; ce n'est pas la
peine d'acheter mon cœur, il est tout payé, puisque
je vous le donne pour rien ; à quoi bon cet argent ?
à la fin , dis-je , je pris.

Au reste , dit-elle en fermant le petit coffre, nous
n'irons dans l'endroit que je t'indique que pour empêcher qu'on ne cause, mon cher enfant; tu m'y
verras avec plus de liberté, mais avec autant de sagesse qu'ici, au moins; entends-tu, La Vallée ? Je t'en
prie, n'abuse point de ce que je fais pour toi ; je n'y
entends point finesse [1].

Hélas ! lui dis-je, je ne suis pas plus fin que vous
non plus ; j'y vais tout bonnement pour avoir le plaisir d'être avec vous, d'aimer votre personne à mon
aise, voilà tout : car, au surplus, je n'ai envie de

---

[1] *N'abuse point de ce que je fais pour toi ; je n'y entends point
finesse*. C'est dans de pareils traits de l'observation la plus délicate
que Marivaux, si l'on peut parler ainsi, est vrai jusqu'à l'invrai-
semblance. Quelle intention fut jamais moins équivoque que celle
de madame de Ferval ? Ne semble-t-il pas qu'il y ait du luxe dans
son hypocrisie ? et pourtant il est reconnu que, jusqu'à ce qu'une
femme ait *achevé* de céder, dans le moment même où elle prépare
sa défaite, elle veut encore faire croire qu'elle résistera.

vous chagriner en rien, je vous assure ; mon intention est de vous complaire ; je vous aime ici , je vous aimerai là-bas, je vous aimerai partout. Il n'y a point de mal à cela , me dit-elle , et je ne te défends point de m'aimer, La Vallée ; mais c'est que je voudrais bien n'avoir rien à me reprocher ; voilà ce que je veux dire.

Ah ! çà , il me reste à te parler d'une chose ; c'est d'une lettre que j'ai écrite pour toi, et que j'adresse à madame de Fécour, à qui tu la porteras. M. de Fécour, son beau-frère, est un homme d'un très-grand crédit dans les finances ; il ne refuse rien à la recommandation de sa belle-sœur, et je la prie ou de te présenter à lui , ou de lui écrire en ta faveur, afin qu'il te place à Paris, et te mette en chemin de t'avancer ; il n'y a point pour toi de voie plus sûre que celle-là pour aller à la fortune.

Elle prit alors cette lettre qui était sur une table et me la donna. A peine la tenais-je , qu'un laquais annonça une visite ; et c'était madame de Fécour elle-même.

Je vis donc entrer une assez grosse femme , de taille médiocre, qui portait une des plus furieuses gorges que j'aie jamais vues ; femme d'ailleurs qui me parut sans façon ; aimant, à vue de pays, le plaisir et la joie , et dont je vais vous donner le portrait, puisque j'y suis.

Madame de Fécour pouvait avoir trois ou quatre années de moins que madame de Ferval. Je crois que dans sa jeunesse elle avait été jolie ; mais ce qui alors se remarquait le plus dans sa physionomie, c'était un air franc et cordial qui la rendait assez agréable à voir.

Elle n'avait pas dans ses mouvemens la pesanteur des femmes trop grasses; son embonpoint ni sa gorge ne l'embarrassaient pas, et on voyait cette masse se démener avec une vigueur qui lui tenait lieu de légèreté. Ajoutez à cela un air de santé robuste, et une certaine fraîcheur qui faisait plaisir, de ces fraîcheurs qui viennent d'un bon tempérament, et qui ont pourtant essuyé de la fatigue.

Il n'y a presque point de femme qui n'ait des minauderies, ou qui ne veuille persuader qu'elle n'en a point, ce qui est une autre sorte de coquetterie; et, de ce côté-là, madame de Fécour n'avait rien de femme. C'était même une de ses grâces que de ne point songer en avoir.

Elle avait la main belle, et ne le savait pas; si elle l'avait eue laide, elle l'aurait ignoré de même; elle ne pensait jamais à donner de l'amour, mais elle était sujette à en prendre. Ce n'était jamais elle qui s'avisait de plaire, c'était toujours à elle que l'on plaisait. Les autres femmes, en vous regardant, vous disent finement : Aimez-moi pour ma gloire; celle-ci vous disait naturellement : Je vous aime, le voulez-vous bien? et elle aurait oublié de vous demander : M'aimez-vous? pourvu que vous eussiez fait comme si vous l'aimiez.

De tout ce que je dis là, il résulte qu'elle pouvait quelquefois être indécente, et non pas coquette.

Quand vous lui plaisiez, par exemple, cette gorge dont j'ai parlé, il semblait qu'elle vous la présentât [1], et c'était moins pour tenter votre cœur que pour vous dire que vous touchiez le sien ; c'était une manière de déclaration d'amour.

Madame de Fécour était bonne convive, plus joyeuse que spirituelle à table, plus franche que hardie, pourtant plus libertine que tendre ; elle aimait tout le monde, et n'avait d'amitié pour personne ; vivait du même air avec tous, avec le riche comme avec le pauvre, avec le seigneur comme avec le bourgeois ; n'estimait le rang des uns, ni ne méprisait le médiocre état des autres. Ses gens n'étaient point ses valets ; c'étaient des hommes et des femmes qu'elle avait chez elle ; ils la servaient, elle en était servie ; voilà tout ce qu'elle y voyait.

Monsieur, que ferons-nous ? vous disait-elle ; et si Bourguignon venait : Bourguignon, que faut-il que je fasse ? Jasmin était son conseil, s'il était là ; c'était vous qui l'étiez, si vous vous trouviez auprès d'elle ; il s'appelait Jasmin ; et vous monsieur ; c'était toute la différence qu'elle y sentait ; car elle n'avait ni orgueil ni modestie.

---

[1] *Il semblait qu'elle vous la présentât.* L'image est un peu forte, et ce n'est plus là une de ces idées qui sont claires, à condition qu'on les devinera. Au surplus, si quelque lecteur sévère trouve ce passage d'un goût un peu douteux, il ne pourra du moins s'empêcher d'applaudir à l'originalité du portrait de madame de Fécour, un des meilleurs qu'ait tracés Marivaux

Encore un trait de son caractère par lequel je finis, et qui est bien singulier.

Lui disiez-vous : J'ai du chagrin ou de la joie, telles ou telles espérances ou tel embarras, elle n'entrait dans votre situation qu'à cause du mot et non pas de la chose ; ne pleurait avec vous que parce que vous pleuriez, et non parce que vous aviez sujet de pleurer ; riait de même, s'intriguait pour vous sans s'intéresser à vos affaires, sans savoir qu'elle ne s'y intéressait pas, et seulement parce que vous lui aviez dit : Intriguez-vous. En un mot, c'étaient les termes et le ton avec lequel vous les prononciez, qui la remuaient. Si on lui avait dit : Votre ami ou bien votre parent est mort, et qu'on le lui eût dit d'un air indifférent, elle eût répondu du même air : Est-il possible ? Lui eussiez-vous reparti avec tristesse qu'il n'était que trop vrai, elle eût repris d'un air affligé : Cela est bien fâcheux.

Enfin c'était une femme qui n'avait que des sens, et point de sentimens, et qui passait pourtant pour la meilleure femme du monde, parce que ses sens en mille occasions lui tenaient exactement lieu de sentimens et lui faisaient autant d'honneur.

Ce caractère, tout particulier qu'il pourra paraître, n'est pas si rare qu'on le pense ; c'est celui d'une infinité de personnes qu'on appelle communément de bonnes gens dans le monde ; ajoutez seulement de bonnes gens qui ne vivent que pour le plaisir et pour la joie, qui ne haïssent rien que ce qu'on leur fait haïr, ne sont que ce qu'on veut qu'ils soient, et n'ont jamais d'avis que celui qu'on leur donne.

Au reste, ce ne fut pas alors que je connus madame de Fécour comme je la peins ici ; car je n'eus pas dans ce temps une assez grande liaison avec elle ; mais je la retrouvai quelques années après, et la vis assez pour la connaître. Revenons.

Eh ! mon Dieu, madame, dit-elle à madame de Ferval, que je suis charmée de vous trouver chez vous! J'avais peur que vous n'y fussiez pas; car il y a long-temps que nous ne nous sommes vues : comment vous portez-vous ?

Et puis elle me salua, moi qui faisais là la figure d'un honnête homme ; et, en me saluant, me regarda beaucoup et long-temps.

Après que les premiers complimens furent passés, madame de Ferval lui en fit un sur ce grand air de santé qu'elle avait. Oui, dit-elle, je me porte fort bien, je suis d'un fort bon tempérament; je voudrais bien que ma belle-sœur fût de même ; je vais la voir au sortir d'ici; la pauvre femme me fit dire avant-hier qu'elle était malade.

Je ne le savais pas, dit madame de Ferval ; mais peut-être qu'à son ordinaire ce sera plus indisposition que maladie; elle est extrêmement délicate.

Ah ! sans doute, reprit la grosse réjouie; je crois comme vous que ce n'est rien de sérieux.

Pendant leurs discours j'étais assez décontenancé, moins qu'un autre ne l'aurait été à ma place pourtant, car je commençais à me former un peu ; et je

n'aurais pas été si embarrassé, si je n'avais point eu
peur de l'être.

Or, j'avais par mégarde emporté la tabatière de
madame de La Vallée; je la sentis dans ma poche,
et, pour occuper mes mains, je me mis à l'ouvrir et
à prendre du tabac.

A peine l'eus-je ouverte, que madame de Fécour,
qui jetait sur moi de fréquens regards, et de ces regards qu'on jette sur quelqu'un qu'on aime à voir,
que madame de Fécour, dis-je, s'écria [1] : ah! monsieur, vous avez du tabac; donnez-m'en, je vous prie;
j'ai oublié ma tabatière; il y a une heure que je ne
sais que devenir.

Là-dessus, je me lève et lui en présente; et comme
je me baissais afin qu'elle en prît, et que par cette
posture j'approchais ma tête de la sienne, elle pro-
fita du voisinage pour m'examiner plus à son aise,
et, en prenant du tabac, leva les yeux sans façon sur
moi, et les y fixa si bien, que j'en rougis un peu.

Vous êtes bien jeune pour vous accoutumer au tabac, me dit-elle; quelque jour vous en serez fâché,
monsieur; il n'y a rien de si incommode; je le dis à
tout le monde, et surtout aux jeunes messieurs de

---

[1] *Que madame de Fécour, dis-je, s'écria.* Pour les femmes de ce
caractère, lorsqu'elles veulent entamer la conversation avec quelqu'un, tout moyen est bon, toute occasion favorable. C'est pourquoi Marivaux a été choisir une circonstance si légère, pour en
faire en quelque sorte le fondement d'une nouvelle intrigue d'a-
mour.

votre âge à qui j'en vois prendre ; car assurément
monsieur n'a pas vingt ans.

Je les aurai bientôt, madame, lui dis-je en me
reculant jusqu'à ma chaise. Ah ! le bel âge ! s'écria-
t-elle. Oui, dit madame de Ferval ; mais il ne faut
pas qu'il perde son temps, car il n'a point de fortune ;
il n'y a que cinq ou six mois qu'il arrive de province,
et nous voudrions bien l'employer à quelque chose.

Oui-dà, répondit-elle, ce sera fort bien fait ;
monsieur plaira à tous ceux qui le verront ; je lui
pronostique un mariage heureux. Hélas ! madame,
il vient de se marier à une nommée mademoiselle
Habert, qui est de son pays, et qui a bien quatre ou
cinq mille livres de rente, dit madame de Ferval.

Ah ! ah ! mademoiselle Habert, reprit l'autre ; j'ai
entendu parler de cela dans une maison d'où je sors.

A ce discours nous rougîmes tous deux, madame
de Ferval et moi ; de vous dire pourquoi elle rougissait aussi, c'est ce que je ne sais pas, à moins que ce
ne fût de ce que madame de Fécour avait sans doute
appris que j'étais un bien petit monsieur, et qu'elle
l'avait pourtant surprise en conversation réglée avec
moi. D'ailleurs elle aimait ce petit monsieur ; elle
était dévote, ou du moins elle passait pour telle ; et
tout cela ensemble pouvait un peu embarrasser sa
conscience.

Pour moi, il était naturel que je fusse honteux ;
mon histoire, que madame de Fécour disait qu'on
lui avait faite, était celle d'un petit paysan, d'un
valet en bon français, d'un petit drôle rencontré sur

le pont Neuf; et c'était dans la tabatière de ce petit drôle qu'on venait bien poliment de prendre du
tabac; c'était à lui qu'on avait dit : Monsieur n'a
que vingt ans ; oh ! voyez si c'était la peine de le
prendre sur ce ton-là avec le personnage, et si madame de Fécour ne devait pas rire d'avoir été la dupe
de ma mascarade.

Mais je n'avais rien à craindre ; nous avions affaire
à une femme sur qui toutes ces choses-là glissaient,
et qui ne voyait jamais que le présent et point le
passé. J'étais honnêtement habillé; elle me trouvait
avec madame de Ferval; il ne m'en fallait pas davantage auprès d'elle, sans parler de ma bonne façon, pour qui elle avait, ce me semblait, une singulière estime; de sorte que, continuant son discours
tout aussi rondement qu'elle l'avait commencé : Ah !
c'est monsieur, reprit-elle, qui a épousé cette mademoiselle Habert, une fille dans la grande dévotion, à ce qu'on disait; cela est plaisant; mais, monsieur, il n'y a donc que deux jours tout au plus que
vous êtes marié? Car cela est tout récent.

Oui, madame, lui dis-je, un peu revenu de ma
confusion, parce que je voyais qu'il n'en était ni
plus ni moins avec elle; je l'épousai hier.

Tant mieux, j'en suis charmée, me répondit-elle;
c'est une fille un peu âgée, dit-on, mais elle n'a rien
perdu pour attendre. Vraiment, ajouta-t-elle en se
tournant du côté de madame de Ferval, on m'avait
bien dit qu'il était beau garçon, et on avait raison; si
je connaissais la demoiselle, je la féliciterais; elle a

fait un fort bon mariage : et peut-on vous demander comment elle s'appelle à cette heure ?

Madame de La Vallée, répondit pour moi madame de Ferval ; et le père de son mari est un très-honnête homme, un gros fermier qui a plusieurs enfans, et qui avait envoyé celui-ci à Paris pour tâcher d'y faire quelque chose ; en un mot, ce sont de fort honnêtes gens.

Oui, certes ! reprit madame de Fécour ; comment donc, des gens qui demeurent à la campagne, des fermiers ! oh ! je sais ce que c'est ; oui, ce sont de fort honnêtes gens, fort estimables assurément ; il n'y a rien à dire à cela.

Et c'est moi, dit madame de Ferval, qui ai fait terminer son mariage. Oui, est-ce vous ? reprit l'autre ; mais cette bonne dévote vous a obligation ; je fais grand cas de monsieur, seulement à le voir. Encore un peu de votre tabac, monsieur de La Vallée : c'est vous être marié bien jeune, mon bel enfant ; vous n'auriez pu manquer de l'être quelque jour avantageusement, fait comme vous êtes ; mais vous en serez plus à votre aise à Paris, et moins à charge à votre famille. Madame, ajouta-t-elle en s'adressant à madame de Ferval, vous avez des amis, il est aimable, il faut le pousser.

Nous en avons fort envie, reprit l'autre, et je vous dirai même que lorsque vous êtes entrée, je venais de lui donner une lettre pour vous, par laquelle je vous le recommandais ; M. de Fécour, votre beau-frère, est fort en état de lui rendre service, et je vous priais de l'y engager.

Eh ! mon Dieu, de tout mon cœur, dit madame de Fécour ; oui, monsieur, il faut que M. de Fécour vous place, je n'y songeais pas ; mais il est à Versailles pour quelques jours ; voulez-vous que je lui écrive, en attendant que je lui parle ? Tenez, il n'y a pas loin d'ici chez moi, nous n'avons qu'à y passer un moment ; j'écrirai, et M. de La Vallée lui portera demain ma lettre. En vérité, monsieur, dit-elle en se levant, je suis ravie que madame ait pensé à moi dans cette occasion-ci ; partons, j'ai encore quelques visites à faire ; ne perdons point de temps. Adieu, madame ; ma visite est courte, mais vous voyez pourquoi je vous quitte.

Et là-dessus elle embrasse madame de Ferval qui la remercie, qu'elle remercie [1] ; s'appuie sans façon sur mon bras, m'emmène, me fait monter dans son carrosse ; m'y appelle tantôt *monsieur*, tantôt *mon bel enfant;* m'y parle comme si nous nous fussions connus depuis dix ans, toujours cette grosse gorge en avant, et nous arrivons chez elle.

Nous entrons ; elle me mène dans un cabinet. Asseyez-vous, me dit-elle ; je n'ai que deux mots à écrire à M. de Fécour, et ils seront pressans.

---

[1] *Et là-dessus elle embrasse madame de Ferval, qui la remercie, qu'elle remercie.* L'apparition de madame de Fécour a changé la forme de la narration : le style était lent et compassé, pour se conformer aux caractères d'une dévote et d'un jeune novice ; mais depuis que cette femme vive, brusque et hardie, est entrée en scène, il est coupé par petites phrases, qui se heurtent, qui se pressent, et qui n'ont pour ainsi dire pas la patience d'attendre leur tour.

En effet, sa lettre fut achevée en un instant. Tenez, me dit-elle en me la donnant, on vous recevra bien sur ma parole ; je lui dis qu'il vous place à Paris, car il faut que vous restiez ici pour y cultiver vos amis ; ce serait dommage de vous envoyer en campagne ; vous y seriez enterré, et nous sommes bien aises de vous voir. Je ne veux pas que notre connaissance en demeure là, au moins, monsieur de La Vallée ; qu'en dites-vous ? vous fait-elle un peu de plaisir ?

Et beaucoup d'honneur aussi, lui repartis-je. Bon ! de l'honneur ! me dit-elle ; il s'agit bien de cela. Je suis une femme sans cérémonie, surtout avec les personnes que j'aime et qui sont aimables, monsieur de La Vallée ; car vous l'êtes beaucoup, oh ! beaucoup. Le premier homme pour qui j'ai eu de l'inclination vous ressemblait tout-à-fait[1] ; je le crois voir et je l'aime toujours ; je le tutoyais, c'est assez ma manière ; j'ai déjà pensé en user de même avec vous, et cela viendra ; en serez-vous fâché ? Ne voulez-vous pas bien que je vous traite comme lui ? ajouta-t-elle en avançant sa gorge, sur qui par hasard j'avais alors les yeux fixés ; ce qui me rendit distrait et m'empêcha de lui répondre ; elle y prit garde, et fut quelque temps à m'observer.

---

[1] *Le premier homme pour qui j'ai eu de l'inclination vous ressemblait tout-à-fait.* C'est presque toujours là le début d'une femme qui veut abréger les préliminaires. Seulement les jeunes veuves qui tiennent aux convenances un peu plus que madame de Fécour, ont soin que les jeunes gens qui leur plaisent ne ressemblent qu'à *feu leur mari.*

8.   8

Eh bien! me dit-elle en riant, à quoi pensez-vous
donc? C'est à vous, madame, lui répondis-je d'un
ton assez bas, toujours la vue attachée sur ce que j'ai
dit. A moi! reprit-elle. Dites-vous vrai, monsieur de
La Vallée? Vous apercevez-vous que je vous veux du
bien? Il n'est pas difficile de le voir, et si vous en
doutez, ce n'est pas ma faute; vous voyez que je suis
franche, et j'aime qu'on le soit avec moi; entendez-
vous, belle jeunesse? Quels yeux il a! et avec cela il
a peur de parler. Ah! çà, monsieur de La Vallée, j'ai un
conseil à vous donner; vous venez de province, vous en
avez apporté un air de timidité qui ne sied pas à votre
âge; quand on est fait comme vous, il faut se rassurer
un peu, surtout en ce pays-ci. Que vous manque-t-il
pour avoir de la confiance? Qui est-ce qui en aura, si
vous n'en avez pas, mon enfant? Vous êtes si aimable! Et elle me disait cela d'un ton si vrai, si caressant, que je commençais à prendre du goût pour ses
douceurs, quand nous entendîmes un carrosse entrer
dans la cour.

Voilà quelqu'un qui me vient, dit-elle; serrez votre lettre, mon beau garçon; reviendrez-vous me
voir bientôt? Dès que j'aurai rendu la lettre, madame,
lui dis-je.

Adieu donc, me répondit-elle, en me tendant la
main que je baisai tout à mon aise; ah! çà, une autre
fois, soyez donc bien persuadé qu'on vous aime; je
suis fâchée de n'avoir point fait dire que je n'y étais
pas; je ne serais peut-être pas sortie, et nous aurions passé le reste de la journée ensemble; mais nous

nous reverrons, et je vous attends; n'y manquez pas.

Et l'heure de votre commodité, madame, voulez-vous me la dire? A l'heure qu'il te plaira, me dit-elle; le matin, le soir, toute heure est bonne, si ce n'est qu'il est plus sûr de me trouver le matin; adieu, mon gros brunet (ce qu'elle me dit en me passant la main sous le menton). De la confiance avec moi à l'avenir, je te la recommande.

Elle achevait à peine de parler, qu'on lui vint dire que trois personnes étaient dans sa chambre, et je me retirai pendant qu'elle y passait.

Mes affaires, comme vous voyez, allaient un assez bon train. Voilà des aventures bien rapides; j'en étais étourdi moi-même.

Figurez-vous ce que c'est qu'un jeune rustre comme moi, qui, dans le seul espace de deux jours, est devenu le mari d'une fille riche, et l'amant de deux femmes de condition. Après cela mon changement de décoration dans mes habits, car tout y fait; ce titre de *monsieur*, dont je m'étais vu honoré, moi qu'on appelait Jacob dix ou douze jours auparavant; les amoureuses agaceries de ces deux dames, et surtout cet art charmant, quoique impur, que madame de Ferval avait employé pour me séduire; cette jambe si bien chaussée, si galante, que j'avais tant regardée; ces belles mains si blanches qu'on m'avait si tendrement abandonnées; ces regards si pleins de douceur; enfin l'air qu'on respire au milieu de tout cela; voyez que de choses capables de débrouiller mon esprit et mon cœur! voyez quelle école de mollesse, de vo-

lupté, de corruption, et par conséquent de sentiment! car l'âme se raffine à mesure qu'elle se gâte [1].
Aussi étais-je dans un tourbillon de vanité si flatteuse;
je me trouvais quelque chose de si rare! Je n'avais
point encore goûté si délicatement le plaisir de vivre,
et depuis ce jour-là je devins méconnaissable, tant
j'acquis d'éducation et d'expérience.

Je retournai donc chez moi, perdu de vanité,
comme je l'ai dit, mais d'une vanité qui me rendait
gai, et non pas superbe et ridicule ; mon amour-propre a toujours été sociable ; je n'ai jamais été plus
doux ni plus traitable que lorsque j'ai eu lieu de
m'estimer et d'être vain ; chacun a là-dessus son caractère, et c'était là le mien. Madame de La Vallée
ne m'avait encore vu ni si caressant ni si aimable que
je le fus avec elle à mon retour.

Il était tard ; on m'attendait pour se mettre à table;
car on se ressouviendra que nous avions retenu à souper notre hôtesse, sa fille, et les personnes qui nous
avaient servi de témoins le jour de notre mariage.

Je ne saurais vous dire combien je fis d'amitiés à mes
convives, ni avec quelle grâce je les excitai à se ré-
jouir. Nos deux témoins étaient un peu épais, et ils
me trouvèrent si léger en comparaison d'eux, je dirais presque si galant dans mes façons, que je leur

---

[1] *L'âme se raffine à mesure qu'elle se gâte.* Il y a comme un air
de famille entre cette pensée et celle de Rousseau, que l'homme qui
pense est un être perverti; mais la première n'est que rigoureuse-
ment vraie, et la seconde est au moins paradoxale.

imposai, et que, malgré toute la joie à laquelle je les invitais, ils ne se familiarisaient avec moi qu'avec discrétion.

J'étonnai même madame d'Alain, qui, toute commère qu'elle était, regardait de plus près que de coutume à ce qu'elle disait. Mon éloge faisait toujours le refrain de la conversation, éloge qu'on tâchait même de tourner le plus poliment qu'on le pouvait, de sorte que je sentis que les manières avaient augmenté de considération pour moi [1].

Il fallait bien que ce fût mon entretien avec ces deux dames qui me valait cela, et que j'en eusse rapporté je ne sais quel air plus distingué que je ne l'avais d'ordinaire.

Ce qui est de vrai, c'est que moi-même je me trouvais tout autre, et que je me disais à peu de chose près, en regardant nos convives : Ce sont là de bonnes gens qui ne sont pas de ma force, mais avec qui il faut que je m'accommode pour le présent.

Je passerai tout ce qui fut dit dans notre entretien : Agathe m'y lança de fréquens regards; j'y fis le plaisant de la table, mais le plaisant presque respecté, et j'y parus si charmant à madame de La Vallée, que, dans l'impatience de me voir à son aise, elle tira sa montre à plusieurs reprises, et dit l'heure qu'il était,

---

[1] *Les manières avaient augmenté de considération pour moi.* On devine la pensée de M. de La Vallée. Il veut dire que les manières des convives, plus réservées qu'auparavant, lui donnaient la mesure de la considération qu'il avait acquise dans leur esprit. Mais l'expression de Marivaux manque de clarté.

pour conseiller honnêtement la retraite à nos convives.

Enfin on se leva, on s'embrassa ; tout notre monde
partit, on desservit, et nous restâmes seuls, madame
de La Vallée et moi.

Alors, sans autre compliment, sous prétexte d'un
peu de fatigue, ma pieuse épouse se mit au lit et me
dit : Couchons-nous, mon fils, il est tard ; ce qui voulait dire : Couche-toi, parce que je t'aime ; je l'entendis bien de même, et me couchai de bon cœur, parce
que je l'aimais aussi ; car elle était encore aimable et
d'une figure appétissante ; je l'ai déjà dit au commencement de cette histoire. Outre cela, j'avais l'âme
remplie de tant d'images tendres [1] , on avait agacé
mon cœur de tant de manières, on m'avait tant fait
l'amour ce jour-là, qu'on m'avait mis en humeur d'ê-
tre amoureux à mon tour ; à quoi se joignait la commodité d'avoir avec moi une personne qui ne demandait pas mieux que de m'écouter, telle qu'était madame
de La Vallée ; ce qui est encore un motif qui engage.

Je voulus, en me déshabillant, lui rendre compte
de ma journée ; je lui parlai des bons desseins que
madame de Ferval avait pour moi, de l'arrivée de
madame de Fécour chez elle, de la lettre qu'elle m'a-

---

[1] *Outre cela, j'avais l'âme remplie de tant d'images tendres.* Il
est piquant d'avoir fait tourner toutes ces conversations immorales,
toutes ces émotions de *contrebande*, au profit d'un sentiment légitime. C'est une espèce d'amende honorable, une sorte de dédom-
magement accordé aux âmes honnêtes.

vait donnée, du voyage que je ferais le lendemain à Versailles pour porter cette lettre ; je prenais mal mon temps. Quelque intérêt que madame de La Vallée prît à ce qui me regardait, rien de tout ce que je lui dis ne mérita son attention ; je n'en pus jamais tirer que des monosyllabes : Oui-dà, fort bien, tant mieux ; et puis : Viens, viens, nous parlerons de cela ici.

Je vins donc, et adieu les récits ; j'oubliai de les reprendre, et ma chère femme ne m'en fit pas ressouvenir.

Que d'honnêtes et ferventes tendresses ne me dit-elle pas ! On a déjà vu le caractère de ses mouvemens [1], et tout ce que j'ajouterai, c'est que jamais femme dévote n'usa avec tant de passion du privilége de marquer son chaste amour ; je vis le moment qu'elle s'écrierait : Quel plaisir de frustrer les droits du diable, et de pouvoir sans péché être aussi aise que les pécheurs !

Enfin nous nous endormîmes tous deux, et ce ne fut que le matin, sur les huit heures, que je repris mes récits de la veille.

Elle loua beaucoup les bonnes intentions de madame de Ferval, pria Dieu d'être sa récompense, et celle de madame de Fécour ; ensuite nous nous le-

---

[1] *On a déjà vu le caractère de ses mouvemens.* Dans tout autre cas cette expression serait bizarre et presque ridicule ; car, en thèse générale, des mouvemens n'ont point de caractère. Mais quand il s'agit des sensations d'une femme dont la piété est comme le grand ressort, il est ingénieux d'appliquer une expression tirée de l'ordre intellectuel à des effets purement physiques.

vâmes et sortîmes ensemble, et, pendant que j'allais à Versailles, elle alla entendre la messe pour le succès de mon voyage.

Je me rendis donc à l'endroit où l'on prend les voitures; j'en trouvai une à quatre places, dont il y en avait déjà trois de remplies, et je pris la quatrième.

J'avais pour compagnons de voyage un vieux officier, homme de très-bon sens, et qui, avec une physionomie respectable, était fort simple et fort uni dans ses façons;

Un grand homme sec et décharné, qui avait l'air inquiet et les yeux petits, noirs et ardens. Nous sûmes bientôt que c'était un plaideur; et ce métier, vu la mine du personnage, lui convenait on ne peut pas mieux.

Après ces messieurs, venait un jeune homme d'une assez belle figure; l'officier et lui se regardaient comme gens qui se sont vus ailleurs, mais qui ne se remettent pas. A la fin, ils se reconnurent, et se ressouvinrent qu'ils avaient mangé ensemble.

Comme je n'étais pas là avec des madames d'Alain, ni avec des femmes qui m'aimassent, je m'observai beaucoup sur mon langage, et tâchai de ne rien dire qui sentît le fils de fermier de campagne; de sorte que je parlai sobrement, et me contentai de prêter beaucoup d'attention à ce que l'on disait.

On ne s'aperçoit presque pas qu'un homme ne dit mot, quand il écoute attentivement; du moins s'imagine-t-on toujours qu'il va parler; et bien écouter, c'est presque répondre.

De temps en temps je disais : Oui, sans doute, vraiment non, vous avez raison; et le tout conformément au sentiment que je voyais être le plus général.

L'officier, chevalier de Saint-Louis, fut celui qui engagea le plus la conversation. Cet air d'honnête guerrier qu'il avait, son âge, sa façon franche et aisée, apprivoisèrent insensiblement notre plaideur, qui était assez taciturne, et qui rêvait plus qu'il ne parlait.

Je ne sais d'ailleurs par quel hasard notre officier parla au jeune homme d'une femme qui plaidait contre son mari, et qui voulait se séparer d'avec lui.

Cette matière intéressa le plaideur, qui, après avoir envisagé deux ou trois fois l'officier, et pris apparemment quelque amitié pour lui, se mêla à l'entretien, et s'y mêla de si bon cœur, que, de discours en discours, d'invectives en invectives contre les femmes, il avoua insensiblement qu'il était dans le cas de l'homme dont on s'entretenait, et qu'il plaidait aussi contre sa femme.

A cet aveu, on laissa là l'histoire dont il était question, pour venir à la sienne; et on avait raison : l'une était bien plus intéressante que l'autre; et c'était, pour ainsi dire, préférer un original à la simple copie.

Ah! ah! monsieur, vous êtes en procès avec votre femme, lui dit le jeune homme; cela est fâcheux, c'est une triste situation que celle-là pour un galant homme; eh! pourquoi donc vous êtes-vous brouillés ensemble?

Bon! pourquoi? reprit l'autre; est-ce qu'il est

si difficile de se brouiller avec sa femme ? Être son mari, n'est-ce pas avoir déjà un procès tout établi contre elle [1] ? Tout mari est plaideur, monsieur ; ou il se défend, ou il attaque ; quelquefois le procès ne passe pas la maison, quelquefois il éclate, et le mien a éclaté.

Je n'ai jamais voulu me marier, dit alors l'officier ; je ne sais si j'ai bien ou mal fait, mais jusqu'ici je ne m'en repens pas. Que vous êtes heureux ! reprit l'autre ; je voudrais bien être à votre place. Je m'étais pourtant promis de rester garçon ; j'avais même résisté à nombre de tentations qui méritaient plus de m'emporter que celle à laquelle j'ai succombé ; je n'y comprends rien, on ne sait comment cela arrive ; j'étais amoureux, mais fort doucement et de moitié moins que je ne l'avais été ailleurs ; cependant j'ai épousé.

C'est que sans doute la personne était riche ? dit le jeune homme. Non, reprit-il, pas plus riche qu'une autre, et même pas si jeune. C'était une grande fille de trente-deux à trente-trois ans, et j'en avais quarante. Je plaidais contre un certain neveu que j'ai, grand chicaneur, avec qui je n'ai pas fini, et que je ruinerai comme un fripon qu'il est, dussé-je y man-

---

[1] *Être son mari, n'est-ce pas avoir déjà un procès tout établi contre elle?* Rien de plus usé que cette idée, mais aussi rien de plus neuf que le tour que lui a donné Marivaux. Il en est des idées comme des mots : une partie de l'art d'écrire consiste moins à inventer qu'à rajeunir habilement.

ger jusqu'à mon dernier sou ; mais c'est une histoire
à part que je vous conterai si nous avons le temps.

Mon démon (c'est de ma femme que je parle) était
parente d'un de mes juges ; je la connaissais ; j'allai
la prier de solliciter pour moi , et comme une visite
en attire une autre , je lui en rendis de si fréquentes ,
qu'à la fin je la voyais tous les jours , sans trop savoir
pourquoi , par habitude ; nos familles se convenaient ,
elle avait du bien ce qu'il m'en fallait ; le bruit courut que je l'épousais ; nous en rîmes tous deux. Il
faudra pourtant nous voir moins souvent pour faire
cesser ce bruit-là ; à la fin on dirait pis , me dit-elle
en riant. Eh ! pourquoi ? repris-je : j'ai envie de vous
aimer ; qu'en dites-vous ? Le voulez-vous bien ? Elle
ne me répondit ni oui ni non.

J'y retournai le lendemain, toujours en badinant
de cet amour que je disais vouloir prendre , et qui , à
ce que je crois , était tout pris , ou qui venait sans que
je m'en aperçusse ; je ne le sentais pas ; je ne lui ai
jamais dit , je vous aime. On n'a jamais rien vu d'égal
à ce misérable amour d'habitude qui n'avertit point [1] ,
et qui me met encore en colère toutes les fois que j'y

---

[1] *On n'a jamais rien vu d'égal à ce misérable amour d'habitude
qui n'avertit point.* L'auteur, ainsi que nous avons déjà eu l'occasion
de le remarquer, semble avoir voulu faire de cet ouvrage comme
un répertoire de tous les genres d'amour. Mais comme un *amour
d'habitude*, si Jacob en eût été le héros, n'aurait pu convenir à la
marche rapide de l'action, Marivaux en a fait un épisode très-agréable pour une histoire de diligence, et qui amuse le lecteur, chemin
faisant.

songe ; je ne saurais digérer mon aventure. Imaginez-
vous que quinze jours après, un homme veuf, fort à
son aise, plus âgé que moi, s'avisa de faire la cour à
ma belle, que j'appelle belle en plaisantant, car il y
a cent mille visages comme le sien, auxquels on ne
prend pas garde ; et, excepté de grands yeux de prude
qu'elle a, et qui ne sont pourtant pas si beaux qu'ils
le paraissent, c'est une mine assez commune, et qui
n'a vaillant que de la blancheur.

Cet homme dont je vous parle me déplut ; je le
trouvais toujours là ; cela me mit de mauvaise humeur ; je n'étais jamais de son avis ; je le brusquais
volontiers ; il y a des gens qui ne reviennent point,
et c'est à quoi j'attribuai mon éloignement pour lui ;
voilà tout ce que j'y compris, et je me trompais encore ; c'est que j'étais jaloux. Cet homme apparemment s'ennuyait d'être veuf ; il parla d'amour, et puis
de mariage ; je le sus, je l'en haïs davantage, et
toujours de la meilleure foi du monde.

Est-ce que vous voulez épouser cet homme-là ? dis-
je à cette fille. Mes parens et mes amis me le con-
seillent, me dit-elle ; de son côté il me presse, et je
ne sais que faire, je ne suis encore déterminée à rien.
Que me conseillez-vous vous-même ? Moi ! rien, lui
dis-je en boudant ; vous êtes votre maîtresse ; épousez, mademoiselle, épousez, puisque vous en avez
envie. Eh ! mon Dieu ! monsieur, me dit-elle en me
quittant, comme vous me parlez ! Si vous ne vous
souciez pas des gens, du moins dispensez-vous de le
dire. Pardi ! mademoiselle, c'est vous qui ne vous

souciez pas d'eux, répondis-je. Plaisante déclaration d'amour, comme vous voyez! C'est pourtant la plus forte que je lui aie faite; encore m'échappa-t-elle, et n'y fis-je aucune réflexion; après quoi, je m'en allai chez moi tout rêveur. Un de mes amis vint m'y voir sur le soir. Savez-vous, me dit-il, qu'on doit demain passer un contrat de mariage entre mademoi- selle une telle et M. de....? Je sors de chez elle; tous les parens y sont actuellement assemblés; il ne paraît pas qu'elle en soit fort empressée, elle; je l'ai même trouvée triste; n'en seriez-vous pas cause?

Comment! m'écriai-je sans répondre à la question, on parle de contrat? Eh mais! mon ami, je crois que je l'aime; je l'aurais aussi bien épousée qu'un autre [1], et je voudrais de tout mon cœur empêcher ce con- trat-là.

Eh bien! me dit-il, il n'y a point de temps à per- dre; courez chez elle; voyez ce qu'elle vous dira. Les choses sont peut-être trop avancées, repris-je le cœur ému, et si vous aviez la bonté d'aller vous-même lui parler pour moi, vous me feriez grand plaisir, ajou- tai-je d'un air niais et honteux.

Volontiers, me dit-il, attendez-moi ici; j'y vais

---

[1] *Je l'aurais aussi bien épousée qu'un autre.* Je ne sais quel auteur a dit qu'il n'y avait qu'une expression pour chaque nuance de sen- timens. Assurément on ne pouvait rencontrer une phrase plus juste et plus originale pour peindre ce goût indécis et tranquille, qui va, non pas jusqu'au désir de posséder la personne qui en est l'objet, mais jusqu'au regret de la voir possédée par un autre.

tout à l'heure, et je reviendrai sur-le-champ vous rendre sa réponse.

Il y alla donc, lui dit que je l'aimais, et que je demandais la préférence sur l'autre. Lui? répondit-elle; voilà qui est plaisant, il m'en a fait un secret; dites-lui qu'il vienne; nous verrons.

A cette réponse que mon ami me rendit, j'accourus; elle passa dans une chambre à part, où je lui parlai.

Que me vient donc conter votre ami? me dit-elle, avec ses grands yeux assez tendres; est-ce que vous songez à moi? Eh! vraiment oui, répondis-je décontenancé. Eh! que ne le disiez-vous donc? me répondit-elle; comment faire à présent? Vous m'embarrassez.

Là-dessus je lui pris la main. Vous êtes un étrange homme, ajouta-t-elle. Eh! pardi! lui dis-je, est-ce que je ne vaux pas bien l'autre? Heureusement qu'il vient de sortir, dit-elle; il y a d'ailleurs une petite difficulté pour le contrat, et il faut voir si on ne pourra pas en profiter; il n'y a plus que mes parens là-dedans; entrons.

Je la suivis; je parlai à ses parens, que je rangeai de mon parti; la demoiselle était de bonne volonté; et quelqu'un d'eux, pour finir sur-le-champ, proposa d'envoyer chercher le notaire.

Je ne pouvais pas dire non; et vite, et vite, on part. Le notaire arrive; la tête me tourna de la rapidité avec laquelle on y allait; on me traita comme on voulut, j'étais pris, je signai, on signa, et puis des dispenses de bans. Pas le moindre petit mot d'amour au

milieu de cela ; et puis je l'épouse, et le lendemain
des noces je fus tout surpris de me trouver marié ; avec
qui ? Du moins est-ce avec une personne fort raisonnable, disais-je en moi-même.

Oui, ma foi, raisonnable ! c'était bien la connaître !
Savez-vous ce qu'elle devint au bout de trois mois,
cette fille que j'avais crue si sensée ? Une bigote de
mauvaise humeur, sérieuse, quoique babillarde ; car
elle allait toujours critiquant mes discours et mes actions ; enfin une folle grave, qui ne me montra plus
qu'une longue mine austère, qui se coiffa de la triste
vanité de vivre en recluse, mais non pas au profit de sa
maison qu'elle abandonnait. Elle aurait cru se dégra-
der par le soin de son ménage, et elle ne donnait pas
dans une piété si vulgaire et si unie ; non ; elle ne se
tenait chez elle que pour passer sa vie dans une oisiveté contemplative, que pour vaquer à de saintes
lectures dans un cabinet dont elle ne sortait qu'avec
une tristesse dévote et précieuse sur le visage, comme
si c'était un mérite devant Dieu que d'avoir ce vice.

Et puis, madame se mêlait de raisonner de religion ;
elle avait des sentimens, elle parlait de doctrine ; c'é-
tait une théologienne.

Je l'aurais pourtant laissée faire, s'il n'y avait eu que
cela ; mais cette théologienne était fâcheuse et incommode.

Retenais-je un ami à dîner ? Madame ne voulait pas
manger avec ce profane ; elle était indisposée, et dî-
nait à part dans sa chambre, où elle demandait pardon à Dieu du libertinage de ma conduite.

Il fallait être moine, ou du moins prêtre, ou bigote comme elle, pour être convive chez moi; j'avais toujours quelque capuchon ou quelque soutane à ma table. Je ne dis pas que ce ne fussent d'honnêtes gens; mais ces honnêtes gens-là ne sont pas faits pour être les camarades d'honnêtes gens comme nous, et ma maison n'était pas un couvent ou une église, ni ma salle à manger un réfectoire.

Et ce qui m'impatientait, c'est qu'il n'y avait rien d'assez friand pour ces grands serviteurs de Dieu, pendant que je ne faisais qu'une chère ordinaire avec mes amis mondains et pécheurs; vous voyez qu'il n'y avait ni bon sens ni morale à cela.

Eh bien! messieurs, je vous en dis là beaucoup, mais je m'y étais fait, j'aime la paix, et sans un commis que j'avais.....

Un commis! s'écria le jeune homme [1] en l'interrompant; ceci est considérable.

Oui, dit-il; j'en devins jaloux, et Dieu veuille que j'aie eu tort de l'être! Les amis de mon épouse ont traité ma jalousie de malice et de calomnie, et m'ont regardé comme un méchant, d'avoir soupçonné une si vertueuse femme de galanterie, une femme qui ne visitait que les églises, qui n'aimait que les sermons,

---

[1] *Un commis! s'écria le jeune homme.* L'interruption est fort gaie, et en même temps généralise et transforme en observation de mœurs l'aventure particulière du pauvre mari. Il faut en conclure que les commis étaient dans les maisons de commerce d'autrefois, ce que les clercs sont aujourd'hui dans les études.

les offices et les saluts ; voilà qui est à merveille, on dira ce qu'on voudra.

Tout ce que je sais, c'est que ce commis dont j'avais besoin à cause de ma charge, qui était le fils d'une femme de chambre de défunte la mère de mon épouse, un grand benêt sans esprit, que je gardais par complaisance, assez beau garçon au surplus, et qui avait la mine d'un prédestiné, à ce qu'elle disait ; ce garçon, dis-je, faisait ordinairement ses commissions, allait savoir de sa part comment se portait le père un tel, la mère une telle, monsieur celui-ci, monsieur celui-là, l'un curé, l'autre vicaire, l'autre chapelain, ou simple ecclésiastique ; et puis venait lui rendre réponse, entrait dans son cabinet, y causait avec elle, lui plaçait un tableau, un agnus, un reliquaire ; lui portait des livres, quelquefois les lui lisait.

Cela m'inquiétait ; je jurais de temps en temps. Qu'est-ce que c'est donc que cette piété hétéroclite ? disais-je ; qu'est-ce que c'est qu'une sainte qui m'enlève mon commis ? Aussi l'union entre elle et moi n'était pas édifiante.

Madame m'appelait sa croix, sa tribulation ; moi, je l'appelais du premier nom qui me venait à la bouche, je ne choisissais pas. Le commis me fâchait, je ne m'y accoutumais point. L'envoyais-je un peu loin ? je le fatiguais. En vérité, disait-elle avec une charité qui, je crois, ne fera point le profit de son âme, en vérité, il tuera ce pauvre garçon.

Cet animal tomba malade, et la fièvre me prit à moi le lendemain.

8.   9

Je l'eus violente; c'étaient mes domestiques qui
me servaient, et c'était madame qui servait ce butor.

Monsieur est le maître, disait-elle là-dessus; il n'a
qu'à ordonner pour avoir tout ce qu'il lui faut; mais
ce garçon, qui est-ce qui en aura soin si je l'abandonne? Ainsi, c'était encore par charité qu'elle me
laissait là.

Son impertinence me sauva peut-être la vie. J'en
fus si outré, que je guéris de fureur [1]; et dès que je
fus sur pied, le premier signe de convalescence que
je donnai, ce fut de mettre l'objet de sa charité à la
porte; je l'envoyai se rétablir ailleurs. Ma moitié en
frémit de rage, et s'en vint comme une mégère m'en
demander raison.

Je sens bien vos motifs, me dit-elle; c'est une insulte que vous me faites, monsieur; l'indignité de
vos soupçons est visible, et Dieu me vengera, monsieur, Dieu me vengera.

Je reçus mal ses prédictions; elle les fit en femme
hors de raison, j'y répondis presqu'en brutal. Eh!
morbleu! lui dis-je, ce ne sera pas la sortie de ce
coquin-là qui me brouillera avec Dieu. Allons, reti-

---

[1] *J'en fus si outré, que je guéris de fureur.* C'est un plaideur qui
parle, un homme d'un tempérament rancuneux et colérique. Aussi
emploie-t-il un langage brusque et violent, plein de fiel et d'ani-
mosité, et assaisonne-t-il un ressentiment déjà vieux, de ces invectives brutales auxquelles on ne se laisse emporter ordinairement que
dans la première émotion d'une injure récente; ce qui n'empêche
pas que ce *je guéris de fureur* ne soit très-comique.

rez-vous avec votre piété équivoque ; ne m'échauffez pas la tête , et laissez-moi en repos.

Que fit-elle ? Nous avions une petite femme de chambre dans la maison , assez gentille , et fort bonne enfant, qui ne plaisait pas à madame, parce qu'elle était, je pense, plus jeune et plus jolie qu'elle, et que j'en étais assez content. Je serais peut-être mort dans ma maladie sans elle.

La pauvre petite fille me consolait quelquefois [1] des bizarreries de ma femme, et m'apaisait quand j'étais en colère ; ce qui faisait que, de mon côté, je la soutenais et j'avais de la bienveillance pour elle. Je l'ai même gardée parce qu'elle est entendue, et qu'elle m'est extrêmement utile.

Or, ma femme, après qu'on eut dîné, la fit venir dans sa chambre, prit je ne sais quel prétexte pour la quereller, la souffleta sur quelque réponse , lui reprocha cet air de bonté que j'avais pour elle, et la chassa.

Nanette (c'est le nom de cette jeune fille) vint

---

[1] *La pauvre petite fille me consolait quelquefois.* Ces consolations-là pouvaient bien être de nature à transformer aussi en *consolations* les entretiens de la femme et du commis, et elle semble avoir eu quelque droit de dire à son mari : Passez-moi le commis, et je vous passerai la servante. Mais un pareil accommodement ne se conclut guère à l'amiable, quoique Beaumarchais ait imaginé de faire de cette mutuelle tolérance le dénouement édifiant de sa *Mère coupable.* Il est vrai qu'il ne s'agit point dans son drame d'une infidélité actuelle, mais d'un souvenir d'infidélité. Quoi qu'il en soit, on trouvera plus de jaloux sans amour, comme le plaideur de Marivaux, que de maris débonnaires, comme le comte Almaviva.

prendre congé de moi tout en pleurs, me conta son aventure et son soufflet.

Comme je vis que dans tout cela il n'y avait qu'une malice vindicative de la part de ma femme : Va, va, lui dis-je, laisse-la faire; tu n'as qu'à rester, Nanette ; je me charge du surplus.

Ma femme éclata, ne voulut plus la voir ; mais je tins bon; il faut être le maître chez soi, surtout quand on a raison de l'être [1].

Ma résistance n'adoucit pas l'aigreur de notre commerce ; nous nous parlions quelquefois, mais pour nous quereller.

Vous observerez, s'il vous plaît, que j'avais pris un autre commis, qui était l'aversion de ma femme; elle ne pouvait pas le souffrir; aussi le harcelait-elle à propos de rien, et le tout pour me chagriner : mais il ne s'en souciait guère ; je lui avais dit de n'y pas prendre garde, et il suivait exactement mes intentions, il ne l'écoutait pas.

J'appris, quelques jours après, que ma femme avait envie de me pousser à bout.

Dieu me fera peut-être la grâce que ce brutal-là me frappera, disait-elle en parlant de moi ; je le sus. Oh! que non, lui dis-je ; ne vous y attendez pas. Soyez

---

[1] *Surtout quand on a raison de l'être.* La phrase ne semble pas exprimer bien exactement la pensée de l'auteur. On a toujours raison d'être le maître chez soi, et ce n'est pas là ce que Marivaux a voulu faire dire à son personnage. Le sens est, quand on a la raison pour soi dans l'usage qu'on fait de son autorité.

convaincue que je ne vous ferai pas ce plaisir-là ; pour des mortifications, vous en aurez ; elles ne vous manqueront pas, j'en fais vœu ; mais voilà tout.

Mon vœu me porta malheur ; il ne faut jamais jurer de rien. Malgré mes louables résolutions, elle m'excéda tant un jour, me dit dévotement des choses si piquantes, enfin le diable me tenta si bien, qu'au souvenir de ses impertinences et du soufflet qu'elle avait donné à Nanette à cause de moi, il m'échappa de lui en donner un, en présence de quelques témoins de ses amis.

Cela partit plus vite qu'un éclair ; elle sortit sur-le-champ, m'attaqua en justice, et depuis ce temps-là nous plaidons, à mon grand regret ; car cette sainte personne, en dépit du commis que j'ai mis sur son compte, et qu'il a bien fallu citer, pourrait bien gagner son procès, si je ne trouve pas de puissans amis ; et je vais en chercher à Versailles.

Ce soufflet-là m'inquiète pour vous, lui dit notre jeune homme quand il eut fini ; je crains qu'il ne nuise à votre cause. Il est vrai que ce commis est un article dont je n'ai pas meilleure idée que vous. Je vous crois assurément très-maltraité à cet égard ; mais c'est une affaire de conscience que vous ne sauriez prouver, et ce malheureux soufflet a eu des témoins.

Tout doux, monsieur, répondit l'autre d'un air chagrin ; laissons là les réflexions sur le commis, s'il vous plaît ; je les ferai bien moi-même, sans que personne les fasse [1] ; ne vous embarrassez pas ; le soufflet

_____

[1] *Je les ferai bien moi-même, sans que personne les fasse.* On se

ira comme il pourra; je ne suis fâché à présent que
de n'en avoir donné qu'un; quant au reste, suppri-
mons le commentaire. Il n'y a peut-être pas tant de
mal qu'on le croirait bien dans l'affaire du commis;
j'ai mes raisons pour crier. Ce commis était un sot; ma
femme a bien pu l'aimer sans le savoir elle-même, et
offenser Dieu dans le fond, sans que j'y aie rien perdu
dans la forme. En un mot, qu'il y ait du mal ou non,
quand je dis qu'il y en a, le meilleur est de me laisser
dire.

Sans doute, dit l'officier, pour le calmer; en doit-
on croire un mari fâché? il est si sujet à se tromper!
Je ne vois moi-même, dans le récit que vous venez
de nous faire, qu'une femme insociable et misan-
thrope, et puis c'est tout.

Changeons de discours, et sachons un peu ce que
nos deux jeunes gens vont faire à Versailles, ajouta-
t-il, en s'adressant au jeune homme et à moi. Pour
vous, monsieur, qui sortez à peine du collége, me
dit-il, vous n'y allez apparemment que pour vous
divertir, ou que par curiosité?

Ni pour l'un ni pour l'autre, répondis-je; j'y vais
demander un emploi à quelqu'un qui est dans les affaires. Si les hommes vous en refusent, appelez-en
aux femmes, reprit-il en badinant.

---

dit de ces choses-là à soi-même, comme l'observe judicieusement
Brid'oison; mais on n'aime jamais à les entendre dans la bouche
d'autrui, et c'est un de ces cas où il n'est pas civil de se ranger à
l'opinion des gens, quand même on la partagerait du fond du cœur.

Et vous, monsieur (c'était au jeune homme qu'il parlait), avez-vous des affaires où nous allons?

J'y vais voir un seigneur à qui je donnai dernièrement un livre qui vient de paraître, et dont je suis l'auteur, dit-il. Ah! oui, reprit l'officier; c'est le livre dont nous parlions l'autre jour, lorsque nous dînâmes ensemble. C'est cela même, répondit le jeune homme. L'avez-vous lu, monsieur? ajouta-t-il.

Oui, je le rendis hier à un de mes amis qui me l'avait prêté, dit l'officier. Eh bien! monsieur, dites-moi ce que vous en pensez, je vous prie, répondit le jeune homme. Que feriez-vous de mon sentiment? dit l'officier; il ne déciderait rien, monsieur. Mais encore, dit l'autre en le pressant beaucoup, comment le trouvez-vous?

En vérité, monsieur, reprit le militaire, je ne sais que vous en dire; je ne suis guère en état d'en juger; ce n'est pas un livre fait pour moi; je suis trop vieux.

Comment, trop vieux! reprit le jeune homme. Oui, dit l'autre, je crois que dans une grande jeunesse on peut avoir du plaisir à le lire; tout est bon à cet âge où l'on ne demande qu'à rire, et où l'on est si avide de joie qu'on la prend comme on la trouve; mais, nous autres barbons, nous y sommes un peu plus difficiles; nous ressemblons là-dessus à ces friands dégoûtés que les mets grossiers ne tentent point, et qu'on n'excite à manger qu'en leur en donnant de fins et de choisis. D'ailleurs, je n'ai point vu le dessein de votre livre; je ne sais à quoi il tend, ni quel en est le but. On dirait que vous ne vous êtes pas

donné la peine de chercher des idées ¹ , mais que vous
avez pris seulement toutes les imaginations qui vous
sont venues ; ce qui est différent. Dans le premier
cas, on travaille, on rejette, on choisit ; dans le second, on prend ce qui se présente, quelque étrange
qu'il soit, et il se présente toujours quelque chose ;
car je pense que l'esprit fournit toujours bien ou mal.

Au reste, si les choses purement extraordinaires
peuvent être curieuses, si elles sont plaisantes à force
d'être libres, votre livre doit plaire si ce n'est à
l'esprit, du moins aux sens ; mais je crois encore
que vous vous êtes trompé là-dedans, faute d'expérience ; et, sans compter qu'il n'y a pas grand mérite
à intéresser de cette dernière manière, et que vous
m'avez paru avoir assez d'esprit pour réussir par d'autres voies, c'est qu'en général ce n'est pas connaître
les lecteurs que d'espérer de les toucher beaucoup
par là ². Il est vrai, monsieur, que nous sommes

---

¹ *On dirait que vous ne vous êtes pas donné la peine de chercher
des idées.* Il y a peut-être, de la part de Marivaux, un retour or-
gueilleux sur lui-même et une espèce d'apologie indirecte de sa
manière de composer, dans cette critique d'un ouvrage dont les
défauts sont précisément l'opposé des qualités distinctives de ses
écrits, c'est-à-dire l'originalité dans les idées, et la vérité dans les
peintures.

² *Ce n'est pas connaître les lecteurs que d'espérer de les toucher
beaucoup par là.* Excellente dissertation, qui met d'accord les règles du goût et celles de la morale. Marivaux s'attache à tracer
avec soin une ligne de démarcation entre les auteurs qui se sont
fait un style déhonté, qui osent tout, qui ne reculent devant aucune peinture, et ceux qui, comme lui, se bornent à égayer quel-

naturellement libertins, ou, pour mieux dire, cor-
rompus; mais en fait d'ouvrages d'esprit, il ne faut
pas prendre cela à la lettre, ni nous traiter d'emblée
sur ce pied-là. Un lecteur veut être ménagé. Vous,
auteur, voulez-vous mettre sa corruption dans vos
intérêts? Allez-y doucement du moins, apprivoisez-
la, mais ne la poussez pas à bout.

Ce lecteur aime pourtant les licences, mais non
pas les licences extrêmes, excessives; celles-là ne
sont supportables que dans la réalité qui en adoucit
l'effronterie; elles ne sont à leur place que là, et
nous les y passons, parce que nous y sommes plus
hommes qu'ailleurs; mais non pas dans un livre, où
elles deviennent plates, sales et rebutantes, à cause
du peu de convenance qu'elles ont avec l'état tranquille d'un lecteur.

---

quefois le lecteur par un *innocent badinage*. Ce lecteur, qu'il vous
recommande de *ménager*, se lasserait bientôt de l'uniformité des
images licencieuses que l'on offrirait à ses yeux, quand même sa
délicatesse ne serait pas blessée de leur immoralité. Il s'ennuie-
rait comme homme d'esprit, s'il ne s'indignait comme homme de
bien. En effet, si, comme l'a dit Voltaire, l'amour n'est que *l'étoffe
de la nature, brodée par les mains de l'imagination*, il faut que
l'agréable variété de la broderie cache presque partout l'étoffe qui
sans cela serait toujours la *même*, et dont cette monotonie détrui-
rait tout le charme. Ainsi, pour les auteurs comme pour les belles,
la pudeur, en ne la considérant point sous des attributs plus impo-
sans, serait encore un artifice de coquetterie. L'imagination, qui est
au moins de moitié dans les jouissances du cœur et dans les plaisirs
de l'esprit, n'a rien à faire avec l'auteur qui a tout dit, comme
avec la femme qui a tout accordé.

Il est vrai que ce lecteur est homme aussi ; mais c'est alors un homme en repos, qui a du goût, qui est délicat, qui s'attend qu'on fera rire son esprit, qui veut pourtant bien qu'on le débauche, mais honnêtement, avec des façons et avec de la décence.

Tout ce que je dis là n'empêche pas qu'il n'y ait de jolies choses dans votre livre ; assurément j'y en ai remarqué plusieurs de ce genre.

A l'égard de votre style, je ne le trouve point mauvais ; seulement il y a quelquefois des phrases alongées, lâches, et par là confuses, embarrassées ; ce qui vient apparemment de ce que vous n'avez pas assez débrouillé vos idées, ou que vous ne les avez pas mises dans un certain ordre. Mais vous ne faites que commencer, monsieur, et c'est un petit défaut dont vous vous corrigerez en écrivant, aussi bien que de celui de critiquer les autres, et surtout de les critiquer de ce ton aisé et badin que vous avez tâché d'avoir [1], et avec cette confiance dont vous rirez vous-même, ou que vous vous reprocherez quand vous serez un peu plus philosophe, et que vous aurez acquis une certaine façon de penser plus mûre

---

[1] *De critiquer les autres, et surtout de les critiquer de ce ton aisé et badin que vous avez tâché d'avoir.* Il ne suffit pas que la critique soit juste, il faut encore qu'elle soit polie et mesurée. Bonne ou mauvaise par le fond, peu importe, si elle est arrogante ou injurieuse par la forme. Voltaire a trop méconnu ce sage précepte, et il est permis de conjecturer que dans le passage qui est l'objet de cette note, Marivaux, qui ne l'aimait pas, avait quelque dessein de lui donner une leçon indirecte.

et plus digne de vous. Car vous aurez plus d'esprit que vous n'en avez ; au moins j'ai vu de vous des choses qui le promettent ; vous ne ferez pas même grand cas de celui que vous avez eu jusqu'ici, et à peine en ferez-vous un peu de tout l'esprit du même genre qu'on peut avoir ; voilà du moins comment sont ceux qui ont le plus écrit, à ce qu'on leur entend dire.

Je ne vous parle de critique, au reste, qu'à l'occasion de celle que j'ai vue dans votre livre, et qui regarde un des convives (et il le nomma) qui était avec nous le jour que nous dînâmes ensemble ; et je vous avoue que j'ai été surpris de trouver cinquante ou soixante pages de votre ouvrage pesamment employées contre lui ; en vérité, je voudrais bien, pour l'amour de vous, qu'elles n'y fussent pas.

Mais nous voici arrivés ; vous m'avez demandé mon sentiment ; je vous l'ai dit en homme qui aime vos talens, et qui souhaite vous voir un jour l'objet d'autant de critiques qu'on en a fait contre celui dont nous parlons. Peut-être n'en serez-vous pas pour cela plus habile homme qu'il l'est ; mais du moins ferez-vous alors la figure d'un homme qui paraîtra valoir quelque chose.

Voilà par où finit l'officier, et je rapporte son discours à peu près comme je le compris alors.

Notre voiture arrêta là-dessus ; nous descendîmes, et chacun se sépara.

Il n'était pas encore midi, et je me hâtai d'aller porter ma lettre à M. de Fécour, dont je n'eus point de peine à apprendre la demeure ; c'était un homme dans d'assez grandes affaires, et extrêmement connu des ministres.

Il me fallut traverser plusieurs cours pour arriver jusqu'à lui, et enfin on m'introduisit dans un grand cabinet où je le trouvai en assez nombreuse compagnie.

M. de Fécour paraissait avoir cinquante-cinq à soixante ans; un assez grand homme, de peu d'embonpoint, très-brun de visage; d'un sérieux, non pas à glacer, car ce sérieux-là est naturel, et vient du caractère de l'esprit; mais le sien glaçait moins qu'il n'humiliait; c'était un air fier et hautain qui vient de ce qu'on songe à son importance, et qu'on veut la faire respecter.

Les gens qui nous approchent sentent ces différences-là plus ou moins confusément. Nous nous connaissons tous si bien en orgueil, que personne ne saurait nous faire un secret du sien; c'est, quelquefois même sans y penser, la première chose à quoi l'on regarde en abordant un inconnu.

Quoi qu'il en soit, voilà l'impression que me fit M. de Fécour. Je m'avançai vers lui d'un air fort humble; il écrivait une lettre, je pense, pendant que sa compagnie causait.

Je lui fis mon compliment avec cette émotion qu'on a quand on est un petit personnage, et qu'on vient demander une grâce à quelqu'un d'important qui ne vous aide ni ne vous encourage, qui ne vous regarde point; car M. de Fécour entendit tout ce que je lui dis sans jeter les yeux sur moi.

Je tenais ma lettre que je lui présentais et qu'il ne prenait point, et son peu d'attention me laissait dans une posture qui était risible, et dont je ne savais pas comment me remettre.

Il y avait d'ailleurs là cette compagnie dont j'ai parlé, et qui me regardait ; elle était composée de trois ou quatre messieurs, dont pas un n'avait une mine capable de me réconforter.

C'étaient de ces figures, non pas magnifiques, mais opulentes, devant qui la mienne était si ravalée, malgré ma petite doublure de soie ! Tous gens d'ailleurs d'un certain âge, pendant que je n'avais que dix-huit ans ; ce qui n'était pas un article si indifférent qu'on le croirait ; car si vous aviez vu de quel air ils m'observaient, vous auriez jugé que ma jeunesse était encore un motif de confusion pour moi.

A qui en veut ce polisson-là avec sa lettre ? semblaient-ils me dire par leurs regards libres, hardis, et pleins d'une curiosité sans façon.

De sorte que j'étais là comme un spectacle de mince valeur, qui leur fournissait un moment de distraction, et qu'ils s'amusaient à mépriser en passant.

L'un m'examinait superbement de côté ; l'autre, se promenant dans ce vaste cabinet, les mains derrière le dos, s'arrêtait quelquefois auprès de M. de Fécour qui continuait d'écrire, et puis se mettait de là à me considérer commodément et à son aise. Figurez-vous la contenance que je devais tenir.

L'autre, d'un air pensif et occupé, fixait les yeux

sur moi comme sur un meuble ou sur une muraille,
et de l'air d'un homme qui ne songe pas à ce qu'il
voit. Et celui-là, pour qui je n'étais rien, m'embarrassait tout autant que celui pour qui j'étais si peu de
chose. Je sentais fort bien que je n'y gagnais pas plus
de cette façon que d'une autre.

Enfin j'étais pénétré d'une confusion intérieure. Je
n'ai jamais oublié cette scène-là ; je suis devenu riche
aussi [1], et pour le moins autant qu'aucun de ces messieurs dont je parle, et je suis encore à comprendre qu'il y ait des hommes dont l'âme devienne aussi
cavalière que je le dis là, pour celle de quelque
homme que ce soit.

A la fin pourtant M. de Fécour finit sa lettre ; de
sorte que, tendant la main pour avoir celle que je
lui présentais : Voyons, me dit-il ; et tout de suite :

---

[1] *Je suis devenu riche aussi.* Il faut avoir commencé par être petit
pour se corriger, dans la grandeur, de l'impertinence qui lui est trop
familière. Le souvenir de ce qu'on a eu à souffrir des autres, ou du
ridicule qu'on a remarqué dans leurs manières, est un avertisse-
ment perpétuel qui empêche de tomber dans les mêmes travers.
Gil Blas, témoin d'une mortification essuyée par son collègue et
son rival Calderone, a soin de nous annoncer que cet exemple le
rendit plus attentif lui-même, et plus docile aux règles de la politesse. Un de nos poëtes comiques les plus distingués, M. de La
Ville, a récemment, dans sa spirituelle comédie du *Roman*, peint
avec les couleurs les plus vives et les plus fidèles cette aristocratie
de la richesse, plus vaine peut-être et plus ombrageuse encore que
celle de la naissance ; et on lui doit la justice de convenir qu'il a
achevé le portrait que Marivaux n'avait voulu qu'esquisser.

Quelle heure est-il, messieurs ? Près de midi, répondit négligemment celui qui se promenait en long, pendant que M. de Fécour décachetait la lettre qu'il lut assez rapidement.

Fort bien, dit-il après l'avoir lue; voilà le cinquième homme, depuis dix-huit mois, pour qui ma belle-sœur m'écrit ou me parle [1], et que je place; je ne sais où elle va chercher tous ceux qu'elle m'envoie, mais elle ne finit point, et en voici un qui m'est encore plus recommandé que les autres. L'originale femme ! Tenez, vous la reconnaîtrez bien à ce qu'elle m'écrit, ajouta-t-il en donnant la lettre à un de ces messieurs.

Et puis : Je vous placerai, me dit-il; je m'en retourne demain à Paris; venez me trouver le jour d'après.

Là-dessus, j'allais prendre congé de lui, quand il m'arrêta. Vous êtes bien jeune, me dit-il; que savez-vous faire ? Rien, je gage.

Je n'ai encore été dans aucun emploi, monsieur, lui répondis-je. Oh ! je m'en doutais bien, reprit-il; il ne m'en vient pas d'autre de sa part, et ce sera un grand bonheur si vous savez écrire.

---

[1] *Voilà le cinquième homme, depuis dix-huit mois, pour qui ma belle-sœur m'écrit ou me parle.* Ce trait est, suivant l'expression de Beaumarchais, *une lame à deux tranchans.* Outre qu'il fait ressortir l'impertinence du financier, il frappe encore très-plaisamment sur une femme qui a cinq protégés en dix-huit mois, et l'on connaît les motifs qui déterminent la protection de madame de Fécour.

Oui, monsieur, dis-je en rougissant ; je sais même un peu d'arithmétique. Comment donc ! s'écria-t-il en plaisantant, vous nous faites trop de grâce. Allez, jusqu'à après-demain.

Sur quoi je me retirais, avec l'agrément de laisser ces messieurs riant de tout leur cœur de mon arithmétique et de mon écriture, quand il vint un laquais qui dit à M. de Fécour qu'une appelée madame une telle (c'est ainsi qu'il s'expliqua) demandait à lui parler.

Ah ! ah ! répondit-il, je sais qui elle est ; elle arrive fort à propos, qu'elle entre ; et vous, restez (c'était à moi qu'il parlait).

Je restai donc ; et sur-le-champ deux dames entrèrent qui étaient modestement vêtues, dont l'une était une jeune personne de vingt ans, accompagnée d'une femme d'environ cinquante ; toutes deux d'un air fort triste et encore plus suppliant.

Je n'ai vu de ma vie rien de si distingué ni de si touchant que la physionomie de la jeune ; on ne pouvait pourtant pas dire que ce fût une belle femme ; il faut d'autres traits que ceux-là pour faire une beauté.

Figurez-vous un visage qui n'a rien d'assez brillant ni d'assez régulier pour surprendre les yeux, mais à qui rien ne manque de ce qui peut surprendre le cœur, de ce qui peut inspirer du respect, de la tendresse, et même de l'amour ; car ce qu'on sentait pour cette jeune personne était mêlé de tout ce que je dis là.

C'était, pour ainsi dire, une âme qu'on voyait sur

ce visage, mais une âme noble, vertueuse et tendre, et par conséquent charmante à voir.

Je ne dis rien de la femme âgée qui l'accompagnait, et qui n'intéressait que par sa modestie et par sa tristesse.

M. de Fécour, en me congédiant, s'était levé de sa place, et causait debout au milieu du cabinet avec ces messieurs; il salua assez négligemment la jeune dame qui l'aborda.

Je sais ce qui vous amène, lui dit-il, madame; j'ai révoqué votre mari; mais ce n'est pas ma faute s'il est toujours malade, et s'il ne peut exercer son emploi; que voulez-vous qu'on fasse de lui? ce sont des absences continuelles.

Quoi! monsieur, lui dit-elle d'un ton fait pour tout obtenir, n'y a-t-il plus rien à espérer? Il est vrai que mon mari est d'une santé fort faible; vous avez eu jusqu'ici la bonté d'avoir égard à son état; faites-nous encore la même grâce, monsieur. Ne nous traitez pas avec tant de rigueur (et ce mot de *rigueur*, dans sa bouche, perçait l'âme); vous nous jetteriez dans un embarras dont vous seriez touché, si vous le connaissiez tout entier. Ne me laissez point dans l'affliction où je suis, et où je m'en retournerais si vous étiez inflexible. (Inflexible! Il n'y avait non plus d'apparence qu'on pût l'être.) Mon mari se rétablira; vous n'ignorez pas qui nous sommes, et le besoin extrême que nous avons de votre protection, monsieur.

Ne vous imaginez pas qu'elle pleura en tenant ce discours; et je pense que, si elle avait pleuré, sa

8

douleur en aurait eu moins de dignité, en aurait
paru moins sérieuse et moins vraie.

Mais la personne qui l'accompagnait, et qui se tenait un peu au-dessous d'elle, avait les yeux mouillés
de larmes.

Je ne doutai pas un instant que M. de Fécour ne se
rendît; je trouvais impossible qu'il résistât. Hélas!
que j'étais neuf! Il n'en fut pas seulement ému.

M. de Fécour était dans l'abondance; il y avait
trente ans qu'il faisait bonne chère [1]; on lui parlait
d'embarras, de besoins, d'indigence même, au mot
près, et il ne savait pas ce que c'était que tout cela.

Il fallait pourtant qu'il eût le cœur naturellement
dur; car je crois que la prospérité n'achève d'endurcir
que ces cœurs-là.

Il n'y a plus moyen, madame, lui dit-il; je ne puis
plus m'en dédire, j'ai disposé de l'emploi; voilà un
jeune homme à qui je l'ai donné; il vous le dira.

A cette apostrophe qui me fit rougir, elle jeta un
regard sur moi, mais un regard qui m'adressait un si
doux reproche : Eh quoi! vous aussi, semblait-il me
dire, vous contribuez au mal qu'on me fait!

Eh! non, madame, lui répondis-je dans le même
langage, si elle m'entendit. Et puis : C'est donc l'emploi du mari de madame que vous voulez que j'aie,

---

[1] *Il y avait trente ans qu'il faisait bonne chère.* On se rappelle le
financier de La Bruyère qui, au sortir d'un grand dîner, signe la
ruine de cent familles, et, quand il vient de se gorger de vin de
Sillery, ne s'imagine pas qu'on puisse mourir de faim ailleurs.

monsieur? dis-je à M. de Fécour. Oui, reprit-il, c'est
lui-même. Je suis votre serviteur, madame.

Ce n'est pas la peine, monsieur [1], lui répondis-je
en l'arrêtant. J'aime mieux attendre que vous m'en
donniez un autre, quand vous le pourrez; je ne suis
pas si pressé; permettez que je laisse celui-là à cet
honnête homme. Si j'étais à sa place, et malade comme
lui, je serais bien aise qu'on en usât envers moi,
comme j'en use envers lui.

La jeune dame n'appuya point ce discours, ce qui
était un excellent procédé; et, les yeux baissés, at-
tendit en silence que M. de Fécour prît son parti.
sans abuser par aucune instance de la générosité que
je témoignais, et qui pouvait servir d'exemple à notre patron.

Pour lui, je m'aperçus que l'exemple l'étonna
sans lui plaire, et qu'il trouva mauvais que je me
donnasse les airs d'être plus sensible que lui.

Vous aimez donc mieux attendre? me dit-il;
voilà qui est nouveau! Eh bien! madame, retournez-
vous-en. Nous verrons à Paris ce qu'on pourra faire,

---

[1] *Ce n'est pas la peine, monsieur.* Ce mouvement de générosité
achève d'intéresser le lecteur en faveur de Jacob. Il paraîtra peut-
être invraisemblable, dans un siècle où tant de gens sollicitent sans
façon les emplois occupés par d'autres. Mais la manie de faire vite fortune, n'importe comment, n'était pas aussi générale autrefois qu'aujourd'hui; et d'ailleurs nous l'avons déjà dit, et il est important de
le redire pour la justification de Marivaux, Jacob n'est qu'un
paysan qui ne connaît pas les usages du grand monde.

j'y serai après-demain : allez, me dit-il à moi; je parlerai à madame de Fécour.

La jeune dame le salua profondément sans rien répliquer; l'autre femme la suivit, et moi de même, et nous sortîmes tous trois; mais du ton dont notre homme nous congédia, je désespérai que mon action pût servir en rien au mari de la jeune dame, et je vis bien à sa mine qu'elle n'en augurait pas une meilleure réussite.

Mais voici qui va vous surprendre : un de ces messieurs qui étaient avec M. de Fécour, sortit un moment après nous.

Nous nous étions arrêtés, la jeune dame et moi, sur l'escalier, où elle me remerciait de ce que je venais de faire pour elle, et m'en marquait une reconnaissance dont je la voyais réellement pénétrée.

L'autre dame, qu'elle nommait sa mère, joignait ses remercîmens aux siens, et je présentais la main à la fille pour l'aider à descendre (car j'avais déjà appris cette petite politesse, et on se fait honneur de ce qu'on sait), quand nous vîmes venir à nous celui de ces messieurs dont je vous ai parlé, et qui, s'approchant de la jeune dame : Ne dînez-vous pas à Versailles avant que de vous en retourner, madame? lui dit-il en bredouillant et d'un ton brusque.

Oui, monsieur, répondit-elle. Eh bien! reprit-il, après votre dîner, venez me trouver à telle auberge où je vais; je serais bien aise de vous parler; n'y manquez pas. Venez-y aussi, vous, me dit-il, et à la même heure; vous n'en serez pas fâché; entendez-vous? Adieu, bonjour! Et puis il passa son chemin.

Or, ce gros et petit homme (car il était l'un et l'autre, aussi bien que bredouilleur) était celui dont j'avais été le moins mécontent chez M. de Fécour, celui dont la contenance m'avait paru la moins fâcheuse : il est bon de remarquer cela, chemin faisant.

Soupçonnez-vous ce qu'il nous veut? me dit la jeune dame. Non, madame, lui répondis-je ; je ne sais pas même qui il est ; voilà la première fois de ma vie que je le vois.

Nous arrivâmes au bas de l'escalier en nous entretenant ainsi, et j'allais à regret prendre congé d'elle ; mais au premier signe que j'en donnai : Puisque vous et ma fille devez vous rendre tantôt au même endroit, ne nous quittez pas, monsieur, me dit la mère, et faites-nous l'honneur de venir dîner avec nous ; aussi bien, après le service que vous avez tâché de nous rendre, serions-nous mortifiées de ne connaître qu'en passant un aussi honnête homme que vous.

M'inviter à cette partie, c'était deviner mes désirs. Cette jeune dame avait un charme secret qui me retenait auprès d'elle ; mais je ne croyais que l'estimer, la plaindre, et m'intéresser à ce qui la regardait.

D'ailleurs, j'avais eu un bon procédé pour elle, et on se plaît avec les gens dont on vient de mériter la reconnaissance [1]. Voilà bonnement tout ce que je comprenais au plaisir que j'avais à la voir ; car pour

[1] La Bruyère, avec qui, en sa qualité de grand observateur, Marivaux offre plus d'une ressemblance, a dit quelque part que rien

d'amour ni d'aucun sentiment approchant, il n'en
était pas question dans mon esprit ; je n'y songeais
pas.

Je m'applaudissais même de mon affection pour
elle, comme d'un attendrissement louable, comme
d'une vertu, et il y a de la douceur à se sentir vertueux ; de sorte que je suivis ces dames avec une innocence d'intention admirable, et en me disant intérieurement : Tu es un honnête homme.

Je remarquai que la mère dit quelques mots à part
à l'hôtesse, pour ordonner sans doute quelque ap-
prêt ; je n'osai lui montrer que je soupçonnais son intention, ni m'y opposer ; j'eus peur que ce ne fût pas
savoir vivre.

Un quart d'heure après on nous servit, et nous nous
mîmes à table.

Plus je regarde monsieur, disait la mère, et plus
je lui trouve une physionomie digne de ce qu'il a fait
chez M. de Fécour. Eh ! mon Dieu, madame, lui répondis-je, qui est-ce qui n'en aurait pas fait autant
que moi, en voyant madame dans la douleur où elle
était ? Qui est-ce qui ne voudrait pas la tirer de
peine ? Il est bien triste de ne pouvoir rien, quand
on rencontre des personnes dans l'affliction, et surtout des personnes aussi estimables qu'elle l'est. Je
n'ai de ma vie été si touché que ce matin ; j'aurais
pleuré de bon cœur, si je ne m'en étais pas empêché.

_____

ne fait un plus sensible plaisir que de rencontrer les yeux de quelqu'un à qui on vient de faire du bien.

Ce discours, quoique fort simple, n'était plus d'un paysan, comme vous voyez ; on n'y sentait plus le jeune homme de village, mais seulement le jeune homme naïf et bon.

Ce que vous dites ajoute encore une nouvelle obligation à celle que nous vous avons, monsieur, dit la jeune dame en rougissant, sans qu'elle-même sût peut-être pourquoi elle rougissait, à moins que ce ne fût de ce que je m'étais attendri dans mes expressions, et de ce qu'elle avait peur d'en être trop touchée. Il est vrai que ses regards étaient plus doux que ses discours ; elle ne me disait que ce qu'elle voulait, et s'arrêtait où il lui plaisait ; mais quand elle me regardait, ce n'était plus de même, à ce qu'il me paraissait. Ce sont là des remarques que tout le monde peut faire, surtout dans les dispositions où j'étais.

De mon côté, je n'avais ni la gaîté ni la vivacité qui m'étaient ordinaires, et pourtant j'étais charmé d'être là ; mais je songeais à être honnête et respectueux ; c'était tout ce que cet aimable visage me permettait d'être. On n'est pas ce qu'on veut avec de certaines mines ; il y en a qui vous imposent.

Je ne finirais point si je voulais rapporter tout ce que ces dames me dirent d'obligeant, tout ce qu'elles me témoignèrent d'estime.

Je leur demandai où elles demeuraient à Paris, et elles me l'apprirent aussi bien que leurs noms, avec un ton d'amitié qui prouvait l'envie sincère qu'elles avaient de me voir.

C'était toujours la mère qui répondait la première ;
ensuite venait la fille, qui appuyait modestement ce
qu'elle avait dit ; et toujours, à la fin de son discours,
un regard où je voyais plus qu'elle ne me disait.

Enfin notre repas finit ; nous parlâmes du rendez-
vous que nous avions ; il nous paraissait très-sin-
gulier.

Deux heures sonnèrent, et nous y allâmes ; on nous
dit que notre homme achevait de dîner, et comme il
avait averti ses gens que nous viendrions, on nous fit
entrer dans une petite salle où nous l'attendîmes, et
où il vint quelques instans après, un cure-dent à la
main ; je parle du cure-dent, parce qu'il sert à caractériser la réception qu'il nous fit.

Il faut le peindre. Comme je l'ai déjà dit, un gros
homme, d'une taille au-dessous de la médiocre, d'une
allure assez pesante, avec une mine de grondeur, et
qui avait la parole si rapide, que de quatre mots qu'il
disait, il en culbutait la moitié.

Nous le reçûmes avec force révérences, qu'il nous
laissa faire tant que nous voulûmes, sans être tenté
d'y répondre seulement du moindre salut de tête.
Je ne crois pas que ce fût par fierté, mais bien par
pur oubli de toute cérémonie ; c'est que cela lui
était plus commode, et qu'il avait pris ce pli là, à
force de voir journellement des subalternes de son
métier.

Il s'avança vers la jeune dame avec le cure-dent,
qui, comme vous voyez, accompagnait fort bien la
simplicité de son accueil.

Ah! bon, lui dit-il, vous voilà; et vous aussi,
ajouta-t-il en me regardant; eh bien! qu'est-ce que
c'est? Vous êtes donc bien triste, pauvre jeune femme?
(On sent bien à qui cela s'adressait.) Qui est cette
dame-là avec qui vous êtes? Est-ce votre mère ou votre parente?

Je suis sa fille, monsieur, répondit la jeune personne. Ah! vous êtes sa fille? Voilà qui est bien ; elle
a l'air d'une honnête femme, et vous aussi ; j'aime les
honnêtes gens, moi. Et ce mari, quelle espèce d'homme est-ce? D'où vient donc qu'il est si souvent malade? Est-ce qu'il est vieux? N'y a-t-il pas un peu de
débauche dans son fait? Toutes questions qui étaient
assez dures, et pourtant faites avec la meilleure intention du monde, comme vous le verrez dans la suite,
mais qui n'avaient rien de moelleux. C'était presque autant de petits affronts à essuyer pour l'amour-
propre.

On dit de certaines gens qu'ils ont la main lourde ;
cet honnête homme-ci ne l'avait pas légère.

Revenons. C'était du mari qu'il s'informait. Il n'est
ni vieux ni débauché, répondit la jeune dame ; c'est
un homme de très-bonnes mœurs, qui n'a que trente-
cinq ans, et que des malheurs ont accablé ; c'est le
chagrin qui a ruiné sa santé.

Oui-dà, dit-il, je le croirais bien ; le pauvre homme ! Cela est fâcheux ; vous m'avez touché tantôt,
aussi bien que votre mère ; j'ai pris garde qu'elle
pleurait. Eh! dites-moi, vous avez donc bien de la
peine à vivre? Quel âge avez-vous?

Vingt ans, monsieur, reprit-elle en rougissant.
Vingt ans! dit-il; pourquoi se marier si jeune? Vous
voyez ce qui en arrive; il vient des enfans, des traverses, on n'a qu'un petit bien, et puis on souffre;
et adieu le ménage. Ah çà! n'importe; elle est gentille, votre fille, fort gentille, répéta-t-il en parlant
à la mère, j'aimerais assez sa figure; mais ce n'est
pas à cause de cela que j'ai eu envie de la voir; au
contraire, puisqu'elle est sage, je veux l'aider et lui
faire du bien. Je fais grand cas d'une jeune femme qui
a de la conduite, quand elle est jolie et mal à son aise;
je n'en ai guère vu de pareilles; on ne fuit pas les
autres, mais on ne les estime pas. Continuez, madame, continuez d'être toujours de même. Tenez, je
suis aussi fort content de ce jeune homme-là, oui,
très-édifié; il faut que ce soit un honnête garçon, de
la manière dont il a parlé tantôt. Allez, vous êtes
un bon cœur, vous m'avez plu, j'ai de l'amitié pour
vous; ce qu'il a fait chez M. de Fécour est fort beau,
il m'a étonné. Au reste, s'il ne vous donne pas un
autre emploi (c'était à moi qu'il parlait, et de M. de
Fécour), j'aurai soin de vous, je vous le promets;
venez me voir à Paris; et vous de même (c'était la
jeune dame que ces paroles regardaient). Il faut voir
à quoi M. de Fécour se déterminera pour votre mari:
s'il le rétablit, à la bonne heure; mais, indépendam-
ment de ce qui en sera, je vous rendrai service, moi;
j'ai des vues qui vous conviendront et qui vous seront
avantageuses. Mais asseyons-nous; êtes-vous pressée?
Il n'est que deux heures et demie; contez-moi un

peu vos affaires, je serai bien aise d'être au fait. D'où vient est-ce que votre mari a eu des malheurs? Est-ce qu'il était riche? De quel pays êtes-vous?

D'Orléans, monsieur, lui dit-elle. Ah! d'Orléans? c'est une fort bonne ville, reprit-il ; y avez-vous vos parens? Qu'est-ce que c'est que votre histoire? J'ai encore un quart d'heure à vous donner [1] ; et, comme je m'intéresse à vous, il est naturel que je sache qui vous êtes, cela me fera plaisir ; voyons.

Monsieur, lui dit-elle, mon histoire ne sera pas longue.

Ma famille est d'Orléans, mais je n'y ai point été élevée. Je suis la fille d'un gentilhomme peu riche, et qui demeurait avec ma mère à deux lieues de cette ville, dans une terre qui lui restait des biens de sa famille, et où il est mort.

Ah! ah! dit M. Bono (c'était le nom de notre patron), la fille d'un gentilhomme! A la bonne heure ; mais à quoi cela sert-il, quand il est pauvre? Continuez.

---

[1] *Qu'est-ce que c'est que votre histoire? J'ai encore un quart d'heure à vous donner.* Comment caractériser mieux un homme excellent au fond, mais brusque et bizarre par les formes, et qui, habitué à mener grand train de grandes affaires, mesure sa sensibilité sur le temps qu'il a devant lui? Nous trouverons là le germe du *Bourru bienfaisant* de Goldoni. Marivaux jette çà et là dans ses romans, avec la profusion de la richesse, une foule d'idées comiques et dramatiques, qui, recueillies plus tard par des écrivains dignes de les apprécier, se sont fécondées entre leurs mains, et ont été regardées comme l'invention de leur génie, tandis qu'elles n'étaient que la conquête de leur talent.

Il y a trois ans que mon mari s'attacha à moi, reprit-elle ; c'était un autre gentilhomme de nos voisins. Bon ! s'écria-t-il là-dessus, le voilà bien avancé, avec sa noblesse ! Après ?

Comme on me trouvait alors quelques agrémens.... Oui-dà, dit-il ; on avait raison, ce n'est pas ce qui vous manque ; oh ! vous étiez mignonne et une des plus jolies filles du canton, j'en suis sûr. Eh bien ?

J'étais en même temps recherchée, dit-elle, par un riche bourgeois d'Orléans.

Ah ! passe pour celui-là, reprit-il encore ; voilà du solide ; c'était ce bourgeois-là qu'il fallait prendre.

Vous allez voir, monsieur, pourquoi je ne l'ai pas pris ; il était bien fait ; je ne le haïssais pas ; non pas que je l'aimasse ; je le souffrais seulement plus volontiers que le gentilhomme, qui avait pourtant autant de mérite que lui ; et comme ma mère, qui était la seule dont je dépendais alors, car mon père était mort ; comme, dis-je, ma mère me laissait le choix des deux, je ne doute pas que ce léger sentiment de préférence que j'avais pour le bourgeois, ne m'eût enfin déterminée en sa faveur, sans un accident qui me fit tout d'un coup pencher du côté de son rival.

On était à l'entrée de l'hiver, et nous nous promenions un jour, ma mère et moi, le long d'une forêt avec ces deux messieurs ; je m'étais un peu écartée, je ne sais pour quelle bagatelle à laquelle je m'amusais dans cette campagne, quand un loup furieux, sorti de la forêt, vint à moi en me poursuivant.

Jugez de ma frayeur ; je me sauvai vers ma com-

pagnie en jetant de hauts cris. Ma mère, épouvantée,
voulut se sauver aussi, et tomba de précipitation ; le
bourgeois s'enfuit [1], quoiqu'il eût une épée à son
côté.

Le gentilhomme seul, tirant la sienne, resta, ac-
courut à moi, fit face au loup et l'attaqua dans le
moment qu'il allait se jeter sur moi et me dévorer.

Il le tua, non sans courir risque de la vie ; car il
fut blessé en plusieurs endroits, et même renversé
par le loup, avec qui il se roula long-temps sur la
terre sans quitter son épée, dont enfin il acheva ce
furieux animal.

Quelques paysans dont les maisons étaient voisines
de ce lieu, et qui avaient entendu nos cris, ne purent
arriver qu'après que le loup fut tué, et enlevèrent le
gentilhomme qui ne s'était pas encore relevé, qui
perdait beaucoup de sang, et qui avait besoin d'un
prompt secours.

De mon côté, j'étais à six pas de là tombée et
évanouie, aussi bien que ma mère, qui était un peu
plus loin dans le même état ; de sorte qu'il fallut nous
emporter tous trois jusqu'à notre maison, dont nous
nous étions assez écartés en nous promenant.

Les morsures que le loup avait faites au gentilhomme étaient fort guérissables ; mais sur la fureur

---

[1] *Le bourgeois s'enfuit.* Pourquoi faire de ce bourgeois un pol-
tron ? Cela ne serait plus de mode aujourd'hui ; mais du temps de
Marivaux, il régnait encore un vieux préjugé, qui faisait de la valeur l'apanage en quelque sorte exclusif des hommes de qualité.

de cet animal, on eut peur qu'elles n'eussent les suites les plus affreuses ; et dès le lendemain ce gentilhomme, tout blessé qu'il était, partit de chez nous pour la mer.

Je vous avoue, monsieur, que je restai pénétrée du mépris qu'il avait fait de sa vie [1] pour moi (car il n'avait tenu qu'à lui de se sauver, comme avait fait son rival), et encore plus pénétrée de ce qu'il ne tirait aucune vanité de son action, qu'il ne s'en faisait pas valoir davantage, et que son amour n'en avait pas pris plus de confiance.

Je ne suis point aimé, mademoiselle, me dit-il seulement en partant; je n'ai point le bonheur de vous plaire ; mais je ne suis point si malheureux, puisque j'ai eu celui de vous montrer que rien ne m'est si cher que vous.

Personne à présent ne me doit l'être autant que vous non plus, lui répondis-je sans aucun détour, et devant ma mère, qui approuva ma réponse.

Oui, oui, dit alors M. Bono, voilà qui est à merveille ; il n'y a rien de si beau que ces sentimens-là, quand ce serait pour un roman ; je vois bien que vous l'épouserez à cause des morsures ; mais tenez, j'ai-

---

[1] *Je restai pénétrée du mépris qu'il avait fait de sa vie.* Quoique l'Académie autorise l'emploi du participe *pénétré* dans cette phrase : *je suis pénétré de sa situation*, il est douteux qu'on puisse l'appliquer aux sentimens manifestés par une personne étrangère, et ce n'est pas en bon français qu'on est *pénétré de la générosité d'un autre.*

merais encore mieux que ce loup ne fût pas venu ; vous vous en seriez bien passée, car il vous fait grand tort. Et le bourgeois, à propos, court-il encore ? Est-ce qu'il ne revint pas ?

Il osa reparaître dès le soir même, dit la jeune dame. Il revint au logis, et soutint pendant une heure la présence de ce rival blessé ; ce qui me le rendit encore plus méprisable que son manque de courage dans le péril où il m'avait abandonnée.

Oh ! ma foi, dit monsieur Bono, je ne sais que vous dire ; serviteur à l'amour en pareil cas. Pour la visite, passe, je la blâme ; mais pour ce qui est de sa fuite, c'est une autre affaire ; je ne trouve pas qu'il ait si mal fait, moi ; c'était là un fort vilain animal, au moins, et votre mari n'était qu'un étourdi dans le fond. Achevez ; le gentilhomme revint, et vous l'épousâtes, n'est-ce pas ?

Oui, monsieur, dit la jeune dame ; je crus y être obligée.

Ah ! comme vous voudrez, reprit-il là-dessus ; mais je regrette le fuyard ; il valait mieux pour vous, puisqu'il était riche. Votre mari était excellent pour tuer des loups [1] ; mais on ne rencontre pas toujours des loups sur son chemin, et on a toujours besoin d'avoir de quoi vivre.

---

[1] *Votre mari était excellent pour tuer des loups.* La conclusion du financier est d'un excellent comique, et il y a une très-bonne idée de scène dans le contraste de deux personnes, dont l'une a des idées toutes positives, tandis que l'autre s'exalte en sentimens nobles et généreux.

Mon mari, quand je l'épousai, dit-elle, avait du
bien; il jouissait d'une fortune suffisante. Bon! reprit-il, suffisante! A quoi cela va-t-il? Tout ce qui
n'est que suffisant ne suffit jamais. Voyons, comment
a-t-il perdu cette fortune ?

Par un procès, reprit-elle, que nous avons eu
contre un seigneur de nos voisins pour de certains
droits; procès qui n'était presque rien d'abord, qui
est devenu plus considérable que nous ne l'avions
cru, qu'on a gagné contre nous à force de crédit, et
dont la perte nous a totalement ruinés. Il a fallu
que mon mari vînt à Paris pour tâcher d'obtenir
quelque emploi; on le recommanda à M. de Fécour, qui lui en donna un; c'est ce même emploi
qu'il lui a ôté ces jours passés, et que vous avez entendu que je lui redemandais. J'ignore s'il le lui
rendra; il ne m'a rien dit qui me le promette; mais
je pars bien consolée, monsieur, puisque j'ai eu le
bonheur de rencontrer une personne aussi généreuse
que vous, et que vous avez la bonté de vous intéresser à notre situation.

Oui, oui, dit-il; ne vous affligez pas, comptez
sur moi; il faut bien secourir les gens qui sont dans
la peine; je voudrais que personne ne souffrît, voilà
comme je pense; mais cela ne se peut pas. Et vous,
mon garçon, d'où êtes-vous? me dit-il à moi. De
Champagne, monsieur, lui répondis-je.

Ah! du pays du bon vin? reprit-il, j'en suis bien
aise; vous y avez votre père? Oui, monsieur. Tant

mieux, dit-il; il pourra donc m'en faire venir, car on y est souvent trompé. Et qui êtes-vous ?

Le fils d'un honnête homme qui demeure à la campagne, répondis-je. C'était dire vrai, et pourtant c'était esquiver le mot de *paysan* qui me paraissait dur; les synonymes ne sont pas défendus, et tant que j'en ai trouvé là-dessus, je les ai pris : mais ma vanité n'a jamais passé ces bornes-là; et j'aurais dit tout net, je suis le fils d'un paysan, si le mot de *fils d'un homme de la campagne* ne m'était pas venu.

Trois heures sonnèrent alors; M. Bono tira sa montre, et puis se levant : Ah çà ! dit-il, je vous quitte, nous nous reverrons à Paris ; je vous y attends, et je vous tiendrai parole; bonjour, je suis votre serviteur. A propos, vous en retournez-vous tout à l'heure ? J'envoie dans un moment mon équipage à Paris ; mettez-vous dedans ; les voitures sont chères, et ce sera autant d'épargné.

Là-dessus il appela un laquais. Picard se prépare-t-il à s'en aller ? lui dit-il. Oui, monsieur, il met les chevaux au carrosse, répondit le domestique. Eh bien ! dis-lui qu'il prenne ces dames et ce jeune homme, reprit-il ; adieu.

Nous voulûmes le remercier, mais il était déjà bien loin. Nous descendîmes ; l'équipage fut bientôt prêt, et nous partîmes très-contens de notre homme et de sa brusque humeur.

Je ne vous dirai rien de notre entretien sur la route; arrivant à Paris, nous y entrâmes d'assez bonne heure pour mon rendez-vous ; car vous savez

8.   11

que j'en avais un avec madame de Ferval chez madame Remy dans un faubourg.

Le cocher de M. Bono mena mes deux dames chez elles, où je les quittai après plusieurs complimens et de nouvelles instances de leur part pour les venir voir.

De là je renvoyai le cocher ; je pris un fiacre, et je partis pour mon faubourg [1].

---

[1] Pendant que Jacob est en route pour aller faire son début dans la carrière de la galanterie, examinons la révolution qui s'est opérée dans sa fortune et surtout dans ses habitudes. C'est peu qu'il soit marié avec une fille tendre, généreuse, et riche en comparaison de lui ; de grandes dames s'intéressent à son avancement ; elles veulent le former de toutes manières. Ce n'est plus un paysan ; il a des protections ; il a même une protégée. Il devient un homme du monde, et ne cesse pas d'être un excellent homme.

FIN DE LA QUATRIÈME PARTIE.

CINQUIÈME PARTIE.

———

J'AI dit dans la dernière partie que je me hâtai de me rendre chez madame Remy, où m'attendait madame de Ferval.

Il était à peu près cinq heures et demie du soir, quand j'y arrivai. Je trouvai tout d'un coup l'endroit. Je vis aussi le carrosse de madame de Ferval dans cette petite rue dont elle m'avait parlé, et où était cette porte de derrière par laquelle elle m'avait dit qu'elle entrerait; et, suivant mes instructions, j'entrai par l'autre porte, après m'être assuré auparavant que c'était là que demeurait madame Remy. D'abord je vis une allée assez étroite, qui aboutissait à une petite cour, au bout de laquelle on entrait dans une salle; et c'était de cette salle qu'on passait dans le jardin dont madame de Ferval avait fait mention.

Je n'avais pas encore traversé la cour, qu'on ouvrit la porte de la salle. Apparemment qu'on m'entendit venir. Il en sortit une grande femme âgée, maigre, pâle, vêtue en femme du commun, mais proprement pourtant, qui avait un air posé et matois. C'était madame Remy elle-même.

Qui demandez-vous, monsieur? me dit-elle quand je me fus approché. Je viens, répondis-je, parler à

une dame qui doit être ici depuis quelques momens,
ou qui va y arriver bientôt.

Et son nom ? me dit-elle. Madame de Ferval, repris-je ; et sur-le-champ : Entrez, monsieur.

J'entre ; il n'y avait personne dans la salle. Elle
n'est donc pas encore venue ? lui dis-je. Vous allez
la voir, me répondit-elle, en tirant de sa poche une
clef dont elle ouvrit une porte que je ne voyais pas,
et qui était celle d'une chambre où je trouvai madame de Ferval assise auprès d'un petit lit, et qui
lisait.

Vous venez bien tard, monsieur de La Vallée, me
dit-elle en se levant ; il y a pour le moins un quart
d'heure que je suis ici.

Hélas ! madame, ne me blâmez pas, dis-je, il n'y
a point de ma faute ; j'arrive en ce moment de Versailles où j'ai été obligé d'aller, et j'étais bien impatient de me voir ici.

Pendant que nous nous parlions, notre complai-
sante hôtesse, sans paraître nous écouter, et d'un air
distrait, rangeait par ci par là dans la chambre, et
puis elle se retira sans nous rien dire. Vous vous en
allez donc, madame Remy ? lui cria madame de Ferval, en s'approchant d'une porte ouverte qui donnait
dans le jardin.

Oui, madame, répondit-elle ; j'ai affaire là-haut
pour quelques momens, et puis peut-être avez-vous
à parler à monsieur. Aurez-vous besoin de moi ?

Non, dit madame de Ferval ; vous pouvez rester,
si vous voulez ; mais ne vous gênez point. Et là-

dessus la Remy nous salue, nous laisse, ferme la porte sur nous, ôte la clef, que nous lui entendîmes retirer, quoiqu'elle y allât doucement.

Il faut donc que cette femme soit folle ; je crois qu'elle nous enferme ! me dit alors madame de Ferval en souriant d'un air qui entamait la matière, qui engageait amoureusement la conversation, et qui me disait : Nous voilà donc seuls !

Qu'importe ? lui dis-je ; et nous étions alors sur le pas de la porte du jardin. Nous n'avons que faire de la Remy pour causer ensemble ; ce serait encore pis que la femme de chambre de là-bas ; n'avons-nous pas fait marché que nous serions libres ?

Et pendant que je lui tenais ce discours, je lui prenais la main dont je considérais la grâce et la blancheur, et que je baisais quelquefois. Est-ce là comme tu me contes ton histoire ? me dit-elle. Je vous la conterai toujours bien, lui dis-je ; ce conte-là n'est pas si pressé que moi. Que toi ! me dit-elle, en me jetant son autre main sur l'épaule ; et de quoi donc es-tu tant pressé ? De vous dire que vous avez des charmes qui m'ont fait rêver toute la journée à eux, repris-je. Je n'ai pas mal rêvé à toi non plus, me dit-elle, et tant rêvé que j'ai pensé ne pas venir ici.

Eh ! pourquoi donc, maîtresse de mon cœur ? lui repartis-je. Oh ! pourquoi ? me dit-elle ; c'est que tu es si jeune et si remuant ! Il me souvient de tes vivacités d'hier, tout gêné que tu étais ; et à présent que tu ne l'es plus, te corrigeras-tu ? J'ai bien de la peine à le croire. Et moi aussi, lui dis-je ; car je suis encore plus amoureux que je ne l'étais hier, à cause qu'il me semble que vous êtes encore plus belle.

Fort bien, fort bien! me dit-elle avec un souris; voilà de très-bonnes dispositions, et qui me rassurent beaucoup. Être seule avec un étourdi comme vous, sans pouvoir sortir; car où est-elle allée, cette sotte femme qui nous laisse? Je gagerais qu'il n'y a peut-être que nous ici actuellement; ah! elle n'a qu'à revenir, je ne la querellerai pas mal; voyez, je vous prie, à quoi elle m'expose!

Par la mardi! lui dis-je, vous en parlez bien à votre aise; vous ne savez pas ce que c'est que d'être amoureux de vous. Ne tient-il qu'à dire aux gens, tenez-vous en repos? Je voudrais bien vous voir à ma place, pour savoir ce que vous feriez. Va, va, tais-toi! dit-elle d'un air badin; j'ai assez de la mienne. Mais encore? insistais-je sur le même ton. Eh bien! à ta place, reprit-elle, je tâcherais apparemment d'être raisonnable. Et s'il ne vous servait de rien d'y tâcher, répondis-je, qu'en serait-il? Oh! ce qu'il en serait, dit-elle, je n'en sais rien; tu m'en demandes trop, je n'y suis pas; mais qu'importe que tu m'aimes? Ne saurais-tu faire comme moi? Je suis raisonnable, quoique je t'aime aussi; je ne devrais pas te le dire, car tu n'en feras que plus de folies, et ce sera ma faute, petit mutin que tu es! Voyez comme il me regarde! Où a-t-il pris cette mine-là, ce fripon? On n'y saurait tenir. Parlons de Versailles.

Oh! que non, répondis-je; parlons de ce que vous dites que vous m'aimez; cette parole est si agréable!

c'est un charme de l'entendre ; elle me ravit, elle me transporte. Quel plaisir ! Ah ! que votre chère personne est enchanteresse !

En lui tenant ce discours, je levais avidement les yeux sur elle ; elle était un peu moins enveloppée qu'à l'ordinaire. Il n'y a rien de si friand que ce joli corset - là, m'écriai - je. Allons, allons, petit garçon, ne songez point à cela ; je ne le veux pas, dit-elle.

Là - dessus elle se raccommodait assez mal. Eh ! ma gracieuse dame, repartis-je, cela est si bien arrangé, n'y touchez pas. Je lui pris les mains alors ; elle avait les yeux pleins d'amour ; elle soupira, me dit : Que me veux-tu, La Vallée? J'ai bien mal fait de ne pas retenir la Remy ; une autre fois je la retiendrai, tu n'entends point raison ; recule-toi un peu ; voilà des fenêtres d'où on peut nous voir.

En effet, il y avait de l'autre côté des vues sur nous. Il n'y a qu'à rentrer dans la chambre, lui dis-je. Il le faut bien, reprit-elle ; mais modère-toi, mon bel enfant, modère-toi ; je suis venue ici de si bonne foi, et tu m'inquiètes avec ton amour.

Je n'ai pourtant que celui que vous m'avez donné, répondis-je ; mais nous voilà debout, cela fatigue, asseyons-nous ; tenez, remettez-vous à la place où vous étiez quand je suis venu. Quoi ! là? dit - elle ; oh ! je n'oserais, j'y serais trop enfermée, à moins que tu n'appelles la Remy ; appelle-la, je t'en prie : ce qu'elle disait d'un ton qui n'avait rien d'opiniâtre, et insensiblement nous nous approchions de l'endroit

où je l'avais d'abord trouvée. Où me mènes-tu donc ?
dit-elle d'un air nonchalant et tendre. Cependant
elle s'asseyait, et je me jetais à ses genoux, quand
nous entendîmes tout à coup parler dans la salle [1].

Le bruit devint plus fort ; c'était comme une dispute.

Ah ! La Vallée, qu'est-ce que c'est que cela ?
Lève-toi, s'écria madame de Ferval ; le bruit s'augmente encore. Nous distinguions la voix d'un homme
en colère, contre qui madame Remy, que nous en-
tendions aussi, paraissait se défendre. Enfin, on
mit la clef dans la serrure ; la porte s'ouvre, et nous
vîmes entrer un homme de trente à trente-cinq ans,
très-bien fait, et de fort bonne mine, qui avait l'air
extrêmement ému. Je tenais la garde de mon épée,
et je m'étais avancé au milieu de la chambre, fort
inquiet de cette aventure, mais bien résolu de repousser l'insulte, supposé que c'en fût une qu'on eût
envie de nous faire.

A qui en voulez-vous, monsieur? lui dis-je aussitôt. Cet homme, sans me répondre, jette les yeux

---

[1] *Quand nous entendîmes tout à coup parler dans la salle.* Il était
temps. Un moment plus tard, la tendre et sensible Habert était
trahie, et l'auteur forcé dans les derniers retranchemens de cette
modestie dont il a tout récemment fait un précepte si judicieux.
Nous avons cru devoir au surplus nous abstenir de tout commentaire sur les images voluptueuses qui viennent de se dérouler aux
regards du lecteur : non qu'on n'y retrouve tout l'esprit de Marivaux ; mais les développemens de cet esprit-là seraient dangereux
pour quelques lecteurs, et superflus pour les autres.

sur madame de Ferval, se calme sur-le-champ, ôte respectueusement son chapeau, non sans marquer beaucoup d'étonnement, et s'adressant à madame de Ferval : Ah ! madame, je vous demande mille pardons, dit-il ; je suis au désespoir de ce que je viens de faire ; je m'attendais à voir une autre dame à qui je prends intérêt, et je n'ai pas douté que ce ne fût elle que je trouverais ici.

Ah ! vraiment oui ! lui dit madame Remy, il est bien temps de demander des excuses, et voilà une belle équipée que vous avez faite là ! Madame qui vient ici, pour affaires de famille, parler à son neveu qu'elle ne peut voir qu'en secret, avait grand besoin de vos pardons, et moi aussi !

Vous avez plus tort que moi, lui dit l'homme en question ; vous ne m'avez jamais averti que vous receviez ici d'autres personnes que la dame que j'y cherchais et moi. Je reviens de dîner de la campagne ; je passe, j'aperçois un équipage dans la petite rue ; je crois qu'à l'ordinaire c'est celui de la dame que je connais ; je ne lui ai pourtant pas donné de rendez-vous ; cela me surprend ; je vois même de loin un laquais dont la livrée me trompe. Je fais arrêter mon carrosse pour savoir ce que cette dame fait ici ; vous me dites qu'elle n'y est pas, je vous vois embarrassée ; qui est-ce qui ne se serait pas imaginé à ma place qu'il y avait du mystère ? Au reste, ôtez l'inquiétude que cela a pu donner à madame, c'est comme si rien n'était arrivé ; et je la supplie encore une fois de me pardonner, ajouta-t-il, en s'appro-

chant encore plus de madame de Ferval, avec une
action tout-à-fait galante, et qui avait même quelque
chose de tendre.

Madame de Ferval rougit, et voulut retirer sa main
qu'il avait prise, et qu'il baisait avec vivacité.

Là-dessus je m'avançai, et ne crus pas devoir demeurer muet. Madame ne me paraît pas fâchée, dis-
je à ce cavalier ; le plus avisé s'abuse ; vous l'avez
prise pour une autre, il n'y a pas grand mal ; elle vous
excuse, il ne reste plus qu'à s'en aller ; c'est le plus
court, à présent que vous voyez ce qui en est, monsieur.

Là-dessus il se retourna, et me regarda avec quelque attention. Il me semble que vous ne m'êtes pas
inconnu, me dit-il ; ne vous ai-je pas vu chez madame une telle ?

Il ne parlait, s'il vous plaît, que de la femme de
défunt le seigneur de notre village. Cela se pourrait,
lui dis-je, en rougissant malgré que j'en eusse ; et en
effet, je commençais à le remettre lui-même. Eh !
c'est Jacob, s'écria-t-il alors ; je le reconnais, c'est
lui-même. Eh ! parbleu, mon enfant, je suis charmé
de vous voir ici en si bonne posture ; il faut que ta
fortune ait bien changé de face, pour t'avoir mis à
portée d'être en liaison avec madame ; tout homme
de condition que je suis, je voudrais bien avoir cet
honneur-là comme vous. Il y a quatre mois que je
souhaite d'être un peu de ses amis ; elle a pu s'en
apercevoir, quoique je ne l'aie encore rencontrée
que trois ou quatre fois. Mes regards lui ont dit com-

bien elle était aimable, je suis né avec le plus tendre penchant pour elle, et je suis bien sûr, mon
cher Jacob, que mon amour date de plus loin que le
tien.

Madame Remy n'était pas présente à ce discours;
elle était passée dans la salle, et nous avait laissé le
soin de nous tirer d'intrigue.

Pour moi, je n'avais plus de contenance, et en vrai
benêt je saluais cet homme à chaque mot qu'il m'a-
dressait; tantôt je tirais un pied, tantôt j'inclinais la
tête; je ne savais plus ce que je faisais; j'étais dé-
monté. Cette assommante époque de notre connaissance, son tutoiement, ce passage subit de l'état d'un
homme en bonne fortune où il m'avait pris, à l'état
de Jacob où il me remettait, tout cela m'avait renversé.

A l'égard de madame de Ferval, il serait difficile
de vous dire la mine qu'elle faisait.

Souvenez-vous que la Remy avait parlé de moi
comme d'un neveu de cette dame; songez qu'elle
était dévote, que j'étais jeune; que sa parure était
ce jour-là plus mondaine qu'à l'ordinaire, son corset
plus galant, moins serré, et par conséquent sa gorge
plus à l'aise; songez qu'on nous trouvait enfermés
chez une madame Remy, femme commode, sujette
à prêter sa maison, comme nous l'apprenions; n'oubliez pas que ce cavalier, qui nous surprenait, connaissait madame de Ferval, était ami de ses amis; et
sur tous ces articles que je viens de dire, voyez la
curieuse révélation qu'on avait des mœurs de ma-

dame de Ferval. Le bel intérieur de conscience à montrer ! Que de misères mises au jour ! Quelles misères encore ! Celles qui déshonorent le plus une dévote, qui décident qu'elle est une hypocrite, une franche friponne. Car qu'elle soit maligne, vindicative, orgueilleuse, médisante, elle fait sa charge, et n'en a pas moins droit de tenir sa morgue ; tout cela ne jure point avec l'impérieuse austérité de son métier. Mais se trouver convaincue d'être amoureuse, être surprise dans un rendez-vous gaillard ; oh ! tout est perdu ; voilà la dévote sifflée, il n'y a point de tournure à donner à cela.

Madame de Ferval essaya pourtant d'en donner une, et dit quelque chose pour se défendre ; mais ce fut avec un air de confusion si marqué, qu'on voyait bien que sa cause lui paraissait désespérée.

Aussi n'eut-elle pas le courage de la plaider longtemps.

Vous vous trompez, monsieur ; je vous assure que vous vous trompez ; c'est fort innocemment que je me trouve ici ; je n'y suis que pour lui parler à l'occasion d'un service que je voulais lui rendre. Après ce peu de paroles, le ton de sa voix s'altéra, ses yeux se mouillèrent de quelques larmes, et un soupir lui coupa la parole.

De mon côté, je ne savais que dire ; ce nom de Jacob, qu'il m'avait rappelé, me tenait en respect : j'avais toujours peur qu'il n'en recommençât l'apostrophe, et je ne songeais qu'à m'évader du mieux qu'il me serait possible ; car que faire là avec un ri-

val pour qui on ne s'appelle que Jacob, et cela en
présence d'une femme que cet excès de familiarité
n'humiliait pas moins que moi? Avoir un amant,
c'était déjà une honte pour elle, et en avoir un de
ce nom-là, c'en était deux ; il ne pouvait pas être
question entre elle et Jacob d'une affaire de cœur
bien délicate.

De sorte qu'avec l'embarras personnel où je me
trouvais, je rougissais encore de voir que j'étais son
opprobre, et ainsi je devais être fort mal à mon aise ;
je cherchais donc un prétexte raisonnable de retraite,
quand madame de Ferval vint à dire qu'elle n'était là
que pour me rendre un service.

Et sur-le-champ, sans donner le temps au cavalier
de répondre : Ce sera pour une autre fois, madame,
repris-je ; conservez-moi toujours votre bonne volonté, j'attendrai que vous me fassiez savoir vos intentions ; et puisque vous connaissez monsieur, et
que monsieur vous connaît, je vais prendre congé
de vous ; aussi bien, je n'entends rien à cet amour
dont il me parle.

Madame de Ferval ne répondit mot, et resta les
yeux baissés, avec un visage humble et mortifié, sur
lequel on voyait couler une larme ou deux. Ce cavalier, notre trouble-fête, venait de lui reprendre la
main qu'elle lui laissait, parce qu'elle n'osait la lui
ôter sans doute. Le fripon était comme l'arbitre de
son sort ; il pouvait lui faire justice ou grâce [1] ; en

---

[1] *Il pouvait lui faire justice ou grâce.* La situation que Marivaux

un mot, il avait droit d'être un peu hardi, et elle
n'avait pas le droit de le trouver mauvais.

Adieu donc, mons Jacob; jusqu'au revoir, me
cria-t-il, comme je me retirais. Oh! pour lors, cela
me déplut, je perdis patience, et devenu plus coura-
geux, parce que je m'en allais : Bon, bon! criai-je
à mon tour en hochant la tête, adieu, mons Jacob!
Eh bien! adieu, mons Pierre, serviteur à mons Ni-
colas; voilà bien du bruit pour un nom de baptême!
Il fit un grand éclat de rire à ma réponse, et je sortis
en fermant la porte sur eux de pure colère.

Je trouvai madame Remy à la porte de la rue. Vous
vous en allez donc? me dit-elle. Eh! pardi, oui, repris-je; qu'est-ce que vous voulez que je fasse là à
cette heure que cet homme y est, et pourquoi l'avez-
vous accoutumé à venir ici? Cela est bien désagréable, madame Remy; on vient de Versailles pour se
parler honnêtement chez vous, on prend votre chambre, on croit être en repos; et point du tout, c'est
comme si on était dans la rue. C'était bien la peine

---

a ménagée entre les trois personnages qui se rencontrent chez l'officieuse madame Remy, est, sinon une des plus intéressantes, au
moins une des plus ingénieuses du roman. L'embarras de madame de
Ferval est plus grand encore que celui de Jacob, et elle méritait
aussi d'être plus punie. Il ne souffre que dans sa vanité, et elle souffre dans son orgueil. Ce n'est que le rang qu'on humilie en lui, et
c'est le caractère qui est en elle dépouillé du voile d'hypocrisie
qu'elle avait su porter jusqu'alors. Le nouveau venu est ce qu'il
devait être dans une pareille circonstance, hardi, confiant, badin
jusqu'à l'ironie. Il sent tout l'avantage que lui donne sa position,
et il en profite.

de me presser tant! Ce n'est pas moi que je regarde
là-dedans, c'est madame de Ferval. Qu'est-ce que ce
grand je ne sais qui va penser d'elle? Une porte fermée, point de clef à une serrure, une femme de bien
avec un jeune garçon; voilà qui a bonne mine!

Eh! mon Dieu, mon enfant, me dit-elle, j'en suis
désolée; je tenais la clef de votre chambre quand
il est arrivé, savez-vous bien qu'il me l'a arrachée des
mains? Il n'y a rien à craindre, au surplus; c'est un de
mes amis, un fort honnête homme, qui voit quelquefois ici une dame de ma connaissance. Je crois entre
nous qu'il ne la hait pas, et l'étourdi qu'il est a voulu
entrer par jalousie; mais qu'est-ce que cela fait?
Restez; je suis sûre qu'il va sortir. Bon! lui dis-je,
après celui-là un autre; vous avez trop de connaissances, madame Remy.

Oh! dame, reprit-elle, que voulez-vous? J'ai une
grande maison, je suis veuve, je suis seule; d'honnêtes gens me disent: Nous avons des affaires ensemble,
il ne faut pas qu'on le sache, prêtez-nous votre chambre. Dirai-je que non, surtout à des gens qui me font
plaisir, qui ont de l'amitié pour moi? C'est encore
un beau taudis que le mien pour en être chiche, n'est-
ce pas? Après cela, quel mal y a-t-il qu'on ait vu madame de Ferval avec vous chez moi? Je me repens
de n'avoir pas ouvert tout d'un coup, car qu'est-ce
qu'on en peut dire? Voyons: d'abord il me vient une
dame; ensuite arrive un garçon; je les reçois tous
deux; les voilà donc ensemble, à moins que je ne les
sépare. Le garçon est jeune; est-il obligé d'être vieux?

Il est vrai que la porte était fermée ; eh bien ! une autre fois elle sera ouverte ; c'est tantôt l'un, tantôt l'autre ; où est le mystère ? On l'ouvre quand on entre, on la ferme quand on est entré. Pour ce qui est de moi, si je n'étais pas avec vous, c'est que j'étais ailleurs ; on ne peut pas être partout ; je vas, je viens, je tracasse, je fais mon ménage, et ma compagnie cause ; et puis, est-ce que je ne serais pas revenue ? De quoi madame de Ferval s'embarrasse-t-elle ? N'ai-je pas dit même que c'était votre tante ?

Eh ! vraiment, tant pis, repris-je ; car il sait tout le contraire. Pardi ! me dit-elle, le voilà bien savant ! N'avez-vous pas peur qu'il vous fasse un procès ?

Pendant que la Remy me parlait, je songeais à ces deux personnes que j'avais laissées dans la chambre ; et quoique je fusse bien aise d'en être sorti à cause de ce nom de Jacob, j'étais pourtant très-fâché de ce qu'on avait troublé mon entretien avec madame de Ferval ; j'en regrettais la suite. Non pas que j'eusse de la tendresse pour elle : je n'en avais jamais eu, quoiqu'il m'eût semblé que j'en avais ; je me suis déjà expliqué là-dessus. Ce jour-là même je ne m'étais pas senti fort empressé en venant au faubourg ; la rencontre de cette jeune femme à Versailles avait extrêmement diminué de mon ardeur pour le rendez-vous.

Mais madame de Ferval était une femme de conséquence, qui était encore très-bien faite, qui était fort blanche, qui avait de belles mains, que j'avais vue négligemment couchée sur un sopha, qui m'y avait jeté

d'amoureux regards ; et à mon âge quand on a ces
petites considérations-là dans l'esprit, on n'a pas besoin de tendresse pour aimer les gens, et pour voir
avec chagrin troubler un rendez-vous comme celu¹
qu'on m'avait donné.

Il y a bien des amours où le cœur n'a point de part ;
il y en a plus de ceux-là que d'autres même, et dans
le fond c'est sur eux que roule la nature, et non pas
sur nos délicatesses de sentiment qui ne lui servent
de rien. C'est nous le plus souvent qui nous rendons
tendres, pour orner nos passions ; mais c'est la nature
qui nous rend amoureux ; nous tenons d'elle l'utile
que nous enjolivons de l'honnête ; j'appelle ainsi le
sentiment ; on n'enjolive pourtant plus guère ; la mode
en est aussi passée dans ce temps où j'écris.

Quoi qu'il en soit, je n'avais qu'un amour fort naturel ; et, comme cet amour-là a ses agitations, il me
déplaisait beaucoup d'avoir été interrompu.

Le cavalier lui a pris la main, il la lui a baisée
sans façon, et ce drôle-là va devenir bien hardi de
ce qu'il nous a surpris ensemble, disais-je en moi-
même ; car je comprenais à merveille l'abus qu'il pouvait faire de cela. Madame de Ferval, ci-devant
dévote, et maintenant reconnue pour très-profane,
pour une femme très-légère de scrupules, ne pouvait
plus se donner les airs d'être fière ; le gaillard m'avait
paru aimable, il était grand et de bonne mine ; il y
avait quatre mois, disait-il, qu'il aimait la dame ; il
avait surpris le secret de ses mœurs ; peut-être se
vengerait-il si on le rebutait ; peut-être se tairait-il

8.   12

si on le traitait avec douceur. Madame de Ferval était née douce ; il y avait ici des raisons pour l'être ; le serait-elle ? ne le serait-elle pas ? Me voilà là-dessus dans une émotion que je ne puis exprimer ; me voilà remué par je ne sais quelle curiosité inquiète, jalouse, un peu libertine [1], si vous voulez ; enfin, très-difficile à expliquer. Ce n'est pas du cœur d'une femme qu'on est en peine, c'est de sa personne ; on ne songe point à ses sentimens, mais à ses actions ; on ne dit point, sera-t-elle infidèle ? mais, sera-t-elle sage ?

Dans ces dispositions, je songeai que j'avais beaucoup d'argent sur moi, que la Remy aimait à en gagner, et qu'une femme qui ne refusait pas de louer sa chambre pour deux ou trois heures, voudrait bien pour quelques momens me louer un cabinet, ou quelque autre lieu attenant la chambre, si elle en avait un.

---

[1] *Me voilà remué par je ne sais quelle curiosité inquiète, jalouse, un peu libertine.* Chaque mot devient ici un trait important. Jacob n'est en effet que *curieux*, puisqu'il n'aime point madame de Ferval. Sa curiosité est *inquiète*, parce qu'il veut savoir à quoi s'en tenir sur le compte de la dame. On n'a pas besoin d'amour pour être *jaloux*, il suffit que l'amour-propre soit engagé ; et comme l'aventure n'est que *libertinage*, que ses sens ont été, suivant l'expression anglaise, plus *désappointés* que son cœur, on conçoit qu'il se fasse une image désagréable des plaisirs que goûte peut-être à sa place celui qui l'a surpris dans le cabinet. Il n'est guère possible d'analyser un sentiment aussi complexe avec plus d'exactitude et de justesse ; et ce sentiment par lui-même est très-comique, et va placer Jacob dans une position singulière pour un amant.

Je suis d'avis de ne pas m'en aller, lui dis-je, et d'attendre que cet homme ait quitté madame de Ferval ; n'auriez-vous pas quelque endroit près de celui où ils sont et où je pourrais me tenir ? Je ne vous demande pas ce plaisir-là pour rien, je vous paierai ; et c'était en tirant de l'argent de ma poche que je lui parlais ainsi.

Oui-dà, dit-elle en regardant un demi-louis d'or que je tenais, il y a justement un petit retranchement qui n'est séparé de la chambre que par une cloison, et où je mets de vieilles hardes ; mais montez plutôt à mon grenier, vous y serez mieux.

Non, non, lui dis-je, le retranchement me suffit ; je serai plus près de madame de Ferval, et quand l'autre la quittera, je le saurai tout d'un coup. Tenez, voilà ce que je vous offre, le voulez-vous ? ajoutai-je, en lui présentant mon demi-louis, non sans me reprocher un peu de le dépenser ainsi ; car voyez quel infidèle emploi de l'argent de madame de La Vallée ; j'en étais honteux ; mais je tâchai de n'y prendre pas garde, afin d'avoir moins de tort.

Hélas ! il ne fallait rien pour cela, me dit la Remy en recevant ce que je lui donnais ; c'est une bonté que vous avez, et je vous en suis obligée ; venez, je vais vous mener dans ce petit endroit ; mais ne faites point de bruit au moins, et marchez doucement en y allant ; il n'est pas nécessaire que nos gens y entendent personne ; il semblerait qu'il y aurait du mystère.

Oh ! ne craignez rien, lui dis-je, je n'y remuerai pas. Et tout en parlant nous revînmes dans la salle.

Ensuite elle poussa une porte qui n'était couverte que d'une tapisserie, et par où l'on entrait dans ce petit retranchement où je me mis.

J'étais là en effet à peu près comme si j'avais été dans la chambre; il n'y avait rien de si mince que les planches qui m'en séparaient, de sorte qu'on ne pouvait respirer sans que je l'entendisse. Je fus pourtant bien deux minutes sans pouvoir démêler ce que l'homme en question disait à madame de Ferval, car c'était lui qui parlait; mais j'étais si agité dans ce premier moment, j'avais un si grand battement de cœur, que je ne pus d'abord donner d'attention à rien. Je me méfiais un peu de madame de Ferval, et ce qu'il y a de plaisant, c'est que je m'en méfiais à cause que je lui avais plu; c'était cet amour dont elle s'était éprise en ma faveur, qui, bien loin de me rassurer, m'apprenait à douter d'elle.

Je prête donc attentivement l'oreille, et j'entends une conversation qui n'est convenable qu'avec une femme qu'on n'estime point, mais qu'à force de galanteries on apprivoise aux impertinences qu'on lui débite et qu'elle mérite; il me sembla d'abord que madame de Ferval soupirait.

De grâce, madame, asseyez-vous un instant, lui dit-il; je ne vous laisserai point dans l'état où vous êtes; dites-moi de quoi vous pleurez; de quoi s'agit-il? Que craignez-vous de ma part, et pourquoi me haïssez-vous, madame? Je ne vous hais point, monsieur, dit-elle en sanglotant un peu; et si je pleure, ce n'est pas que j'aie rien à me reprocher; mais voici un accident bien malheureux pour moi, d'autant plus qu'il s'y trouve des circonstances où je n'ai point de part. Cette femme nous avait enfermés, et je ne le savais pas; elle vous a dit que ce jeune homme était mon neveu, elle a parlé de son chef, et, dans la surprise où j'en ai été moi-même, je n'ai pas eu le temps de l'en dédire; je ne sais pas la finesse qu'elle y a entendue, et tout cela retombe sur moi pourtant; il n'y a rien que vous ne puissiez en imaginer et en dire, et voilà pourquoi je pleure.

Oui, madame, reprit-il, je conviens qu'avec un homme sans caractère et sans probité, vous auriez raison de pleurer, et que cette aventure-ci pourrait vous faire un grand tort, surtout à vous qui vivez plus retirée qu'une autre; mais, madame, commencez par croire qu'une action dont vous n'auriez pour témoin que vous-même, ne serait pas plus ignorée que le sera cet événement-ci avec un témoin comme moi; ayez donc l'esprit en repos de ce côté-là; soyez aussi tranquille que vous l'étiez avant que je vinsse; puisqu'il n'y a que moi qui vous ai vue, c'est comme si vous n'aviez été vue de personne. Il n'y a qu'un méchant qui pourrait parler, et je ne le suis point; je ne serais pas tenté de l'être avec mon plus grand ennemi; vous avez affaire à un honnête homme, à un homme incapable d'une lâcheté, et c'en serait une, indigne, affreuse, que de vous trahir dans cette occasion-ci.

Voilà qui est fini, monsieur; vous me rassurez, répondit madame de Ferval. Vous dites que vous êtes

un honnête homme, et il est vrai que vous paraissez
l'être; quoique je vous connaisse fort peu, je l'ai toujours pensé de même; les gens chez qui nous nous
sommes vus vous le diraient. Il ne faudrait compter
sur la physionomie de personne si vous me trompiez.
Au reste, monsieur, en gardant le silence, non-seulement vous satisferez à la probité qui l'exige, mais
vous rendrez encore justice à mon innocence; il n'y
a ici que les apparences contre moi; soyez-en persuadé, je vous prie.

Ah! madame, reprit-il alors, vous vous méfiez
encore de moi, puisque vous songez à vous justifier.
Eh! de grâce, un peu plus de confiance; j'ai intérêt
de vous en inspirer; ce serait autant de gagné sur
votre cœur, et vous en seriez moins éloignée d'avoir
quelque retour pour moi.

Du retour pour vous! dit-elle avec un ton d'affliction; vous me tenez là un terrible discours, il est bien
dur pour moi d'y être exposée; vous me l'auriez épargné en tout autre temps; mais vous croyez qu'il vous
est permis de tout dire dans la situation où je me
trouve, et vous abusez des raisons que j'ai de vous
ménager, je le vois bien.

Par parenthèse, n'oubliez pas que j'étais là, et qu'en
entendant parler ainsi madame de Ferval, je me sentais insensiblement changer pour elle; que ma façon
de l'aimer s'ennoblissait, pour ainsi dire, et devenait
digne de la sagesse qu'elle montrait.

Non, madame, ne me ménagez point, s'écria-t-il,
rien ne vous y engage; ma discrétion dans cette

affaire-ci est une chose à part ; elle me regarde encore plus que vous ; je me déshonorerais si je parlais. Quoi ! vous croyez qu'il faut que vous achetiez mon silence ! En vérité, vous me faites injure ; non, madame, je vous le répète, quelle que soit la façon dont vous me traitiez, il n'importe pour le secret de votre aventure, et si dans ce moment-ci vous voulez que je m'en aille, si je vous déplais, je pars.

Non, monsieur, ce n'est pas là ce que je veux dire, reprit-elle ; le reproche que je vous fais ne signifie pas que vous me déplaisez ; ce n'est pas même votre amour qui me fait de la peine : on est libre d'en avoir pour qui l'on veut ; une femme ne saurait empêcher qu'on en ait pour elle, et celui d'un homme comme vous est plus supportable que celui d'un autre. J'aurais seulement souhaité que le vôtre eût paru dans une autre occasion, parce que je n'aurais pas eu lieu de penser que vous tirez une sorte d'avantage de ce qui m'arrive, tout injuste qu'il serait de vous en prévaloir ; car assurément il n'y aurait rien de si injuste ; vous ne voulez pas le croire, mais je vous dis vrai.

Ah ! que je serais fâché que vous dissiez vrai, madame ! reprit-il vivement. De quoi est-il question ? D'avoir eu quelque goût pour ce jeune homme ? Ah ! que vous êtes aimable, faite comme vous êtes, d'avoir encore le mérite d'être un peu sensible !

Eh ! non, monsieur, lui dit-elle, ne le croyez point ; il ne s'agit point de cela, je vous jure.

Il me sembla qu'alors il se jetait à ses genoux, et que l'interrompant : Cessez de vouloir me désabuser,

lui dit-il ; avec qui vous justifiez-vous ? Suis-je d'un
âge et d'un caractère à vous faire un crime de votre
rendez-vous? Pensez-vous que je vous en estime moins,
parce que vous êtes capable de ce qu'on appelle une
faiblesse? Eh ! tout ce que j'en conclus, au contraire,
c'est que vous avez le cœur meilleur qu'une autre.
Plus on a de sensibilité, plus on a l'âme généreuse,
et par conséquent estimable ; vous n'en êtes que plus
charmante en tous sens ; c'est une grâce de plus dans
votre sexe, que d'être susceptible de ces faiblesses-là.
(Petite morale bonne à débiter chez madame Remy ;
mais il fallait bien dorer la pilule.) Vous m'avez touchée dès la première fois que je vous ai vue, continua-t-il ; vous le savez, je vous regardais avec un
plaisir infini ; vous vous en êtes aperçue ; j'ai lu plus
d'une fois dans vos yeux que vous m'entendiez, avouez-
le, madame.

Il est vrai, dit-elle d'un ton plus calme, que je
soupçonnais quelque chose. (Et moi je soupçonnais à
ces deux petits mots que je redeviendrais ce que j'a-
vais été pour elle.) Oui, je vous aimais, ajouta-t-il,
toute triste, toute solitaire, tout ennemie du commerce des hommes que je vous croyais ; et ce n'est
point cela, je me trompais : madame de Ferval est née
tendre, est née sensible ; elle peut elle-même se
prendre de goût pour qui l'aimera ; elle en a eu pour
ce jeune homme ; il ne serait donc pas impossible
qu'elle en eût pour moi qui la cherche, et qui la
préviens ; peut-être en avait-elle avant que ceci arri-
vât. Et en ce cas, pourquoi me le cacheriez-vous, ou

pourquoi n'en auriez-vous plus? Qu'ai-je fait pour
être puni? Qu'avez-vous fait pour être obligée de dissimuler? De quoi rougiriez-vous? Où est le tort que
vous avez? Dépendez-vous de quelqu'un? Avez-vous
un mari? N'êtes-vous pas veuve et votre maîtresse?
Y a-t-il rien à redire à votre conduite? N'avez-vous
pas pris dans cette occasion-ci les mesures les plus
sages? Faut-il vous désespérer, vous imaginer que
tout est perdu, parce que le hasard m'amène ici, moi
que vous pouvez traiter comme vous voudrez; moi
qui suis homme d'honneur, et raisonnable; moi qui
vous adore, et que vous ne haïriez peut-être pas, si
vous ne vous alarmiez d'une chose qui n'est rien,
précisément rien, et dont il n'y a qu'à rire dans le
fond, si vous m'estimez un peu?

Ah! dit ici madame de Ferval, avec un soupir qui
faisait espérer un accommodement, que vous m'embarrassez, monsieur le chevalier! Je ne sais que vous
répondre; car il n'y a pas moyen de vous ôter vos idées,
et vous êtes un étrange homme de vous mettre dans
l'esprit que j'ai jeté les yeux sur ce garçon. (Notez
qu'ici mon cœur se retire, et ne se mêle plus d'elle.)

Eh bien, soit, il n'en est rien, reprit-il; d'où vient
que je vous en parle? ce n'est que pour faciliter nos
entretiens, pour abréger les longueurs. Tout ce que
cet événement-ci peut avoir d'heureux pour moi, c'est
que, si vous le voulez, il nous met tout d'un coup en
état de nous parler avec franchise. Sans cette aventure, il aurait fallu que je soupirasse long-temps
avant que de vous mettre en droit de m'écouter, ou

de me dire le moindre mot favorable ; au lieu qu'à présent nous voilà tout portés , il n'y a plus que votre goût qui décide ; et puisqu'on peut vous plaire , et que je vous aime , à quoi dois-je m'attendre ? Que ferez-vous de moi ? Prononcez , madame.

Que ne me dites - vous cela ailleurs ? répondit - elle. Cette circonstance - ci me décourage ; je m'imagine toujours que vous en profitez , et je voudrais que vous n'eussiez ici pour vous que mes dispositions.

Vos dispositions ! s'écria-t-il , pendant que j'étais indigné dans ma niche ; ah ! madame , suivez-les , ne les contraignez pas ; vous me mettez au comble de la joie ; suivez - les , et si , malgré tout ce que je vous ai dit , vous me craignez encore , si ma parole ne vous a pas tout - à - fait rassurée , eh bien , qu'importe ? Oui , craignez-moi ; doutez de ma discrétion , j'y consens ; je vous passe cette injure , pourvu qu'elle serve à hâter ces dispositions dont vous me parlez , et qui me ravissent. Oui , madame , il faut me ménager , vous ferez bien ; j'ai envie de vous le dire moi - même ; je sens qu'à force d'amour on peut manquer de délicatesse ; je vous aime tant , que je n'ai pas la force de me refuser ce petit secours contre vous. Je n'en aurais pourtant pas besoin si vous me connaissiez , et je devrais tout à l'amour. Oubliez donc que nous sommes ici ; songez que vous m'auriez aimé tôt ou tard , puisque vous y étiez disposée , et que je n'aurais rien négligé pour cela.

Je ne m'en défends point , dit-elle , je vous distinguais ; j'ai plus d'une fois demandé de vos nouvelles.

Eh bien, dit-il avec feu, louons-nous donc de cette aventure ; il n'y a point à hésiter, madame. Quand je songe, répondit-elle, que c'est un engagement qu'il s'agit de prendre ; un engagement, chevalier ! cela me fait peur. Pensez de moi comme il vous plaira ; quelles que soient vos idées, je ne les combats plus ; mais il n'en est pas moins vrai que la vie que je mène est bien éloignée de ce que vous me demandez ; et puisque enfin il faut tout dire, savez-vous bien que je vous fuyais, que je me suis plus d'une fois abstenue de voir les gens chez qui je vous rencontrais ? Je n'y suis pourtant encore allée que trop souvent.

Quoi ! dit-il, vous me fuyiez, pendant que je vous cherchais ! vous me l'avouez, et je ne profiterais pas du hasard qui m'en venge, et je vous laisserais la liberté de me fuir encore ! Non, madame, je ne vous quitte point que je ne sois sûr de votre cœur, et qu'il ne m'ait mis à l'abri de cette cruauté-là. Non, vous ne m'échapperez plus ; je vous adore, il faut que vous m'aimiez, il faut que vous me le disiez, que je le sache, que je n'en puisse douter. Quelle impétuosité ! s'écria-t-elle, comme il me persécute ! Ah ! chevalier, quel tyran vous êtes, et que je suis imprudente de vous en avoir tant dit !

Eh ! répondit-il avec douceur, qu'est-ce qui vous arrête ? Qu'a-t-il donc de si terrible pour vous, cet engagement que vous redoutez tant ? Ce serait à moi de le craindre ; ce n'est pas vous qui risquez de voir finir mon amour, vous êtes trop aimable pour cela ; c'est moi qui le suis mille fois moins que vous, et par là

suis exposé à la douleur de voir finir le vôtre, sans
qu'il y ait de votre faute et que je puisse m'en plaindre; mais n'importe, ne m'aimassiez-vous qu'un jour,
ces beaux yeux noirs qui m'enchantent ne dussent-ils
jeter sur moi qu'un seul regard un peu tendre, je me
croirais encore trop heureux.

Et moi qui l'écoutais, vous ne sauriez vous figurer
de quelle beauté je les trouvais dans ma colère, ces
beaux yeux noirs dont il faisait l'éloge.

C'est bien à vous, vraiment, à parler de fidélité! lui
dit-elle. M'aimeriez-vous aujourd'hui si vous n'étiez
pas un inconstant? N'était-ce pas une autre que moi
que vous cherchiez ici? Je ne vous demanderai point
qui elle est; vous êtes trop honnête homme pour
me le dire, et je ne dois pas le savoir; mais je suis
persuadée qu'elle est aimable, et vous la quittez
pourtant; cela est-il de bon augure pour moi?

Que vous vous rendez peu de justice, et quelle
comparaison vous faites! répondit-il. Y avait-il six
mois que je vous voyais avant que je vous aimasse?
Quelle différence entre une personne qu'on aime,
parce qu'on ne saurait faire autrement, parce qu'on
est né avec un penchant naturel et invincible pour
elle (c'est de vous que je parle), et une femme à
qui on ne s'arrête que parce qu'il faut faire quelque
chose, que parce que c'est une de ces coquettes qui
s'avisent de s'adresser à vous; qui ne sauraient se
passer d'amans; à qui on parle d'amour, sans qu'on
les aime; qui s'imaginent vous aimer elles-mêmes,
seulement parce qu'elles vous le disent, et qui s'en-

gagent avec vous par oisiveté, par caprice, par vanité, par étourderie, par un goût passager que je
n'oserais vous expliquer, et qui ne mérite pas que
je vous en entretienne, enfin par tout ce qui vous
plaira! Quelle différence, encore une fois, entre une
aussi fade, aussi languissante, aussi peu digne liaison, et la vérité des sentimens que j'ai pris pour
vous dès que je vous ai vue, dont je me serais fort
bien passé, et que j'ai gardés contre toute apparence
de succès! Distinguons les choses, je vous prie ; ne
confondons point un simple amusement avec une
inclination sérieuse, et laissons là cette chicane.

Je me lasse de dire que madame de Ferval soupira ; elle fit pourtant encore un soupir ici, et il est
vrai que chez les femmes ces situations-là en fourmillent ¹ de faux ou de véritables.

Que vous êtes pressant, chevalier ! dit-elle après ;
je conviens que vous êtes aimable, et que vous ne
l'êtes que trop. N'est-ce pas assez ? Faut-il encore
vous dire qu'on pourra vous aimer ? A quoi cela
ressemblera-t-il ? Ne soupçonnerez-vous pas vous-

---

¹ *Ces situations-là fourmillent de soupirs.* Expressions peu cor-
rectes et présentant une suite d'images incohérentes. On dira bien :
*Les rues de Paris fourmillent de peuple, cet ouvrage fourmille de
fautes*, ou . d'après Boileau, *les fautes fourmillent dans cet ouvrage.*
On saisit à l'instant le rapport qui existe entre la vue d'une four-
milière, d'une ville populeuse, et celle d'un ouvrage où les
fautes se succèdent sans relâche et semblent naître les unes des
autres ; mais *une situation*, être abstrait et métaphysique, ne peut
pas *fourmiller*, et surtout *fourmiller de soupirs.*

même que vous ne devez ce que je vous dis d'obligeant qu'à mon aventure? Encore si j'avais été prévenue de cet amour-là, ce que j'y répondrais aujourd'hui aurait meilleure grâce, et vous m'en sauriez plus de gré aussi; mais s'entendre dire qu'on est aimée, avouer sur-le-champ qu'on le veut bien, et tout cela dans l'espace d'une demi-heure, en vérité, il n'y a rien de pareil; je crois qu'il faudrait un petit intervalle, et vous n'y perdriez point, chevalier.

Eh! madame, vous n'y songez pas, reprit-il; souvenez-vous donc qu'il y a quatre mois que je vous aime, que mes yeux vous en entretiennent, que vous y prenez garde, et que vous me distinguez, dites-vous. Quatre mois! Les bienséances ne sont-elles pas satisfaites? Eh! de grâce, plus de scrupules; vous baissez les yeux, vous rougissez (et peut-être ne supposait-il le dernier que pour lui faire honneur); m'aimez-vous un peu? Voulez-vous que je le croie? Le voulez-vous? Oui, n'est-ce pas? Encore un mot, pour plus de sûreté.

Quel enchanteur vous êtes! répondit-elle; voilà qui est étonnant, j'en suis honteuse. Non, il n'y a rien d'impossible après ce qui m'arrive; je pense que je vous aimerai.

Eh! pourquoi me remettre, dit-il, et ne pas m'aimer tout à l'heure [1]? Mais, chevalier, ajouta-t-elle,

---

[1] *Pourquoi ne pas m'aimer tout à l'heure?* La question est pres-

vous qui parlez, ne me trompez-vous pas? M'aimez-
vous vous-même autant que vous le dites? N'êtes-
vous pas un fripon? Vous êtes si aimable que j'en ai
peur, et j'hésite.

Ah! nous y voilà! m'écriai-je involontairement,
sans savoir que je parlais haut, et emporté par le
ton avec lequel elle prononça ces dernières paroles.
Aussi était-ce un ton qui accordait ce qu'elle lui
disputait encore un peu dans ses expressions.

Le bruit que je fis me surprit moi-même, et aussitôt je me hâtai de sortir de mon retranchement pour
m'esquiver; en me sauvant, j'entendis madame de
Ferval qui criait à son tour : Ah! monsieur le chevalier, c'est lui qui nous écoute.

Le chevalier sortit de la chambre; il fut long-
temps à ouvrir la porte, et puis : Qui est-ce qui est
là? dit-il. Mais je courais si vite que j'étais déjà
dans l'allée quand il m'aperçut. La Remy filait, je
pense, à la porte de la rue, et voyant que je me
retirais avec précipitation : Qu'est-ce que c'est donc
que cela? me dit-elle; qu'avez-vous fait? Vos deux

---

sante, et madame de Ferval pourrait répondre au chevalier comme
Elmire à Tartufe :

> Je vous écoute dire, et votre rhétorique
> En termes assez forts à mon âme s'explique.

Mais elle est à la merci d'un homme auquel son imprudence l'a
livrée; elle est forcée de s'avilir pour ne pas être déshonorée. Bonne
leçon de conduite, et dont les femmes discrètes doivent faire leur
profit!

locataires vous le diront, lui répondis-je brusquement et sans la regarder; et puis je marchai dans la
rue d'un pas ordinaire.

Si je me sauvai, au reste, ce n'est pas que je crai-
gnisse le chevalier; ce n'était que pour éviter une
scène qui serait sans doute arrivée avec Jacob; car
s'il ne m'avait pas connu, si j'avais pu figurer comme
M. de La Vallée, il est certain que je serais resté,
et qu'il n'aurait pas même été question du retranchement où je m'étais mis.

Mais il n'y avait que quatre ou cinq mois qu'il
m'avait vu Jacob; le moyen de tenir tête à un homme qui avait cet avantage-là sur moi! Ma métamorphose était de trop fraîche date; il y a de certaines
hardiesses que l'homme né avec du cœur ne saurait
avoir; et quoiqu'elles ne soient peut-être pas des
insolences, il faut pourtant, je crois, être né insolent pour en être capable.

Quoi qu'il en soit, ce ne fut pas manque d'orgueil
que je pliai dans cette occasion-ci; mais mon orgueil avait de la pudeur [1], et voilà pourquoi il ne
tint pas.

Me voici donc sorti de chez la Remy avec beaucoup de mépris pour madame de Ferval, mais avec

---

[1] *Mon orgueil avait de la pudeur.* Sentiment vrai et délicat. La
mesure de la fierté est commandée à un honnête homme par sa
position sociale. Si elle est portée plus loin, ce n'est plus que de
l'effronterie. Jacob se retire, parce qu'il craint un reproche humiliant auquel il n'aurait rien à répondre.

beaucoup d'estime pour sa figure, et il n'y a rien là
d'étonnant; il n'est pas rare qu'une maîtresse coupable en devienne plus piquante [1]. Vous croyez à présent que je poursuis mon chemin, et que je retourne
chez moi; point du tout, une nouvelle inquiétude
me prend. Voyons ce qu'ils deviendront, dis-je en
moi-même, à présent que je les ai interrompus; je
les ai quittés bien avancés; quel parti prendra-t-elle,
cette femme? Aura-t-elle le courage de demeurer?

Et là-dessus j'entre dans l'allée d'une maison éloignée de cinquante pas de celle de la Remy, et qui
était vis-à-vis la petite rue où madame de Ferval
avait laissé son carrosse. Je me tapis là, d'où je jetais
les yeux tantôt sur cette petite rue, tantôt sur la
porte par où je venais de sortir, toujours le cœur
ému, mais ému d'une manière plus pénible que chez
la Remy où j'entendais du moins ce qui se passait, et
l'entendais si bien que c'était presque voir, ce qui
faisait que je savais à quoi m'en tenir. Mais je ne
fus pas long-temps en peine, et je n'avais pas attendu quatre minutes, quand je vis madame de Ferval sortir par la porte du jardin, et rentrer dans son
carrosse; après quoi parut de l'autre côté mon homme
qui entra dans le sien, et que je vis passer : ce qui
me calma sur-le-champ.

---

[1] *Il n'est pas rare qu'une maîtresse coupable en devienne plus
piquante.* Voyez Alceste auprès de Célimène, après que toutes les
perfidies de la coquette viennent d'être révélées, et l'ode charmante
d'Horace à Lydie, qui l'avait sacrifié à Calaïs.

Tout ce qui me resta pour madame de Ferval, ce fut ce qu'ordinairement on appelle un goût, mais un goût tranquille, et qui ne m'agita plus; c'est-à-dire que si on m'avait laissé en ce moment le choix des femmes, c'aurait été à elle que j'aurais donné encore la préférence.

Vous jugez bien que tout cela rompait notre commerce; elle ne devait pas elle-même souhaiter de me revoir, instruit comme je l'étais de son caractère: aussi ne songeais-je pas à aller chez elle. Il était encore de bonne heure; madame de Fécour m'avait recommandé de lui donner au plus tôt des nouvelles de mon voyage de Versailles, et je pris le chemin de sa maison avant que de retourner chez moi; j'y arrive.

Il n'y avait aucun de ses gens dans la cour, ils étaient apparemment dispersés; je ne vis pas même le portier, pas une femme en haut; je traversai tout son appartement sans rencontrer personne, et je parvins jusqu'à une chambre dans laquelle j'entendais ou parler ou lire; car c'était une continuité de ton qui ressemblait plus à une lecture qu'à un langage de conversation. La porte n'était que poussée; je ne pensais pas que ce fût la peine de frapper à une porte à demi ouverte, et j'entrai tout de suite à cause de la commodité.

J'avais soupçonné juste; on lisait au chevet du lit de madame de Fécour, qui était couchée. Il y avait une vieille femme de chambre assise au pied de son lit, un laquais debout auprès de la fenêtre, et

c'était une grande dame, laide, maigre, d'une physionomie sèche, sévère et critique, qui lisait.

Ah ! mon Dieu, dit-elle en pie-grièche, et s'interrompant quand je fus entré, est-ce que vous n'avez
pas fermé cette porte, vous autres ? Il n'y a donc personne là-bas pour empêcher de monter ? Ma sœur
est-elle en état de voir du monde ?

Le compliment n'était pas doux, mais il s'ajustait
merveilleusement à l'air de la personne qui le prononçait ; sa mine et son accueil étaient faits pour
aller ensemble.

Elle n'avait pourtant pas l'air d'une dévote, celle-
là ; et comme je l'ai connue depuis, j'ai envie de vous
dire en passant à quoi elle ressemblait.

Imaginez-vous de ces laides femmes qui ont bien
senti qu'elles seraient négligées dans le monde,
qu'elles auraient la mortification de voir plaire les
autres et de ne plaire jamais, et qui, pour éviter cet
affront-là, pour empêcher qu'on ne voie la vraie
cause de l'abandon où elles resteront, disent en elles-
mêmes, sans songer à Dieu ni à ses saints : Distin-
guons-nous par des mœurs austères ; prenons une
figure inaccessible ; affectons une fière régularité de
conduite, afin qu'on se persuade que c'est ma sagesse
et non pas mon visage qui fait qu'on ne me dit mot.

Effectivement cela réussit quelquefois, et la dame
en question passait pour une femme hérissée de cette
espèce de sagesse-là.

Comme elle m'avait déplu dès le premier coup
d'œil, son discours ne me démonta point ; il me pa-

rut convenable, et, sans faire d'attention à elle, je saluai madame de Fécour qui me dit : Ah ! c'est vous, monsieur de La Vallée ; approchez, approchez ; ne querellez point, il n'y a point de mal, ma sœur ; je suis bien aise de le voir.

Eh ! mon Dieu, madame, lui répondis-je, comme vous voilà ! Je vous quittai hier en si bonne santé ! Cela est vrai, mon enfant, reprit-elle assez bas, on ne pouvait pas se mieux porter ; j'allai même souper en compagnie, où je mangeai beaucoup et de fort bon appétit. J'ai pourtant pensé mourir cette nuit d'une colique si violente qu'on a cru qu'elle m'emporterait, et qui m'a laissé la fièvre avec des accidens très-dangereux, dit-on ; j'étouffe de temps en temps, et on est d'avis de me faire confesser ce soir. Il faut bien que la chose soit sérieuse ; et voilà ma sœur, qui heureusement pour moi arriva hier de la campagne, et qui avait tout à l'heure la bonté de me lire un chapitre de *l'Imitation ;* cela est fort beau. Eh bien, monsieur de La Vallée, contez-moi votre voyage ; êtes-vous content de M. de Fécour ? Voici un accident qui vient fort mal à propos pour vous, car je l'aurais pressé. Que vous a-t-il dit ? J'ai tant de peine à respirer que je ne saurais plus parler. Aurez-vous un emploi ? C'est pour Paris que je l'ai demandé.

Eh ! ma sœur, lui dit l'autre, tenez-vous en repos ; et vous, monsieur, ajouta-t-elle en m'adressant la parole, allez-vous-en, je vous prie ; vous voyez bien qu'il s'agit d'autre chose ici que de vos affaires, et il ne fallait pas entrer sans savoir si vous le pouviez.

Doucement, dit la malade en respirant à plusieurs reprises, et pendant que je faisais la révérence pour m'en aller, doucement; il ne savait pas comment j'étais, le pauvre garçon. Adieu donc, monsieur de La Vallée. Hélas! c'est lui qui se porte bïen! Voyez qu'il a l'air frais! mais il n'a que vingt ans. Adieu, adieu; nous nous reverrons; ceci ne sera rien, je l'espère. Et moi, madame, je le souhaite de tout mon cœur, lui dis-je en me retirant, et ne saluant qu'elle; aussi bien l'autre, à vue de pays, eût-elle reçu ma révérence en ingrate, et je sortis pour aller chez moi.

Remarquez, chemin faisant, l'inconstance des choses de ce monde. La veille j'avais deux maîtresses, ou, si vous voulez, deux amoureuses; le mot de *maîtresse* signifie trop ici; communément il veut dire une femme qui a donné son cœur, et qui veut le vôtre; et les deux personnes dont je parle, ni ne m'avaient, je pense, donné le leur, ni ne s'étaient souciées d'avoir le mien, qui ne s'était pas non plus soucié d'elles.

Je dis les deux personnes; car je crois pouvoir compter madame de Fécour, et la joindre à madame de Ferval; et en vingt-quatre heures de temps, en voilà une qu'on me souffle, que je perds en la tenant, et l'autre qui se meurt; car madame de Fécour m'avait paru mourante; et supposons qu'elle en réchappât, nous allions être quelque temps sans nous voir; son amour n'était qu'une fantaisie, les fantaisies se passent; et puis n'y avait-il que moi de gros garçon à Paris qui fût joli et qui n'eût que vingt ans?

C'en était donc fait de ce côté-là, suivant toute apparence, et je ne m'en embarrassais guère. La Fécour, avec son énorme gorge, m'était fort indifférente; il n'y avait que cette hypocrite de Ferval qui m'eût un peu remué.

Elle avait des grâces naturelles. Par-dessus cela, elle était fausse dévote, et ces femmes-là, en fait d'amour, ont quelque chose de plus piquant que les autres. Il y a dans leurs façons je ne sais quel mélange indéfinissable de mystère, de fourberie, d'avidité libertine et solitaire, et en même temps de retenue, qui tente extrêmement. Vous sentez qu'elles voudraient jouir furtivement du plaisir de vous aimer et d'être aimées, sans que vous y prissiez garde; ou qu'elles voudraient du moins vous persuader que, dans tout ce qui se passe, elles sont vos dupes et non pas vos complices [1].

Revenons. Je m'en retourne enfin chez moi; je vais retrouver madame de La Vallée qui m'aimait tant, et que toutes mes dissipations n'empêchaient pas que je n'aimasse, et à cause de ses agrémens (car elle n'en

---

[1] *Qu'elles sont vos dupes, et non pas vos complices.* Que de justesse et quelle profondeur d'observation! Même dans la chaleur des provocations les plus directes, avoir l'air de se tenir sur la défensive, et paraître ne faire que céder, quand on attaque avec hardiesse, c'est le raffinement de la volupté hypocrite; c'est là ce libertinage *solitaire*, c'est-à-dire mystérieux et caché, dont une fausse prude s'absout à ses propres yeux, et cherche à rejeter la faute sur la séduction dont elle se dit la victime.

était pas dépourvue), et à cause de cette pieuse tendresse qu'elle avait pour moi.

Je crois pourtant que je l'aurais aimée davantage si je n'avais été que son amant (j'appelle aimer d'amour) ; mais quand on a d'aussi grandes obligations à une femme, en vérité, ce n'est pas avec de l'amour qu'un bon cœur les acquitte ; il se pénètre de sentimens plus sérieux; il sent de l'amitié et de la reconnaissance; aussi en étais-je plein, et je pense que l'amour en souffrait un peu.

Quand je serais revenu du plus long voyage, madame de La Vallée ne m'aurait pas revu avec plus de joie qu'elle en marqua. Je la trouvai priant Dieu pour mon heureux retour, et il n'y avait pas plus d'une heure, à ce qu'elle me dit, qu'elle était revenue de l'église, où elle avait passé une partie de l'après-dînée, toujours à mon intention; car elle ne parlait plus à Dieu que de moi seul, et à la vérité, c'était toujours lui parler pour elle dans un autre sens.

Le motif de ses prières, quand j'y songe, devait pourtant être quelque chose de fort plaisant. Je suis sûr qu'il n'y en avait pas une où elle ne dît : Conservez-moi mon mari ; ou bien, je vous remercie de me l'avoir donné; ce qui, à le bien prendre, ne signifiait autre chose, sinon : Mon Dieu, conservez-moi les douceurs que vous m'avez procurées par le saint mariage; ou, je vous rends grâce de ces douceurs que je goûte en tout bien et tout honneur par votre sainte volonté, dans l'état où vous m'avez mise.

Jugez combien de pareilles prières étaient ferven-

tes ! Les dévots n'aiment jamais tant Dieu que lorsqu'ils en ont obtenu leurs petites satisfactions tempo-
relles , et jamais on ne prie mieux que quand l'esprit
et la chair sont contens , et prient ensemble ; ce n'est
que lorsque la chair languit, souffre, et n'a pas son
compte , et que l'esprit est dévot tout seul , qu'on a de
la peine.

Mais madame de La Vallée n'était pas dans ce cas-
là ; elle n'avait rien à souhaiter ; ses satisfactions
étaient légitimes, elle pouvait en jouir en conscience;
aussi sa dévotion en avait-elle augmenté de moitié,
sans en être apparemment plus méritoire , puisque
c'était le plaisir de posséder ce cher mari , ce gros
brunet, comme elle m'appelait quelquefois, et non
pas l'amour de Dieu , qui était l'âme de sa dévotion.

Nous soupâmes chez notre hôtesse , qui, de la manière dont elle en agissait, me parut cordialement
amoureuse de moi, sans qu'elle s'en aperçût elle-
même peut-être. La bonne femme me trouvait à son
gré, et le témoignait tout de suite , comme elle le
sentait.

Oh ! pour cela , madame de La Vallée , il n'y a rien
à dire. Vous avez pris là un mari de bonne mine,
un gros dodu que tout le monde aimera. Moi à qui
il n'est rien, je l'aime de tout mon cœur, disait-elle ;
et puis un moment après : Vous ne devez pas avoir
regret de vous être mariée si tard; vous n'auriez pas
mieux choisi il y a vingt ans au moins ; et mille autres naïvetés de la même force qui ne divertissaient
pas beaucoup madame de La Vallée , surtout quand

elles tombaient sur ce mariage tardif, et qu'elles la harcelaient sur son âge.

Mais, mon Dieu! madame, lui répondait-elle d'un ton doux et brusque, je conviens que j'ai bien choisi ; je suis fort satisfaite de mon choix, et très-ravie qu'il vous plaise. Au surplus, je ne me suis pas mariée si tard, que je ne me sois encore mariée fort à propos, ce me semble ; on est fort bonne à marier à mon âge. N'est-ce pas, mon ami? ajouta-t-elle en mettant sa main dans la mienne, et en me regardant avec des yeux qui me disaient confidemment : Tu m'as paru content.

Comment donc, ma chère femme, si vous êtes bonne! répondais-je ; et à quel âge est-on meilleure et plus ragoûtante, s'il vous plaît? Là-dessus, elle souriait, me serrait la main, et finissait par demander, presqu'en soupirant : Quelle heure est-il? pour savoir s'il n'était pas temps de sortir de table. C'était là son refrain.

Quant à l'autre petite personne, la fille de madame d'Alain, je la voyais qui du coin de l'œil observait notre chaste amour, et qui ne le considérait pas, je pense, d'un regard aussi innocent qu'il l'était. Agathe avait le bras et la main passables, et je remarquais que la friponne jouait d'industrie pour les mettre en vue le plus qu'elle pouvait, comme si elle avait voulu me dire : Regardez, votre femme a-t-elle rien qui vaille cela?

C'est pour la dernière fois que je fais ces sortes de détails. A l'égard d'Agathe, je pourrai en parler en-

core; mais de ma façon de vivre avec madame de La
Vallée, je n'en dirai plus mot; on est suffisamment
instruit de son caractère, et de ses tendresses pour
moi. Nous voilà mariés; je sais tout ce que je lui dois;
j'irai toujours au devant de ce qui pourra lui faire
plaisir; je suis dans la fleur de mon âge; elle est
encore fraîche, malgré le sien; et quand elle ne le
serait pas, la reconnaissance, dans un jeune homme
qui a des sentimens, peut suppléer à bien des choses;
la reconnaissance a de grandes ressources. D'ailleurs
madame de La Vallée m'aime avec une passion dont
la singularité lui tiendrait lieu d'agrémens, si elle en
manquait; son cœur se livre à moi dans un goût dévot qui me réveille. Madame de La Vallée, toute
tendre qu'elle est, n'est point jalouse; je n'ai point
de compte importun à lui rendre de mes actions,
qui jusqu'ici, comme vous voyez, n'ont déjà été que
trop infidèles; ce qui n'en fait point espérer sitôt de
plus réglées. Suis-je absent? madame de La Vallée
souhaite ardemment mon retour, mais l'attend en
paix; me revoit-elle? point de questions; la voilà
charmée, pourvu que je l'aime; et je l'aimerai.

Qu'on s'imagine donc de ma part toutes les attentions possibles pour elle; qu'on suppose entre nous
le ménage le plus doux et le plus tranquille, tel sera
le nôtre, et je ne ferai plus mention d'elle que dans
les choses où par hasard elle se trouvera mêlée. Hélas!
bientôt elle ne sera plus de rien dans tout ce qui me
regarde; le moment qui doit me l'enlever n'est pas
loin, et je ne serai pas long-temps sans revenir à elle

pour faire le récit de sa mort et celui de la douleur
que j'en eus.

Vous n'aurez pas oublié que M. Bono nous avait
dit ce jour-là, à la jeune dame de Versailles et à moi,
de l'aller voir, et nous avions eu soin de demander
son adresse à son cocher, qui nous avait ramenés de
Versailles.

Je restai le lendemain toute la matinée chez moi ;
je ne m'y ennuyai pas ; je m'y délectai dans le plaisir
de me trouver tout à coup un maître de maison ; j'y
savourai ma fortune, j'y goûtai mes aises ; je me regardai dans mon appartement, j'y marchai, je m'y
assis, j'y souris à mes meubles ; j'y rêvai à ma cuisinière, qu'il ne tenait qu'à moi de faire venir [1], et que
je crois que j'appelai pour la voir ; enfin j'y contem-
plai ma robe de chambre et mes pantoufles ; et je vous
assure que ce ne furent pas là les deux articles qui
me touchèrent le moins. De combien de petits bon-
heurs l'homme du monde est-il entouré et qu'il ne
sent point, parce qu'il est né avec eux !

Comment donc, des pantoufles et une robe de
chambre à Jacob ! Car c'était en me regardant comme
Jacob, que j'étais si délicieusement étonné de me
voir dans cet équipage ; c'était de Jacob que M. de
La Vallée empruntait toute sa joie. Ce moment-là
n'était si doux qu'à cause du petit paysan.

---

[1] *J'y rêvai à ma cuisinière, qu'il ne tenait qu'à moi de faire venir.*
En tout bien, tout honneur, cela s'entend, et uniquement par le
motif qui engage M. Jourdain à appeler : « Laquais !............
« L'autre laquais ! »

Je vous dirai, au reste, que, tout enthousiasmé que j'étais de cette agréable métamorphose, elle ne me donna que du plaisir et point de vanité. Je m'en estimai plus heureux, et voilà tout; je n'allai pas plus loin.

Attendez pourtant; il faut conter les choses exactement. Il est vrai que je ne me sentis point plus glorieux, que je n'eus point cette vanité qui fait qu'un homme va se donner des airs; mais j'en eus une autre, et la voici.

Je songeai en moi-même qu'il ne fallait pas paraître aux autres ni si joyeux ni si surpris de mon bonheur, qu'il était bon qu'on ne remarquât point combien j'y étais sensible, et que si je ne me contenais pas, on dirait : Ah! le pauvre petit garçon, qu'il est aise! Il ne sait à qui le dire.

Et j'aurais été honteux qu'on fît cette réflexion-là; je ne l'aurais pas même aimée dans ma femme. Je voulais bien qu'elle sût que j'étais charmé, et je le lui répétais cent fois par jour; mais je voulais le lui dire moi-même, et non pas qu'elle y prît garde en son particulier. J'y faisais une grande différence, sans trop démêler pourquoi; et la vérité est qu'en pénétrant par elle-même toute ma joie, elle eût bien vu que c'était ce petit valet, ce petit paysan, ce petit misérable qui se trouvait si heureux d'avoir changé d'état, et il m'aurait été déplaisant qu'elle m'eût envisagé sous ces faces-là; c'était assez qu'elle me crût heureux, sans songer à ma bassesse passée. Cette idée-là n'était bonne que chez moi, qui en faisais intérieu-

rement la source de ma joie; mais il n'était pas nécessaire que les autres entrassent si avant dans le secret
de mes plaisirs, ni qu'ils sussent de quoi je les com-
posais.

Sur les trois heures après midi, vêpres sonnèrent;
ma femme y alla pendant que je lisais je ne sais quel
livre sérieux que je n'entendais pas trop, que je ne
me souciais pas trop d'entendre, et auquel je ne m'a-
musais que pour imiter la contenance d'un honnête
homme chez soi.

Quand ma compagnie fut partie, je quittai ma robe
de chambre (souffrez que j'en parle pendant qu'elle
me réjouit, cela ne durera pas, j'y serai bientôt accoutumé), je m'habillai, et je sortis pour aller voir
la jeune dame de Versailles, pour qui j'avais conçu
une assez tendre estime, comme vous l'avez pu voir
dans ce que je vous en ai déjà dit.

Tout M. de La Vallée que j'étais, moi qui n'avais
jamais eu d'autre voiture que mes jambes, ou que ma
charrette, quand j'avais mené à Paris le vin du seigneur de notre village, je n'avais pas assurément besoin de carrosse pour aller chez cette jeune dame, et
je ne songeais pas non plus à en prendre; mais un
fiacre qui m'arrêta sur une place que je traversais me
tenta : Avez-vous affaire de moi, mon gentilhomme?
me dit-il. Ma foi, *mon gentilhomme* me gagna ¹, et
je lui dis : Approche.

---

¹ *Ma foi, mon gentilhomme me gagna.* C'est encore là du M. Jourdain; peut-être même l'imitation est ici trop marquée.

Voici pourtant des airs, me direz-vous. Point du tout ; je ne pris ce carrosse que par gaillardise, pour être encore heureux de cette façon-là ; pour tâter, chemin faisant, d'une petite douceur dont je n'avais encore goûté qu'une fois, le jour où j'allai chez madame Remy.

Il y avait quelques embarras dans la rue de la jeune dame en question, dont je vais vous dire le nom, pour la commodité de mon récit : c'était madame Dorville. Mon fiacre fut obligé de me descendre à quelques pas de chez elle.

A peine en étais-je descendu, que j'entendis un grand bruit à vingt pas derrière moi. Je me retournai, et je vis un jeune homme d'une très-belle figure, et fort bien mis, à peu près de mon âge, c'est-à-dire de vingt-un à vingt-deux ans, qui, l'épée à la main, se défendait du mieux qu'il pouvait contre trois hommes qui avaient la lâcheté de l'attaquer ensemble [1].

En pareil cas, le peuple crie, fait du tintamarre, mais ne secourt point. Il y avait autour des combattans un cercle de canailles qui s'augmentait à tous momens, et qui les suivait, tantôt s'avançant, tantôt

---

[1] *Qui, l'épée à la main, se défendait du mieux qu'il pouvait contre trois hommes qui avaient la lâcheté de l'attaquer ensemble.* Cet incident est peu vraisemblable en plein jour, dans une ville comme Paris, et à une époque où la police était extrêmement vigilante. Il a d'ailleurs l'inconvénient d'être entièrement fortuit, et ce n'est pas avec cette négligence qu'aurait dû être amené l'événement dont les suites auront le plus d'influence sur les brillantes destinées de M. Jacob.

reculant, à mesure que ce brave jeune homme était poussé et reculait plus ou moins.

Le danger où je le vis et l'indignité de leur action m'émurent le cœur à un point, que, sans hésiter et sans faire aucune réflexion, me sentant une épée au côté, je la tire, je fais le tour de mon fiacre pour gagner le milieu de la rue, et je vole comme un lion au secours du jeune homme en lui criant : Courage, monsieur, courage !

Il était temps que j'arrivasse ; car il y en avait un des trois qui, pendant que le jeune homme bataillait contre les autres, allait tout à son aise lui plonger de côté son épée dans le corps. Arrête, arrête ! à moi, criai-je à ce dernier en allant à lui ; ce qui l'obligea bien vite à me faire face. Le mouvement qu'il fit le remit du côté de ses camarades, et me donna la liberté de me joindre au jeune homme qui en reprit de nouvelles forces, et qui, voyant avec quelle ardeur j'y allais, poussa à son tour ces misérables, sur qui j'alongeais à tout instant et à bras raccourci des bottes qu'ils ne parèrent qu'en lâchant. Je dis *à bras raccourci ;* car c'est la manière de combattre d'un homme qui a du cœur, et qui n'a jamais manié d'épée ; il n'y fait pas plus de façon, et n'en est peut-être pas moins dangereux ennemi pour n'en savoir pas davantage.

Quoi qu'il en soit, nos trois hommes reculèrent, malgré la supériorité du nombre qu'ils avaient encore ; mais aussi n'étaient-ce pas de braves gens, leur combat en fait foi. Ajoutez à cela que mon action anima le peuple en notre faveur. On ne vit pas plus tôt

ces trois hommes lâcher le pied, que l'un avec un
grand bâton, l'autre avec un manche à balai, un troisième avec une arme de la même espèce, vinrent les
charger, et achevèrent de les mettre en fuite.

Nous laissâmes la canaille courir après eux avec
des huées, et nous restâmes sur le champ de bataille,
qui, je ne sais comment, se trouva alors près de la
porte de madame Dorville, de sorte que l'inconnu
que je venais de défendre entra dans sa maison pour
se débarrasser de la foule importune qui nous envi-
ronnait.

Son habit, et la main dont il tenait son épée,
étaient tout ensanglantés. Je priai qu'on fît venir un
chirurgien ; il y a de ces messieurs-là dans tous les
quartiers, et il nous en vint un presque sur-le-champ.

Une partie de ce peuple nous avait suivis jusque
dans la cour de madame Dorville, ce qui causa une
rumeur dans la maison qui en fit descendre les locataires de tous les étages. Madame Dorville logeait
au premier sur le derrière, et vint savoir, comme les
autres, de quoi il s'agissait. Jugez de son étonnement quand elle me vit là, tenant encore mon épée
nue à la main ! On est distrait en pareil cas, et d'ailleurs je n'avais pas eu même assez d'espace pour la
remettre dans le fourreau, tant nous étions pressés
par la populace.

Oh ! c'est ici que je me sentis un peu glorieux,
un peu superbe ; mon cœur s'enfla du courage que
je venais de montrer et de la noble posture où je me
trouvais. Tout distrait que je devais être par ce qui

se passait encore, je ne laissai pas d'avoir quelques
momens de recueillement où je me considérai avec
cette épée à la main, et avec mon chapeau enfoncé
en mauvais garçon ; car je devinais l'air que j'avais,
cela se sent ; on se voit dans son amour-propre [1],
pour ainsi dire ; et je vous avoue qu'en l'état où je
me supposais, je m'estimais digne de quelques égards,
et que je me regardais moi-même moins familière-
ment et avec plus de distinction qu'à l'ordinaire.
Je n'étais plus ce petit polisson surpris de son bonheur, et qui trouvait tant de disproportion entre son
aventure et lui. Ma foi ! j'étais un homme de mérite,
à qui la fortune commençait à rendre justice.

Revenons à la cour de cette maison où nous étions,
mon jeune inconnu, moi, le chirurgien et tout ce
monde. Madame Dorville m'y aperçut tout d'un coup.

Eh ! monsieur, c'est vous ! s'écria-t-elle effrayée,
de dessus son escalier où elle s'arrêta. Eh ! que vous
est-il donc arrivé ? Êtes-vous blessé ? Je n'ai, répondis-je en la saluant d'un air de héros tranquille,
qu'une très-petite égratignure, madame, et ce n'est
pas à moi que l'on en voulait ; c'est à monsieur qui
est blessé, ajoutai-je en lui montrant le jeune in-

---

[1] *On se voit dans son amour-propre.* Marivaux fait de l'amour-
propre un miroir dans lequel on aime à se contempler. Cette image
est aussi vraie qu'ingénieuse, et l'on peut ajouter que ce miroir-là
est construit avec un artifice tout particulier, qui grossit prodigieu-
sement nos bonnes qualités, et réduit nos défauts aux plus petites
dimensions.

connu à qui le chirurgien parlait alors, et qui, je
pense, n'avait ni entendu ce qu'elle m'avait dit, ni
encore pris garde à elle.

Ce chirurgien connaissait madame Dorville ; il
avait saigné son mari la veille, comme nous l'ap-
prîmes après ; et voyant que ce jeune homme pâ-
lissait, sans doute à cause de la quantité de sang
qu'il avait perdue, et qu'il perdait encore : Madame,
dit-il à madame Dorville, je crains que monsieur
ne se trouve mal ; il n'y a pas moyen de le visiter
ici ; voudriez-vous, pour quelques momens, nous
prêter chez vous une chambre où je pusse examiner
ses blessures ?

A ce discours, le jeune homme jeta les yeux sur
la personne à qui on s'adressait, et me parut étonné
de voir une si aimable personne, qui, malgré la simplicité de sa parure, et quoique mise en femme qui
vient de quitter son ménage, avait pourtant l'air noble et digne de respect.

Ce que vous me demandez n'est point une grâce,
et ne saurait se refuser, répondit madame Dorville
au chirurgien, pendant que l'autre ôtait son chapeau, et la saluait d'une façon qui marquait beaucoup de considération. Venez, messieurs, ajouta-
t-elle, puisqu'il n'y a point de temps à perdre.

Je ne suis fâché de cet accident-ci, dit alors le
jeune homme, que parce que je vais vous embarrasser, madame ; et là-dessus il s'avança, et monta l'escalier en s'appuyant sur moi, à qui il avait déjà dit
par intervalles mille choses obligeantes, et qu'il n'ap-

pelait que son cher ami. Vous sentez-vous faible? lui
dis-je. Pas beaucoup, reprit-il; je ne me crois blessé
qu'au bras et un peu à la main; ce ne sera rien, je
n'aurai perdu qu'un peu de sang, et j'y aurai trouvé
un ami qui m'a sauvé la vie.

Oh! pardi, lui dis-je, il n'y a pas à me remercier
de ce que j'ai fait; car j'y ai eu trop de plaisir, et
je vous ai aimé tout d'un coup, seulement en vous
regardant. J'espère que vous m'aimerez toujours, reprit-il; et nous étions déjà dans l'appartement de
madame Dorville, qui nous avait précédés pour ouvrir un cabinet assez propre, où elle nous fit entrer avec le chirurgien, et où il y avait un petit lit
qui était celui de la mère de cette dame.

A peine y fûmes-nous, que son mari, M. Dorville, m'envoya une petite servante d'assez bonne
façon, qui me fit des complimens de sa part, et me
dit que sa femme venait de lui apprendre que j'étais
la personne à qui il avait tant d'obligation; qu'il ne
pouvait se lever à cause qu'il était malade; mais il
espérait que je voudrais bien lui faire l'honneur de le
voir avant que je m'en allasse.

Pendant que cette servante me parlait, madame
Dorville tirait d'une armoire tout le linge dont on
pouvait avoir besoin pour le blessé.

Dites à M. Dorville, répondis-je, que c'est moi
qui aurai l'honneur de le saluer, que je vais dans un
instant passer dans sa chambre, et que j'attends seulement qu'on ait visité les blessures de monsieur,
ajoutai-je en montrant le jeune homme a qui on avait

déjà ôté son habit, et qui était assis dans un grand fauteuil.

Madame Dorville sortit alors du cabinet; le chirurgien fit sa charge, visita le jeune homme, et ne lui trouva qu'une blessure au bras, qui n'était point dangereuse, mais de laquelle il perdait beaucoup de sang. On y remédia; et comme madame Dorville avait pourvu à tout, le blessé changea de linge; et pendant que le chirurgien lui aidait à se rhabiller, j'allai voir cette dame et son mari, à qui, tout malade et tout couché qu'il était, je trouvai l'air d'un honnête homme, je veux dire d'un homme qui a de la naissance. On voyait bien à ses façons, à ses discours, qu'il aurait dû être mieux logé, et que l'obscurité où il vivait venait de quelque dérangement de fortune. Il faut qu'il soit arrivé quelque chose à cet homme-là, disait-on en le voyant; il n'est pas à sa place.

En effet, ces choses-là se sentent; il en est de ce que je dis là-dessus, comme d'un homme d'une certaine condition à qui vous donneriez un habit de paysan; en faites-vous un paysan pour cela? Non, vous voyez qu'il n'en porte que l'habit; sa personne en est vêtue, et point habillée, pour ainsi dire; il y a des attitudes, des mouvemens et des gestes dans cette personne, qui font qu'elle est étrangère au vêtement qui la couvre.

Il en était donc à peu près de même de M. Dorville; quoiqu'il eût un logement et des meubles, on trouvait qu'il n'était ni logé ni meublé. Voilà tout ce

que je dirai de lui à cet égard; c'en est assez sur
un homme que je n'ai guère vu, et dont la femme
sera bientôt veuve.

Il n'y a point de remercîmens qu'il ne me fît sur
mon aventure de Versailles avec madame Dorville,
point d'éloges qu'il ne donnât à mon caractère; mais
j'abrége. Je ne vis point la mère; apparemment elle
était sortie. Nous parlâmes de M. Bono, qui nous
avait recommandé de l'aller voir; il fut décidé que
nous nous y rendrions le lendemain, et que, pour
n'y aller ni plus tôt ni plus tard l'un que l'autre, je
viendrais prendre madame Dorville sur les deux heures et demie.

Nous en étions là, quand le blessé entra dans la
chambre avec le chirurgien. Autres remercîmens de
sa part sur tous les secours qu'il avait reçus dans la
maison; force regards sur madame Dorville, mais
modestes, respectueux, enfin ménagés avec beaucoup de discrétion; le tout soutenu de je ne sais
quelle politesse tendre dans ses discours, mais d'une
tendresse presque imperceptible et hors de la portée
d'un mari, qui, quoiqu'il aime sa femme, l'aime en
homme tranquille, et qui a fait sa fortune auprès
d'elle; ce qui lui ôte en pareil cas une certaine
finesse de sentiment, et lui épaissit extrêmement
l'intelligence.

Quant à moi, je remarquai sur-le-champ cette petite
teinte de tendresse dont je parle, parce que, sans le
savoir encore, j'étais très-disposé à aimer madame
Dorville, et je suis sûr que cette dame le remarqua.

aussi; j'en eus du moins pour garant sa façon d'écouter le jeune homme, un certain baissement d'yeux,
et ses reparties aussi courtes que rares.

Et puis, madame Dorville était si aimable! En faut-
il davantage pour mettre une femme au fait, quelque
raisonnable qu'elle soit? Est-ce que cela ne lui donne
pas alors le sens de tout ce qu'on lui dit? Y a-t-il
rien dans ce goût-là qui puisse lui échapper, et ne
s'attend-elle pas toujours à pareille chose?

Mais, monsieur, pourquoi ces trois hommes vous
ont-ils attaqué? lui dit le mari, qui le plus souvent
répondait pour sa femme, et qui, de la meilleure foi
du monde, disputait de complimens avec le blessé,
parce qu'il ne voyait dans les siens que les expressions d'une simple et pure reconnaissance. Les connaissez-vous, ces trois hommes? ajouta-t-il.

Non, monsieur, reprit le jeune homme, qui, comme
vous le verrez dans la suite, nous cacha alors le vrai
sujet de son combat; je n'ai fait que les rencontrer; ils
venaient à moi dans cette rue-ci; j'étais distrait; je
les ai fort regardés en passant sans songer à eux;
cela leur a déplu; un d'entre eux m'a dit quelque
chose d'impertinent; je lui ai répondu; ils ont répli-
qué tous les trois. Là-dessus je n'ai pu m'empêcher
de leur donner quelques marques de mépris; un d'eux
m'a dit une injure, je n'y ai reparti qu'en l'attaquant;
ils se sont joints à lui; je les ai eus tous trois sur les
bras, et j'aurais succombé, sans doute, si monsieur
(il parlait de moi) n'était généreusement venu me
défendre.

Je lui dis qu'il n'y avait pas là une grande générosité, que tout honnête homme à ma place aurait
fait de même. Ensuite : N'auriez-vous pas besoin de
vous reposer plus long-temps? lui dit M. Dorville.
Ne sortez-vous pas trop tôt? N'êtes-vous pas affaibli?
Nullement, monsieur; il n'y a point de danger, dit
à son tour le chirurgien; monsieur est en état de se
retirer chez lui; il ne lui faut qu'une voiture; on en
trouvera sur la place voisine.

Aussitôt la petite servante part pour en amener
une; la voiture arrive; le blessé me prie de ne le pas
quitter; j'aurais mieux aimé rester pour avoir le plaisir d'être avec madame Dorville; mais il n'y avait
pas moyen de le refuser, après le service que je venais de lui rendre.

Je le suivis donc; une petite toux, qui prit au mari,
abrégea toutes les politesses avec lesquelles on se
serait encore conduit de part et d'autre. Nous voilà
descendus; le chirurgien, qui nous reconduisit jusque
dans la cour, me parut très-révérencieux; apparemment il était bien payé; nous le quittons, et nous
montons dans notre fiacre.

Je n'attendais rien de cette aventure, et ne pensais pas qu'elle dût me rapporter autre chose que
l'honneur d'avoir fait une belle action. Ce fut là
pourtant l'origine de ma fortune, et je ne pouvais
guère commencer ma course avec plus de bonheur.

Savez-vous qui était l'homme à qui probablement
j'avais sauvé la vie? Rien qu'un des neveux de celui
qui pour lors gouvernait la France, du premier mi-

nistre, en un mot; vous sentez bien que cela devient sérieux, surtout quand on a affaire à un des plus honnêtes hommes du monde, à un neveu qui aurait mérité d'être fils de roi. Je n'ai jamais vu d'âme si noble.

Par quel hasard, me direz-vous, s'était-il trouvé exposé au péril dont vous le tirâtes? Vous l'allez voir.

Où allons-nous? lui dit le cocher. A tel endroit, répondit-il; et ce ne fut point le nom d'une rue qu'on lui donna, mais seulement le nom d'une dame; chez madame la marquise une telle; et le cocher n'en demanda pas davantage, ce qui marquait que ce devait être une maison fort connue, et me faisait en même temps soupçonner que mon camarade était un homme de conséquence. Aussi en avait-il la mine, et je soupçonnais juste.

Ah çà! mon cher ami, me dit-il dans le trajet, je vais vous dire la vérité de mon histoire, à vous.

Dans le quartier d'où nous sortons, il y a une femme que je rencontrai il y a quelques jours à l'Opéra. Je la remarquai d'une loge où j'étais avec des hommes; elle me parut extrêmement jolie, aussi l'est-elle; je demandai qui elle était; on ne la connaissait pas. Sur la fin de l'opéra, je sortis de ma loge pour aller la voir sortir de la sienne, et la regarder tout à mon aise. Je me trouvai donc sur son passage; elle ne perdait rien à être vue de près; elle était avec une autre femme assez bien faite; elle s'aperçut de l'attention avec laquelle je la regardais; et de la façon dont elle y prit garde, il me sembla qu'elle me disait: En demeurerez-vous là? Enfin, je vis je ne sais

quoi dans ses yeux qui m'encourageait, qui m'assurait qu'elle ne serait pas d'un difficile abord.

Il y a de certains airs dans une femme qui vous
annoncent ce que vous pourriez devenir avec elle;
vous y démêlez, quand elle vous regarde, s'il n'y a
que de la coquetterie dans son fait, ou si elle aurait
envie de lier connaissance. Quand ce n'est que le
premier, elle ne veut que vous paraître aimable, et
voilà tout, ses mines ne passent pas cela; quand
c'est le second, ces mines en disent davantage, elles
vous appellent, et je crus voir ici que c'était le second.

Mais on a peur de se tromper, et je la suivis jusqu'à l'escalier sans rien oser que d'avoir toujours les
yeux sur elle, et de la coudoyer même en marchant.

Elle me tira d'intrigue, et remédia à ma retenue
discrète, par une petite finesse qu'elle imagina; ce
fut de laisser tomber son éventail.

Je sentis son intention; je profitai du moyen qu'elle
m'offrait de placer une politesse, et de lui dire un
mot ou deux en lui rendant l'éventail que je ramas-
sai bien vite.

Ce fut pourtant elle qui, de peur de manquer son
coup, parla la première : Monsieur, je vous suis obligée, me dit-elle d'un air gracieux en le recevant. Je
suis trop heureux, madame, d'avoir pu vous rendre
ce petit service, lui répondis-je le plus galamment
qu'il me fut possible; et comme en cet instant elle
semblait chercher à mettre sûrement le pied sur la
première marche de l'escalier, je tirai encore parti

de cela, et je lui dis : Il y a bien du monde, on nous pousse; que j'aie l'honneur de vous donner la main pour plus de sûreté, madame.

Je le veux bien, dit-elle d'un air aisé, car je marche mal. Je la menai ainsi, toujours l'entretenant du plaisir que j'avais eu à la voir, et de ce que j'avais fait pour la voir de plus près.

N'est-ce pas vous aussi, monsieur, que j'ai vu dans une telle loge? me dit-elle, comme pour m'insinuer à son tour qu'elle m'avait démêlé dans la foule.

De discours en discours, nous arrivâmes jusqu'en bas, où un grand laquais (qui n'avait pas trop l'air d'être à elle, à la manière prévenante dont il se présenta, ce qui est une liberté que ces messieurs-là ne prennent pas avec leur maîtresse) vint à elle, et lui dit qu'on aurait de la peine à faire approcher le carrosse, mais qu'il n'était qu'à dix pas. Eh bien! allons jusque-là; sauvons-nous, dit-elle à sa compagne, n'est-ce pas? Comme il vous plaira, reprit l'autre; et je les y menai en rasant la muraille.

Le mien, je dis mon carrosse, n'était qu'à moitié chemin; notre court entretien m'avait enhardi, et je leur proposai sans façon d'y entrer, et de les ramener tout de suite chez elles pour avoir plus tôt fait; mais elles ne le voulurent pas.

J'observai seulement que celle que je tenais, jetait un coup d'œil sur l'équipage, et l'examinait; et nous arrivâmes au leur, qui, par parenthèse, n'appartenait à aucune d'elles, et n'était qu'un carrosse de remise qu'on leur avait prêté.

J'ai oublié de vous dire qu'en la menant jusqu'à ce carrosse, je l'avais priée de vouloir bien que je la revisse chez elle ; ce qu'elle m'avait accordé sans façon, et en femme du monde qui rend, sans conséquence, politesse pour politesse. Volontiers, monsieur, vous me ferez honneur, m'avait-elle répondu. A quoi elle avait ajouté tout ce qu'il fallait pour la trouver ; de sorte qu'en la quittant, je la menaçai d'une visite très-prompte.

En effet, j'y allai le lendemain ; elle me parut assez bien logée ; je vis des domestiques ; il y avait du monde, et d'honnêtes gens, autant que j'en pus juger. On y joua ; j'y fus reçu avec distinction ; nous eûmes même ensemble quelques instans de conversation particulière ; je lui parlai d'amour ; elle ne me desespéra pas, et elle m'en plut davantage. Nous nous entretenions encore à l'écart, quand un de ceux qui viennent de m'attaquer entra. C'est un homme entre deux âges, qui fait de la dépense, et que je crois de province ; il me parut inquiet de notre tête-à-tête ; il me sembla aussi qu'elle avait égard à son inquiétude, et qu'elle se hâta de rejoindre sa compagne.

Quelques momens après, je me retirai, et le lendemain je retournai chez elle de meilleure heure que la veille. Elle était seule ; je lui en contai sur nouveaux frais.

D'abord elle badina de mon amour d'un ton qui signifiait pourtant, je voudrais qu'il fût vrai ; j'insistai pour la persuader. Mais cela est-il sérieux ?

Vous m'embarrassez; on pourrait vous écouter de
reste, ce n'est pas là la difficulté, me dit-elle; mais
ma situation ne me le permet guère; je suis veuve,
je plaide, il me restera peu de bien peut-être. Vous
avez vu ici un assez grand homme d'une figure bien
au-dessous de la vôtre, et qui n'est qu'un simple
bourgeois, mais qui est riche, et dont je puis faire
un mari quand il me plaira; il m'en presse beaucoup, et j'ai tant de peine à m'y résoudre que je n'ai
rien décidé jusqu'ici, et depuis un jour ou deux,
ajouta-t-elle en souriant, je déciderais encore moins,
si je m'en croyais. Il y a des gens qu'on aimerait plus
volontiers qu'on n'en épouserait d'autres; mais j'ai
trop peu de fortune pour suivre mes goûts; je ne
saurais même demeurer encore long-temps à Paris,
comme il me conviendrait d'y être; et si je n'épouse
pas, il faut que je m'en retourne à une terre que je
hais, et dont le séjour est si triste qu'il me fait peur;
ainsi comment voulez-vous que je fasse? Je ne sais
pas pourquoi je vous dis tout cela, au reste; il faut
que je sois folle, et je ne veux plus vous voir.

A ce discours, je sentis à merveille que j'étais avec
une de ces beautés malaisées dont le meilleur revenu consiste en un joli visage; je compris l'espèce de
liaison qu'elle avait avec cet homme qu'elle qualifiait
d'un mari futur; je sentis bien aussi qu'elle me disait : Si je le renvoie, le remplacerez-vous, ou bien
ne me demandez-vous qu'une infidélité passagère?

Petite façon de traiter l'amour qui me rebuta un
peu. Je ne m'étais imaginé qu'une femme galante,

et non pas intéressée; de sorte que pendant qu'elle parlait, je n'étais pas d'accord avec moi-même sur ce que je devais lui répondre.

Mais je n'eus pas le temps de me déterminer, parce que ce bourgeois en question arriva, et nous surprit; il fronça le sourcil, mais insolemment, en homme qui peut mettre ordre à ce qu'il voit. Il est vrai que je tenois la main de cette femme quand il entra.

Elle eut beau le prendre d'un air riant avec lui, et lui dire même : Je vous attendais; il n'en reprit pas plus de sérénité, et sa physionomie resta toujours sombre et brutale. Heureusement vous ne vous ennuyez pas : ce fut là tout ce qu'elle en put tirer.

Pour moi, je ne daignai pas jeter les yeux sur lui, et ne cessai d'entretenir cette femme de mille cajoleries, pour le punir de son impertinent procédé. Après quoi je sortis.

Le jeune homme en était là de son récit, quand le cocher arrêta à quelques pas de la maison où il nous menait, et dont il ne pouvait approcher à cause de deux ou trois carrosses qui l'en empêchaient. Nous sortîmes du fiacre; je vis le jeune homme parler à un grand laquais, qui ensuite ouvrit la portière d'un de ces carrosses. Montez, mon cher ami, me dit aussitôt mon camarade. Où? lui dis-je. Dans ce carrosse, me répondit-il; c'est le mien, que je n'ai pu prendre en allant chez la femme en question.

Remarquez qu'il n'y avait rien de plus leste que cet équipage.

Oh! oh! dis-je en moi-même, ceci va encore plus
loin que je ne croyais; voici du grand; est-ce que
mon ami serait un seigneur? Il faut prendre garde à
vous, monsieur de La Vallée, et tâcher de parler bon
français; vous êtes vêtu en enfant de famille; soutenez l'honneur du justaucorps, et que votre entretien
réponde à votre figure, qui est passable.

Je vous rends à peu près ce que je pensai rapidement alors; et puis je montai en carrosse, incertain
si je devais y monter le premier, et n'osant en même
temps faire des complimens là-dessus. Le savoir-vivre veut-il que j'aille en avant, ou bien veut-il que
je recule? me disais-je en montant. Car le cas était
nouveau pour moi, et ma légère expérience ne m'apprenait rien sur cet article, sinon qu'on se fait des
cérémonies lorsqu'on est deux à une porte, et je
penchais à croire que ce pouvait être ici de même ¹.

A bon compte je montais toujours, et j'étais déjà
placé, que je songeais encore au parti qu'il fallait
prendre. Me voilà donc côte à côte de mon ami de

---

¹ *Je penchais à croire que ce pouvait être ici de même.* L'ignorance
de Jacob sur cet article d'étiquette est bien excusable, et elle est
partagée par presque toutes les personnes qui n'ont pas l'habitude
d'aller en voiture. C'est pour elles qu'il faut rappeler qu'il n'y a jamais de difficulté relativement aux dames qui montent les premières,
parce que les places du fond leur sont acquises de droit; mais
qu'entre hommes, la politesse prescrit de monter avant ceux que
l'on veut honorer, pour leur laisser les meilleures places, et prendre
soi-même une des moins commodes et des moins agréables.

qualité, et de pair à compagnon avec un homme à qui
par hasard j'aurais fort bien pu cinq mois auparavant
tenir ouverte la portière de ce carrosse que j'occu-
pais avec lui. Je ne fis pourtant pas alors cette réflexion, je la fais seulement à présent que j'écris;
elle se présenta bien un peu, mais je refusai tout net
d'y faire attention; j'avais besoin d'avoir de la confiance, et elle me l'aurait ôtée.

Avez-vous à faire? me dit le comte de Dorsan
(c'était le nom du maître de l'équipage); je me porte
fort bien, et je ne veux pas m'en retourner sitôt chez
moi; il est encore de bonne heure; allons à la comédie; j'y serai aussi à mon aise que dans ma chambre.

Jusque-là, je m'étais assez possédé, je ne m'étais
pas tout-à-fait perdu de vue; mais ceci fut plus fort
que moi, et la proposition d'être mené ainsi gaillardement à la comédie, me tourna entièrement la
tête. La hauteur de mon état m'éblouit; je me sentis
étourdi d'une vapeur de joie, de gloire, de fortune,
de mondanité, si on veut bien me permettre de parler ainsi; car je n'ignore pas qu'il y a des lecteurs
fâcheux, quoique estimables, avec qui il vaut mieux
laisser là ce qu'on sent que de le dire, quand on ne
peut l'exprimer que d'une manière qui paraîtrait singulière; ce qui arrive quelquefois pourtant, surtout
dans les choses où il est question de rendre ce qui se
passe dans l'âme, cette âme qui se tourne en bien
plus de façons que nous n'avons de moyens pour les
dire, et à qui du moins on devrait laisser, dans son
besoin, la liberté de se servir des expressions du

mieux qu'elle pourrait, pourvu qu'on entendît clairement ce qu'elle voudrait dire, et qu'elle ne pût employer d'autres termes sans diminuer ou altérer sa pensée. Ce sont les disputes fréquentes qu'on fait là-dessus, qui sont cause de ma parenthèse ; je ne m'y serais pas engagé si j'avais cru la faire si longue. Revenons.

Comme il vous plaira [1], lui répondis-je ; et le carrosse partit.

Je ne vous ai pas achevé le récit de mon aventure, me dit-il ; en voici le reste. J'ai dîné aujourd'hui chez madame la marquise de.... Sous prétexte d'affaires, j'en suis sorti sur les trois heures pour aller chez cette femme.

Ma voiture n'était point encore revenue ; je n'ai vu aucun de mes gens en bas ; il y a des carrosses de place près de là ; j'ai dit qu'on allât m'en chercher un dans lequel je me suis mis, et qui m'a conduit à sa porte. A peine allais-je monter l'escalier, que j'ai vu paraître cet homme de si brutale humeur qui en descendait avec deux autres, et qui, son chapeau sur la tête, quoique je le saluasse par habitude, m'a rudement poussé en passant.

Vous êtes bien grossier, lui ai-je dit en levant les

---

[1] *Comme il vous plaira.* Ce *comme il vous plaira* se rapporte à la proposition d'aller à la comédie, qui se trouve trente lignes plus haut. Marivaux trouve un peu longue la parenthèse qui sépare la réponse de la demande, et le lecteur sera de son avis.

épaules. A qui parlez-vous? a repris un des deux autres qui n'avaient pas salué non plus. A tous, ai-je répondu.

A ce discours, il a porté la main sur la garde de son épée. J'ai cru devoir tirer la mienne, en sautant en arrière, parce que deux de ces gens-là étaient au-dessus de moi, et avaient encore deux marches à descendre ; il n'y avait que l'autre qui était passé. Aussitôt j'ai vu trois épées tirées contre moi ; les lâches m'ont poursuivi jusque dans la rue, et nous nous battions encore quand vous êtes venu à mon secours, et venu au moment où l'un de mes assassins m'allait porter un coup mortel.

Oui, lui dis-je, j'en ai eu grande peur, et c'est pourquoi j'ai tant crié après lui pour empêcher qu'il n'exécutât son dessein : mais n'en parlons plus ; ce sont des canailles, et la femme aussi.

Vous jugez bien du cas que je fais d'elle, me répondit-il ; mais parlons de vous. Après ce que vous avez fait pour moi, il n'y a sorte d'intérêt que je ne doive prendre à ce qui vous regarde ; il faut que je sache à qui j'ai tant d'obligation, et que de votre côté vous me connaissiez aussi.

On m'appelle le comte de Dorsan ; je n'ai plus que ma mère ; je suis fort riche ; les personnes à qui j'appartiens ont quelque crédit ; j'ose vous dire qu'il n'y a rien où je ne puisse vous servir, et je serai trop heureux que vous m'en fournissiez l'occasion ; réglez-vous là-dessus ; dites-moi votre nom et votre fortune.

D'abord je le remerciai, cela va sans dire, mais

8. 15

brièvement, parce qu'il le voulut ainsi, et que je
craignais d'ailleurs de m'engager dans quelque tournure de compliment qui ne fût pas d'un goût convenable. Quand on manque d'éducation, il n'y paraît
jamais tant que lorsqu'on veut en montrer.

Je remerciai donc dans les termes les plus simples ;
ensuite : Mon nom est La Vallée, lui dis-je ; vous
êtes un homme de qualité, et moi je ne suis pas
grand monsieur. Mon père demeure à la campagne
où est tout son bien, et d'où je ne fais presque que
d'arriver dans l'intention de me pousser et de devenir
quelque chose, comme font tous les jeunes gens de
province et de ma sorte. Dans ce que je disais là, on
voit que je n'étais que discret et point menteur.

Mais, ajoutai-je d'un ton plein de franchise, quand
je ne ferais de ma vie rien à Paris, et que mon voyage
ne me vaudrait que le plaisir d'avoir été bon à un
aussi honnête homme que vous, par ma foi, monsieur, je ne me plaindrais pas, je m'en retournerais
content. Il me tendit la main à ce discours, et me
dit : Mon cher La Vallée, votre fortune n'est plus
votre affaire, c'est la mienne ; c'est l'affaire de votre
ami, car je suis le vôtre, et je veux que vous soyez
le mien.

Le carrosse arrêta alors ; nous étions arrivés à la
comédie, et je n'eus le temps de répondre que par
un sourire à de si affectueuses paroles.

Suivez-moi, me dit-il, après avoir donné à un
laquais de quoi prendre des billets. Nous entrâmes,

et me voilà à la comédie, d'abord au chauffoir¹,
ne vous déplaise, où le comte de Dorsan trouva quelques amis qu'il salua.

Ici se dissipèrent toutes ces enflures de cœur dont
je vous ai parlé, toutes ces fumées de vanité qui m'a-
vaient monté à la tête.

Les airs et les façons de ce pays-là me confondirent
et m'épouvantèrent. Hélas! mon maintien annonçait
un si petit compagnon! je me voyais si gauche, si
dérouté au milieu de ce monde, qui avait quelque
chose de si aisé et de si leste! Que vas-tu faire de
toi? me disais-je.

Aussi, de ma contenance je n'en parlerai pas,
attendu que je n'en avais point, à moins qu'on ne dise
que n'en point avoir, est en avoir une. Il ne tint pourtant pas à moi de m'en donner une autre; mais je
crois que je n'en pus jamais venir à bout, non plus
que d'avoir un visage qui ne parût ni déplacé ni
honteux; car, pour étonné, je me serais consolé que
le mien n'eût paru que cela. Ç'eût été seulement
signe que je n'avais jamais été à la comédie, et il n'y
aurait pas eu grand mal; mais c'était une confusion
secrète de me trouver là, un certain sentiment de
mon indignité qui m'empêchait d'y être hardiment,
et que j'aurais bien voulu qu'on ne vît pas dans ma
physionomie. Or, on ne l'en voyait que mieux, parce
que je m'efforçais de le cacher.

---

¹ *D'abord au chauffoir*. On dit aujourd'hui plus communément
au foyer.

Mes yeux m'embarrassaient; je ne savais sur qui les arrêter; je n'osais prendre la liberté de regarder les autres, de peur qu'on ne démêlât dans mon peu d'assurance que ce n'était pas à moi d'avoir l'honneur d'être avec de si honnêtes gens, et que j'étais une figure *de contrebande;* car je ne sache rien qui signifie mieux ce que je veux dire que cette expression qui n'est pas trop noble.

Il est vrai aussi que je n'avais point passé par assez de degrés d'instruction et d'accroissemens de fortune, pour pouvoir me tenir au milieu de ce monde avec la hardiesse requise. J'y avais sauté trop vite; je venais d'être fait monsieur; encore n'avais-je pas la subalterne éducation des messieurs de ma sorte, et je tremblais qu'on ne connût à ma mine que ce monsieur-là avait été Jacob. Il y en a qui, à ma place, auraient eu le front de soutenir cela, c'est-à-dire, qui auraient payé d'effronterie; mais qu'est-ce qu'on y gagne? Rien. Ne voit-on pas bien alors qu'un homme n'est effronté que parce qu'il devrait être honteux?

Vous êtes un peu changé, dit quelqu'un de ces messieurs au comte Dorsan. Je le crois bien, dit-il, et je pouvais être pis. Là-dessus il conta son histoire, et par conséquent la mienne, de la manière du monde la plus honorable pour moi. De sorte, dit-il en finissant, que c'est à monsieur que je dois l'honneur de vous voir encore.

Autre fatigue pour La Vallée, sur qui ce discours attirait l'attention de ces messieurs. Ils parcouraient donc mon hétéroclite figure ; et je pense qu'il n'y avait rien de si sot que moi, ni de si plaisant à voir. Plus le comte Dorsan me louait, plus il m'embarrassait.

Il fallait pourtant répondre, avec mon petit habit de soie et ma petite propreté bourgeoise, dont je ne faisais plus d'estime depuis que je voyais tant d'habits magnifiques autour de moi. Mais que répondre ? Oh ! point du tout, monsieur, vous vous moquez ; et puis : C'est une bagatelle, il n'y a pas de quoi ; cela se devait ; je suis votre serviteur.

Voilà de mes réponses que j'accompagnais civilement de courbettes de corps courtes et fréquentes, auxquelles, apparemment, ces messieurs prirent goût ; car il n'y en eut pas un qui ne me fît des complimens pour avoir la sienne.

Un d'entre eux que je vis se retourner pour rire, me mit au fait de la plaisanterie, et acheva de m'anéantir. Il n'y eut plus de courbettes ; ma figure alla comme elle put, et mes réponses de même. Le comte de Dorsan, qui était un galant homme et d'un caractère d'esprit franc et droit, continuait de parler sans s'apercevoir de ce qui se passait sur mon compte. Allons prendre place, me dit-il ; et je le suivis. Il me mena sur le théâtre, où la quantité de monde me mit à couvert de pareils affronts, et où je me plaçai avec lui comme un homme qui se sauve.

C'était une tragédie qu'on jouait, *Mithridate*, s'il m'en souvient. Ah ! la grande actrice que celle qui jouait Monime ! J'en ferai le portrait dans ma sixième partie, de même que je ferai celui des acteurs et des actrices qui ont brillé de mon temps [1].

---

[1] L'intérêt va toujours croissant. Jacob, par son mariage avec mademoiselle Habert, n'était encore qu'au-dessus du besoin. Le voilà désormais sur le chemin de la fortune, en crédit auprès d'un homme puissant, et bien avec toutes les femmes qu'il rencontre. Il ira loin. On est seulement fâché qu'une aventure romanesque et toute fortuite soit l'occasion et le principe de son élévation.

FIN DE LA CINQUIÈME PARTIE.

SIXIÈME PARTIE.

———

Je suis donc sur le théâtre de la comédie ; si cette position étonne mon lecteur, elle avait bien plus lieu de me surprendre.

Qu'on se représente le nouveau M. de La Vallée avec sa petite doublure de soie, qui, un instant plus tôt, se trouvait déplacé, parce qu'il était entre quatre ou cinq seigneurs ; qu'on se le représente, dis-je, dans le cercle des plus nobles ou des plus opulens de la célèbre ville de Paris, à côté de M. le comte de Dorsan, fils d'un des plus grands du royaume, qui le regarde comme ami, et qui le traite en égal ; on ne pourra certainement s'empêcher d'être étonné.

Je vais bien vite, diront quelques lecteurs ; je l'ai déjà dit, je le répète, ce n'est pas moi qui marche ; je suis poussé par les événemens qu'il plaît à la fortune de faire naître en ma faveur.

Si je me plais d'ailleurs à répéter cette situation, c'est une suite de cette complaisance avec laquelle je m'ingérai de relever mon petit être, dès que, monté en carrosse, j'entendis donner l'ordre au cocher de nous conduire à la comédie.

On doit se ressouvenir qu'au mot seul de *comédie*, j'avais senti mon cœur se gonfler de joie. Il est vrai que ma situation me fit bientôt changer de sentiment, et un moment passé au chauffoir, en me rabaissant, m'avait fait regarder par moi-même comme un être isolé dans ce nouveau monde. M. le comte de Dorsan y était trop occupé à répondre aux questions de ceux qui l'abordaient, pour pouvoir m'aider à soutenir le rôle qu'il me mettait dans le cas de jouer pour la première fois ; mais tout disparut, quand, en marchant de pair avec ce seigneur, je me vis sur le théâtre. Si la vanité cède un instant, elle a ses ressources infaillibles pour se dédommager.

Peut-on penser et devais-je croire qu'une épée que je n'avais demandée à mon épouse que comme un ornement de parade, me servirait à sauver la vie d'un homme puissant dans l'état, et me mettrait, le même jour, dans le cas de figurer avec ses pareils ?

Je suis persuadé (quoi que disent ceux qui blâment l'espace de temps que j'ai laissé passer entre cette sixième partie et les précédentes), que l'on conviendra qu'il ne fallait pas moins de vingt ans pour revenir de la surprise dans laquelle mon courage et ma victoire ont dû jeter un chacun ; mais je ne sais s'il en fallait beaucoup moins pour me rappeler de l'étonnement stupide où me plongea le premier coup d'œil que je donnai à la comédie. En moins de six mois, passer du village sur le théâtre de Paris, et par quels degrés ? Le saut est trop hardi pour faire moins d'effet ; mais enfin j'y suis.

A peine assis, je promène mes regards partout ; mais, j'en conviendrai, pour trop avoir sous les yeux,

je ne voyais rien exactement, et peut-être dirais-je
vrai en avouant simplement que je ne voyais rien.
Chaque personne, chaque contenance, chaque habillement, tout m'arrêtait; mais je ne me satisfaisais sur
aucune chose en particulier. Je ne m'apercevais plus
que j'étais déplacé, parce que je n'avais pas le temps
de songer à moi. Mille objets étrangers se présen-
taient, je les saisissais, et l'un n'était pas ébauché,
que l'autre, en se substituant, enlevait l'attention
que je me proposais de donner au premier. Quel chaos
dans l'esprit du pauvre La Vallée, qui n'était réveillé
que par mille sornettes, dont, si la nouveauté le for-
çait d'y prêter l'oreille, la futilité le fatiguait bientôt!

Bon jour, chevalier, disait un survenant à celui qui
était assis. As-tu vu la marquise? Ah! petit fripon,
vous ne venez plus chez la duchesse; c'est mal, mais
du dernier mal. Voilà nos gens courus, fêtés; vous
allez cent fois à leur porte, toujours en l'air! Sais-tu
quelle pièce on donne? Qu'en dit-on? Pour moi,
je soupai hier en excellente compagnie; la comtesse
de.... en était; ah! nous avions du vin exquis, et l'on
en but.... Le vieux comte se soûla rapidement. Tu
juges que sa femme n'en fut pas fâchée; elle est
bonne personne.... Où soupes-tu ce soir? Ah! tu
fais le mystérieux! Eh! fi donc, à ton âge!

Tout cela était dit avec la rapidité d'un discours
étudié, et celui auquel on adressait la parole avait
à peine le temps d'y couler de temps en temps un
oui ou un *non*, quand la volubilité du discoureur ne
l'obligeait pas d'y suppléer par un geste de tête. Ces

discours étourdis ne différaient, dans la bouche du vieillard ou du robin, que par une haleine plus renouvelée [1] ; ce qui me fit penser que ces dialogues étaient moins un conflit de complimens, qu'un projet formé de se ruiner les poumons de concert et à plaisir.

Un autre, à demi penché sur une première loge, débitait mille fades douceurs aux femmes qui y étaient, et elles les recevaient avec un léger sourire qui semblait dire : La forme veut que je n'adhère point à vos paroles; mais continuez néanmoins, car ma suffisance [2] m'en dit mille fois davantage. Si c'était là le langage du cœur, celui qu'exprimait la bouche était bien différent. Pour persuader qu'on n'ajoutait point foi aux complimens, on accumulait exagérations sur exagérations, qui tendaient toutes à prouver que l'on n'était point dupe de la politesse; mais l'œil, comme par distraction, apprenait qu'en continuant on aimait la reconnaissance.

Pendant tous ces petits débats, prélude du spectacle, je rêvais stupidement à tout. On n'en sera point

---

[1] *Ces discours étourdis ne différaient que par une haleine plus renouvelée.* Tournure louche et obscure; il fallait dire : Ces discours ne différaient, etc., que par le plus ou moins de rapidité avec laquelle ils étaient prononcés.

[2] *Ma suffisance* signifie simplement ici *mon amour-propre;* on se plaint de *la suffisance,* c'est-à-dire de la vanité d'un autre; quand on entend parler de la sienne, on la déguise sous un terme plus doux. On dira très-bien : *J'ai mon amour-propre comme un autre,* et non pas, *J'ai ma suffisance.* Tout ce qui suit est bien métaphysique, bien alambiqué, bien obscurément exprimé. Ce n'est pas là qu'il faut prendre Marivaux pour guide et pour modèle.

surpris, quand je dirai que je ne connaissais point ce grand air du monde qui oblige la bouche à n'être presque jamais d'accord avec le cœur. Je savais encore moins qu'une belle femme ne devait plus parler sa langue maternelle, qu'elle en devait trouver les expressions trop faibles pour rendre ses idées, et que, pour y suppléer, la mode voulait qu'elle employât des termes outrés, qui, souvent dénués de sens, ne peuvent servir qu'à mettre de la confusion dans les pensées, ou qu'à donner un nouveau ridicule à la personne qui les met en usage.

Qu'on n'aille pas dire que cela est neuf; car il se trouvera peut-être bien des gens qui ont eu à Paris une plus longue habitude que moi, et qui liront ceci avec quelque incrédulité. Mais je ne voyais le monde que depuis mon mariage contracté avec une personne qui ne connaissait d'autre langage que celui de Le Tourneur ou de Saint-Cyran, et qui, au moindre mot de comédie, se serait écriée : Bon Dieu ! mon cher enfant, vous allez vous perdre ! Ainsi ma simplicité est à sa place.

Toutes choses ont leur terme, c'est l'ordre. Ma première surprise eut le sien ; un coup d'archet me rendit à moi-même, ou, pour mieux dire, saisit tous mes sens, et vint s'emparer de mon âme. Je m'aperçus alors, pour la première fois, que mon cœur était sensible. Oui, la musique me fit éprouver ces doux saisissemens que la véritable sensibilité fait naître.

Mais, dira-t-on, l'on connaît déjà votre âme.

Mademoiselle Habert, mesdames de Ferval et de Fécour vous ont donné occasion de dévoiler aux autres votre penchant pour la tendresse; vous deviez
donc dès-lors le connaître vous-même.

Je conviendrai que ces expériences superficielles
ne m'avaient point assez servi, quoique je puisse,
sans montrer beaucoup d'imprudence, et peut-être
même sans craindre un démenti, faire parade d'inclination pour ces femmes. On sait que, dans cette
ville, le nombre des conquêtes ne fait point déroger
aux sentimens[1]; aussi, bien des gens à ma place se fe-
raient honneur de se dire amoureux. Ce serait même
l'ordre du roman, du moins pour mademoiselle Habert; car, dans ces fictions, l'amant doit être fidèle,
ou, s'il a quelques égaremens, il doit en revenir, les
regretter, trouver grâce, et finir par être constant.
Mais la vérité, je l'ai déjà dit, n'est point astreinte
aux règles[2].

C'est elle aussi qui m'oblige de rappeler que, si
l'on a bien pris les différens rôles que j'ai été forcé de
jouer auprès de ces dames, on a dû voir que toutes
ces aventures étaient moins des affaires où mon cœur

---

[1] *Le nombre des conquêtes ne fait point déroger aux sentimens:*
c'est-à-dire, *le nombre des conquêtes n'empêche pas que l'on ne se
vante d'être un homme à sentimens.* Cela est vrai; mais il fallait le dire
avec plus de clarté. Qu'est-ce que c'est que *déroger aux sentimens?*

[2] *La vérité n'est point astreinte aux règles.* Nouveau défaut de
clarté. La pensée est, qu'on ne suit pas dans la réalité les règles
que les romanciers ont inventées pour les amans.

se mît de la partie, que des occasions où mes beaux
yeux avaient seuls tout décidé. Oui, le gros brunet,
accoutumé à être prévenu, n'avait point encore eu le
temps de sonder si son cœur était capable de prendre
de lui-même quelque impression.

La reconnaissance et l'espoir d'un sort que je ne
devais point attendre d'une rencontre fortuite sur le
pont Neuf, avaient plus avancé mon mariage qu'un
goût décidé pour mademoiselle Habert. Je l'ai fait
pressentir ; elle avait trop fait en ma faveur pour
prétendre à mon amour. Même avant qu'elle m'eût
accordé sa main, et à la veille de la recevoir, mon
âme, que cette bonne dévote se croyait tout acquise, lui avait fait une infidélité à la première aga-
cerie de madame de Ferval. On peut se rappeler que
je rougis alors d'avouer que j'aimais ma femme prétendue, et que j'aurais consommé ma trahison chez
la Remy, sans l'apparition imprévue d'un chevalier
indiscret, qui, glorieux d'avoir mis en fuite M. Jacob, se crut néanmoins trop heureux de le remplacer.

Ma liaison ébauchée avec madame de Ferval aurait pu avoir un motif plus noble, si ma vanité et l'intérêt ne l'eussent point prévenu. Les manières rondes
et sans fard de madame de Fécour ; cette façon d'ê-
tre la première à me demander mon amitié ; sa grosse
gorge.... Ah ! ceci était un article délicat. Oui, toutes
ces rencontres avaient flatté mon cœur sans l'éclairer ;
c'était une terre qu'on avait pris trop de peine à en-

graisser, pour en pouvoir connaître la vraie qualité [1].

Rien n'avait donc encore découvert en moi cette facilité à se laisser aller aux impressions que doit naturellement causer le vrai beau, quand la musique, en frappant mes oreilles, s'empara de mon âme et la réveilla ; car c'était la première fois que je pouvais à loisir entendre, sentir et goûter son harmonie.

Si ceux qui m'environnaient, et qui semblaient n'assister au spectacle que pour ne s'en point occuper, avaient tourné leurs yeux sur moi, ils m'auraient pris du moins pour quelque provincial, et même du dernier ordre ; et le ris moqueur qui, dans le chauffoir, avait payé mes révérences redoublées, aurait bien pu me déconcerter de nouveau.

J'évitai cette confusion, ou, si je l'essuyai de la part de quelques-uns des spectateurs, je fus assez heureux pour n'y point prendre garde, et la félicité que je goûtais ne fut point troublée.

Quelque mortifians que soient les objets extérieurs, si on est assez fortuné pour ne les point envisager, ou qu'en les regardant on ait assez de courage pour les braver, on ne sort point de sa tranquillité. Or,

---

[1] *C'était une terre qu'on avait pris trop de peine à engraisser, pour en pouvoir connaître la vraie qualité.* Il y a quelque chose d'ignoble à comparer les avances d'une femme aux engrais que l'on jette sur une terre. Jacob pouvait s'exprimer avec cette bassesse au moment où il est arrivé de son village ; mais quand il écrit ses mémoires, son éducation est achevée ; Marivaux aurait dû s'en souvenir.

dans l'extase qui me tenait hors de moi-même, je n'é-
tais en état de voir que ce qui pouvait concerner le
spectacle ; tout le reste m'était étranger, et semblait
n'être plus sous mes yeux ; rien donc ne me gênait,
j'étais heureux.

Oui, si je voulais dépeindre mon ravissement, j'aurais bien de la peine à y réussir. Que devins-je, quand
la scène s'ouvrit ? Je n'ai jamais bien pu me représenter cette situation, et à présent même que je suis fait
à y paraître sur les mêmes rangs, je ne pourrais démêler tous les mouvemens que j'éprouve lorsque
j'y assiste. C'est une succession tellement rapide et
tellement variée, que, si l'on peut tout sentir, je
crois impossible de tout retracer.

Pour aider cependant à développer cette circonstance, qui n'est pas la moins essentielle de ma vie,
puisqu'elle fut la source du bonheur dont je jouis
maintenant ; qu'on se représente Jacob, qui, de conducteur des vins de son père, est devenu valet ; qui,
de sa condition servile, a passé dans les bras d'une
demoiselle propriétaire de quatre mille livres de
rente ; en un mot, qui se trouve au théâtre de la comédie.

A en juger par ces traits réunis, l'on me voit assis
droit comme un piquet, n'osant me pencher sur la
banquette, comme mes voisins, ne me retournant
qu'avec précaution, envisageant avec une attention
scrupuleuse tous ceux qui font quelques mouvemens.
On ne me demandera point pourquoi cette dernière
précaution ; on m'épargnera la honte de me voir crain-

dre quelque apostrophe pareille à celle qui me fut
faite chez la Remy ; j'eusse, en effet, été terrassé, et
peut-être encore obligé de quitter honteusement, si
l'on eût salué d'un *mons Jacob* le libérateur de
M. le comte de Dorsan.

Cette réflexion, que je faisais de temps en temps,
passa alors sans que j'y fisse trop attention. Un coup
d'œil nouveau ne me permit pas de m'y arrêter,
et m'enleva, pour un instant, toute l'attention que
je m'étais promis de donner à la pièce qu'on représentait.

Cinq ou six jeunes seigneurs, sans avoir écouté ni
regardé ce qui s'était passé ou dit, mais après avoir
parlé chevaux, chiens, chasse ou filles, se détermi-
nèrent à se retirer. Ce projet me flattait intérieurement du moins autant que leur façon d'être présens
m'avait formalisé, lorsque tout à coup, avant de
partir, ils voulurent avoir une idée du spectacle.

Je vis braquer de toutes parts un tas de lorgnettes,
qui allaient pénétrer dans chaque loge, pour découvrir quelles beautés s'y trouvaient. Les contenances,
les visages, les ajustemens, tout était matière à leur
critique; on coulait rapidement sur chaque objet. Cela
occasionnait de part et d'autre, ici un salut, là un
geste de connaissance, d'amitié ou de familiarité;
ensuite tous ces contemplateurs, après s'être repen-
chés, se communiquaient leurs découvertes, et la fin
était toujours de débiter quelques anecdotes sur les
personnes connues, ou de donner à celles qu'on ne
connaissait point un âge proportionné au rapport

que l'instrument fidèle ou infidèle pouvait sans doute faire. Quoique cette singulière méthode de regarder, et les propos qu'elle produisait, me fâchassent par les distractions qu'elles me causaient, je ne pus cependant m'empêcher de rire.

J'avoue, en effet, que je ne concevais pas la raison qui donnait un si grand crédit à cet usage, et je me demandais si c'était un reproche ou une galanterie qu'on faisait à la nature. Pour m'éclairer, j'examinai scrupuleusement ces lorgneurs. Les plus jeunes me paraissaient les plus empressés à se servir de ces lorgnettes.

Ont-ils la vue faible, me disais-je à moi-même, ou les hommes doivent-ils ne venir au spectacle avec des lunettes, que comme les femmes n'y assistent qu'avec des navettes [1] ? Une certaine timidité m'empêchait, en interrogeant M. de Dorsan, d'être instruit tout d'un coup. Il m'en aurait trop coûté de paraître novice, et j'aimais mieux tâcher de découvrir par moi-même. Je voyais de tous côtés de beaux yeux, dont le nerf me paraissait solide, la prunelle ferme, et le cristallin brillant, lorsque je m'aperçus que, par un

---

[1] *Comme les femmes n'y assistent qu'avec des navettes.* Trait de mœurs qu'il faut remarquer. Vers le milieu du dix-huitième siècle, les femmes voulaient, même au spectacle, affecter les airs de mères de famille, et elles mêlaient au délassement du théâtre des occupations presque aussi frivoles, mais qui avaient pourtant une apparence d'utilité. La navette leur servait à faire des bourses, du filet, des réseaux, etc. Ce ridicule ne devait pas échapper à un observateur tel que Marivaux.

motif contraire, je causais un étonnement pareil à celui que j'éprouvais.

Que je savais peu ce que je faisais, quand je me fâchais contre un instrument qui allait me devenir si favorable! Oui, je ne fus pas long-temps à regretter moi-même de n'avoir pas eu assez d'usage du monde pour m'être muni d'une lorgnette, avant d'entrer au spectacle. Arrivé à ce point intéressant de mon histoire, je ne puis m'empêcher de dire encore un mot sur la manie de ceux qui occupent ces rangs où je me trouvais alors si mal à mon aise.

J'écoutais souvent les acteurs sans pouvoir entendre leurs paroles. Un petit-maître se levait, se tournait pour débiter en secret, à sa droite ou à sa gauche, une sornette qu'il aurait été fâché de ne point faire passer d'oreilles en oreilles. Le ton haut avec lequel il la débitait, paraissait dire à tous ses voisins : Si je veux bien donner à mon ami une preuve de mon affection, en lui confiant mon secret, je ne vous crois pas indignes de le partager. Oui, je continue sur ce ton, vous pouvez l'entendre ; mais l'apparence de mystère que j'emploie doit suffire pour ne pas me faire taxer d'indiscrétion. Moi-même, au commencement, je voulais m'écarter par respect (il reste toujours quelque teinture de son premier état, ou du moins le temps seul peut l'effacer); mais à la façon dont la voix se grossissait, je compris que je n'étais pas de trop. Ce fut alors que je pris la généreuse résolution de consulter monsieur le comte ; car le premier acte qui finissait le rappelait au chauffoir, et je devais l'y suivre.

Monsieur, lui dis-je, il vous paraîtra étonnant qu'un homme qui a été assez heureux pour mériter vos attentions paraisse assez neuf sur le théâtre pour être surpris de tous ses usages.

Que ce début n'étonne point; il avait été bien étudié, et j'ai déjà annoncé que mon langage se polissait.

J'ai été élevé à la campagne, continuai-je, et là, on se sert bonnement de ce que la nature a donné. Quelquefois nos vieillards ont recours à des yeux postiches pour lire à notre église, ou dans la maison; mais pour regarder Pierre ou Jacques, pour parcourir une chambre, je ne les ai jamais vus prendre de lunettes. Les yeux seraient-ils donc plus faibles à la ville qu'à la campagne, et à Paris qu'en province?

Si M. de Dorsan, qui, quoique jeune, conservait assez de raison pour ne pas pousser à l'excès les ridicules, fut étonné de ma demande et de la façon dont je la tournais, il eut assez d'humanité pour ne pas me faire sentir toute la surprise qu'elle lui causait. On pense assez que j'en devinais une partie; mais ce qu'il m'en marqua fut, pour ainsi dire, insensible.

Ce que vous dites, mon cher, me répondit-il, est sage et bien pensé, si la mode ne le combattait pas. Il est du bel air de regarder par le secours d'un verre; et quoique l'œil soit suffisant, je dis même plus, quoique le plaisir de la vue doive être plus sensible quand l'objet se retrace directement dans la rétine, l'usage, oui, l'usage ne permet pas de s'y borner, et ce serait se ridiculiser que d'agir autrement. Je blâme cette méthode peut-être plus que vous, et cependant je suis contraint de la suivre. Mille autres sont de notre sentiment, qui n'osent s'éloigner de cette pratique. Mais ce qui doit paraître plus extraordinaire, c'est qu'il semble que plus on est favorisé pour cette fonction, moins on doive faire gloire de ses avantages.

Pardi! repris-je, qu'est-ce donc que cette mode qui fait combattre ses penchans, et qui rend inutiles les bienfaits de la Providence?

C'est, me dit-il, une espèce de convention tacite qui prescrit de s'arrêter à telle chose, parce que le plus grand nombre y adhère et la pratique.

Je crois, dis-je en l'interrompant, que c'est faire honte à la nature. A la nature? reprit-il; eh! y fait-on attention? Elle nous a formés, sa fonction est remplie; du reste, de quoi doit-elle s'inquiéter? Elle nous a donné des organes; c'est à nous d'en régler les mouvemens, et de décider des services que nous prétendons en tirer.

Mais cette façon de s'asseoir, lui dis-je, ou pour mieux dire de se coucher, est-elle aussi prescrite par la mode? Est-ce donc cette mode qui fait venir au spectacle pour ne s'en pas occuper? Autant vaudrait rester chez soi.

Oui, mon ami, me dit-il, il n'appartient qu'à un provincial ou à un bourgeois de paraître attentif à la comédie; il est du bel air de ne l'écouter que par

distraction. Remarquez bien, ajouta-t-il, que je ne
renferme dans la classe de ceux qui doivent écouter
au spectacle, que les provinciaux ou les bourgeois;
car le clerc et le commis ont le droit, et sont même
obligés, dans le parterre, de copier les actions que
le grand met en parade sur le théâtre; et la mode,
voilà le tyran qui le lui ordonne.

Ici s'évanouissait tout le rôle de M. de La Vallée,
et Jacob reparaissait tout entier. Les yeux ouverts et
la bouche béante, j'écoutais M. de Dorsan avec une
stupidité qui se sentait fort des prérogatives de ma
patrie. La Champagne, comme on le sait, malgré les
génies qu'elle a produits, ne passe pas ordinairement
pour avoir de grands droits sur l'esprit. Monsieur le
comte, que ses habitudes à la cour rendaient assez
pénétrant pour découvrir ce que tout autre, moins
clairvoyant, aurait facilement aperçu, fut assez bon
pour me cacher qu'il me pénétrait; il me proposa de
rentrer au théâtre. Je l'y suivis.

Je ne fus pas arrivé, que je me trouvai sujet aux
mêmes distractions; cela me fit prendre la résolution
de ne donner à la pièce qu'une attention superfi-
cielle, et de promener mes regards dans les loges,
dans l'amphithéâtre et dans le parterre.

Me voilà donc un peu à la mode; j'assiste maintenant à la comédie, c'est-à-dire que je fais nombre
au spectacle. J'entends de temps à autre des batte-
mens de mains; mes voisins s'y unissent; je m'y joins
machinalement. Je dis *machinalement;* car ce que
m'avait dit M. de Dorsan m'avait fait impression, et

je croyais tout de mode ; j'applaudissais souvent sans savoir pourquoi. En effet, je m'imaginais connaître le beau à un certain saisissement qui me passait dans le sang et me satisfaisait ; mais rarement applaudissait-on quand je l'éprouvais. J'aurais souvent gardé le silence quand la multitude m'entraînait, et souvent, au contraire, je reprochais au parterre une tranquillité cruelle qui m'empêchait de manifester les transports de joie qui s'élevaient dans mon âme.

Ce serait ici le lieu de faire le portrait et de donner les caractères des acteurs et des actrices qui jouaient ; mais on sent assez qu'entraîné par le torrent, je n'ai pu assez les étudier pour satisfaire suffisamment le public sur cet article. Il est vrai que l'étude que j'en ai faite postérieurement pourrait y suppléer ; mais outre que, depuis que j'ai interrompu mes mémoires, j'ai été prévenu, c'est que d'ailleurs je me suis imposé la loi de suivre l'ordre des événemens de ma vie, et qu'alors je n'aurais pu les peindre faute de les connaître.

Je me contenterai de dire simplement que Monime m'arrachait, même malgré moi, de ma distraction, quoiqu'elle fût volontaire. Je n'étais point encore familiarisé avec les beautés théâtrales ; mais l'aimable fille qui représentait ce rôle portait dans mon âme un feu qui suspendait tous mes sens. Rien d'extérieur dans ces instans ne pouvait plus les frapper, et dès qu'elle ouvrait la bouche, elle me captivait ; je suivais ses paroles, je prenais ses sentimens, je partageais ses craintes, et j'entrais dans ses projets.

Oui, je lui dois cette justice : la grâce qu'elle donnait à tout ce qu'elle prononçait le lui rendait si propre, que, tout simple et tout neuf que j'étais, je m'apercevais bien que je m'intéressais moins à Monime, représentée par la demoiselle Gaussin, qu'à la Gaussin [1], qui paraissait sous le nom de Monime. Il est, parmi les acteurs et les actrices, des rangs différens, proportionnés aux qualités qu'exige chaque genre de personnages. J'aurais voulu pouvoir remplir à leur égard la loi que je m'étais imposée à la fin de ma cinquième partie. Mon silence mécontentera peut-être et acteurs et lecteurs. En effet, si les grands hommes en tout genre ont des droits à notre estime, la postérité réclame le plaisir de les connaître. Elle leur rend justice ; et cette équité à laquelle on la force, pour ainsi dire, fait plus d'honneur à la nature, qu'un préjugé vulgaire, qui cherche à les flétrir, ne leur peut imprimer de honte. Ce n'est donc point pour diminuer la gloire qui leur est due, que je me tais sur leur compte. Je n'avais

---

[1] *La demoiselle Gaussin, la Gaussin.* C'était alors la manière de nommer les acteurs et les actrices; on est devenu plus galant envers les personnes de théâtre. On dit aujourd'hui *mademoiselle* Mars, *mademoiselle* Georges, *mademoiselle* Duchesnois, *mademoiselle* Bourgoin, *mademoiselle* Leverd. Quant aux acteurs, on les traite comme les artistes en tout genre; et comme on dit, un tableau de Gérard, d'Horace Vernet, une partition de Boïeldieu, on dit de même, une représentation de Talma, de Lafon ; le jeu plaisant de Perlet, de Potier, etc.

point d'attention, je ne pouvais bien les connaître ; voilà les motifs de mon silence.

Ah ! bon Dieu! dira quelqu'un, ce n'est que trop nous amuser sur le théâtre. J'en ai prévenu ; cette situation, toute simple qu'elle paraît par elle-même, est la plus intéressante de ma vie. Il n'était pas inutile au lecteur de m'y bien envisager ; cela servira à prouver combien la fortune prenait plaisir à me favoriser, puisqu'une position qui aurait pu nuire à tout autre va devenir la source du bonheur dont je jouirai par la suite. Non, jamais je n'oublierai cet heureux instant ; qu'on ne se fâche donc point si j'y insiste volontiers ; c'est assez annoncer que je ne suis point las de ma situation, et que je suis décidé de la reprendre.

Le quatrième acte allait commencer, quand M. de Dorsan salua deux dames qui étaient à une première loge du fond. Je regardais depuis quelque temps cette loge avec attention, parce qu'il m'avait paru que, par le secours d'une lorgnette, on y avait voulu connaître à qui l'on avait obligation de l'attention avec laquelle mes regards s'y portaient, même sans réflexion. Le geste de M. de Dorsan me fit prendre garde à cette circonstance ; je me dis alors que ce seigneur était l'objet de cette curiosité ; mais je vais être désabusé.

La politesse de mon nouvel ami ne m'échappa nullement. Je vis qu'à l'une il donna une révérence d'amitié, qui annonçait une connaissance entière ; mais que l'autre ne reçut de sa part qu'un salut res-

pectueux, que j'ai appris depuis être plus fait pour
flatter la vanité que pour contenter le cœur. L'une
et l'autre civilité lui fut rendue dans les mêmes pro-
portions. Je le suivis des yeux ; j'envisageai ces deux
personnes ; je m'aperçus qu'un mot qu'il me dit
alors parut les inquiéter ; mais un grand œil brun
et brillant que la seconde dame fixa sur moi, lorsqu'un regard timide semblait le chercher et l'éviter
tout à la fois, me déconcerta. Je soupçonnai, par sa
vivacité à se détourner, qu'elle était fâchée que je
l'eusse surprise ; l'ardeur avec laquelle elle parlait
à sa compagne, qui ne faisait que redoubler son
attention à me regarder, semblait me dire : Je vous
prie de continuer, mais n'attribuez mes réponses qu'à
la distraction. Les yeux de cette personne me paraissaient s'animer ; car je m'étais enhardi, et rien n'était
plus capable de me distraire de cette loge ; le rouge
m'en monta au visage, et M. de Dorsan, qui s'en
aperçut sans doute, me dit :

Cher [1], ou je me tromperais fort, ou je ferai plaisir
à une de ces dames que j'ai saluées, de vous mener
ce soir chez elle. Je ne puis, lui dis-je ; ma femme...
Ah ! votre femme ! reprit-il avec vivacité. Vous êtes
donc marié ? Tant pis ; mais qu'est-ce que cela fait ?
Vous êtes à moi aujourd'hui ; je vous dois la vie, et
je n'ai pas trop de la journée entière pour faire con-

---

[1] *Cher.* *Cher* est un peu court ; on voit que l'attachement et la
reconnaissance de M. le comte de Dorsan n'ont pas comblé l'intervalle que la naissance a mis entre lui et M. de La Vallée.

naissance avec vous. Vous ne me quitterez pas ; cela
est décidé.

Que pouvait répondre M. de La Vallée ? C'est un
seigneur qui décide, et je ne puis qu'obéir. Je tâchais
cependant de trouver quelques termes pour me défendre ; car mon épouse me revenait à l'esprit, et je
craignais de lui causer quelque inquiétude. Il ne faut
que de la reconnaissance pour ménager les personnes auxquelles on a obligation. J'allais donc répliquer à M. de Dorsan, quand un coup d'œil jeté par
mon nouvel ami sur les personnes de la loge, me
parut avoir lié la partie.

Que la réponse des deux personnes, telle que je
crus la lire dans leurs regards, me sembla différente !
Celle à laquelle s'adressait le comte, lui disait, par
un simple geste : Comme vous voudrez ; mais l'autre
semblait timidement lui marquer sa gratitude d'être
si bien entré dans ses désirs. Cette remarque que je
fis, jointe à ce que me dit M. de Dorsan, m'obligea
de saluer ces dames, et j'ose dire que, si mon salut
était une suite de politesse pour la première, il
marquait à la seconde combien je lui avais obligation, et cette obligation ne faisait qu'enflammer mes
regards.

J'étais comme immobile, les yeux toujours fixés
sur cette loge. Si celle qui m'y arrêtait détournait
quelquefois les siens, bientôt, sans prendre garde
à la rougeur qui couvrait son front, un mouvement
involontaire les ramenait vers moi. Leur satisfaction
m'apprenait qu'elle était enchantée de ne les point

porter en vain de mon côté, et les miens, par leur
assiduité, devaient la convaincre que ses bontés me
flattaient. Il est bien doux, quand on sent naître les
premières impressions de la tendresse, de pouvoir
penser ou qu'elles sont prévenues, ou qu'elles peuvent au moins se dire [1] : Nous sommes entendues et
peut-être agréées.

La comédie finit enfin; il fallut sortir; M. de Dorsan me répéta de ne point songer à le quitter. Je n'y
pensais plus. En traversant les coulisses, je fus spec-
tateur oisif de cette liberté légère, réservée aux titres
et aux richesses, qui fait dire une galanterie à une
actrice, qui en fait chiffonner une autre, ricaner
avec celle-ci, sourire avec celle-là; en un mot, qui
vaut à chacune quelques faveurs, pendant que quelquefois on lâche un compliment souvent fort mal-
adroit aux acteurs qui peuvent prendre quelque
intérêt à la conduite de ces personnes, dont la plupart sont leurs moitiés présentes ou futures.

Ce fut en considérant ce spectacle de nouvelle espèce, que nous nous rendîmes à la porte de la loge
dans laquelle étaient les dames que nous avions saluées; les complimens furent courts, et nous descendîmes. Je donnai la main à celle qui avait paru me

---

[1] *Ou qu'elles peuvent se dire.* Ce sont les impressions qui se par-
lent à elles-mêmes, pour se féliciter d'être *entendues et peut-être
agréées :* tout cela est bien recherché; et si l'on joint à la recherche
de l'expression l'obscurité de la pensée, on sera obligé de convenir
que rarement Marivaux a été plus malheureux.

distinguer. Elle la reçut avec un regard timide, et qui semblait annoncer que le cœur, en balançant, aurait été fâché de ne la pas accepter. Pour moi, la joie que j'éprouvais, un saisissement auquel je m'abandonnais sans le vouloir, me la firent saisir avec ardeur. J'appréhendai bientôt que ma hardiesse ne se sentît de ma rusticité. Je regardais M. de Dorsan, et je tâchais de l'imiter. Je parlais peu, par la crainte que j'avais de mal parler; je sentais que je n'étais plus à mon aise comme avec madame de La Vallée. J'appréhendais de déplaire, sans pénétrer encore le dessein décidé que j'avais de plaire. Le cœur n'est qu'un chaos, quand il commence à ressentir de l'amour; c'était ma position. Quoi qu'il en soit, sans sortir de ma simplicité, mais ajustant mes réponses sur mes légères réflexions, il me parut qu'on m'écoutait sans peine, et par là je gagnais beaucoup. Il est vrai que je dois cette justice à M. de Dorsan, que, présumant l'embarras de ma situation, il ne laissait échapper aucune occasion de rendre l'entretien général, et qu'il y fournissait si abondamment, que je n'avais le plus ordinairement à placer qu'un, *oui, madame; non, monsieur.*

C'est de cette façon que l'homme d'esprit fait paraître celui qui converse avec lui sans l'humilier.

Ce fut en passant en revue devant les petits-maîtres du second ordre, que nous parvînmes à la voiture de ces dames, où nous avions résolu de monter. Je ne savais d'abord quel était le dessein de ces jeunes gens, d'être ainsi plantés devant la porte de

la comédie. Quelques louanges ou quelques critiques
qu'ils firent des jambes et des pieds des dames, au
moment où elles montaient en carrosse, m'apprirent
le motif d'une faction si singulière, et me l'apprirent
même avec reconnaissance; car la personne à qui
je donnais la main réunit tous leurs suffrages, et si
l'on est toujours flatté que son goût soit approuvé,
l'on est bien plus content quand cette approbation
n'est point mendiée. Mais le carrosse roule; nous
partons.

Où souperons-nous, comte? dit madame Damville, qui était l'amie de M. de Dorsan; irons-nous
à la petite maison? Voulez-vous venir à la mienne?
Monsieur, vous serez des nôtres. Voilà M. de La Vallée
bien glorieux; car l'équipage m'avait annoncé le rang
de la personne qui me parlait ainsi. Madame, poursuivit-elle en s'adressant à l'autre dame, vous ne
serez pas fâchée que monsieur soit de la partie.
Comte, je n'avais pas prévu cette petite échappée,
je vous attendais ce soir; mais votre ami rend la partie carrée. Je crois que madame de Nocourt crève-
rait de dépit, si elle vous savait avec moi, Dorsan;
et monsieur mettrait dans un désespoir effroyable le
chevalier de....., s'il savait cette rencontre.

Je supprime le nom de mon rival; mais si l'on eût
pu me voir alors, on aurait sûrement aperçu quelque altération sur mon visage; car ce chevalier était
le même qui m'avait surpris chez la Remy, et qui
semblait né pour me rompre partout en visière.

Mais l'un est à son régiment, continue madame de

Damville, et l'autre est à sa terre ; ainsi nous n'avons rien à appréhender. Mais à votre silence, poursuivit-elle, je vois que vous vous décidez pour l'hôtel, au risque d'y trouver des importuns ; les plus fâcheux n'y seront pas, du moins.

Quand le chevalier serait ici, reprit la jeune dame, je crois qu'il n'a aucun droit de veiller sur mes actions. Un amant de cette espèce ne gagnera jamais rien sur mon cœur. Il faut moins de légèreté pour me plaire.

Je suis persuadé que ce début commence à intéresser, et qu'il fait souhaiter de connaître le caractère de nos deux dames ; la seconde a à peine ouvert la bouche, quand la première ne nous a pas laissé le temps de lui répondre. Il faut satisfaire cette curiosité, avec d'autant plus de raison que je n'aurai plus occasion de parler de madame de Damville, et que sa compagne va seconder M. de Dorsan pour décider la fortune dont je jouis maintenant.

Je m'étendrai cependant le moins que je pourrai ; car, peindre les caractères, c'est répéter ce que presque toujours on a déjà dit. Il suffit de les connaître en gros ; le détail sort ordinairement du fond du naturel, et se dévoile par les actions.

Madame la marquise de Damville était une dame de vingt-huit ans ; petite, mais bien taillée ; d'une blancheur à éblouir ; elle portait dans les yeux une douceur qui prévenait pour elle.

C'était une fort jolie blonde, dont l'esprit n'égalait pas la beauté ; elle n'avait, à le bien prendre, pour se faire valoir dans la conversation, que ce qu'on peut appeler le jargon du monde; mais, mariée de bonne heure à un vieillard, elle était tellement prévenue en sa faveur, qu'elle se flattait de faire admirer tout ce qui sortait de sa bouche. Ennuyée d'abord des froideurs du mariage, elle n'avait jamais été insensible aux ardeurs de l'amour. Infidèle sans débauche, un seul amant avait toujours été de saison. Incapable de changer la première, un inconstant la trouvait prête à l'imiter; mais, ce qui est difficile à concevoir, rien ne pouvait lui faire renouer une intrigue qu'elle avait cru devoir rompre. Cependant, si l'on fait réflexion qu'elle s'était fait une loi d'être fidèle à ses amans, on jugera facilement qu'elle exigeait la même chose, et que, trompée dans cette partie, elle l'était plus qu'une autre. M. de Dorsan avait alors l'avantage de lui plaire, et cette position fut sans doute cause qu'il n'aurait point parlé de l'aventure qui avait occasioné notre connaissance, si cette dame, en lui donnant un coup léger sur le bras, n'eût renouvelé les douleurs de sa plaie, quoiqu'elle fût peu considérable.

Vous êtes bien sensible, comte, lui dit-elle; qu'avez-vous donc? Il se vit forcé de détailler la rencontre qu'il avait eue; mais, sans rien faire perdre à ma vanité, il eut l'art de déguiser le motif du service que je lui avais rendu.

Je ne pus m'empêcher d'estimer madame de Damville, quand je vis ses tendres inquiétudes. Mais j'oubliais de dire que nous sommes arrivés, et ce fut en

descendant de carrosse que cette dame donna matière
à l'éclaircissement qui mettait le comte de Dorsan sur
les épines. Il lui aurait bien épargné le soin, pour
cette fois, de prendre tant de part à sa situation.

Mais pourquoi vous attaquer? lui disait cette dame.
Où cela vous est-il arrivé? Comment monsieur y est-il
survenu? Votre blessure n'est-elle point dangereuse?
Pourquoi être allé à la comédie? Vous ne sortirez
pas de chez moi. L'idée seule de ce combat m'accable. Mais, monsieur (en s'adressant à moi), détaillez-
moi donc cette affaire; car M. de Dorsan me dissimule quelques circonstances.

Je voudrais pouvoir vous satisfaire, madame, lui
dis-je (car, tout neuf que j'étais, un coup d'œil de
M. de Dorsan m'avait appris qu'il comptait sur ma
discrétion); mais je n'ai vu que le danger où était
monsieur le comte. J'ai été assez heureux pour le
dégager, je n'en sais pas davantage. Il m'a paru un
honnête homme, et je crois qu'il n'en faut pas plus
pour engager à rendre service. J'ai fait ce que je
devais, et je ne regarde pas plus loin.

Mais la personne chez laquelle il est entré, reprit
cette dame, est-elle jolie? Quelles sortes de gens
sont-ce? A-t-il été long-temps à reprendre ses
esprits? Peut-on rendre quelques services à ces personnes charitables? Pour vous, monsieur, je veux
être de vos amies; l'action est belle, fort belle. Comte,
il faut s'en souvenir. Avouez, madame, dit-elle à son
amie, que M. de La Vallée est un galant homme.

Ces sortes de propos, où l'âme parle d'elle-même,

sans avoir recours à la réflexion, donneront une idée plus juste du cœur de madame de Damville que le portrait que j'en aurais pu faire.

Chaque mot de l'autre jeune dame avait porté dans mon cœur un trait de flamme auquel je me livrais sans y songer. Mais quand j'y aurais pensé, mon mariage m'aurait-il détourné? Non, non; c'est la nature qui nous rend amoureux; elle nous entraîne malgré nous; nous lui obéissons souvent sans y consentir, et le plus ordinairement avec la surprise d'avoir été si loin. Cette dame reprit la parole, et dit, en s'adressant à madame de Damville : Monsieur porte sur sa physionomie les traits de probité dont cette action est une preuve éclatante. Elle me confirme l'estime qu'il mérite. La part que vous prenez, madame, à ce qui regarde monsieur le comte, l'intérêt qu'il inspire lui-même, et l'amitié qui nous lie, m'ordonnent de partager votre reconnaissance.

On juge bien que ce discours ne finit que par un regard jeté sur moi comme par nécessité; mais l'œil qui le jetait semblait me prier de l'évaluer, et mon cœur était trop intéressé pour y manquer.

En vérité, madame, dis-je à cette dernière, c'est trop priser un service que tout homme doit à la seule humanité. Si j'avais été dans le même péril que monsieur le comte, j'aurais souhaité qu'on m'en fît autant, et j'ai agi par cette raison. Je lui ai été utile, j'en suis charmé; mais si ce bonheur pouvait augmenter, ce n'était assurément que par la part que vous y prenez. Oui, je me crois heureux, puisque cette action me fait obtenir quelque part dans votre estime.

Ah! comte, reprit madame de Damville, qui ne
faisait pas attention que je n'avais adressé la parole
qu'à madame de Vambures (c'est le nom de la seconde dame), vous ne nous aviez pas dit que M. de
La Vallée joignait l'esprit à la valeur. Il me paraît
dangereux, madame; tenez ferme, si vous pouvez.
Oui, comte, ses yeux lui ont plu; jugez du ravage
que va faire son esprit. L'épreuve est délicate, madame.

M. de La Vallée, dit M. de Dorsan, est un ami
que je me flatte d'avoir acquis. Je ne le connais encore que par sa valeur; il n'est donc pas étonnant
que je ne vous aie pas parlé de son esprit.

A ce discours flatteur de M. de Dorsan, je me
trouvais confondu. Je craignais qu'ayant annoncé
qu'il ne me connaissait que depuis la rencontre où
je lui avais rendu service, nos dames n'eussent la
curiosité de savoir qui j'étais; et, dans ce cas, je ne
sais ce qui m'aurait le plus coûté, ou de parler de village, ou de dire que j'étais marié. Pour sortir de cet
embarras, je demandai la permission de me retirer.
Madame de Damville ne s'y opposait point; mais la
surprise que ma résolution parut causer à madame
de Vambures, rendit M. de Dorsan plus pressant
pour me retenir; je fus obligé de céder à ses instances; je lui en eus même obligation; car je crois que
j'aurais été le plus puni si l'on m'eût pris au mot.

Je craignais, à la vérité, d'inquiéter madame de
La Vallée; mais les yeux de madame de Vambures me

priaient de rester ; je crus même y lire un ordre absolu de ne pas résister à l'invitation qu'on me faisait ; du moins je me le persuadai, et cela suffit pour me décider. Au moyen de ce petit débat de prières, de refus et d'acceptations, j'éludai les demandes que j'appréhendais ; mais ma situation n'en était pas moins difficile à définir.

Je ne voyais pas dans madame de Vambures cette amitié agaçante de madame de Ferval, ni cette façon ronde de madame de Fécour, qui vous disait si simplement : Me voilà ; je suis à toi, si tu veux. C'était une noble timidité qui disait bien : Je suis charmée de vous voir, mais dont la bienséance réglait la retenue pour s'attirer le respect autant que les soins. Je commençais à étudier le nouveau rôle que je devais jouer. Mon esprit n'était point capable de m'instruire ; c'était à mon cœur à prendre ce soin ; mais un importun remords, que faisait naître mon mariage, le rendait muet, ou du moins étouffait tout ce qu'il pouvait me dire.

J'étais dans cette perplexité, quand madame de Damville proposa de passer dans une salle, où un cercle brillant l'attendait. Chacun, à l'envi, y faisait parade de grâces étrangères, que je ne pouvais ni avoir ni copier. Je portais avec moi les simples faveurs de la nature ; je les donnais pour ce qu'elles étaient, et je les laissais aller comme elles voulaient. Je dirai, en passant, que ce n'est pas souvent ce qui a le moins d'attraits pour le beau sexe. Le coloris

étranger flatte les sens, mais le beau naturel va droit
à l'âme.

On parla de jouer. M. de Dorsan, qui m'avait
presque entièrement deviné, tant par le récit naïf
que je lui avais fait en sortant de chez madame de
Dorville, que par mes demandes singulières sur le
spectacle, voulut m'épargner la honte de déclarer
que je ne connaissais point les cartes. L'amitié a toujours ses ressources prêtes pour obliger l'objet de son
affection.

Ce seigneur prétexta la nécessité de prendre un
peu de repos, et passa dans un cabinet en me priant
de le suivre, étant bien aise, dit-il à madame de
Damville, de me parler sur une chose relative à notre
aventure. Elle y souscrivit d'un geste de tête, et il
parut de part et d'autre, sur nos visages, des mouvemens bien différens, qui paraissaient cependant
tous partir du même motif.

Je m'éloignais, par nécessité, de madame de Vambures, qui me perdait de vue sans en pénétrer la
raison. Madame de Damville voyait échapper l'occasion d'un tête-à-tête avec M. de Dorsan, dont la situation eût imposé silence aux critiques les plus sévères;
il fallut néanmoins tous en passer par là. J'y étais
trop intéressé pour reculer, et j'étais le seul qui pouvais faire changer cette disposition.

J'avouerai franchement que, quelque peine que
j'eusse à quitter un appartement où était ma nouvelle conquête (car j'en ai assez dit pour risquer ce
nom), l'amour-propre était dans mon cœur plus fort

que la tendresse ; j'évitais un affront. Mais est-ce là,
dira un critique, cet homme simple? Oui, c'est lui-
même ; mais cet homme simple, la fréquentation du
beau monde, et peut-être l'amour, commencent un
peu à le corrompre. La simplicité villageoise sied aux
champs ; cependant, quoi qu'on en puisse dire, dans
un homme de sens commun, si elle ne doit pas perdre tout-à-fait son empire, il est des occasions où
elle doit être forcée à céder quelques-uns de ses
droits.

J'étais donc satisfait de me retirer avec M. de Dorsan ; je profitai du premier instant pour écrire un mot
à madame de La Vallée, afin de calmer l'inquiétude
qu'une si longue absence ne pouvait manquer de lui
causer. Monsieur le comte envoya mon billet par un de
ses gens, en faisant dire que c'était lui qui me retenait,
qu'il me devait la vie, et qu'il demandait à ma femme
la permission de lui faire sa cour. Quoi! monsieur de
Dorsan faire sa cour à ma femme! Je suis donc quelque chose? me disais-je. Mais c'était à mon épée que
j'en avais obligation, et cette source de gloire me
paraissait bonne.

Allons, ami, me dit monsieur le comte quand le
commissionnaire fut dépêché, je vous ai satisfait sur
les motifs de mon combat avec ces trois hommes
dont votre valeur m'a débarrassé ; vous avez vu ma
sincérité ; il est maintenant question de m'éclaircir
naturellement sur votre état et sur votre fortune.

J'allais commencer mon histoire, quand il m'interrompit, pour me dire : La naissance n'y fait rien, je

n'y puis toucher ; ce que vous m'en avez déclaré me
suffit. Loin de diminuer mon estime, la sincérité
que vous avez fait paraître l'augmente ; mais votre
état présent, voilà où je puis vous être bon à quelque chose, et c'est là-dessus que je vous demande
de m'instruire.

Mon état, comme vous voyez, monsieur, lui dis-je,
est décent et meilleur que je n'aurais osé l'espérer :
un hasard m'a fait voir une demoiselle d'un certain
âge ; elle a voulu m'épouser ; je n'avais garde de refuser ; nous nous sommes mariés. Elle a un bien fort
honnête, dont la possession m'est assurée ; mais je
suis jeune, et je vois tant de personnes qui se sont
poussées, que je m'imagine que je pourrais faire
comme elles. Je voudrais profiter de mon âge pour
monter plus haut. Il faut des amis ; car on dit que
c'est par eux qu'on parvient.

C'est-à-dire que vous ne faites rien, me dit-il,
mais que vous ne seriez pas fâché de trouver à vous
employer. Eh bien ! je serai cet ami qui vous seconderai ; comptez sur mes soins. Mais, dites-moi, n'a-
vez-vous encore rien tenté ?

Oh ! qu'oui, monsieur, repris-je ; je suis allé à
Versailles il y a quelques jours pour demander la
protection de M. de Fécour ; mais ce monsieur est
singulier. Je crois avoir eu le malheur de lui déplaire ; tenez, jugez, monsieur, je vais vous raconter
ce qui s'est passé. Il m'avait placé, c'est-à-dire, il
m'avait donné un poste qu'il ôtait à ce M. de Dorville,
chez lequel aujourd'hui le chirurgien a visité vo-

tre blessure, et cela parce que ses infirmités l'empêchent de vaquer à son emploi. J'avais accepté; mais quand j'ai vu son épouse venir implorer la clémence de M. de Fécour, celui-ci objecter pour excuse que l'impuissance dans laquelle il était de l'obliger venait de ce qu'il m'avait accordé la place, j'ai cru devoir la refuser.

C'est donc par là que vous avez fait connaissance avec madame de Dorville? reprit le comte de Dorsan; cette femme mérite un meilleur sort, et si Fécour ne fait rien pour elle, je lui rendrai service.

Ce discours fut prononcé avec un air animé, qui me confirma ce que m'avait fait augurer leur première entrevue.

Quant à ce qui vous regarde, continua-t-il, je ne suis point étonné que votre conduite ait déplu à Fécour. Ce sont de ces générosités qui font trop contraste avec le caractère de ses pareils, pour ne pas les piquer; car ils sont forcés d'y rendre hommage, et ils seraient tentés de les imiter, si leur état n'avait pas chez eux abâtardi la nature. Ne vous chagrinez point; je puis suppléer à tout cela sans mettre à de si rudes épreuves l'honneur, que je vous approuve d'avoir suivi dans cette occasion. Dites-moi, je vous prie, qui donc vous avait donné cette connaissance? C'est un homme difficile que ce Fécour.

Madame sa sœur, lui répondis-je. Diantre! vous étiez en bonnes mains, reprit-il; elle vous voulait sans doute à Paris. Cette grosse maman est de bon goût, et rarement donne-t-elle sa protection *gratis*.

Vous n'aurez pas fait le nigaud, et vous lui aurez plu.

Je dois vous prévenir, monsieur, continuai-je en l'interrompant, que je dois à madame de Ferval les bontés de madame de Fécour. Un éclat de rire, que le comte ne put retenir, me fit connaître qu'il commençait à démêler toute mon histoire. Je n'avais parlé de madame de Ferval que pour éloigner les idées qu'il commençait à prendre sur madame de Fécour et sur moi, parce que je craignais que quelque indiscrétion de sa part ne me nuisît auprès de madame de Vambures ; mais je vis alors que, pour éviter un soupçon, je lui en donnais un double. Un mot qu'il lâcha adroitement sur le chevalier qui était maintenant le tenant de cette dévote, me fit sentir qu'il n'ignorait rien, et que mieux valait me taire que de travailler à le faire revenir d'un préjugé qui lui paraissait si bien fondé.

C'est bien entrer dans le monde, me dit-il ; mais je suis jaloux de vous faire du bien. Reposez-vous sur moi ; je vous servirai aussi bien que ces dames, et peut-être ne vous en coûtera-t-il pas si cher. Il m'obligea alors de lui faire un récit circonstancié de mon mariage, sur lequel je ne déguisai rien, craignant de le trouver trop instruit.

Le laquais, de retour, vint présenter à monsieur le comte les complimens de ma femme, et l'assurer qu'elle se croirait très-honorée de la visite qu'il voulait bien lui faire espérer. Elle me priait de rentrer de bonne heure.

Nous nous verrons demain, me dit M. de Dorsan

en se levant ; je sais à présent ce qu'il vous faut, et nous prendrons ensemble les moyens nécessaires pour votre avancement. Je connais quelqu'un en état de nous seconder, et qui, je crois, s'en fera un vrai plaisir. Rentrons.

Nous passâmes dans la salle, où chacun était occupé de son jeu. Mes yeux n'eurent pas de peine à rencontrer ceux de madame de Vambures, qui, au moindre bruit, avait regardé du côté de la porte. Je m'approchai de la table où elle était. Madame de Damville, qui était de sa partie, faisait un bruit affreux. Elle mêlait les cartes, les prenait et les rendait sans y avoir rien fait, pestait contre un gano [1], se désespérait d'une entrée à contre-temps, et, en un mot, criait contre tout. Madame de Vambures, au contraire, avec une douce tranquillité, riait d'une faute, badinait d'une remise ; était surprise, sans agitation, d'un codille, et ne pensait ni à l'un ni à l'autre dès qu'elle y avait satisfait.

Je croyais que la première se ruinait, et que la seconde s'enrichissait de ses dépouilles. Mais quel fut mon étonnement quand, à la fin de la partie, je vis madame de Vambures en faire tous les frais, que ramassait madame de Damville, en répétant cent fois que, sans les étourderies de ses associés, dont elle

---

[1] *Gano, entrée à contre-temps.* Termes du jeu de l'*hombre*, jeu aujourd'hui passé de mode. Il en est de même des mots *remise* et *codille* qui suivent deux lignes plus bas.

était victime, elle aurait dû gagner le triple ou le
quadruple! Je ne sais qui me parut le plus étonnant,
ou l'avidité de l'une, ou la douceur de l'autre.

On se mit à table. Le souper ne produisit pour moi
aucun nouvel incident; et, quoi que M. de Dorsan
eût pu me dire, un air respectueux m'ayant fait
prendre le bout de la table, je ne pus être auprès de
madame de Vambures. Ses yeux me reprochèrent ce
défaut d'attention, qu'elle aurait mieux apprécié en
le traitant de timidité imbécile. Je n'avais point assez
d'art pour me contraindre, et mes regards cherchaient
à lui faire mes excuses d'une façon si claire, que le
comte de Dorsan fut obligé de me rappeler à moi-
même par un geste insensible à tout autre qu'à moi.

Je ne vous rapporterai pas toutes les sornettes qui
se débitèrent. Je vous dirai seulement que, si un
motif plus pressant que la bonne chère ne m'eût,
pour ainsi dire, attaché à la table, j'aurais trouvé
la séance fort longue. On se leva, chacun sortit.
M. de Dorsan me dit qu'il me remettrait chez moi.

Qu'allez-vous faire, comte? dit aussitôt madame de
Damville. Vous prétendez sortir! Cela est misérable; vous resterez, vous resterez; il y a un lit pour
vous. Monsieur, prenez son équipage, me dit-elle;
mais, non; madame de Vambures a le sien; c'est le
même quartier; ou si madame ne veut pas, mes gens
vous reconduiront, monsieur.

Dans ces diverses propositions, auxquelles je ne
répondais que par des courbettes, celle de profiter
du carrosse de madame de Vambures m'avait infini-

ment flatté, et j'y aurais volontiers arrêté madame
de Damville ; mais monsieur le comte, qui appréhendait peut-être autant de rester que j'aurais eu de
plaisir qu'il le fît, déclara absolument qu'il nous re-
mènerait l'un et l'autre. Ce fut à travers mille propos
de madame de Damville que nous partîmes.

Dorsan, ménagez-vous. Comte, de vos nouvelles
demain dès le matin. Monsieur, vous lui avez sauvé
la vie ; je vous charge d'en répondre. Adieu, madame ; deux braves vous conduisent, ne craignez
rien. Monsieur, venez me voir.

J'allais oublier de vous dire que j'eus beaucoup
d'obligation à l'énorme panier de madame de Vambures, qui, en remplissant tout le fond du carrosse,
m'apprit que je devais m'asseoir sur le devant ; car
si j'avais vu une place vide dans le fond, j'aurais cru
devoir la remplir.

La conversation que nous eûmes pendant la route
fut fort stérile, et sans M. de Dorsan, qui en faisait
presque tous les frais, elle serait tombée à tous les
instans. J'aimais, j'étais aimé ; j'ose m'en flatter ; la
suite le prouvera ; et dans ces positions, l'esprit rêve
bêtement sans rien fournir ; aussi nous ne répon-
dions à monsieur le comte que par monosyllabes. Qui
connaît bien ces situations doit sentir combien elles
ont de charme : chacun se flatte intérieurement que
cet embarras a un motif enchanteur qui montre son
pouvoir.

Pour moi, je dirai franchement que, quelque impression qu'eussent faite auparavant sur moi le sacrifice

de mademoiselle Habert, les avances de madame de
Ferval et la franchise de madame de Fécour, le
trouble de madame de Vambures me causait un ravissement que je n'avais jamais éprouvé. Il me paraissait favorable à des desseins naissans auxquels je
m'abandonnais, sans trop bien démêler quelle en serait l'issue.

Le respect que l'amour m'inspirait ne me permettait point d'espérer une liaison passagère, et mon
mariage était un obstacle invincible à ce que je pusse
prévoir [1] que je parviendrais un jour à obtenir l'objet de cette nouvelle tendresse.

Pendant toutes ces réflexions, nous remîmes madame de Vambures chez elle, et M. de Dorsan obtint
la permission de m'y présenter au premier jour. Il
n'y avait qu'un pas pour entrer chez moi ; je saluai
monsieur le comte, et je m'y rendis à pied, quoiqu'il eût la bonté de m'y accompagner.

En entrant, j'entendis, dès l'escalier, madame d'A-
lain qui tâchait de calmer l'inquiétude de ma femme.

Eh ! mais, madame, disait-elle, à quoi bon se
chagriner ? Il est en bonne maison, il ne peut rien
lui arriver. Pardi ! il aurait bien fallu que je me

---

[1] *Mon mariage était un obstacle invincible à ce que je pusse prévoir*, etc. *Un obstacle à ce que je pusse*, tournure lourde et sans
élégance. Le reste de la phrase est pénible et embarrassé. Je sais
bien que l'idée a quelque chose d'équivoque qui ne permettait guère
de lui donner convenablement une expression plus simple ; mais
l'art d'écrire consiste à faire *difficilement* des choses qui paraissent
ensuite *faciles*.

fusse inquiétée, quand feu mon mari passait les nuits
dehors. Il n'était pas si bien que le vôtre. C'était
au cabaret qu'il restait, oui, au cabaret; et j'aurais
été triste! quelque sotte! Oh! que non. Demandez
à Agathe. Quand je savais cela : Il se divertit, disais-je; eh bien! à bon chat bon rat; j'appelais mon
compère, et j'attendais mon mari en riant. Ne venait-
il point à minuit? Bonsoir, compère, disais-je à
mon voisin; allons, allons, petite fille, allons nous
coucher; il viendra quand il voudra. Dame! voilà
comme il faut faire; voudriez-vous avoir toujours
votre mari à votre ceinture? Cela ne se peut. Voisine, il est jeune, il doit s'amuser; vous devez prendre
patience. Je n'avais pas vingt ans quand cela m'arrivait; vous passez quarante; beau venez-y voir!
divertissons-nous; le temps passera et le ramènera.

Mon âge, que vous me rappelez si souvent, reprit mon épouse d'un ton aigre, ne me rend que
plus inquiète. J'entrai sur ces paroles, et, plein des
mouvemens que madame de Vambures avait excités
dans mon cœur, je sautai au cou de mon épouse, en
lui faisant mille excuses de mon retard, et mille re-
mercimens de ses inquiétudes. Je lui racontai en
abrégé mon aventure et ses suites, si l'on excepte
madame de Vambures, dont je n'osai pas même prononcer le nom. Plus mon cœur me sollicitait d'en
parler, et plus je me croyais obligé à la discrétion
sur cet article.

Ah! bon Dieu! s'écria mademoiselle Habert; quoi!

vous avez mis l'épée à la main contre votre prochain !
N'avez-vous point blessé quelqu'un ?

Non, ma chère, lui répondis-je ; j'ai sauvé la vie
à un des premiers seigneurs de la cour.

Ah ! que Dieu est grand ! reprit-elle ; c'est lui qui
vous a envoyé là pour délivrer cet homme près de
périr ; qu'il soit béni ; vous n'avez jamais manié d'é-
pée, vous vous en servez avantageusement ; je vois
là le doigt de la Providence.

Ah çà ! dit madame d'Alain, le voilà sain et sauf,
voilà le mieux ; ce que Dieu garde est bien gardé.
Adieu, ma mie ; soyez donc tranquille. Elle vous
croyait perdu, la pauvre enfant! continua cette femme
en s'adressant à moi ; le temps la corrigera. J'ai été
comme cela au commencement de mon mariage ;
mais cela a bientôt passé. Dame ! il y a temps pour
tout. Quand je marierai cette petite fille, elle fera
de même ; voilà le monde. Allons, vous êtes ensemble, bonne nuit, et plus d'inquiétude ; il est
jeune, il en fera bien d'autres[1], qui n'auront pas
d'aussi bons motifs.

Elle descendait en disant toujours : Attendons, le
temps la changera. Je restai avec mon épouse. Ce
fut alors qu'elle me fit part des frayeurs que lui avait
causées mon récit ; et, tout en parlant, elle pressait
la cuisinière de desservir, et défaisait toujours en at-

---

[1] *Il est jeune ; il en fera bien d'autres.* Manière de consoler qui
n'a rien de consolant ; madame d'Alain est jusqu'au bout fidèle à
son caractère.

tendant quelques épingles. Je n'avais pas encore eu
le temps de calmer ses craintes ; elle était déjà dans
son lit.

Venez, mon cher, me dit-elle ; vous aurez le temps
de me dire le reste. Que Dieu est bon de vous avoir
préservé de ce péril ! Pendant cette exclamation, j'a-
vais achevé de me déshabiller ; et ma chère épouse,
oubliant mes dangers et les grâces que j'avais reçues
de la Providence, ne pensa qu'à se certifier que son
mari existait [1]. Je ne lui donnai pas lieu d'en douter.
Que d'actions de grâces ne rendait-elle pas à Dieu
intérieurement d'avoir délivré son époux des mains
de trois assassins ! J'avouerai que, si elle avait lu dans
mon cœur, elle y aurait découvert que madame de
Vambures méritait de partager sa reconnaissance.

Je n'étais pas éveillé le lendemain, qu'on me remit
un billet de madame de Fécour, qui m'ordonnait de
me rendre chez elle sur les onze heures pour affaires
importantes. Madame de La Vallée voulut le voir sans
s'en rapporter à ce que je lui en disais ; et si elle me
permit de me lever pour aller au rendez-vous,

---

[1] *Qu'à se certifier que son mari existait. Certifier* veut dire :
témoigner qu'une chose est vraie, l'attester. ACAD. On ne peut
donc pas employer ce verbe dans le sens réfléchi. Il fallait : *s'assurer.* La fin de l'alinéa repose sur une idée qui peut être vraie,
mais qui n'est pas d'une vérité décente et de bon goût. L'amour que
madame de Vambures a inspiré à Jacob est un sentiment délicat,
et l'on est fâché de voir qu'il puisse donner le change à des émotions de ce genre, comme aux sensations plus grossières qu'avaient
excitées en lui les avances de mesdames de Ferval et de Fécour.

272 LE PAYSAN

ce ne fut pas sans m'avoir témoigné l'agitation où elle
serait jusqu'à mon retour. Je lui promis de ne point
tarder. Que de tendres embrassemens elle me prodigua, avant d'ajouter foi aux sermens que je lui
faisais de revenir le plus tôt possible ! Qu'on dise
tout ce qu'on voudra ; si quelqu'un en fait l'épreuve
comme moi, il conviendra que la dévotion a, pour
émouvoir la tendresse, des ressources inconnues à
tous ceux qui ne professent pas ce genre de vie.
Oui, dès que j'étais avec mon épouse un moment,
j'oubliais tout le reste. Quelque charmante que m'ait
paru madame de Vambures, quelque profonde que
fût l'impression qu'elle m'avait faite, j'avouerai que
les charmes que je goûtais dans les bras de ma
femme me rendaient infidèle à l'amour que je sentais pour la première.

Que le cœur de l'homme est incompréhensible ! Je
n'avais pas quitté le lit, que l'idée de mon épouse
céda dans mon esprit à celle de mon amante, et je
redevins tout autre. J'aurais souhaité pouvoir lui rendre visite à l'instant ; mais, me disais-je, puis-je donc
le faire ? M. de Dorsan lui a demandé la permission de
me présenter chez elle ; ainsi je ne dois pas y aller sans
lui. Voilà comme la réflexion me servait ; mais ce n'é-
tait pas sans pester contre l'usage de la ville. Vive la
campagne ! continuais-je. Au village, Pierrot est
amoureux de Colette ; ils n'ont pas besoin d'introduc-
teur, si Colette est d'accord avec Pierrot. Mais je
suis marié ! Vous voyez que je commençais à raisonner. Eh ! qu'importe ? me répondait mon cœur ;

tu vas bien chez madame de Fécour, nonobstant ton mariage ; si l'intérêt t'y conduit, l'amour y entre pour quelque chose d'une part ou de l'autre. C'est ainsi que cette passion, quand elle maîtrise un cœur, a toujours des ressources pour faire valoir ses projets, ou pour autoriser ses entreprises.

Après avoir fait toutes ces réflexions, je me déterminai à prendre mon épée pour me rendre chez madame de Fécour. Je vous avoue qu'en la touchant, mon amour-propre se divertissait de voir qu'elle ne passerait plus à mon côté pour un simple ornement. J'allais partir, quand madame de La Vallée me pria de revenir au plus tôt, d'autant plus qu'elle se trouvait un peu indisposée. Je n'aurais pas cru que cette indisposition, qui ne consistait que dans un léger mal de tête que j'attribuais à l'insomnie, allait me préparer bien de l'embarras, et cependant m'ouvrir une nouvelle route pour parvenir à la fortune.

Je ne voyais point de danger dans l'état de ma femme ; ainsi je me rendis chez madame de Fécour ; j'y trouvai son frère, qui ne me donna pas le temps de le saluer. Les momens sont chers à ces messieurs, et ils comptent pour perdus tous ceux qu'ils passent sans calculer ; je crois même que le plaisir n'aurait point d'attraits pour eux, s'il n'était mêlé de calculs ; et je serais presque tenté de penser que c'est là la principale raison qui engage les financiers à avoir des maîtresses à gages. Ils entrent dans le détail de leurs maisons, de leurs habits ; tout cela les fait chiffrer et les satisfait ; de là, les plaisirs

auxquels cette occupation sert de prélude, en deviennent plus séduisans pour eux.

Quoi qu'il en soit de ce goût général, celui-ci,
avec un sourcil froncé, et, comme j'ai dit, sans attendre mon salut, dit à sa sœur : Oui, c'est ce jeune
homme-là. Que voulez-vous que j'en fasse ? Je saisis une occasion avantageuse et prompte ; il s'avise
de trancher du généreux. Choisissez mieux vos gens,
ma sœur, ou du moins endoctrinez-les avant de
me les envoyer. Eh bien ! mon ami, continua-t-il
en se tournant de mon côté, et en me portant une
main sur l'épaule, as-tu réfléchi ? Es-tu revenu de
ta sottise ?

Ce geste familier, qui n'aurait pas choqué M. de
La Vallée deux jours auparavant, parut de trop à
l'ami de M. de Dorsan ; et, sans la crainte d'indisposer
madame de Fécour contre moi, je me serais retiré ;
mais enfin je pouvais avoir besoin d'elle, et même
de son frère ; je me contentai de répondre au dernier
avec moins de souplesse.

Non, monsieur, lui dis-je ; je crois avoir suivi
l'équité dans ce que vous traitez de sottise. J'ai peu
de lumières pour distinguer le bien et le mal ; mais
quand mon cœur me dit : Fais telle chose, je la
fais, et je ne me suis point trouvé jusqu'à présent
dans le cas de le regretter. Je connais maintenant
M. de Dorville ; son état fait compassion, et mérite
que vous ne le priviez pas de sa seule ressource. Je
suis jeune, je me porte bien, j'ai de quoi vivre absolument ; je puis attendre. Celui que vous déplaciez

espère tout de vos bontés; il est malade, et peut-
être en danger; vos secours lui sont absolument dus.
Je m'en rapporte à madame.

Ah! le beau discours, reprit-il, ma sœur! Je
crois qu'il vient me répéter le sermon. Vous le voyez,
ce n'est pas ma faute. Je ne puis rien maintenant
pour lui.

Mais, dit madame de Fécour, qui dans le fond
était bonne, et qui n'avait point encore ouvert la
bouche; mais ce gros brunet me paraît avoir raison.
Je ne connais point Dorville; pourquoi le révoquer?
Qui est-il?

C'est un gentilhomme gueux, reprit le frère, qui
s'est amouraché d'un joli visage, et voilà tout leur
patrimoine. Cela convient bien, ma foi, à ces petits
hobereaux! Ils ont recours à moi; j'ai placé le
mari, il est toujours malade; la femme fait la bégueule; il ne peut rien faire, je le chasse; ai-je tort?
Je n'aurais qu'à avoir dans mes bureaux cinq ou six
personnes inutiles comme ce monsieur, cela irait
bien! Ah! oui, cela irait bien!

Ce n'est pas sa faute, monsieur, s'il est indisposé,
lui dis-je; et avant de l'être, il vous a sans doute
contenté.

J'aurais bien voulu voir qu'il ne l'eût point fait,
reprit avec impatience mon financier; mais n'en parlons point. Dorville reste en place; ma sœur, cela
est décidé: je n'ai rien de vacant; que ce garçon
attende! Continue, continue, tu feras un beau chemin! Eh! morbleu! dépouille-moi cette sotte com-

passion. Nous n'aurions qu'à l'écouter, nous serions étourdis de cet impertinent son depuis le matin jusqu'au soir. Tu ne seras qu'un nigaud tant que tu penseras ainsi; et si tu parvenais à ma place, avec tes beaux sentimens, tu t'abîmerais là où les autres s'enrichissent.

Peut-être, monsieur lui dis-je, pour adoucir la contrainte qu'il se faisait en conservant à M. Dorville son poste, peut-être, si vous lui donnez aujourd'hui du pain, n'aurez-vous pas besoin de lui en fournir long-temps; et sa veuve....

Il est donc bien mal? me dit-il; c'est autre chose. Et sa femme est jolie? On fera quelque chose pour elle dans le temps. Si son mari meurt, c'est une aimable enfant; nous verrons ce qui lui conviendra. Dites-lui ce que vous venez d'entendre; rendez-moi compte de l'état du mari, et de la réponse que vous aura faite sa veuve, car autant vaut; vous me ferez plaisir. Adieu; je trouverai quelque poste qui vous conviendra; mais ne soyez plus si sot, si vous ne voulez pas vous perdre. Je vais vous amener mon médecin, ma sœur. Adieu, mon ami. Il a une physionomie qui promet. Servez-moi bien, je vous aiderai [1].

---

[1] *Servez-moi bien, je vous aiderai.* On entrevoit déjà la nature des services que le financier attend du jeune homme auquel il promet sa protection : il s'agit tout simplement de porter le caducée. Gil Blas l'a porté; mais Jacob, quoique ayant été paysan et valet comme le héros de Lesage, a l'âme naturellement trop fière, et d'ailleurs trop ennoblie par l'amour que lui inspire madame de

Voilà comme pensent la plupart des gens ; ils croient pouvoir vous employer à tout dès qu'ils vous sont utiles ; ils pensent qu'il n'y a qu'à commander. Si vous ne leur refusez pas, vous êtes leur ami ; et l'idée de votre complaisance, surtout pour certains articles, les dispose totalement en votre faveur. Je ne pris pas garde aux politesses de Fécour ; mais je me trouvai piqué de la dernière apostrophe en sortant : Servez-moi bien auprès de madame de Dorville, et je vous aiderai. Je croyais par ces paroles me voir chargé d'un rôle dont j'ignorais les fonctions, mais qui cependant me faisait peine. J'allais tâcher de m'en instruire, quand je vis s'éclipser celui qui prétendait que je le remplisse ; je restai tout étonné, et je ne sortais point de ma place.

Approche, cher enfant, me dit madame de Fécour ; sais-tu bien que tu as furieusement courroucé mon beau-frère ? Il ne voulait plus rien faire pour toi, ou, tout au plus, il était décidé de te confiner dans la province.

Que pouvais-je faire ? lui dis-je ; on me donne la dépouille d'un malheureux qu'une épouse charmante réclame pour lui ; irai-je la disputer contre elle ? Est-ce que je voudrais vous ôter quelque chose qui vous

---

Vambures, pour acheter à ce prix honteux les faveurs d'un Fécour. Il faut au surplus que ce nouveau Turcaret soit bien stupide, pour charger d'un semblable emploi un garçon d'une tournure et d'une physionomie comme celles de Jacob. Comment ne craint-il pas que son courtier d'amour ne prenne d'avance un droit de commission ?

ferait plaisir, par exemple? Non, assurément, je ne
me sens point capable de cette cruauté; et si je ne
puis devenir riche que par là, je ne le serai jamais.
Elle est donc belle, cette Dorville? reprit, en m'interrompant, la malade; c'est-à-dire qu'elle t'a touché; avoue de bonne foi que tu as été sensible. Quel
âge a-t-elle?

Vingt ans, lui répondis-je. Ah! fripon, voilà une
terrible épreuve, dit-elle en se levant à moitié. Ah!
je ne suis pas si étonnée de votre générosité. Que
mon frère la trouve déplacée tant qu'il voudra; pour
moi, j'en vois l'excuse dans les yeux et l'âge de cette
belle personne, et le motif dans votre cœur. Et
mademoiselle Habert, que dira-t-elle? La pauvre
femme! C'est bien, c'est bien! Mais sais-tu que je ne
suis pas hors de danger?

J'en suis mortifié, madame, dis-je; je souhaiterais
de tout mon cœur pouvoir vous rendre la santé.

Tu as donc quelques sentimens pour moi? dit-elle;
je fus confessée hier; on ne sait si mon mal n'empi-
rera pas; il faudra prendre son parti; Dieu est bon, et
sa miséricorde me rassure. Tu es bien aimable. Qu'es-
tu donc devenu depuis deux jours? Vous faites le
libertin; faut-il abandonner comme cela ses amis?

Je fus charmé de saisir cette occasion de lui raconter mon aventure; je croyais me rehausser à ses yeux,
en détaillant toutes les circonstances de mon combat, avec une modestie apparente, dont la vanité
n'était point dupe; mais je la connaissais mal: un
peu plus, un peu moins de cœur lui était totalement

indifférent ; aussi dans mon discours, que je croyais fort intéressant, ne reprit-elle rien que l'instant où je m'étais trouvé, pour ainsi dire par hasard, dans la maison de M. de Dorville. Le sort t'a bien servi, dit-elle. Tu ne penses plus à personne qu'à cette femme.— Personne n'effacera de ma mémoire les obligations que je vous ai, et ma reconnaissance...

Ah! tu deviens complimenteur, reprit cette bonne dame ; abandonne cet usage. Tu me plais, gros brunet ; je me fais plaisir en te servant ; et, si je souhaite de vivre, c'est pour décider mon frère en ta faveur. Approche-toi, me dit-elle ; car je m'étais tenu debout devant son lit. Tu es toujours timide. Est-ce que je suis changée? Ce qu'elle dit en ajustant un peu sa coiffure, et ce mouvement me fit voir et sa gorge et son bras [1]. Mets-toi là, continua-t-elle, en me montrant un fauteuil qui était auprès de son lit ; agissons librement ensemble. Je te l'ai dit, tu me plais.

En disant tout cela, elle jetait de temps à autre un

---

[1] *Ce qu'elle dit en ajustant un peu sa coiffure, et ce mouvement me fit voir*, etc. Notez qu'elle *fut confessée hier*, comme elle vient de le dire elle-même. Ce passage et quelques autres du même goût justifient les scrupules de l'académicien ecclésiastique qui, chargé de recevoir Marivaux, affectait de répéter en parlant des écrits du récipiendaire : *On dit.... Ceux qui ont lu vos ouvrages assurent ;* précaution oratoire assez importante pour établir qu'il ne les avait pas lus lui-même, précaution que probablement il n'aurait pas songé à prendre, s'il ne les avait pas lus en effet. (Voir la *Notice biographique sur Marivaux*, en tête du premier volume.)

coup d'œil en dessous pour voir dans quel état était sa poitrine; puis, les relevant sur moi, elle paraissait contente de ce que mes yeux s'y attachaient et s'animaient à ce spectacle.

Sais-tu bien que ta présence est dangereuse? reprenait-elle alors; mais si j'allais mourir!... Ah! Dieu est bon.

Bannissez, madame, lui dis-je vivement, cette idée qui me pénètre de douleur. Le pauvre enfant! dit-elle; il s'attendrit! En prononçant ces mots, elle avança ses bras vers moi; j'allai au devant, et je lui imprimai ma bouche sur cette grosse gorge, dont je ne pouvais me détacher, quand un bruit imprévu m'obligea de me retirer.

Ce mouvement ne peut sûrement point être attribué à l'amour. J'étais touché de l'idée de la mort dont m'avait parlé cette dame, à laquelle j'avais des obligations. La gratitude qu'elle me témoignait pour mon attendrissement, fit seule tout l'effet qu'on vient de voir. Il est souvent des caractères d'amour qui échappent, et qu'on donne ou qu'on reçoit [1] par reconnaissance ou par quelque autre motif, sans que le cœur y entre pour rien.

Je me retirai donc de cette posture, et je fis fort bien; car c'était M. de Fécour qui revenait avec son

---

[1] *Il est souvent des caractères d'amour qui échappent, et qu'on donne ou qu'on reçoit.* Cette phrase n'est pas d'un français assez pur. On ne dit point *des caractères d'amour,* et encore moins *donner ou recevoir des caractères.* Il fallait dire : *des témoignages extérieurs d'amour.*

médecin, qu'il avait promis, en sortant, d'amener au plus tôt à sa sœur.

Madame de Fécour rendit à ce grave personnage un compte précipité de son état. Le ton dont elle s'exprimait semblait lui dire : Vous êtes un imposteur, finissez et retirez-vous ; et m'adressait équivalemment ces paroles : Il est venu bien mal à propos ; je commençais à espérer pour ma vie, mais cet assassin vient d'en arrêter le progrès.

Quelques coups d'œil que cette dame lâcha sur moi, en prononçant le peu de mots qu'elle disait à son médecin, plus que la vivacité qu'elle devait avoir dans le sang, ne permirent pas à l'Esculape de douter des motifs de l'impatience que lui témoignait sa malade.

Cela aurait peut-être été plus loin, si M. de Fécour, pour mettre ce moment à profit, ne m'eût fait signe du doigt de m'approcher d'une embrasure de fenêtre où il s'était retiré.

Je suis charmé de vous retrouver encore ici, jeune homme, me dit-il. Avez-vous bien pensé à ce dont je vous ai parlé tantôt ? De quoi est-il question ? répondis-je, comme si j'étais étonné. Je dois cependant avouer qu'il n'avait point ouvert la bouche sans me mettre au fait de ce qu'il espérait de moi ; mais je faisais l'ignorant pour tâcher d'éluder une décision qui ne pouvait que lui déplaire, et par là me faire perdre ses faveurs.

Il est de ces états où l'opulence rend les désirs impétueux ; on croit alors qu'il suffit de les sentir ou de

les faire paraître pour avoir droit de les voir couronnés. Le charme que l'or a pour ceux qui le possèdent,
leur fait croire facilement que personne ne peut résister à sa puissance. Il est dans la nature de prêter
aux autres les sentimens que nous partageons. Ainsi
un financier se croit sûr du succès, dès qu'il ajoute
à ses propositions : Je vous donnerai. Il est vrai que
ce terme, à leurs yeux, augmente d'autant plus de
valeur, qu'ils ont moins coutume de le mettre en
usage ; et ils ne peuvent se persuader qu'il y ait des
façons de penser différentes de la leur.

Plein donc de ces idées, M. de Fécour me dit :
La Dorville m'a paru jolie [1] ; son mari est un homme
confisqué ; elle est jeune, et elle aura besoin de secours ; tu n'as qu'à lui dire de s'adresser à moi.

Monsieur, lui répondis-je, cette proposition aurait plus de force, si elle était faite par vous-même.
Je ne connais point madame de Dorville ; mais vous,
qui protégez son mari, qui le soutenez dans son poste,
vous avez plus de raisons de faire valoir vos intentions. Je suis peu propre à les lui bien rendre.

---

[1] *La Dorville m'a paru jolie.* Quelle famille que ces Fécour ! La
sœur presque mourante, et déjà confessée, regrette de n'avoir pu
se livrer à son dernier amant ; et le frère, pendant que le médecin
est occupé à décider de la vie ou de la mort de sa sœur, s'amuse à
nouer une intrigue d'amour. Marivaux, après avoir passé en revue
toutes les nuances de ce sentiment qui varie tant suivant les caractères et les situations, a voulu descendre jusqu'à la peinture de
cette brutalité grossière à laquelle aucune idée morale ne se mêle,
qui n'est contenue par aucun respect humain.

Que tu es nigaud! reprit ce financier; je te le dis,
il faut que tu la voies; mes occupations ne me per-
mettent pas les assiduités. Tu lui diras que je l'aime,
et que non-seulement je lui donne la confirmation
de l'emploi de son mari (prends bien garde que c'est
à elle que je la donne), mais que je veux encore pour-
voir à tous ses besoins. Je ne lui demande, pour toute
reconnaissance, que de venir après-demain chez moi,
et là nous règlerons tout ensemble. N'oublie rien
pour réussir; tu as de l'esprit; et ce service te vau-
dra plus auprès de moi que la recommandation de
ma sœur ou de qui que ce soit.

Je vous avoue que je ne conçois rien à ce que vous
exigez de moi, lui dis-je, piqué au vif; j'irais parler
d'amour à une personne que je ne connais point, et
cela pour vous! Mon cœur ne peut s'y résoudre. Pour
moi, je crois que quand on aime, on le dit soi-
même. Si la tendresse est réciproque, on vous répond de même; mais je n'entends rien à ces traités,
par lesquels des tiers marchandent un cœur que les
offres doivent décider. Ne soyez point fâché, monsieur; mais je me vois inutile dans cette circonstance.

Dans ce cas, me dit-il, tu n'as pas besoin de moi;
tes sentimens héroïques feront ta fortune; suis-les,
et tu verras de quelle belle ressource ils te seront.
Je trouverai quelque autre qui saura mériter mes
faveurs en servant mes désirs. Tu ne feras jamais
rien, je te le prédis; ma sœur dit que tu as de l'esprit, et moi je vois que tu n'es qu'une bête.

Il se retira, en me jetant un coup d'œil dédai-

gneux accompagné d'un souris moqueur, auquel je
ne répondis que par une courbette, dont je ne pourrais dire la valeur. Mais quelque affligeante que fût
pour moi la conclusion de ce discours, je sentais qu'intérieurement mon cœur me disait : Tu as bien fait,
La Vallée; tes beaux yeux, tes traits, ta jeunesse, te
mettent dans le cas de t'employer pour toi auprès des
femmes, et tu n'es pas taillé pour être le messager
de Fécour.

J'avouerai cependant ¹ que, si M. de Dorsan ne
m'avait pas fait compter sur une protection puissante
de sa part pour décider ma fortune, peut-être mon
cœur eût-il été moins glorieux; mais j'avais sa promesse, et cela suffisait pour soutenir mes sentimens.

---

¹ *J'avouerai cependant.* Cet aveu part-il du fond du cœur?
Jacob ne se calomnie-t-il pas lui-même? et Marivaux, dans son
amour excessif pour la vérité, en voulant peindre la nature hu-
maine telle qu'elle est, ne l'a-t-il pas montrée sous un jour trop
défavorable? Si Jacob, simple valet et sans ressource, a refusé ce
qui était alors une fortune pour lui, pour ne pas épouser une fille
dégradée, devons-nous croire que, maintenant qu'il est dans l'aisance, il aurait pu consentir à la dernière des bassesses? Peut-être
cette aisance même eût-elle été l'écueil de la noblesse naturelle
de ses sentimens; peut-être Marivaux a-t-il voulu indiquer toute
la séduction d'un commencement de fortune, qui ne laisse plus
l'homme si délicat sur les moyens d'arriver à une fortune plus
grande, tandis que la pauvreté conserve l'indépendance et l'âpreté
généreuse du caractère. La Harpe, dans son *Cours de littérature,*
après avoir exposé une proposition peu honorable qui avait été
faite aux académiciens, et qu'on avait accompagnée d'offres avantageuses, ajoute qu'*heureusement tout le monde était pauvre alors
à l'Académie.* La proposition fut rejetée.

Dans cette disposition, je suivis M. de Fécour auprès du lit de la malade. L'entretien que je venais d'avoir, en me piquant, avait animé mon visage d'une rougeur que la honte imprime comme le plaisir. Qu'il est beau! dit sans façon la malade.... Oui, dit gravement le médecin, ce visage est aimable.... Mais il ne fera jamais rien, ajouta brutalement le financier... et parlant aussitôt au premier : Que dites-vous de l'état de ma sœur?

Ce qu'on lui a ordonné jusqu'à présent, répondit-il, est bon; il n'y a qu'à continuer; mais qu'on la laisse en repos, car je lui trouve le sang très-ému. Un regard qu'il me jeta, en prononçant ces dernières paroles, me fit sentir que l'ordonnance venait de se régler sur l'impression qu'avait faite le gros garçon.

Et en effet, serait-il possible qu'un homme qui n'a jamais vu le malade qu'il visite, pût, dans l'instant, si bien prendre son tempérament et son état, qu'il décidât infailliblement ce qu'il lui faut? Rien n'échappe à ces prétendus docteurs. Un coup d'œil, un discours les règle mieux souvent que le battement d'une artère, auquel ils paraissent fort attentifs.

Si sa malade avait osé, elle lui aurait donné un démenti qui se serait trahi lui-même; mais ce serait un crime irrémissible de s'opposer aux décisions de la faculté. Elle, qui n'y entendait aucune finesse, aurait peut-être eu cette témérité, si son frère, en la prévenant, n'eût prescrit d'un ton impérieux que chacun eût à se retirer. Son discours ne pouvait s'a-dresser qu'à moi; mais je pense qu'il voulut le ren-

dre général, moins pour ne pas me parler directement, que pour se flatter de faire obéir à ses ordres
un plus grand nombre de personnes.

Je saluai la malade, qui me recommanda de nouveau à son frère ; mais il ne lui répondit que ces mots,
et même sans se détourner : Il sait ce que je lui ai
dit ; c'est à lui d'obéir, et je me charge de sa fortune.
S'il ne veut point, je ne puis le forcer ; adieu ; et il
partit sans me regarder, quoique je me fusse rangé
pour le laisser passer.

Je fus obligé de le suivre. Je passai chez madame
Dorville, non pour m'acquitter de la commission de
M. de Fécour, mais pour lui faire part que l'emploi
de son mari lui était conservé [1]. Elle était sortie,
et le domestique m'apprit que M. de Dorville était
fort mal, et que je ne pouvais le voir. Je me rendis
chez moi.

En entrant, je trouvai Agathe sur la porte. Vous
êtes bien raisonnable aujourd'hui, me dit-elle, monsieur de La Vallée ! Passez-vous donc si vite? J'aurais cru manquer à la politesse si je n'eusse répondu
à l'invitation qu'elle me faisait d'entrer. J'eus un
instant de conversation avec cette petite personne ;
l'entretien ne fut pas assez intéressant pour être répété
ici. Il me suffira de dire en gros que son langage était
moins pétulant que celui de sa mère, parce qu'il y

---

[1] *Mais pour lui faire part que l'emploi de son mari lui était conservé*. On *fait part* d'une nouvelle, mais on ne *fait* point *part
qu'*un événement a eu lieu. ACAD.

entrait plus d'art. Ah! si vous aviez vu l'inquiétude
que votre femme eut hier, disait-elle, quand elle
ne vous vit pas revenir, vous auriez bien connu le
pouvoir que vous avez sur son cœur. Ma femme est
bonne, mademoiselle Agathe, lui dis-je, et je vous
suis obligé de travailler à augmenter ma reconnaissance pour elle; c'est d'un bon cœur. Aussi suis-je
bonne, reprit-elle; mais vous devez la partager, cette
reconnaissance; car ma mère et moi nous entrions
bien sincèrement dans ses peines. Oui, nous étions
inquiètes; on ne savait que penser, et tout nous alarmait. Je ne disais mot, par exemple, moi; mais je
n'en pensais pas moins [1].

Je ne suis point ingrat, repris-je; et vous pouvez
être persuadée que je ressens, comme je le dois, la
part que vous prenez à ce qui peut m'arriver.

Je lui baisai alors la main, qu'elle m'abandonna en
feignant de la retirer. Je voulais lui marquer par ce
geste la sincérité de mes paroles; et ses yeux, par
leur vivacité, annonçaient que la petite personne n'é-
tait pas fâchée de l'impression qu'elle croyait m'avoir
faite, quand ma femme entra, soutenue par madame d'Alain.

J'avais raison de dire que je vous avais entendu,

---

[1] *Je ne disais mot, par exemple, moi; mais je n'en pensais pas
moins.* Encore une nuance de l'amour, si la coquetterie fausse et
maligne a rien de commun avec ce sentiment. Il semble que
l'Agathe de Marivaux, quoique légèrement esquissée, a fourni
l'original d'un des meilleurs rôles que M. Picard ait mis à la scène,
l'Ursule des *Filles à marier.*

me dit ma femme. Cela est fort joli, mademoiselle!
En vérité, je ne me serais pas attendue à cette in-
cartade de votre part, La Vallée. Il vous faut de la
jeunesse; cela est beau!

Je quittai rapidement prise, et, sans trop savoir
ce que j'allais dire, je me tournai du côté de ma
femme avec plus de tranquillité sur le visage que
dans le cœur. Mademoiselle, lui dis-je, me racon-
tait jusqu'à quel point vous fûtes inquiète hier au
soir; touché de vos bontés, je lui marquais ma reconnaissance de son attention à me les faire connaître. Je ne vois rien là qui puisse vous fâcher.

Eh bien! ma mie, reprend madame d'Alain, quel
mal à cela? Cette petite fille vous aime, elle prend
part à vos peines, elle les raconte d'une manière touchante; on lui exprime qu'on lui est obligé; grand
venez-y voir! Allons, allons, point de jalousie! Elle
est jeune; est-ce sa faute si vous êtes plus âgée? Il
faudra bien qu'elle vienne à notre âge : dix ans de
plus, dix ans de moins; y prend-on garde de si près?
Venez, monsieur de La Vallée; venez, Agathe : la
pauvre enfant n'y entend point malice. Montons; il
y a bien d'autre besogne là-haut. Votre frère, monsieur de La Vallée, votre frère qui vous attend!

Je suivis cette compagnie, qui prit le chemin de
mon appartement. Je donnai le bras à mon épouse,
que quelques mots, dits en montant, calmèrent totalement; elle m'apprit qu'elle se trouvait fort incom-
modée, et que, sans la visite de mon frère, elle ne
se serait pas levée.

Madame d'Alain nous précédait, en répétant continuellement : Le pauvre garçon est sensible, et on
lui en veut du mal ! Mais votre frère, ah ! le pauvre
hère ! il vous fera pitié. Il me fait peine à moi qui
ne lui suis rien; car je n'aime point à voir les malheureux. La misère me fait tant de peine, que je ne
puis regarder ceux qui la souffrent. Le voilà ; tenez,
regardez, La Vallée !

Il nous attendait, en effet, au haut de l'escalier ; car
mon épouse, par une suite sans doute de ses principes
de dévotion, n'avait pas osé le laisser dans sa chambre. Elle ne se souvenait plus que Jacob, sur le pont
Neuf, aurait paru à ses yeux dans un état moins décent, s'il n'eût eu un habit de service, qu'on lui
avait laissé par grâce en quittant son pupille. Elle ne
voyait plus en moi que son époux, et cet époux
tranchait du bon bourgeois et était habillé proprement. Cela lui faisait croire sans doute que personne, sans être un imposteur, ne pouvait se dire
mon parent, si ses habits ne le mettaient dans le
cas de figurer avec moi. De là, elle soupçonnait que
celui qui se disait mon frère pouvait bien être un
homme qui cherchait à la surprendre sous un nom
supposé. Ses habillemens ne répondaient pas pour lui,
et cela lui suffit pour qu'elle conçût de la défiance.
D'ailleurs je dois dire, pour l'excuser, qu'elle ne
connaissait mon frère que sur mon rapport. Je lui
avais dit qu'il était bien établi à Paris, et la façon
dont il paraissait ne s'accordait pas avec mes discours.

Il faut l'avouer ; il est rare que le nom, que le

sang même obtiennent les avantages qu'on se croit
forcé de prodiguer à un équipage brillant. Étalez un
grand nom, faites même paraître de grandes vertus
sous un habit qui dénote la misère, à peine serez-
vous regardé, quand la sottise et la crasse seront fê-
tées sous les galons ou la broderie qui les couvrent.
On croit se relever en faisant politesse aux derniers,
quand la familiarité avec les premiers nous humilie
d'autant plus qu'on peut moins s'en dispenser.

Pour moi, qui n'étais pas encore initié dans des
usages que j'ai toujours trop méprisés pour vouloir
les suivre, je sautai au cou de mon frère. Oui, sans
penser à lui marquer la surprise que j'éprouvais de
le voir dans un état peu conforme aux espérances
que notre famille avait conçues de son mariage, je ne
m'inquiétai que de l'heureux hasard qui l'amenait
chez moi. Eh! comment avez-vous fait pour me découvrir? lui dis-je, en ne cessant de l'embrasser.
Entrez; que je suis ravi de vous voir!

Le hasard, me dit-il, m'a servi. Je savais votre
mariage, mais j'ignorais votre demeure; quand j'ai entendu parler hier d'une histoire arrivée à M. le comte
de Dorsan, et quand j'ai su qu'un nommé La Vallée
l'avait sauvé du péril où ce seigneur était exposé.
(Nouvelle fête pour mon cœur [1]! On parlait de moi dans

---

[1] *Nouvelle fête pour mon cœur !* Voilà un exemple de ces expressions fortes et ingénieuses à la fois qui semblent jetées, qui ont
l'air d'avoir échappé à l'écrivain, sans qu'il ait réfléchi si c'était
ou non une hardiesse, et qui impriment au style un mouvement
vif et original.

Paris comme d'un brave!) Votre nom, continua mon
frère, m'a frappé. J'ai couru ce matin à l'hôtel du
comte, dont le valet de chambre est une de mes pratiques. Ce domestique a la confiance de son maître.
Je l'ai prié de s'informer auprès de lui du nom, du
pays et de la demeure de ce M. de La Vallée, dont il
ne cessait de faire l'éloge. Il m'a éclairci, un instant
après, sur toutes les circonstances que je lui venais
demander. J'ai appris par lui que le libérateur de
son maître était de Champagne, qu'il était marié;
enfin, que vous demeuriez ici. Je m'y suis rendu
pour avoir le plaisir d'embrasser mon cher Jacob, et
de saluer votre femme.

Il se précipita de nouveau à mon cou, et, après
nous être tenus quelque temps étroitement serrés, je
lui montrai ma femme, qu'il me parut saluer d'un air
également humble et respectueux. Je m'aperçus
que mademoiselle Habert ne lui faisait qu'une révérence fort simple, et que, s'étant assise, elle ôtait
par là à mon frère la liberté d'avancer pour l'embrasser. Je les priai de se donner réciproquement
cette marque d'affection. Si mon épouse ne put me
refuser cette satisfaction, et même si elle s'en acquitta
d'assez bonne grâce (car son état de faiblesse lui servait d'excuse légitime), je m'aperçus, aux larmes
qui couvrirent pour lors le visage de mon frère,
qu'il se passait dans son âme quelque chose d'extraordinaire, qui me semblait être de mauvais augure.

Je n'attribuai ses pleurs, je l'avoue, qu'à ce que
je le croyais humilié par l'espèce d'insensibilité avec

laquelle ma femme avait paru recevoir ses avances ;
mais je me trompais lourdement. Mon cœur souffrait de mon incertitude, et je voulus m'en éclaircir.

Qu'as-tu donc, mon cher frère ? lui dis-je ; et
qui peut troubler la joie que nous devons goûter en
nous revoyant ? Tu dois voir que tu me fais sentir un plaisir parfait, et que, sans des raisons pres-
santes, je ne t'aurais pas caché mon mariage. J'ai
une femme que j'adore et qui m'aime ; notre fortune est honnête, mes espérances sont grandes ; je
te crois également heureux, et quand je veux donner un motif à tes larmes, je pense qu'elles viennent du plaisir que te cause notre bonheur ; je n'ose
m'imaginer qu'elles puissent m'annoncer quelques
disgrâces.

Remarquez, en passant, que je ne dis plus *mon
bonheur*. Relevé par tant d'accidens heureux, je me
figurais que mademoiselle Habert devait s'estimer
autant fortunée de m'avoir acquis, que je trouvais
de félicité à la posséder.

Un silence morne, un regard triste, fut toute la
réponse de mon frère. Je me doutais que l'humanité souffrait ; je compris qu'il avait quelque chose
de personnel à me communiquer, et que ce qu'il avait
à me dire ne demandait pas de témoins ; je priai la
compagnie de me laisser avec mon frère.

Oui, oui, c'est bien pensé, dit madame d'Alain en
se levant ; quand on se tient de si près, on a mille
choses à se dire dont les voisins n'ont que faire. Il
ferait beau voir que chacun mît le nez dans mes

affaires ! Cependant on ne risque rien avec moi ; je
suis discrète ; quand on me demande le secret, non,
rien ne me ferait jaser. Ai-je jamais dit à personne
que mon voisin l'épicier, qui est marguillier de sa
paroisse, a sa sœur servante? L'un demeure au Marais, l'autre est au faubourg Saint-Germain ; qui va
y regarder de si près? Eh ! pourquoi débiter ces nouvelles? On sait bien que ça ne sert de rien aux autres. Nous ne sommes pas tous obligés d'être riches ;
la volonté de Dieu soit faite. Mais, au revoir, mon
voisin ; adieu, madame ; allons, allons, remettez-
vous, monsieur de La Vallée, dit-elle à mon frère.
Agathe, qu'on me suive. Et elle partit en plaignant,
tout le long de l'escalier, le chagrin auquel mon frère
paraissait si sensible, mais en assurant, d'une voix
aussi distincte, qu'elle n'en voulait jamais parler à
personne.

Quand elle fut partie, je priai mon frère de ne me
rien cacher. Oui, cher Alexandre, lui dis-je, la
nature seule fait entendre à mon cœur que quelque
chagrin violent vous dévore ; vous ne devez rien me
déguiser, et soyez persuadé que ma fortune est à vous.

Mon épouse, revenue à son naturel par la retraite
de nos voisines.... (car il y a de ces gens qui, bons essentiellement [1], ne sont ou ne paraissent méchans
que parce qu'ils ont des témoins dont ils craignent

---

[1] *Car il y a de ces gens qui, bons essentiellement.* Louis XIV
appelait le duc d'Orléans, si fameux depuis sous le nom du
régent, un *fanfaron* de vice. Il y a aussi des fanfarons d'orgueil et

la censure); madame de La Vallée, plus à son aise, prit donc un air moins austère, et eut même la bonté d'assurer mon frère qu'elle souscrivait de bon cœur à tout ce que je venais d'avancer.

Enhardi par ces prévenances de ma femme, mon frère me dit : Tu sais, mon cher Jacob, qu'il y a près de quatre ou cinq ans que je suis marié dans cette ville. Je trouvai, en épousant ma femme, une maison bien garnie, et je puis dire que, quoique fils de fermier à son aise, je devais peu me flatter d'obtenir un pareil bonheur.

Ma femme était aimable; elle avait de l'esprit, et peut-être était-ce là son malheur. A peine avait-elle vingt-quatre ans quand son premier mari mourut. Il lui avait laissé un commerce bien établi; il n'y avait pas un an qu'elle était veuve lorsque je l'épousai, et je puis dire que j'entrais dans un train qu'il n'y avait qu'à laisser courir pour en profiter. Les trois ou quatre premiers mois furent fort heureux : ma femme était assidue à son comptoir; elle se levait de bonne heure; elle réglait la maison; elle pourvoyait à tout; elle voyait tout, et prospérait; mais pendant un voyage que je fis en Bourgogne, pour nos achats, il se passa bien d'autres choses.

A mon retour, je trouvai que Picard, mon garçon,

---

d'insensibilité, qui redeviennent les meilleures gens du monde dès qu'ils ne se croient plus contraints à jouer le rôle qu'ils se sont imposé. Il faut convenir que si cette hypocrisie n'est pas la pire de toutes, c'est du moins la plus niaise.

avait la direction de la cave ; qu'une fille était char-
gée du comptoir ; que madame, qu'il ne m'était plus
permis, même à moi, de nommer autrement, ne
quittait son lit que vers midi ou une heure ; qu'a-
lors elle paraissait pour manger, et remontait aussitôt dans sa chambre, qui était décorée du titre d'appartement, pour s'amuser de niaiseries, jusqu'à cinq
heures que sa société se rassemblait ; on allait à la
comédie, ou l'on jouait ; on soupait, tantôt ici, tantôt là. Cela me surprit sans me fâcher ; tu connais
ma douceur.

Je crus n'entrevoir dans cette conduite que de
la légèreté, et je me flattai qu'au premier avis que
lui donnerait ma tendresse, ma femme changerait de
système. J'attendis patiemment que je pusse profiter
de son réveil. Le lendemain, sur les onze heures,
j'entendis une sonnette ; je pensai qu'une compagnie
avait besoin de quelque chose, et, appelant un garçon, je lui dis : Champenois, allez voir ce que l'on
demande.

Mais ce garçon, plus au fait du train qu'avait pris
ma maison depuis mon absence, me dit : Maître,
vous vous trompez ; c'est madame qui est réveillée,
et qui avertit la servante de lui porter un bouillon.
Tout ce manége me paraissait étrange, mais je résolus d'en tirer parti [1] ; je pris l'écuelle des mains de la
fille, et je montai à la chambre ou à l'appartement

---

[1] *Mais je résolus d'en tirer parti.* Locution qui ne répond
plus aujourd'hui à aucune idée, et dont nous ne connaissons aucun

de madame. Elle était dans son lit ; je lui présentai
son bouillon. Eh quoi ! vous - même ? me dit - elle ;
pourquoi ma domestique n'est - elle pas venue ? Je lui
dis que j'avais voulu me procurer le plaisir de le lui
apporter moi - même. Mais vous devriez rester au
comptoir, me dit - elle d'un air sec.

Je ne le puis, ma chère, lui répondis - je ; j'ai fait
des commissions dans mon voyage, il faut que j'aille
en rendre compte. Je n'attendais que votre réveil
pour partir. Je compte que vous allez vous lever et
descendre à la boutique ; après le dîner, je rangerai
mes comptes avec vous, pour voir ce que vous avez
vendu et reçu pendant mon absence.

Je ne me mêle point de cela, me dit - elle ; c'est à
Picard, qui a le soin de la cave, qu'il faut vous adresser, et la petite Babet vous donnera le détail du
comptoir.

Remarquez que cette Babet est un enfant de qua-
torze ou quinze ans, nièce de ma femme. Je me mis
en devoir de lui montrer le tort qui pouvait résulter
de mettre ses intérêts entre les mains d'un étranger
et d'une petite fille de cet âge ; mais je n'avais pas ouvert la bouche, que, prévoyant mon dessein, ma
femme me pria de la laisser en repos, en me disant
qu'elle se trouvait mal.

Elle connaissait mon faible : mon amitié fut alar-

exemple, mais qui probablement, du temps de Marivaux, avait
cours dans le langage familier, pour signifier : *d'en avoir le cœur
net, de m'en éclaircir.*

mée ; je voulus m'empresser pour la secourir ; mais plus je redoublais mes soins, et plus son mal paraissait s'augmenter ; enfin, d'un ton de colère, elle m'ordonna de me retirer, en ajoutant simplement : Faites monter ma servante.

Dieu ! que devins-je ? Quel changement ! Je me persuadai que ma douceur pourrait la vaincre, et, après lui avoir envoyé la domestique qu'elle demandait, je descendis à ma cave, pour en faire le contrôle, sur l'état que le garçon, chargé de ce soin, m'avait donné ; mais, hélas ! quelle différence ! J'appelai Picard, que j'avais toujours reconnu pour un garçon fidèle ; il me dit que ce qui pouvait manquer avait été livré par les ordres de madame. Lui ayant ordonné de se taire, je remontai au comptoir ; je n'y trouvai que des chiffons de papier qui contenaient les sommes différentes données à madame par Babet ; mais je ne voyais point d'emploi de deniers. Concevez, si vous pouvez, cher Jacob, le désespoir auquel je m'abandonnai. Je me crus ruiné, ou bien près de l'être ; je ne me trompais pas.

J'entrai dans ma salle, et, m'étant mis sur une chaise, j'y restai bien une heure sans pouvoir prononcer une seule parole. J'étais dans cet état, quand ma femme m'envoya dire de lui envoyer chercher son médecin ; je n'en avais jamais eu d'arrêté ni pour elle ni pour ma maison. Je courus à la chambre de mon épouse, et, ne la trouvant point malade, je voulus le lui représenter ; mais, à travers mille cris, elle me dit qu'elle voyait bien que je voudrais

la voir morte, puisque je lui refusais les secours nécessaires. Il fallut obéir ; elle m'indiqua la personne
qu'elle voulait, et que j'envoyai chercher. Ce personnage vint et ordonna je ne sais quoi ; car il ne
m'était pas permis de jeter les yeux sur les papiers
qu'il laissait.

Je voulus profiter de quelques intervalles pour
parler à mon épouse de nos affaires, et surtout d'une
lettre de change qu'elle avait laissé protester, quoique je lui eusse compté en partant la somme nécessaire pour y faire honneur ; je ne pus en tirer un
seul mot. Un étranger se présentait-il ? elle ne cessait
de parler ; mais dès que je m'approchais pour l'entretenir de nos intérêts, ou pour en tirer quelques
éclaircissemens, son mal redoublait.

Enfin, au bout de quelques visites, le médecin,
sans doute d'accord avec ma femme, lui ordonna les
eaux de Passy au plus tôt, et me prescrivit de ne lui
rompre la tête d'aucune affaire, si je voulais la conserver. Je m'y déterminai avec peine, mais il fallut souscrire à tout ; elle me menaçait de séparation,
et vous savez que le bien vient d'elle. Vous devez
d'ailleurs connaître la coutume de cette ville, qui est
cruelle pour les maris ; dès le lendemain de leurs noces, les maris se trouvent débiteurs de leurs femmes.

Elle partit donc pour les eaux. Je me trouvai,
par son absence, forcé de laisser les choses dans
l'état où elles étaient. Pour tâcher de remplir le
vide qu'elle avait mis dans notre commerce, je m'a-
visai de me rendre commissionnaire pour des mar-

chands qui, sûrs de ma probité, ne balancèrent point
à me donner leur confiance. M. Hutin fut un des
premiers à faire porter chez moi des vins de haut
prix ; je devais lui rendre compte du débit à la fin
de chaque semaine.

Dans ces entrefaites, il me prit un jour fantaisie
d'aller me divertir à Passy avec ma femme, qui y
avait pris une chambre garnie. J'espérais que cette
attention me rendrait son affection. J'y arrivai sans
être attendu, et j'apportais avec moi nos provisions ;
mais ma précaution était fort inutile. Je la trouvai
en effet à table avec deux directeurs, qui dévotieusement [1] y mangeaient tout ce que Paris peut fournir de plus délicat, et le vin s'y répandait avec
profusion.

Si ma présence dut déconcerter ces messieurs, je
n'eus pas lieu de m'en apercevoir ; et ma femme,
sans se démonter et sans se déranger, me dit de
prendre une chaise. Je n'étais pas assis que, la réflexion lui faisant sans doute appréhender quelque
scène de ma part, elle se retira après une légère excuse, fondée sur le spécieux prétexte d'aller prendre
ses eaux à la fontaine, et nous ne la revîmes plus.

Je restai avec ces deux bons ecclésiastiques, qui
m'apprirent ingénument que l'un d'eux avait été le
directeur de madame ; qu'ayant appris qu'il allait à
Versailles avec le provincial présent, elle les avait

---

[1] *Dévotieusement.* Mot qui a vieilli, aussi bien que l'adjectif *dévo-
tieux*, dont il est formé. ACAD.

engagés à venir dîner chez elle en repassant. Jugez
de ma surprise.

Je dois cette justice à cet honnête homme qui me
faisait ce détail, de convenir qu'il parlait avec sincérité, et que, du moins en apparence, c'était malgré
lui qu'il avait consommé la plus grande partie de mon
vin. Mais il avait la réputation d'un directeur du premier ordre dans le parti rigoriste ; et ma femme, peut-
être moins dévote que personne, par une sotte fatuité, voulait passer pour une de ses favorites.

Je les conduisis à leur chaise, et je me rendis aux
eaux. A peine avais-je entamé la conversation avec
ma femme sur cette rencontre, qu'elle me dit que ce
père était son ange, qu'elle lui faisait politesse, que
cela ne me coûtait rien, et que je la laissasse en repos.

Ce discours me glaça ; mais mon naturel tranquille
ne se démentit point [1]. Je partis sans prévoir d'autres
accidens, comptant bien même qu'on devait m'avoir
quelque obligation de ma douceur; mais que je me
trompais !

Je vous ai dit que M. Hutin me donnait des vins

---

[1] *Ce discours me glaça; mais mon naturel tranquille ne se démentit point.* La bonhomie de ce mari qui s'alarme toujours,
sans avoir la force de s'arrêter à une résolution vigoureuse; qui
voit le mal, et se borne à en gémir et à le prendre en patience, est
une des peintures les plus vraies qu'on trouve dans Marivaux. On
peut comparer ce caractère, que notre auteur a présenté sous un
point de vue presque comique, à la noble résignation d'*Amélie
Booth,* dans le roman de Fielding qui porte pour titre le nom de
cette vertueuse épouse : c'est la même idée prise au sérieux.

en commission, et que chaque semaine je lui portais l'état de la vente et de ce qui me restait en
cave. Je m'en rapportais, pour ce détail, à Picard,
étant obligé d'être toujours hors de ma maison, pour
en obtenir le débit. En rentrant à Paris, je me rendis chez ce marchand, et je lui remis l'état de la
dernière semaine.

Je fus fort étonné de voir le lendemain entrer
chez moi ce même M. Hutin, qui me pria de lui
permettre de descendre à mon cellier, pour vérifier
le compte que je lui avais fourni la veille. Je n'en
fis point de difficulté; car je me croyais en règle.
Nous trouvâmes le nombre des tonneaux que j'avais
accusés; mais je ne pus revenir de ma surprise, quand,
plus instruit que moi-même de l'état de ma cave,
M. Hutin me fit apercevoir que six pièces, que je
croyais pleines, n'étaient plus que des futailles res-
tantes inutilement sur les chantiers. Je fus traité par
cet homme comme un fripon, et il me menaça de me
perdre.

J'appelai Picard, à qui j'avais expressément défendu de rien livrer sans mes ordres. Pendant que
je lui faisais les mêmes menaces que je venais d'essuyer, Hutin et lui se regardaient en souriant. Cette
intelligence me rendit furieux, et j'allais totalement
sortir de mon caractère, quand ce garçon intimidé
se jeta à mes genoux, et m'avoua que, depuis le
départ de madame, il avait journellement reçu ordre
d'elle de lui envoyer de ce vin à Passy, ou d'en
faire porter à son directeur, et qu'à l'instant même

il venait d'expédier six bouteilles pour ce dernier.
Contes en l'air! dit M. Hutin; je verrai ce que je dois
faire, ajouta-t-il en sortant. Je chassai Picard, et,
dans la fureur où j'étais, je me rendis sur-le-champ
chez le directeur.

Le bon père me répéta qu'il n'avait jamais rien
reçu de ma femme que forcément, et me déclara
à la fin qu'il pensait qu'elle était folle. Tenez, dit-il,
monsieur, voilà un bonnet d'été violet qu'elle m'a
envoyé. Croit-elle qu'un homme de mon état portera
de ces garnitures en réseaux d'argent et en franges?
Je le lui ai renvoyé deux fois, mais en vain. Comme
je suis résolu de ne m'en point servir, je vous le remets. Il me dit même qu'il avait prié mon épouse
de se choisir un autre directeur, sur le prétexte que
ses autres affaires ne lui permettaient pas de lui donner ses soins.

La candeur que faisait paraître cet honnête ecclésiastique [1], m'ôta la force de lui parler des six bouteilles qu'il avait reçues le même jour; il ne m'en
parla pas non plus, peut-être par oubli.

Je pris à l'instant un carrosse, et je me fis conduire
à Passy. Je trouvai ma femme, auprès de laquelle
Hutin s'était déjà rendu. J'augurai, dès l'abord, qu'il

---

[1] *La candeur que faisait paraître cet honnête ecclésiastique.* Cet
honnête ecclésiastique craint de se compromettre avec un mari,
et suit le précepte de l'Évangile, en évitant de devenir une occasion de scandale. Ce n'est pas sa candeur qu'il faut admirer, c'est
celle du mari qui est la dupe d'une franchise politique, et d'un
désintéressement tardif et incomplet.

venait lui rendre compte de l'usage qu'il avait fait
des lumières qu'elle lui avait données ; car ayant
voulu lui parler du désastre que sa conduite mettait
dans notre ménage, elle me dit avec emportement :

C'est bien à vous à vous plaindre, quand j'ai tout
fait pour vous et que vous me ruinez ! Sans la considération que M. Hutin a pour moi, il vous pour-
suivrait et il vous ferait pourrir dans une prison.
Il veut bien, à ma prière, vous accorder du temps,
ne point ébruiter votre friponnerie, et même vous continuer sa confiance.... et vous viendrez me soumettre à
votre humeur ! Ce pauvre Picard que vous chassez,
il faut le reprendre ; n'est-ce pas, monsieur Hutin ? Il
suffit que j'aime ce garçon ; monsieur le met dehors !
Allez, toute votre conduite est affreuse. Décidez-
vous à mériter les bontés de monsieur, ou je vous
abandonne à sa vengeance.

J'aurais peut-être répondu, et j'avoue que la patience était prête à m'échapper, quand M. Hutin me
força à me tenir tranquille, en me protestant que,
si je faisais le moindre bruit, il me décréditerait à
jamais. Que faire à ma place ? Ce que je fis ; gémir
en secret et se taire.

Je revenais chez moi désespéré, quand, en passant, j'ai entendu parler de l'affaire de M. le comte
de Dorsan. Chacun s'en entretenait chez moi quand
j'y suis arrivé, et l'on vous nommait. Cela a excité
ma curiosité ; je vous ai découvert, et j'ai le bonheur
de vous voir.

Je ne pus entendre ce récit sans frémir, et sans

faire une comparaison, bien avantageuse pour moi,
du sort de mon frère au mien. Mademoiselle Habert y donna quelques larmes qui me furent bien
sensibles, et dont je lui eus une obligation infinie.
Je retins mon frère à dîner, et, sans m'amuser à plaindre son malheur (compassion stérile qui ne remédie
à rien, et qui souvent est plus employée pour satisfaire l'amour-propre que pour contenter la nature),
je lui dis que j'irais le voir, que je le priais de venir
souvent chez moi, et qu'il devait être persuadé que
je serais toujours son frère. Mon bien, lui dis-je,
cher frère, ne me sera jamais précieux qu'autant qu'il
me mettra dans le cas de vous être bon à quelque
chose. Et dès-lors, j'engageai madame de La Vallée
à prendre chez nous deux garçons qu'il avait eus de
son mariage, et auxquels il ne pouvait donner une
éducation convenable.

Ma femme y consentit volontiers, et aurait pris la
peine de les aller chercher, si son état de faiblesse
le lui eût permis ; mais elle fut obligée dans le jour
de se remettre au lit. A peine y était-elle, et à peine
mon frère venait-il de sortir, que M. le comte de
Dorsan entra.

Il fit un court compliment à ma femme sur son
indisposition ; il ne pouvait se lasser de lui répéter
les obligations qu'il disait m'avoir, et il finit en me
priant de le conduire chez M. Dorville, auquel,
ainsi qu'à sa femme, il devait, me dit-il, un re-
mercîment et des excuses de l'embarras qu'il leur
avait causé la veille.

Je me disposais à m'y rendre, lui dis-je, monsieur. J'en suis charmé, répondit-il; cela s'arrange
avec mes vues sans vous détourner de vos affaires;
mon carrosse est là-bas, nous irons de compagnie.
Il salua madame de La Vallée; je l'embrassai : ses
yeux paraissaient me voir partir à regret; mais M. de
Dorsan avait parlé, il n'y avait pas moyen de m'arrêter. Nous partîmes [1].

---

[1] *Nous partîmes.* La fin de cette sixième partie laisse Jacob dans
une position bien différente de celle où nous l'avons vu jusqu'à présent. Il ne s'agit plus pour lui de sortir d'un état misérable, de
profiter de l'inclination qu'il inspire à des amantes surannées. C'est
une femme charmante à laquelle il se propose de plaire, une
femme jouissant dans le monde d'un rang et d'une fortune hono-
rables; lui-même il aspire à marquer sa place parmi les Crésus
du jour; il en entrevoit déjà les moyens. En attendant, il va
de pair à compagnon avec un grand seigneur; il s'évertue à
prendre le langage et les manières de ce qu'on appelle les gens
comme il faut. Ces vicissitudes des conditions humaines, ces jeux
du sort offrent toujours un tableau attachant et moral. Le caractère d'un homme de bien aux prises avec l'adversité est, suivant
Sénèque, le spectacle le plus imposant qu'on puisse contempler sur
la terre. Mais la prospérité n'est pas une ennemie moins dangereuse
de la raison et d'un bon naturel. Le malheur a, pour ainsi dire,
des vertus qui lui sont propres, qui marchent presque nécessaire-
ment à sa suite. Les faveurs de la fortune, au contraire, sont presque
autant de piéges et d'écueils dont on ne peut se garantir qu'à l'aide
d'un esprit sage et d'une philosophie innée. C'est la leçon utile
que l'exemple de Jacob est destiné à nous donner, et elle est
d'autant plus profitable qu'elle est amusante, et n'a pas la forme
doctorale d'un sermon en règle.

FIN DE LA SIXIÈME PARTIE.

SEPTIÈME PARTIE.

Nous étions à peine montés en carrosse, que je crus devoir faire part à M. le comte de Dorsan de l'inquiétude que j'avais sur l'état présent de la santé de Dorville.

Nous allons dans une maison, lui dis-je, où je crains qu'il ne soit arrivé quelque accident. Eh! quel accident appréhendez-vous? répondit-il vivement. Je n'en sais rien, continuai-je; mais en quittant M. de Fécour, je me suis rendu, ce matin, chez M. de Dorville; je n'y ai trouvé qu'une femme qui m'a assuré que l'état du malade ne lui permettait point de recevoir ma visite.

Il est vrai que je n'en augurai pas bien, me dit le comte, quand je le quittai; je serais cependant fâché que son mal eût empiré. Je le connais peu, mais j'ai obligation à son épouse. D'ailleurs, ajouta-t-il comme par réflexion, lui-même nous a reçus avec égards; cela mérite de la reconnaissance.

J'avoue que cette façon de s'exprimer m'offrit matière à réfléchir moi-même. Cette distinction que faisait monsieur le comte entre les obligations contractées avec la femme, et celles qu'il devait au mari, ne me paraissait pas assez formelle pour les

bien apprécier séparément, comme il semblait le vouloir faire. Je commençais même à attribuer sa conduite à une des irrégularités de l'amour, quand M. le
comte de Dorsan, sans doute pour m'épargner la peine
de me tourmenter l'esprit, reprit ainsi :

Vous le dirai-je, mon cher ? quelle que soit ma
gratitude pour les marques d'attention de Dorville,
je sens qu'elle céderait facilement, dans mon cœur,
aux sentimens que j'ai conçus pour son épouse.

A cette ouverture que crut me faire M. de Dorsan,
et à laquelle il ne douta pas de me voir prendre part,
je ne répondis que par un, *nous y voilà, je m'y attendais !* Il parut étonné de mon exclamation, qui
fut sans doute cause du silence qu'il garda.

Il faut pourtant convenir que ce silence pouvait
avoir un autre motif, et la suite le fera croire. Il est
ordinaire à un cœur [1] qui, pour la première fois,
trouve jour à sortir de son secret, d'être satisfait d'a-

---

[1] *Il est ordinaire à un cœur,* etc. Il ne sera peut-être pas sans
intérêt pour le lecteur de comparer à cette pensée une pensée du
même genre qu'on trouve dans *Paul et Virginie*, et qui diffère
de celle de Marivaux en ce qu'elle s'applique aux sentimens d'une
jeune fille simple et isolée, tandis que notre auteur parle d'un
homme brillant par son esprit et ses succès dans le monde. Voici le
passage de Bernardin de Saint-Pierre : « Une jeune fille qui aime
« croit que tout le monde l'ignore. Elle met sur ses yeux le voile
« qu'elle a sur son cœur ; mais quand il est soulevé par une main
« amie, alors les peines secrètes de son amour s'échappent comme
« par une barrière ouverte, et les doux épanchemens de la con-
« fiance succèdent aux réserves et aux mystères dont elle s'envi-
« ronnait. »

voir pu faire soupçonner ses sentimens; et, quand il
obtient cet avantage, il n'a pas ordinairement la
force de passer outre.

Nous restâmes donc un instant sans parler. Qu'on
ne me demande pas ce qui m'engageait à me taire,
car j'aurais bien de la peine à en rendre raison; le
seul motif que je puisse entrevoir, c'est que M. de
Dorsan me paraissait être dans une rêverie si agréable, que je me serais fait un crime de l'en distraire.

Je me mis alors insensiblement à rêver moi-même.
Je me rappelai la première entrevue de madame de
Dorville et de M. de Dorsan; les idées que j'avais
prises de leurs sentimens me parurent bien fondées;
mais la réflexion que cela m'occasiona naturellement sur les peines que j'avais eues à terminer mon
mariage, m'affligea véritablement, et pour l'un et
pour l'autre.

Je me disais intérieurement : Eh mais! il y avait
moins de distance de Jacob à mademoiselle Habert,
que de madame de Dorville à M. de Dorsan. J'étais
fils de fermier comme celle qui vient de m'épouser;
la différence ne consiste qu'en ce que les parens de ma
femme ont quitté, depuis quelques années, l'état que
les miens exercent encore; mais ici, si madame de
Dorville est fille d'un gentilhomme, il est question
pour elle du fils d'un ministre. Je me retraçais alors
toutes les traverses que j'avais essuyées, et je croyais
voir madame de Dorville dans les mêmes embarras.
Cela m'attristait, quand M. de Dorsan sortit tout à
coup de sa rêverie par une saillie qui, en me rappe-

lant la mienne, acheva de le dévoiler à mes yeux.

Oui, je puis espérer de devenir heureux, s'é-
cria-t-il. Que je suis fortuné !

Madame de Dorville, repris-je, a tous les agrémens qui peuvent faire votre félicité, j'en conviens;
mais, fût-elle veuve, elle est sans fortune et sans
rang.

Eh bien! j'ai l'un et l'autre, reprit-il vivement.
Je crois que c'est là votre malheur, lui répondis-
je; votre famille, intéressée à l'alliance que vous devez former, ne mettra-t-elle point d'obstacle à vos
désirs?

Ah! cher La Vallée, dit-il en m'embrassant, comme
pour me supplier d'arrêter mes réflexions, n'empoi-
sonnez pas le plaisir que je goûte. Je vois peut-être
encore plus de difficultés que vous n'en pouvez envisager, mais elles ne peuvent me faire trembler. Si
elles se présentent, je les combats; et je m'applaudissais même de les avoir toutes aplanies, quand
vous avez commencé de parler. Loin de l'attaquer,
daignez plutôt me confirmer dans mon erreur, si c'en
est une; elle a trop de charmes pour ne la pas chérir. Que ne les avez-vous connus, quand vous avez
épousé mademoiselle Habert? Vous seriez plus indul-
gent. L'opposition que je mets ne doit point vous
faire peine [1]. Des motifs différens nous mèneront au

---

[1] *L'opposition que je mets ne doit point vous faire peine.* Cette
phrase est obscure, et ne peut même être comprise qu'à l'aide de
ce qui précède et de ce qui suit; ce qui est toujours un défaut,

même but : l'intérêt plus que l'amour décidait votre volonté, tandis que l'amour est le seul maître que j'écoute. Mais, pour rompre cet entretien, faites-moi le plaisir de m'instruire de la famille de madame de Dorville et de celle de son mari.

Je ne pus m'empêcher de remarquer la façon singulière dont M. de Dorsan prétendait rompre cet entretien, en y entrant plus que jamais.

Je ne suis guère plus au fait que vous sur cet article, lui répondis-je. Tout ce que je sais, c'est que Dorville est un gentilhomme de la province d'Orléans, et que son épouse est issue d'une famille noble du même canton.

Elle est fille de condition? reprit avec joie ce seigneur; elle avait épousé un gentilhomme? cela me suffit. Mais comment avez-vous appris ces circonstances?

Par les éclaircissemens, répondis-je, que madame de Dorville donna elle-même à une personne que nous trouvâmes à Versailles chez M. de Fécour, et qui, fâchée de la façon dure avec laquelle ce dernier persistait à révoquer M. de Dorville, voulut se charger de lui faire du bien.

---

chaque phrase devant renfermer en elle tout ce qu'il faut pour l'intelligence de son sens particulier. *Opposition* ne saurait se prendre dans le sens de *comparaison*, que quand ce mot est environné d'autres mots qui lui donnent cette signification spéciale. Il semble que Marivaux aurait dû mettre presque tout le contraire de ce qu'il a mis, et dire : *Le rapprochement que je fais*, etc.

Et quel est cet homme si bien intentionné? me demanda le comte de Dorsan, avec un visage qui, quoique contraint, semblait me marquer quelque inquiétude.

Je ne me trompai pas à son mouvement; je le pris pour une impression de jalousie, et je crus de mon devoir de ne pas tarder à effacer un sentiment qui faisait ou pouvait faire quelque tort à madame de Dorville dans l'esprit de ce seigneur. Je ne puis cependant m'empêcher de faire attention à cette bizarrerie de l'homme amoureux : à peine commence-t-il à aimer, que tout l'alarme; son ombre seule, vue à l'improviste, est capable de l'agiter. L'amour serait-il donc un sentiment de l'âme ¹, quand tout son effet est d'en déranger l'assiette et d'en troubler la tranquillité? Voilà une réflexion que je fais la plume à la main; car alors, ne voyant que la gloire de la dame dont nous parlions, je répondis sur-le-champ :

Cette personne touchée des refus de M. de Fécour,

---

¹ *L'amour serait-il donc un sentiment de l'âme?* Outre que cette réflexion ne serait tout au plus qu'une dispute de mots, elle est bien subtile; tranchons le mot, elle est fausse. L'ambition, l'orgueil, la crainte, l'espérance, sont des sentimens de l'âme, et cependant ne la laissent guère tranquille. Est-il possible même que l'âme ait un seul sentiment qui ne *dérange son assiette?* Nous ne relèverons pas cette dernière expression, qui aujourd'hui paraîtrait peu élégante, mais qui s'employait encore très-bien du temps de Marivaux, après avoir été fort à la mode dans le siècle précédent.

Veux-tu que je te die ? une atteinte secrète
Ne laisse point mon âme *en sa bonne assiette.*
MOLIÈRE, *Dépit amoureux*, acte 1ᵉʳ, sc. 1ʳᵉ.

est un nommé M. Bono. A ce nom, le comte prit
un visage plus serein. Il nous promit alors, continuai-je, à cette dame et à moi, de nous dédommager
si M. de Fécour persistait dans ses refus. Nous avons
eu avec cet homme un instant d'entretien, dans lequel la vertu de madame de Dorville m'a paru lui
faire plus d'impression que ses charmes.

Oh! je connais Bono, reprit monsieur le comte,
totalement remis par mes dernières paroles; s'il peut
quelque chose, je me charge de le décider en votre
faveur; mais maintenant je dois attendre. Je vous
avouerai, mon cher La Vallée, poursuivit-il, que,
quoique je sois dans la ferme résolution de tout faire
pour votre avancement prochain, l'état de Dorville,
s'il vit encore, me semble demander plus de précipitation de ma part. Persuadé de votre façon de penser
par l'acte généreux que vous fîtes à Versailles, je ne
vous cache pas que je crois devoir d'abord travailler
pour notre malade. A quoi bon vous déguiser ces
motifs? Vous connaissez suffisamment mon cœur;
j'aime madame Dorville; je veux faire quelque chose
pour son mari, s'il en est temps encore; et je dois en
avoir réponse dans le jour.

Je ne me sentais point du tout fâché de la préférence que M. de Dorsan avait donnée aux intérêts de
son amour sur le mien. J'allais même lui marquer
combien j'étais sensible à ce que sa bonne volonté
lui inspirait pour une famille qui méritait ses attentions.

Qu'on ne soit point étonné de cette générosité.

Je voyais d'honnêtes gens dans le besoin; et, quoique l'orgueil et la cupidité me sollicitassent vivement, ces passions ne s'étaient point encore rendues maîtresses de mon cœur. Elles sont violentes, j'en conviens; mais la nature, qui se faisait entendre, n'eut point de peine à les terrasser.

D'ailleurs, si on se souvient que je suis à la tête de quatre mille livres de rente, on pensera que Jacob devait s'estimer fort heureux. Que de paysans, contens de ma fortune, se seraient endormis dans une molle indolence! Cependant, si l'on réfléchit, on avouera que l'expérience en montrait un plus grand nombre dont le cœur, enflé par mes premiers progrès, se serait cru en droit de forcer la fortune à leur accorder de nouvelles faveurs, et qui, dans ma position, en auraient assurément voulu à M. le comte de Dorsan, de ce que l'amitié cédait, dans cette occasion, à l'amour; mais j'étais moins injuste. Oui, j'allais lui exprimer ma satisfaction, quand ce seigneur fit arrêter : nous étions à la porte de M. de Dorville.

Toute la maison, par le silence qui y régnait, nous parut plongée dans une tristesse profonde. Cette idée fit passer sur le visage de monsieur le comte et dans mon cœur un morne qui y répondait [1], et nous n'eûmes point de peine à démêler le motif de

---

[1] *Cette idée fit passer sur le visage de monsieur le comte et dans mon cœur un morne qui y répondait.* Il est douteux qu'on puisse prendre substantivement l'adjectif *morne,* comme on dit quelque-

la douleur qui se manifestait sur le visage de madame
de Dorville et de sa mère.

Ce fut en vain que ces aimables dames, à la vue
de M. de Dorsan, voulurent essuyer leurs larmes; ces
larmes se faisaient jour malgré leurs efforts pour les
retenir. Cet état, qui souvent fait tort à la beauté,
relevait au contraire les charmes de madame de Dorville. Une certaine rougeur, qui vint couper la pâleur, suite ordinaire de la tristesse, me fit croire
qu'il régnait quelque embarras dans le cœur de notre
charmante veuve, et je ne l'attribuai qu'à la présence
de M. de Dorsan.

On doit se rappeler que je n'avais pu voir cette
jeune dame avec indifférence, et que ce sentiment,
tout superficiel qu'il était, m'avait donné assez de
lumière pour apprécier cette timidité contrainte et
ces œillades à demi lâchées ¹ et à demi rendues entre
ces deux personnes, lorsque le hasard les avait fait
rencontrer pour la première fois. Je décidai donc à ce
moment, mais sans balancer, que, si je connaissais
les sentimens de monsieur le comte pour cette dame,

---

fois dans le langage familier : *Il est d'un triste*, en sous-entendant
le mot *air*. *Vue* ou *spectacle* paraîtrait convenir mieux que le
mot *idée*.

¹ *Ces œillades à demi lâchées. Lâchées*, mot trivial et qu'il faut
éviter, malgré l'exemple de Corneille, qui ne prouve rien, parce
qu'il écrivait dans un temps où la langue n'était pas encore sortie
de la grossièreté dont il l'a retirée.

Adieu; ce mot *lâché* me fait rougir de honte.

Le Cid, acte 3

cet abord devait me confirmer ceux de cette dame
pour mon ami.

Je viens, madame, lui dit Dorsan d'un air timide
et embarrassé, sous les auspices de M. de La Vallée,
pour vous prier d'agréer mes excuses du trouble
que je causai hier dans votre maison, et pour vous
faire mes remercîmens des bontés dont vous m'avez
honoré.

Madame de Dorville, qui, dans toute autre circonstance, n'aurait pas laissé le compliment du comte
sans réplique, n'eut pas la force de lui dire un seul
mot; la douleur ne lui donna de pouvoir que pour
verser quelques pleurs; peut-être cette dame, sentant l'effet que la présence de mon ami faisait sur
son cœur, vit-elle avec un nouveau chagrin l'espèce
d'infidélité qu'elle faisait déjà à la mémoire de son
époux.

On nous présenta des siéges en silence. Tout cet
extérieur confirma nos soupçons. L'air avec lequel
alors me regarda M. de Dorsan, me fit comprendre
que sa situation ne lui permettait pas de parler le
premier sur M. de Dorville qu'il supposait mort, et
avec raison; je l'entendis à merveille, et je crus que
mon amitié demandait que je suppléasse à son silence.

Madame, dis-je à la veuve, je m'étais rendu tantôt chez vous pour vous apprendre que M. de Fécour rendait à votre époux.... Ah! monsieur, reprit
cette dame, sa bonne volonté est inutile; il n'est
plus.

Après ce peu de mots, je crus que la vivacité de

la douleur l'avait réduite dans l'état déchirant où je la voyais. Ce qui me parut étonnant, c'est que ses larmes se séchèrent tout à coup, et elle demeura bien pendant l'espace d'un quart d'heure, la tête renversée dans son fauteuil, les mains pendantes, sans parole et sans mouvement.

Je ne comprenais rien à cette situation ; j'osai même un instant l'attribuer à l'insensibilité. Que je connaissais peu la nature ! J'ignorais alors que les grands mouvemens saisissent tous les sens [1], et les rendent incapables d'aucune fonction. Oui, l'expérience m'a seule appris que toutes ces douleurs qui s'exhalent en cris et en lamentations, sont l'effet d'une âme qui cherche à masquer par les dehors son endurcissement intérieur, tandis que le cœur vivement touché est absorbé, et demeure dans un sombre repos qu'il ne connaît pas lui-même.

---

[1] *J'ignorais alors que les grands mouvemens saisissent tous les sens*, etc. Nous avons déjà eu occasion, dans les notes sur *Marianne*, de citer le vers fameux de Sénèque le tragique :

Curæ leves loquuntur, ingentes stupent.

Hippol., acte 2, sc. 2.

Nos lecteurs ne seront peut-être pas fâchés de trouver ici quelques fragmens de Montaigne sur le même sujet. Nous les tirons du chapitre 2, liv. 1er, qui a pour titre : *de la Tristesse.* « Voylà pourquoy « les poëtes feignent cette miserable mere, Niobé, ayant perdu pre- « mierement sept fils, et puis de suite autant de filles, surchargee « de pertes, avoir esté enfin transmuee en rochier,

Diriguisse malis :

« pour exprimer cette morne, muette et sourde stupidité qui nous « transit lorsque les accidents nous accablent, surpassants nostre

M. le comte de Dorsan, plus instruit que moi, connut d'abord l'état de cette veuve, et n'épargna rien de tout ce que l'esprit peut inventer de plus séduisant pour tâcher de la calmer ; mais il me parut long-temps travailler en vain. Si un monosyllabe coupait de temps à autre la rapidité de ses exhortations, l'abattement ne semblait reprendre qu'avec plus de force. Qu'on juge bien de l'état où se trouvent ces deux personnes qui s'aiment, qui se voient libres, mais dans quelle circonstance ! et rien n'étonnera plus.

Malgré la part sincère que monsieur le comte prenait à la douleur de madame de Dorville, je croyais entrevoir qu'il goûtait une satisfaction intérieure, d'abord des sentimens que l'état de cette belle veuve lui faisait exprimer, ensuite des libertés innocentes que

---

« portee. De vray, l'effort d'un desplaisir, pour estre extresme, doibt
« estonner toute l'ame, et lui empescher la liberté de ses actions :
« comme il nous advient, à la chaulde alarme d'une bien mauvaise
« nouvelle, de nous sentir saisis, transis, et comme perclus de tous
« mouvements, de façon que l'ame, se relaschant aprez aux larmes
« et aux plainctes, semble se desprendre, se de-meler, et se mettre
« plus au large et à son ayse.... Aussi n'est-ce pas en la vifve et
« plus cuysante chaleur de l'accez que nous sommes propres à
« desployer nos plainctes.... L'ame est lors aggravee de profondes
« pensees, et le corps abattu et languissant.... Toutes passions qui
« se laissent gouster et digerer, ne sont que mediocres. » On connaît ce vers italien sur la force d'un amour vrai :

Chi può dir com' egli arde è in picciol fuoco.

« Qui peut exprimer toute son ardeur, en a bien peu. »

l'office de consolateur lui permettait de prendre auprès d'elle, sans qu'elle y fît attention.

M. de Dorsan, en effet, pour lui faire mieux goûter ses raisons, lui prenait la main, la lui pressait
dans les siennes, et quelquefois s'émancipait à la
porter à sa bouche. Il applaudissait à ses larmes,
en entrant dans la justice de la cause qui les faisait
couler; mais il ne perdait pas l'occasion de lui laisser
entrevoir que depuis long-temps elle devait s'attendre à ce qui lui venait d'arriver, et que la mort
avait été favorable à son mari même, puisqu'un état
d'infirmités continuelles devait lui rendre la vie à
charge. Pour moi, tout neuf que j'étais, si toutes
ces raisons me paraissaient bonnes, il y en eut une
qui me sembla déplacée, et je pensai même que
M. de Dorsan s'était trop avancé. Je crus en effet voir
un intérêt trop marqué, quand monsieur le comte
ajouta qu'avec ses traits et sa jeunesse, une aussi
belle femme pouvait facilement réparer cette perte,
et qu'il était impossible qu'elle ne fixât l'amour et la
constance de quelqu'un en état de la dédommager.
Où ne mène pas l'amour, quand une fois on s'abandonne à sa conduite! Si ses premiers pas sont in-
sensibles, il s'enhardit rapidement dans sa marche, et
n'attend que le premier moment favorable pour faire
une irruption.

Si, faute d'avoir connu pour lors ce caractère de
l'amour, la vivacité de monsieur le comte me surprit,
peut-être fut-ce par une suite de cette même ignorance que la réponse de la belle veuve m'étonna. Elle

ne consistait que dans un coup d'œil, mais qui semblait chercher dans celui de M. de Dorsan le motif qui
inspirait son discours, et qui, quoiqu'elle fût pénétrée
de douleur, laissait voir une apparence de surprise
satisfaite. Je n'eus pas lieu de m'y arrêter long-temps.

Le comte, qui devinait l'embarras dans lequel devait être madame Dorville, lui dit : Vous avez sans
doute des amis, madame ; car votre position en exige.
Je serais flatté si, en me mettant de ce nombre,
quoique j'aie peu l'honneur d'être connu de vous, il
vous plaisait de m'honorer de vos ordres. La reconnaissance que je vous dois règlerait mon exactitude
à vous marquer mon zèle.

Il n'avait pas encore achevé les dernières paroles,
quand madame de Dorville, qui se disposait sans
doute à lui répondre, en fut empêchée par la visite
de quelques personnes de sa connaissance, qui venaient, par politesse, prendre part à sa peine.

Les abords furent silencieux, les complimens brefs,
les visites courtes, et chacun se retira après avoir
donné des marques d'une tristesse qui ne paraissait
pas passer le bord des lèvres. Nous nous étions ap-
prochés, M. de Dorsan et moi, pour sonder la mère de
madame de Dorville sur l'état où son beau-fils pouvait laisser sa veuve par sa mort.

Je m'aperçus bientôt que M. de Dorsan ne faisait aucune attention à notre entretien. Un grand
homme sec, qui venait d'entrer, l'occupa, et il ne
nous répondait plus que d'une façon distraite. Ce
sujet de sa nouvelle inquiétude paraissait un seigneur

à l'éclat de ses habits. L'air de confiance avec lequel madame de Dorville le pria de rester un instant pour l'entretenir, le faisait croire à M. de Dorsan un ami intime de la maison; et qui passe pour ami d'une femme dans l'esprit de son amant, est sûr de le tourmenter. Pour moi, je jugeai qu'elle s'ouvrait à cette personne sur sa situation, et peut-être sur quelques embarras qui en résultaient. J'allais faire part au comte de mon idée, quand, en se levant, ce personnage suspect nous fit entendre ces paroles adressées à la veuve:

J'ai toujours été le très-humble serviteur et l'ami véritable de votre mari. Je voudrais pouvoir vous obliger, et pour vous, et par reconnaissance pour sa mémoire qui m'est chère; mais vous me prenez malheureusement dans un temps où je suis moi-même dans le plus grand embarras; il faut s'aider; voyez à vous tirer de ce pas. Ayez recours à vos connaissances; elles seront peut-être plus heureuses que moi.

Je vous regarde, reprit madame de Dorville, comme la personne avec laquelle je puis m'ouvrir le plus librement, et à laquelle je dois le plus de confiance.

Vous me faites honneur, dit-il en s'en allant; je suis fâché de ne pouvoir y répondre[1]; mais, vous le savez, il faut songer à soi. Et il sortit aussitôt.

---

[1] *Vous me faites honneur, dit-il en s'en allant; je suis fâché de ne pouvoir y répondre.* Nous renvoyons pour cette négligence de style, déjà plusieurs fois relevée, à la note première de la page 69 du tome second. Le seigneur que Marivaux fait parler, ressemble au

M. de Dorsan, trop éclairé par ce discours, pria la mère de lui expliquer le sens de ces dernières paroles, qu'il commença lui-même à interpréter; il s'informa même du rang et de l'état de cet homme. Elle nous dit superficiellement qu'elle ignorait le sujet de la conversation que sa fille venait d'avoir avec ce monsieur; que c'était un gentilhomme de leur province, qui, n'étant point riche, avait eu recours à M. de Dorville, et l'avait prié de lui rendre service. Mon fils a été assez heureux, ajouta-t-elle, pour lui faire obtenir un emploi où il s'est poussé rapidement; et, depuis ce temps, il a toujours été l'ami intime du défunt et de sa maison.

Il n'en fallait pas tant pour instruire M. de Dorsan, et pour le décider sur ce qu'il devait faire dans cette circonstance; j'ose dire qu'il l'exécuta avec cette dextérité qui donne aux bienfaits un prix que rien ne peut compenser [1].

---

curé dont Gil Blas a pris la défense auprès de l'archevêque de Grenade, et qui tourne le dos à son protecteur dès qu'il n'en peut plus rien attendre. C'est une vérité devenue aujourd'hui commune dans les livres, et qui, par malheur, n'a pas cessé de l'être dans le monde. Shakspeare, dans son *Timon*, nous montre plusieurs amis de cette espèce auxquels le dissipateur athénien a prodigué autrefois ses richesses et ses bienfaits. L'un, appelé au secours de son ami ruiné, se désole de n'avoir pas été averti plus tôt; mais il vient de disposer du dernier argent qui lui restait. L'autre s'offense de ce qu'on ne s'est pas adressé à lui en premier lieu, et refuse d'obliger son ami, qui a par là fait injure à sa délicatesse.

[1] *Un prix que rien ne peut compenser. Compenser* n'est pas le

Après un compliment adressé à ces dames, et qui me parut moins animé, sans doute parce que l'action qu'il venait de faire le rendait moins libre [1], il leur demanda la permission de venir les consoler; et nous nous retirâmes.

Je lui avais appris la promesse que j'avais faite à M. Bono de lui rendre visite; il me proposa de m'y conduire sur-le-champ; mais je le priai de ne point se déranger, d'autant plus que j'étais résolu de retourner chez moi.

J'ai laissé ma femme indisposée, lui dis-je, et je lui ai promis de revenir au plus tôt. Si je tardais, elle pourrait s'inquiéter, et je me ferais un crime de contribuer à augmenter sa maladie.

Monsieur le comte, malgré mes instances, voulut à toute force me remettre chez moi, pour s'informer de la santé de mon épouse. Sa politesse et son amitié l'y portaient assurément; mais je pense que le motif le plus pressant était de pouvoir en chemin parler encore quelque temps de l'objet de son amour; car à peine étions-nous en route, qu'en me sautant au cou, il me dit:

---

mot propre; il fallait *égaler*. On ne *compense* qu'une perte, un défaut, l'absence d'un avantage, d'une qualité, d'un mérite. ACAD.

[1] *Qui me parut moins animé, sans doute parce que l'action qu'il venait de faire le rendait moins libre.* Observation très-délicate. Pour les cœurs généreux c'est un désavantage auprès de la personne aimée, que de lui avoir rendu service. On en devient moins entreprenant; on aurait peur de paraître abuser du droit de ses bienfaits. Un amant véritable ne veut pas être confondu avec un créancier.

Ah ! cher La Vallée, que cette veuve est aimable ! je ne crois pas que personne ait jamais pris sur moi l'empire que je sens qu'elle obtient. Oui, je l'adore, et rien ne peut me faire changer.

J'ai cru deviner vos sentimens, répondis-je; vous ne faites qu'affermir mes idées; mais j'avoue que, plus je vous crois incapable de vous vaincre, et moins j'espère que vos feux ne soient point traversés.

Eh quoi ! reprit-il d'un air animé, quelqu'un m'aurait-il prévenu dans son cœur ? Que je serais malheureux ! Mais n'importe, j'exige de votre amitié de ne me rien cacher.

Je ne connais point assez cette belle, lui répondis-je, pour savoir si son cœur est prévenu; mais, si j'en dois juger par les seules lumières que la nature m'a données, je crois qu'elle vous voit d'un œil aussi favorable que le vôtre peut lui être avantageux.

Que tu me réjouis, cher ami ! dit-il; cette espérance me charme. Puis-je m'y abandonner? Tu me le dis, je te crois. L'espoir que vous me faites concevoir, continua-t-il, redouble l'amitié que je vous ai vouée; oui, c'est un titre plus grand à mes yeux que la vie même que je vous dois. Eh ! qu'est-ce que la vie, en effet, ajouta-t-il avec feu, si elle doit être malheureuse ? Loin de vous en avoir obligation, je devrais, au contraire, vous faire un reproche de me l'avoir conservée, si je devais perdre la seule chose qui pourra jamais me la faire estimer.

J'eus beau combattre ses sentimens, le prier même de s'y livrer avec plus de réserve; tout fut inutile.

Si mes raisons paraissaient quelquefois l'abattre, il ne se relevait bientôt qu'avec plus d'avantage. Sa mère l'aimait; il avait un bien assez considérable; madame de Dorville avait une naissance qui ne pouvait le faire rougir. En un mot, il aimait, voilà le grand point; et cette circonstance suffisait pour lui faire trouver de la faiblesse dans mes objections, et de la solidité dans ses réponses.

Instruit d'ailleurs par la seule nature, que pouvais-je lui objecter qu'il ne pût aisément renverser? Tout ce qu'il pouvait me répondre devait être sûr de s'attirer mon suffrage; aussi, quand je le combattais, je tirais mes argumens moins de l'expérience que du sentiment.

Ce fut au milieu de tous ces propos que nous nous rendîmes chez moi. M. de Dorsan voulut voir mon épouse, qu'il trouva toujours dans le même état de langueur. Nous étions à peine assis, qu'on vint m'avertir qu'une personne me demandait de la part de madame de Dorville. M. de Dorsan, qui pénétra plus que moi le motif du message, me dit de faire entrer cet exprès. J'obéis, et l'on me remit un billet de cette dame, dont je ne crus pas devoir faire un mystère au comte, qui paraissait lui-même fort empressé d'en voir le contenu. Nous y lûmes ce peu de mots :

« J'ai trouvé une bourse sur ma toilette. Serait-elle
« à vous, monsieur? ou monsieur le comte l'aurait-il
« oubliée? Je vous prie de me faire savoir auquel
« de vous deux je dois la renvoyer.

                                        « DORVILLE. »

Je regardai en souriant monsieur le comte, dont
le visage soutint mes regards attentifs sans se laisser
pénétrer. D'un air même fort ingénu, et qui aurait
pu persuader un homme moins instruit, il fouilla
dans sa poche et m'assura qu'il n'avait point perdu
la sienne. Sans sortir de mon idée, pour le satisfaire,
je cherchai la mienne par forme ; aussi se trouva-t-elle
fort exactement à sa place. Je ne doutais point d'où
la générosité partait, et j'allais me disposer à répondre suivant mes lumières, quand M. de Dorsan,
ayant su qu'on ne connaissait point mon écriture dans
cette maison, me pria de lui permettre de faire lui-
même la réponse sous mon nom. Que l'amour est
ingénieux ! il saisit tout. Peut-être aussi ce seigneur
appréhendait-il quelque indiscrétion de ma part.
Quel qu'ait été son motif, voici sa réponse :

« Madame,

« La bourse que vous avez trouvée ne m'appar-
« tient point. Monsieur le comte, qui est présent à
« l'ouverture de votre billet, m'a assuré qu'il n'a
« point perdu la sienne ; il m'a ajouté que, sans
« doute, celle qui se trouve chez vous, ou vous ap-
« partient, ou y a été laissée par quelqu'un instruit
« de vos affaires.
« Pour moi, je pense que vous ne devez faire au-
« cune difficulté de vous en servir. Je suis même
« persuadé qu'on vous en aura obligation. Qui en a

« agi [1] d'une façon mystérieuse, a voulu se cacher ;
« vos recherches ne le découvriront pas ; il borne sa
« gloire à vous être utile ; voilà mon sentiment.

    « Je suis avec respect,

      « MADAME,

                « Votre très-humble et
            « très-obéissant serviteur,

                « LA VALLÉE. »

Si cette lettre paraît un peu longue, qu'on se rappelle que c'est un amant, et un amant dans les premiers transports, qui trouve une occasion inespérée d'écrire à sa maîtresse ; et on sera surpris que son style se soit trouvé si laconique ; car un amant qui écrit, appréhende toujours de n'en pas dire assez.

Malgré toutes les précautions que ce seigneur prenait dans sa lettre pour cacher qu'il fût l'auteur de cette action généreuse, tous mes soupçons s'arrêtèrent sur lui. En effet, me disais-je intérieurement, sa tranquillité me l'apprend. Pendant l'entretien de madame de Dorville avec ce grand homme sec, j'ai cru voir que monsieur le comte était naturellement jaloux ; et cependant cette circonstance, qui aurait dû l'alarmer plus qu'une conversation, ne lui cause aucun trouble ; il n'y voit donc point de motifs de

---

[1] *Qui en a agi.* Qui en a a ; cacophonie désagréable. Le *qui* est d'ailleurs trop elliptique.

s'inquiéter; ainsi il connaît l'auteur de cette générosité que son grand cœur lui a dictée [1].

Tant il est vrai que l'homme a toujours quelque
faible par lequel il se démasque, sans le vouloir, aux
yeux de ceux qui sont à portée de le connaître, ou
qui s'attachent à l'étudier! Pour moi, qui entrais dans
le monde, je suivais avec tant d'attention tous ceux
qui m'approchaient, que rien ne pouvait m'échapper. C'est ce que l'on a dû remarquer dans le cours
de mes mémoires jusqu'à présent, et ce qui, sans
doute, m'a le plus instruit pour me conduire moi-
même.

Après cette réflexion, je ne balançais plus à attribuer à M. de Dorsan cette libéralité, lorsque ce
seigneur me demanda s'il pouvait m'entretenir en
particulier. Ma femme, qui était dans son lit, ne
nous gênant point, nous nous retirâmes dans un
coin de l'appartement, pour y parler en liberté.

Je ne vous cacherai point, cher ami, me dit-il,
que je suis l'auteur de l'inquiétude de madame de
Dorville. Que ne voudrais-je pas faire en faveur de
cette adorable personne? Mais sa lettre me jette dans
un double embarras. Je crains sa délicatesse, et je
voudrais la prévenir. L'ignorance de ma conduite,

---

[1] *Que son grand cœur lui a dictée.* On n'a pas un grand cœur,
parce qu'on offre sa bourse à une personne dans la détresse. Le
mot *cœur* tout seul conviendrait mieux, puisqu'il s'agit d'un amant.
Dictée est une expression assez impropre en parlant de *générosité*,
inspirée vaudrait mieux.

dans laquelle je prétends la laisser, la mettra peut-
être dans le cas de regarder cet argent comme un dé-
pôt et de ne pas oser y toucher. D'un autre côté, si
elle sait qu'il vient de moi, et que mon amour veut
qu'elle s'en serve, ses sentimens peuvent m'exposer
à ses refus.... Voyant qu'il s'arrêtait à réfléchir, je
lui demandai ce qu'il croyait qu'il fallût faire dans
cette occasion, pour épargner le refus qu'il craignait, et pour donner à cette veuve la liberté de se
servir de l'argent qu'elle avait trouvé dans sa maison.

Je m'y perds, reprit-il; la circonstance est embarrassante.... mais... attendez... Oui, je vois une
ressource. Il faut que vous vous rendiez chez elle :
vous sonderez ce qu'elle pense ; vous combattrez
ses scrupules, vous les lèverez même ; vous la déter-
minerez enfin à profiter de cette circonstance, sans
chercher à la pénétrer. Laissez-lui la liberté de penser
ce qu'elle voudra, mais ne lui faites point soupçonner
que vous connaissez la personne qui a eu le bonheur de lui offrir ses secours.

Cette commission est difficile à remplir, lui dis-je.
Ah! cher La Vallée, ajouta le comte, j'attends de
vous cette grâce. Et, sans me donner le temps de
répondre, il m'apprit tous les argumens que je devais employer pour vaincre la délicatesse de son
amante.

Ma reconnaissance ne me permettait pas de déso-
béir à un seigneur dont les ordres m'honoraient. Je
lui promis de remplir ses volontés dès le lendemain,
et d'aller aussitôt lui rendre la réponse que j'aurais

reçue. M. de Dorsan sortit, en me protestant de nouveau qu'il allait employer son crédit pour presser
mon avancement. Faites vos affaires, me dit-il ; je
verrai Bono, je vous excuserai auprès de lui ; il est
bonhomme, et l'indisposition de votre femme sera
un motif suffisant. Ce seigneur aurait pu ajouter que
mes excuses, en sortant de sa bouche, ne devaient
point trouver de réplique dans Bono ; mais il aurait
craint de m'humilier en ajoutant ce sujet de me tranquilliser, et il ne le fit point.

Dès que je fus seul avec ma femme, je m'informai
plus exactement de sa situation présente. Elle se
trouvait un peu mieux. Je lui dis que je comptais
aller le lendemain prendre mes neveux ; et, croyant
qu'elle serait en état de m'y accompagner, elle m'en
fit la proposition. Je l'acceptai volontiers ; mais cette
résolution ne devait point s'exécuter.

Elle passa, en effet, une fort mauvaise nuit, éprou-
vant partout des douleurs aussi aiguës que passa-
gères. Je fis venir un médecin, qui, à le bien dire,
ne comprit rien à cette singulière maladie, mais qui
néanmoins ordonna la saignée et quelques boissons,
plutôt, je crois, pour n'être pas venu en vain, que
dans l'espérance que ces remèdes produisissent quelque effet avantageux.

La saignée faite, on n'y découvrit aucun symptôme
qui pût dénoter la nature d'une indisposition marquée. Comme ma femme ne paraissait se plaindre
que d'une faiblesse extrême, je lui parlai de me rendre chez mon frère. Loin de s'y opposer, elle me dit,

d'un air d'affection dont je fus pénétré, qu'elle était
fâchée de ne pouvoir m'y accompagner, mais qu'elle
me priait d'assurer mon frère qu'elle se faisait un
plaisir infini d'embrasser ses neveux.

Je sortis donc, et me rendis chez madame de Dorville. Elle me renouvela les motifs de son inquiétude. Je lui demandai en quel lieu elle avait trouvé
cette bourse, qui lui faisait prendre tant de peine
pour en découvrir le maître. Elle me dit qu'après
notre départ, sa mère l'avait vue sur sa toilette.

Dans ce cas, lui dis-je, vous ne devez pas douter
que celui qui a pris ces précautions, n'ait souhaité
de vous être utile sans se faire connaître. Vous vous
donnerez à le chercher des soins inutiles, et je crois
qu'à votre place, et dans la position où vous êtes, je
ne balancerais pas à profiter de secours offerts avec
tant de délicatesse. Le trait ne peut partir que d'une
main amie, et celui qui l'a fait a sans doute appré-
hendé vos refus.

Quoique mon raisonnement eût plus de force que
je n'aurais pensé la veille pouvoir lui en donner, elle
combattit quelque temps ma décision, et je ne pus la
résoudre à user de cette ressource, qu'en l'assurant
que, si quelqu'un l'inquiétait à ce sujet, je lui pro-
mettais, sur l'honneur, de la tirer d'embarras à ses
ordres.

Satisfait d'avoir réussi dans ma médiation, je me
rendis triomphant chez M. de Dorsan, que je comblai
d'une joie parfaite. Sa reconnaissance ne pouvait trouver de termes assez forts pour me remercier. J'étais

une seconde fois son libérateur. Les intérêts de l'amour l'emportaient dans son cœur sur ceux de la vie.

Ne pourriez-vous, me dit-il, m'expliquer plus en détail la position des affaires de madame de Dorville? Car je connais maintenant son nom et celui de son mari; mais je ne comprends pas comment des gens de ce rang sont tombés dans une pareille extrémité.

Je sais, lui dis-je, qu'un procès considérable a ruiné cette famille. Il était question de droits de terre qu'on disputait à feu M. Dorville. Le crédit de sa partie l'a emporté sur la justice de sa cause, et la perte de ce procès l'a contraint de quitter la province pour venir à Paris solliciter un emploi qui le mît en état de vivre et de soutenir sa femme.

N'avez-vous pas, reprit-il, d'autres lumières sur cette affaire, qui puissent m'indiquer un moyen de faire rentrer cette famille dans ses droits?

Non, monsieur, lui répondis-je; je ne sais pas même le nom de la terre.

Je le découvrirai, ajouta-t-il; et, s'il y a moyen, je ferai rendre justice à cette aimable veuve. Après ce court entretien, je quittai M. le comte de Dorsan pour me rendre chez mon frère. Je le trouvai; il me reçut en versant des larmes que sa joie de me voir, ou le chagrin de me recevoir dans une salle dégarnie, pouvait également faire couler. Je pense que l'un et l'autre motif y contribuaient; car j'allais m'asseoir, quand il me dit que sa femme était de retour.

Je le priai de me la faire voir. Il l'envoya avertir, et
dans l'instant un garçon vint me dire de sa part de
monter à son appartement.

Mon frère m'accompagna; je dis qu'il m'accompagna; car je crois que, sans ma présence, il ne lui
aurait pas été permis d'y paraître. J'avoue que, si
l'air de misère qui m'avait frappé en bas m'avait surpris, l'aisance et l'opulence même qui paraissaient
régner dans la petite antichambre et dans la chambre
de madame, m'étonnèrent encore davantage.

Je ne pouvais comprendre pourquoi, quand tout
était dégarni, je trouvais dans un seul endroit tant de
meubles en profusion, et en si grande quantité, qu'il
il y avait un coin où les pièces de tapisserie étaient
entassées les unes sur les autres.

Je trouvai ma belle-sœur dans son lit, avec tous
ses grands airs. Je m'attendais à voir une beauté;
mais ce n'était qu'une petite personne d'un visage
fort ordinaire, et dont le langage me parut dénoter
plus de suffisance que d'esprit.

Je suis charmé, ma sœur, lui dis-je, de vous voir
et de vous embrasser; cet agrément augmente la joie
que j'ai eue de retrouver mon frère.

Si la réponse fut fort laconique, elle ne contenait
nulle aigreur; les termes de *monsieur*, quand elle
m'adressait la parole, ou de *madame*, quand elle
parlait de mon épouse, étaient tout ce que je remarquais de différent entre nos discours.

Elle suivit ce même ton, tant que mon frère fut
présent; et de temps à autre, elle lui jetait un coup

d'œil qui semblait lui dire : Que faites-vous ici ? Je ne fus point la dupe de toutes ces manières, et je compris que je devais plus sa politesse à mon air décent qui lui imposait, qu'à ma qualité de beau-frère.

Comme ma sœur n'osait pas apparemment donner une libre carrière à sa mauvaise humeur tant que mon frère resterait, de peur que cela n'occasionât quelques contestations, dont je deviendrais un arbitre suspect, elle affecta un grand air de douceur pour l'engager à descendre. La docilité qui le porta à obéir sur-le-champ, me fit connaître combien sa femme avait d'empire sur lui, et me révolta encore davantage contre elle.

Il ne fut pas parti que ma belle-sœur, prenant une humeur plus grave, me dit d'un ton moitié libre et moitié dévot; oui, de ce ton qui n'attend que votre repartie pour se décider [1] : Que je suis malheureuse ! votre frère me ruine. Il n'a point d'arrangement dans ses affaires, et nous sommes dans le cas de quitter incessamment le commerce. Pour moi, je n'en suis pas fâchée, mais j'aurais désiré pour lui qu'il pût le soutenir.

---

[1] *Oui, de ce ton qui n'attend que votre repartie pour se décider.* Il y a quelque obscurité dans l'idée, et l'expression est incomplète. Marivaux aurait dû dire : *pour prendre l'un de ces deux caractères.* Le mot *libre*, d'ailleurs, n'a pas un sens assez déterminé. Est-ce hardi et insolent envers Jacob ? Est-ce leste et insouciant sur l'opinion qu'il fera concevoir ? Ce dernier sens me paraît le plus probable, parce qu'il contraste mieux avec l'idée de dévotion.

Je lui fis entendre que je voyais avec peine le
désastre qu'elle m'annonçait; et, sans paraître lui
adresser directement la parole, je lui dis que dans
un ménage chacun devait se prêter également à le
soutenir, si l'on souhaitait qu'il prospérât.

Vous avez raison, me dit-elle; j'ai fait ce que j'ai
pu, mais mon parti est pris. Je ne puis vivre plus
long-temps avec votre frère. Qu'on remarque ce
nom en passant, et il est à considérer que dans tout
notre entretien elle n'employa jamais celui de *mari*,
qui sans doute l'aurait fait rougir. Je vais me retirer chez ma mère, ajouta-t-elle; à moins qu'il ne
veuille consentir à une séparation de biens.

Je ne savais pas trop bien les conséquences de ces
mots; cependant sur quelques interrogations que je
lui fis, et que je ménageai avec assez d'art pour dérober mon ignorance à ses yeux, elle m'en instruisit,
en m'ajoutant qu'elle avait encore des espérances et
qu'elle prétendait se les conserver.

Cette résolution me pénétra de douleur; mais je
sentis l'impossibilité de la faire revenir d'un parti
pris avec obstination. D'ailleurs, je ne voulus pas
trop y insister, puisqu'elle le faisait dépendre de la
volonté de son époux, qui ne me paraissait pas y
devoir consentir.

Mais quel sera le sort de mon frère? me conten-
tai-je de lui dire. Ah! je demeurerai alors avec lui,
me dit-elle, et je le ferai vivre; mais du moins il ne
sera pas mon maître; ce qui fut prononcé avec un
ton animé qui régla ma réponse.

Vous avez raison, lui dis-je; pour que le mariage soit heureux, je crois que chacun doit partager la supériorité, sans qu'aucun fasse sentir à l'autre la part qu'il en possède.

Eh! qu'est-ce que je demande, cher beau-frère? reprit-elle en m'interrompant. Mon discours, dont elle n'avait pas pris le sens, l'avait prévenue en ma faveur. Je veux ma liberté, poursuivit-elle; je n'en fais point mauvais usage : je vais au sermon ; je m'amuse; si je ne me lève point de bonne heure, c'est que je ne peux pas. Votre frère me connaît ; ne doit-il pas se conformer à mon humeur ?

Elle me débita alors tous les motifs de ressentiment qu'elle prétendait avoir contre son mari. Je n'y vis que des griefs contre elle, que je me contentai de déplorer, sans oser y joindre ma juste critique. Le trait de M. Hutin ne fut point oublié. Elle ne rougit pas même de me parler avec violence de la haine que mon frère portait à *son ange;* on sait que c'est le nom qu'elle donnait à son directeur; je crois devoir le rappeler avec d'autant plus de raison que je ne l'aurais pas reconnu moi-même sous ce titre, si je ne me fusse souvenu des discours que mon frère m'avait tenus chez moi à ce sujet.

Enfin, ajouta-t-elle, je me lèverai bientôt pour assister à un sermon qu'il doit prêcher ce matin à l'église de Saint-Jean ; car j'aimerais mieux perdre tout que de manquer une de ses prédications. Nous sommes pourtant un peu brouillés, continua-t-elle avec un air de dépit; car il ne veut plus être mon

directeur. Il faut que je vous raconte ce qui a donné
lieu à notre dispute.

Je m'impatientais d'être exposé à entendre tant de
sornettes; mais je voulais prendre quelque crédit
sur son esprit, premièrement, pour obtenir d'elle la
demande que je comptais lui faire de mes neveux ;
secondement, me flattant que par là je pourrais la
ramener à bien vivre par la suite avec mon frère.
J'ignorais que le second article était trop décidé pour
la faire changer, et que le premier avait tous ses
vœux ; mais je savais qu'une dévote a plus d'obligation à quelqu'un qui lui laisse parler de son confes-
seur, qu'une coquette n'en goûte quand elle s'en-
tretient de ses amans. Ce père, me dit-elle, était
anciennement du parti rigoriste ¹, et alors il se faisait une réputation infinie. Son confessionnal était
toujours entouré d'une foule prodigieuse de péni-
tentes, et il ne pouvait répondre à l'empressement
des femmes de bien qui voulaient se conduire par
ses conseils. J'étais alors une des mieux accueillies.
Il y a quelque temps, par un aveuglement horrible,
il a changé de système ; mais comme il n'avait fait

---

¹ *Ce père, me dit-elle, était anciennement du parti rigoriste.* Tout
ce passage a trait aux querelles soulevées dans le clergé, et par suite
dans le peuple, par la fameuse bulle *Unigenitus.* Nous n'appuierons
pas ici sur ce souvenir historique, assez étranger au genre de l'ouvrage dont nous nous occupons, quoique l'allusion que fait Marivaux à ces dissensions pieuses rentre parfaitement dans le cadre
qu'il s'est tracé. Nous nous bornerons à dire que le mot *rigoriste*
signifie ici *janséniste.*

ce pas que pour se concilier l'amitié de son évêque, il ne changea point de conduite avec ses ouailles. Satisfaites de ses sentimens intérieurs, nous nous contentions de gémir sur son apostasie apparente, quand tout à coup il entreprit de métamorphoser nos cœurs. Comme il m'avait honorée du nom de *sa chère fille,* je fus une de ses premières dont il entreprit la perversion. Un jour, il me parla de la légitimité de ses nouveaux sentimens; je ne pus l'entendre sans frémir. Je le priai de cesser, il continua; je devins furieuse, et j'entrepris de le combattre avec une force dont il eut lieu d'être surpris.

Eh! ma chère fille, me dit-il, où est donc cette docilité que vous m'avez tant de fois promise? Venez me voir en particulier, et je suis convaincu que je vous ramènerai à cette confiance à laquelle vous m'avez donné tant de droits.

Non, monsieur, lui dis-je; n'espérez pas me vaincre. Si vous avez été assez lâche pour succomber, je saurai me soutenir.

En ce cas, reprit-il d'un air consterné, je vous prie de choisir quelqu'un plus digne de votre confiance. Il me regarda en finissant, et je le pris au mot.

Rendue chez moi, je lui écrivis une lettre foudroyante sur son changement et sur son ardeur à vouloir que je l'imitasse. Je la lui fis remettre directement, mais je n'en eus point de réponse; j'éprouvai bientôt le vide que me causait son absence; je lui écrivis de nouveau, pour lui redemander ses soins; mais ce fut en vain, et je suis réduite au plaisir sté-

rile de le suivre partout où il prêche, et à gémir en
secret de n'avoir plus le bonheur d'être sous sa conduite ; car, je ne le dissimule point, il sera toujours
mon ange.

J'avoue que, si je n'avais cru avoir besoin de gagner l'amitié de ma belle-sœur, je n'aurais pu m'empêcher de rire en voyant cette dévotion singulière
qui s'attache plus à l'homme qu'aux principes qu'il
débite. Je vis par là combien il avait été heureux
pour moi que M. Doucin fût un ange de moindre
crédit auprès de mademoiselle Habert la cadette.
Je ne pus soutenir plus long-temps le récit de tant
d'extravagances, et, sur le prétexte de l'indisposition
de mon épouse, je me levai, avant même qu'elle eût
fini sa narration. Je la priai de me confier l'éducation
de mes neveux. Elle accepta ma proposition sans
balancer, ce qui ne me prévint pas en sa faveur; je
la quittai.

Je vis, en descendant, mon frère, auquel je cachai
une partie de ma douleur. Il embrassa ses enfans, les
larmes aux yeux, et me demanda si sa femme avait
volontiers consenti à me les céder. Je lui fis sentir,
avec tout le ménagement dont je fus capable, que je
croyais qu'elle n'en regrettait pas la perte, parce
qu'ils passaient entre mes mains, et nous nous séparâmes également pénétrés de la plus vive douleur.

Pendant le chemin que je fis pour me rendre chez
moi, je réfléchis à tout ce que je venais de voir et
d'entendre. Je me demandais : Qu'est-ce donc que la

religion aujourd'hui dans ce royaume ¹ ? Ce n'est donc plus qu'un masque dont chacun décide le grotesque selon son caprice? Si j'en crois ma belle-sœur, son directeur change par intérêt, et, métamorphosé au dehors, son cœur reste le même ; mais ce n'est que pour un temps nécessaire, sans doute, pour apprivoiser insensiblement les personnes qui n'ont pas encore oublié ses premiers discours. Le temps le sert, et dès-lors tout doit s'assujettir à sa façon de penser. Qui sait encore si l'intérêt n'est pas l'âme de cette nouvelle conduite?

Ma sœur, d'ailleurs, continuai-je en réfléchissant, qui dans son directeur voit un ange, tant qu'il ne s'éloigne point de ses idées, entreprend de l'endoctriner, dès qu'il veut les combattre. Je ne savais à quoi m'arrêter quand il me vint dans l'esprit que toute la faute venait de l'ange prétendu.

La religion, telle qu'elle est en France, me dis-je, est fondée sur un préjugé d'obéissance aveugle. Ma belle-sœur avait été élevée dans ces idées ; elle a été soumise tant qu'elle s'y est astreinte. Pour lui faire goûter ses sentimens, son directeur a été obligé de

---

¹ *Je me demandais : Q est-ce donc que la religion aujourd'hui dans ce royaume?* Marivaux élève ici la voix et se livre à quelques réflexions aussi graves que judicieuses. Ce morceau ne paraîtra sans doute guère moins piquant à nos lecteurs qu'un pamphlet de circonstance, à une époque où l'on voit tant de gens, semblables à *l'ange* dont il vient d'être question, se faire hommes de parti par intérêt, et, s'apercevant que *le temps les sert,* vouloir *tout assujetir à leur façon de penser.*

donner carrière à sa raison, et de lui apprendre à
n'être docile qu'avec restriction. Ce principe raisonnable a jeté dans son cœur des racines d'autant plus
profondes, que la réflexion le montre plus solide;
c'est l'œuvre du directeur ; c'est donc de son ouvrage
qu'elle se sert contre lui-même.

C'est ainsi que je m'entretenais en chemin ; ce ne
sont pas là des réflexions prises de la nature même
des choses; je ne voyais encore que la superficie, et
c'était par elle que je jugeais. J'étais trop simple
pour aller plus avant. Je le serais moins aujourd'hui ;
mais ce serait prévenir les temps ; j'eus même honte
d'avoir poussé si loin mes idées ; je les croyais con-
traires à ce principe de soumission absolue que j'avais
sucé avec le lait.

Pendant tout ce petit débat qui se passait dans
mon esprit, je disais, de temps à autre, quelques
douceurs aux enfans qui venaient de m'être confiés.
En arrivant, je les conduisis au lit de mon épouse,
qui, malgré un grand accablement, leur prodigua
les caresses que je pouvais espérer d'une femme dont
j'étais véritablement aimé.

En voyant leur grande jeunesse, elle me conseilla
de les mettre en pension ; ce que j'exécutai dès le
lendemain.

Libre de tout embarras, et me confiant sur la parole que m'avait donnée M. de Dorsan, je passai quelque temps chez moi sans quitter ma femme, qui n'a-
vait point d'incommodité décidée, comme je l'ai dit,
mais qui semblait néanmoins dépérir à vue d'œil.

M. le comte de Dorsan, à qui j'avais fait part des
raisons de ma retraite, venait nous voir assidument.
C'est par lui que j'appris que madame de Fécour
était dans un état désespéré, et qu'elle ne voyait
personne. Il m'avait mené deux fois chez madame de
Vambures, sans qu'il nous eût été possible de joindre
cette dame. Chaque fois que nous nous étions pré-
sentés à sa porte, on nous avait toujours dit qu'elle
était à la campagne, et qu'à peine restait-elle à la
ville, quand ses affaires la forçaient à s'y rendre. Je
souffrais impatiemment cette longue absence, quoique la réflexion m'y fît souvent trouver des charmes.
J'évitais par là un éclaircissement qui m'aurait beaucoup coûté. Qu'aurait, en effet, pu dire un homme
marié à une femme qu'il était dans le cas d'aimer et
de respecter?

La situation du comte ne me paraissait pas plus
agréable; je le voyais chaque jour triste et rêveur,
et je n'osais lui en demander le motif, parce que je
pénétrais trop son secret. On se doute assez que madame de Dorville entrait dans tous nos entretiens.
Il la voyait souvent, et n'en sortait jamais sans en
être plus charmé. Il m'avait appris toutes les voies
qu'il avait tentées auprès de cette dame pour découvrir le fond de ses affaires; l'envie de lui être utile
était la seule cause de sa curiosité. Sans qu'elle s'en
fût presque aperçue, il avait su toutes les circonstances du procès que feu son mari avait perdu; et
sur cela il avait bâti son système, dont il ne m'avait
jamais parlé. Un soir, il me dit que des affaires im-

portantes l'empêchaient de venir chez moi pendant
quelque temps; je ne fus donc point surpris de ne le
point voir. Je m'étais rendu plusieurs fois à son hôtel, sans pouvoir le joindre; j'étais enfin résolu de
l'attendre chez moi, quand ma cuisinière vint un jour,
sur les sept heures du matin, m'avertir que le comte
de Dorsan demandait à me parler dans l'instant. Je
lui fis dire que j'allais m'habiller au plus tôt; mais
il renvoya le domestique pour me prier, de sa part,
ou de le laisser approcher de mon lit, ou de me contenter de mettre ma robe de chambre; je me levai et
j'allai au devant de lui.

Devais-je être fort content de moi? Autrefois je
m'estimais trop heureux d'avoir cette robe de chambre, je ne pouvais me lasser de me voir seul avec
cette espèce d'habillement; et maintenant j'ai le privilége de paraître en compagnie avec la même robe de
chambre. Devant un seigneur, La Vallée en robe de
chambre! Voilà ce que je n'avais osé penser, quand
je la mis pour la première fois. Je commence à m'estimer heureux, mon cher La Vallée, me dit monsieur le comte en m'abordant. Je viens d'obtenir
pour vous le contrôle des fermes de votre province.
J'ai bien eu de la peine à réussir, parce que vous n'a-
vez jamais exercé; et sans madame de Vambures,
qui n'a point eu de relâche qu'elle n'ait obtenu cette
faveur signalée, j'aurais assurément échoué, malgré
tout mon crédit.

Quelles obligations ne vous ai-je pas, monsieur!
lui dis-je. La façon prévenante avec laquelle vous

m'annoncez ce bienfait, me pénètre mille fois plus
que la fortune considérable que vous me procurez.

Il faut l'avouer, si les bienfaits ont un droit inalié-
nable sur notre sensibilité, le plus ou le moins de
ce droit se prend dans la manière de les répandre[1].
Souvent on donne mal; le bien mal donné perd la plus
grande partie de ses attraits. Un homme est dans la
misère; son état implore des secours; on veut bien
les lui donner; mais on l'humilie par les demandes
réitérées auxquelles on l'expose, ou on le fatigue
par des remises qui l'accablent, loin de le soulager.
Doit-il avoir obligation, quand on lui donne enfin?
Oui, s'il pense bien : le service mérite la reconnaissance; mais celui qui donne doit-il la réclamer?
Non, sans doute; ce qu'on donne de cette façon
n'est plus à soi; c'est une faveur que celui qui la
reçoit a achetée; c'est donc une acquisition, et non
pas un don. Voilà une réflexion que me fait placer
ici la conduite de M. de Dorsan à mon égard. On
dira qu'elle a été faite dans tous les temps; mais peut-
on trop la répéter, quand, malgré sa justesse, elle
est si rarement mise en usage?

Si vous saviez, mon cher, reprit M. de Dorsan,

---

[1] *Le plus ou le moins de ce droit se prend dans la manière de les*
répandre. Phrase louche et tourmentée pour reproduire une idée que
nous avons déjà vue exprimée plus haut d'une manière plus simple
et plus heureuse. La Bruyère dit quelque part, que c'est souvent
au *bienfaiteur* qu'il faut imputer les torts de l'*ingrat*. Sénèque a
traité à fond cette matière, et Marivaux lui emprunte plusieurs
idées qui se trouvent sous une autre forme dans sa *Marianne*.

avec quel plaisir, avec quel zèle madame de Vambures s'est prêtée à vous obliger dès la première ouverture que je lui en ai faite, vous ne douteriez pas
plus de ses sentimens que je ne doute des vôtres.
Elle ignore votre mariage; croyez-moi, cachez-le
lui; car sa vertu, sans être revêche, pourrait lui
faire, au moins intérieurement, honte des sentimens
que je ne puis m'empêcher de lui supposer.

J'étais si transporté de joie en entendant ces dernières paroles de mon généreux protecteur, que je ne
me connaissais plus. Non, les grands biens que me
promettait la fortune n'avaient plus pour moi que
de faibles attraits. Être aimé de madame de Vambures, en être servi avec zèle, voilà ce qui me trans-
portait; mais que je revins bientôt de mon illusion,
en me rappelant que j'étais marié! Je crois que, si
j'avais pu être ingrat, mon cœur aurait reproché à
mademoiselle Habert les bontés qu'elle avait eues pour
moi. Cependant sans elle je n'aurais pas eu mon épée,
cette épée qui délivra M. de Dorsan, et j'aurais manqué l'occasion de connaître madame de Vambures. Soit
que ces réflexions fussent venues tout à coup [1], je ne

---

[1] *Soit que ces réflexions fussent venues tout à coup.* Il manque
un membre à cette phrase. Cette tournure *soit que* indiquant toujours une forme dubitative, il faut montrer les deux idées entre
lesquelles l'esprit est en balance. Peut-être Marivaux, venant de
faire rappeler par Jacob que c'est à son épée et par conséquent aux
bienfaits de mademoiselle Habert qu'est due sa position actuelle,
a cru avoir établi par là l'autre partie de l'alternative; mais s'il a
fait assez pour le complément de l'idée, la tournure de la phrase
n'en reste pas moins incomplète.

fis aucun reproche, même en secret, à mon épouse ;
je fus joyeux et je devins triste à l'excès dans le même
moment.

Dans ces dispositions, je promis à M. de Dorsan de
suivre ses conseils. Oui, monsieur, lui dis-je, je cacherai à cette dame une connaissance qui pourrait la
faire rougir. Mais quoi ! vous pensez qu'elle pousserait la bonté jusqu'à me ¹….

Oui, elle vous aime, reprit M. de Dorsan ; rappor-
tez-vous-en à mon expérience. Que ne suis-je aussi
heureux ? ou, pour parler plus équitablement, nous
sommes, mon cher, également malheureux. Votre
mariage met un obstacle invincible aux désirs secrets
que je suppose à madame de Vambures, et qui doivent
naître de l'impression qu'elle a faite sur vous ; et
moi, si j'aime, tout s'oppose à mon bonheur. Que je
suis à plaindre d'être né dans un rang où le cœur
doit astreindre tous ses mouvemens aux lois rigou-
reuses qu'impose la naissance !

Non, je ne dois rien vous déguiser, monsieur le
comte, lui dis-je, et votre sincérité doit régler la
mienne. Mes sentimens sont tels que vous les avez
pénétrés. Oui, j'aime madame de Vambures ; car si
ce que je sens n'est pas de l'amour, j'ose presque dire
qu'il n'en est point sur la terre. Quand vous m'appre-
nez qu'elle daigne y répondre, il n'est point étonnant

---

¹ *Qu'elle pousserait la bonté jusqu'à me…* Suspension étrange par
la carrière qu'elle ouvre à l'imagination dans la circonstance dont
il s'agit.

que je sois malheureux ; mais vous, mon cher protecteur, que la naissance et la fortune semblent avoir
placé au-dessus de toutes les révolutions, je ne puis
concevoir l'origine de la douleur qui vous accable.

Le même motif qui vous afflige, me dit-il, fait
aujourd'hui mon chagrin. Oui, l'amour nous rend
tous deux infortunés. Je suis libre, il est vrai ; je n'ai
point encore formé les nœuds qui vous retiennent ;
mais c'est ma mère qui doit disposer de ma main, et
elle-même doit recevoir la loi de la cour pour arrêter mon alliance. Mon cœur a prévenu ma mère et la
cour ; souscriront-elles à mon choix ? Voilà ce que je
n'ose espérer.

Mais votre cœur, lui dis-je, aurait-il fait un choix
indigne de mériter l'approbation des personnes dont
vous dépendez ?

Qu'on voie ici, en passant, jusqu'à quel point l'a-
mour m'avait aveuglé, puisque je ne me rappelais plus
les sentimens que j'avais vus naître dans le cœur de
M. de Dorsan, le jour que j'avais été assez heureux
pour lui sauver la vie. Je ne revins à moi que quand
il reprit en ces termes :

Mon choix ne peut sans doute être blâmé. Vous
connaissez assez madame de Dorville pour juger si
j'ai pu me défendre contre ses charmes. Non, je ne
goûterai jamais de vrai bonheur qu'en partageant ma
fortune avec elle. J'ai été assez heureux pour augmenter son aisance sans la faire rougir. Vous m'avez
parlé d'un procès considérable qu'elle avait autrefois
perdu par la faveur de sa partie ; cette affaire n'était

jugée qu'en première instance, et la fortune de son
mari ne lui avait pas permis de la suivre. J'ai vu son
procureur, que j'ai envoyé chez cette dame, comme
s'il y venait de son propre mouvement, pour l'engager à reprendre son instance, en l'assurant qu'il se
chargeait des risques ; elle n'a consenti qu'avec peine
à prêter son nom. Elle vient de gagner son procès,
et est à présent dans sa terre, sans qu'elle sache comment cette affaire a été conduite. Elle n'en a appris
que le succès. Cette position nouvelle de madame
de Dorville semble quelquefois me permettre d'espérer ; mais que cet espoir est traversé par de terribles
craintes !

J'avoue que toute cette conduite, jointe aux lumières de la raison, qui n'étaient point offusquées
par la politique [1], me faisait regarder les sentimens
de M. de Dorsan comme très-légitimes. Le cœur,
me disais-je, parle bien ici ; et c'est le seul dont on
doive prendre conseil pour former une union de cette
importance. Calculer les revenus, ou éplucher la naissance, ce sont là les soins d'une âme trop tranquille
pour que l'amour soit de la partie.

Je me trouvais confirmé dans cette idée par ma
propre expérience. J'avais pris mademoiselle Habert
pour son bien. Je menais une vie douce avec elle ;
mais mon cœur, comme on le voit, n'y trouvait pas à

---

[1] *Qui n'étaient point offusquées par la politique.* Ce dernier mot
est impropre. Il faudrait : *des considérations d'intérêt et de convenance.*

se fixer. De temps à autre, le charme des sens étourdissait l'âme; cependant si la tendresse avait toujours eu autant d'empire sur moi que je m'apercevais qu'elle en prenait depuis que je connaissais le fond des sentimens de madame de Vambures, j'aurais été infailliblement malheureux.

On juge assez, d'après ces réflexions, quelle fut la réponse que je fis à M. le comte de Dorsan. Je lui déclarai franchement que le parti que je prendrais à sa place, s'accorderait certainement avec les résolutions que je le soupçonnais d'avoir formées. C'est par cette voie, lui dis-je, qu'à la campagne, où je suis né, les mariages sont ordinairement heureux. Un enfant n'y craint presque jamais de se tromper en nommant son père; tandis qu'avec toutes ces dépendances de la ville et de la cour, on voit presque toutes les maisons pleines de fils et de filles qui, en bonne justice, n'auraient aucun droit à la succession qu'on est forcé de leur laisser recueillir.

Que je suis charmé de vous voir dans ces sentimens! reprit le comte en m'embrassant. Je ne puis rester plus long-temps. Je viendrai vous prendre entre midi et une heure pour nous rendre chez madame de Vambures. Elle doit, avec moi, vous conduire chez les personnes qui se sont employées pour vous.

Je le suivis jusqu'à son carrosse, en lui renouvelant les témoignages de ma reconnaissance. Dès qu'il fut parti, je remontai auprès de mon épouse, à laquelle, à travers mille transports de joie, je fis part du sujet de la visite que j'avais reçue de M. le comte de Dor-

san. Elle ne parut pas recevoir cette nouvelle avec
la même satisfaction que je lui marquais ; cependant
il est encore bon d'avertir que monsieur le comte fut
le seul à qui j'attribuai cette faveur aussi grande qu'inespérée ; je craignais, en nommant madame de Vambures, d'offrir matière à la jalousie, que j'avais déjà
reconnue deux fois aussi facile que prompte à s'enflammer dans le cœur de ma femme.

Qu'avez-vous donc, ma chère ? lui dis-je. Vous pa-
raissiez souhaiter que je fisse quelque chose, et lorsque mon avancement se décide, il paraît vous affliger.

Je suis charmée, me dit-elle, de la place qu'on
vous a donnée ; mais cela vous obligera à voyager, et,
pendant ce temps, je serai éloignée de vous. D'ailleurs, que j'appréhende de ne pas jouir long-temps
de la vue de votre fortune !

Cette idée, qui paraissait me présager une désunion
prochaine, me fit mêler mes larmes à celles qui ter-
minèrent le discours de mon épouse. Je tâchai de la
rassurer contre ce fâcheux pronostic, à la réalisation
duquel j'avoue que je ne voyais nulle apparence. Quand
je crus la voir tranquille, je la quittai, en l'embrassant, pour me disposer à être prêt à l'arrivée de M. le
comte de Dorsan, qui vint à l'heure indiquée.

Ma femme me chargea de faire ses excuses à ce
seigneur, de ce qu'elle ne pouvait le remercier de la
protection dont il voulait bien m'honorer ; son indisposition fut le prétexte, mais un chagrin secret
en était la véritable cause.

Arrivé chez madame de Vambures, j'employai

tout l'art que la réflexion avait pu me suggérer,
pour lui faire un abord [1] qui confirmât les dispositions dans lesquelles elle était à mon égard. Il était
impossible que mes politesses ne se ressentissent pas
de la gêne où je me mettais. L'expérience m'a dé-
montré depuis qu'on gagne davantage à laisser agir
la nature ; en effet, il fallait que cette dame fût bien
prévenue en ma faveur, pour ne s'être pas rebutée de
l'air contraint que je devais avoir dans cette visite
que je lui fis.

Si je faisais une révérence, mes yeux accompa-
gnaient mes pieds pour en regarder la position. Quand
je voulais tourner un compliment, le terme propre
m'échappait pour en vouloir un plus noble, et, me
perdant dans un chaos de synonymes, je m'arrêtais
au moins convenable de tous. Telle fut ma première
entrée chez madame de Vambures. Quoique mon embarras ne pût lui échapper, j'eus cependant lieu d'ê-
tre content de la façon gracieuse avec laquelle cette
dame me reçut ; et si je m'aperçus alors, quoiqu'un
peu tard, du ridicule que je me donnais, je ne dus
ma découverte qu'à la réflexion ; car j'eus beau consulter les yeux de madame de Vambures, il me parut
toujours que mon petit individu ne laissait pas de lui
être agréable. Il fallut faire les visites projetées. Jugez

---

[1] *Pour lui faire un abord.* On ne *fait* point un *abord* comme un
accueil. L'Académie n'offre aucun exemple de cette locution, et on
la chercherait vainement dans nos bons écrivains. Il fallait : *Pour*
me présenter à elle d'une manière qui lui, etc.

de notre étonnement commun; les premières personnes que nous allâmes remercier, furent MM. Fécour et Bono. Le premier me reçut avec un froid qui
surprit tout le monde; car c'était lui qui, au nom
de madame de Vambures dont il était allié, avait
le premier souscrit à ma nomination.

Le second, au contraire, parut fort satisfait que le
choix me regardât. Je suis charmé, dit-il à mes pro-
tecteurs, que vous vous soyez intéressés pour ce jeune
homme; il fera quelque chose; enfin, le voilà le
pied dans l'étrier; c'est à lui d'avancer maintenant;
mais il faut qu'il parte incessamment. Je tiendrai la
parole que je vous ai donnée, madame, dit-il à
madame de Vambures; je lui donnerai un homme
pour faire les tournées avec lui et arranger ses affaires.
Cet homme sera même en état de l'instruire, car il est
bon qu'il sache quelque chose; mais il le paiera au
moins; car nous ne pouvons nous charger de ces frais,
qui sont assez considérables.

Ne soyez pas inquiet, lui dit madame de Vambures; nous venons pour vous remercier, et non pas
pour vous être à charge.

A charge, à moi! reprit Bono; oh! ma foi, non.
Il faut donner ces places; peu m'importe qui les ob-
tienne. Je suis charmé que cela vous ait fait plaisir.
Mais voilà ce qu'on n'a jamais vu : un homme qui
n'a jamais rien fait, et qui sans doute ne sait rien,
occuper ces sortes de places ! (J'ai prévenu, dans ma
quatrième partie, que cet homme-ci était bon, mais
qu'il n'avait pas la langue légère.) Au reste, conti-

nua-t-il, Fécour nous a fermé la bouche en nous disant qu'il n'était pas pour rester là, et qu'il ne prenait cet emploi qu'*ad honores,* et qu'en conséquence, nous n'aurions point à nous plaindre. J'ai fait de mon côté ce que j'ai pu ; car la personne que je lui donne pour commis aurait eu sa place, si ce jeune homme n'avait été présenté par madame.

M. de Dorsan l'assura qu'on ne manquerait à rien de ce qu'il conviendrait de faire, et qu'il se rendait garant de tout. Il prononça ces paroles avec un air de grandeur qui ne permit à Bono d'y répondre que par une profonde inclination, accompagnée de ce peu de mots bien satisfaisans pour moi : Sous votre protection, monsieur, il fera un chemin rapide.

Nous nous disposions à nous retirer, quand Bono, d'un air sans façon, dit qu'il s'était flatté que nous lui ferions l'honneur de dîner chez lui. (Gonfle-toi, mon cher La Vallée : *nous lui ferions l'honneur !* Celui qui autrefois s'était trouvé fort heureux de faire mille complimens à dame Catherine, pour avoir l'honneur de manger avec elle dans sa cuisine, aujourd'hui marche de pair avec les grands. On parle d'un comte, d'une marquise et de lui, sans y faire la moindre différence ; et qui ? Un financier.) La proposition ayant été acceptée, on ne tarda pas à se mettre à table.

La compagnie me parut aussi nombreuse que bigarrée. C'étaient gens de tout état et de tout rang, auxquels souvent le maître du logis était obligé de demander leur nom, quand il avait besoin de le placer.

M. Bono, assis entre M. de Dorsan et madame de

Vambures, à la droite de laquelle j'étais rangé, les
entretenait; pendant qu'un petit étourdi, qu'à ses
gesticulations on aurait pris pour un baladin, s'ac-
quittait du soin de dédommager le reste de la compagnie de la distinction que M. Bono accordait à ses
voisins.

La table fut somptueusement servie; on y oubliait
la saison et le temps; j'y vis ce raffinement inventé
par la gloutonnerie financière de faire doubler tous
les services, et je n'avais d'embarras qu'à savoir sur
quoi m'arrêter.

Le champagne n'avait pas paru, que notre étourdi
commença à proposer à la compagnie la lecture de
quelques pièces fugitives faites en l'honneur du maître de la maison. Chacun applaudit, et M. Bono, d'un
coup de tête réservé, remercia l'auteur de la proposition qu'il avait faite, et l'assemblée de l'acquiescement qu'elle venait d'y donner; il me parut, en se
relevant, gonflé de la moitié. La lecture se fit au
milieu des acclamations de toute la société. On fé-
licita le lecteur de l'heureuse invention. D'un ton
modeste, il en refusa d'abord les honneurs, et ce ne
fut qu'à force d'opiniâtreté qu'on le força de dire : Cela
n'en vaut pas la peine, messieurs, vous me faites rougir; et, à l'abri de cette apparente humilité, il se chargea de faire sentir toutes les beautés de ses ouvrages.

J'avoue que je ne les sentais pas; j'attribuais mon
insensibilité à défaut de connaissance, quand, en
jetant un coup d'œil sur M. de Dorsan, je vis qu'il
haussait les épaules. Madame de Vambures paraissait

souffrir, mais en silence, parce que madame Bono, qui était vis-à-vis son mari, était enthousiasmée du merveilleux de ce qu'on venait de lire.

Peut-être cet homme s'aperçut-il qu'il lui manquait notre suffrage; car il avait le visage animé, lorsqu'il adressa ces paroles à M. de Dorsan : Monsieur, lui dit-il, je ne sais si vous avez entendu parler d'un épithalame campagnard fait au sujet d'un mariage de madame de Ferval avec le chevalier des Brissons.

Chacun de nous se regarda, et, sans faire attention que monsieur le comte n'avait point répondu, je m'adressai au poëte : Mais, monsieur, lui dis-je, je croyais monsieur le chevalier à son régiment.

Tout le monde l'a pensé comme vous, me répondit-il; mais c'était une feinte. Madame de Ferval, qui s'en est amourachée depuis une rencontre tout-à-fait singulière, était partie pour se rendre à une de ses terres; le chevalier l'y a suivie quelques jours après, et elle vient de mettre entre ses mains sa personne et ses biens[1]. Cette bonne femme, à force

---

[1] *Sa personne et ses biens.* Le dernier de ces présens explique les motifs qui ont fait accepter l'autre. En effet, sans la richesse de madame de Ferval, on aurait peine à concevoir comment le chevalier, qui l'a trouvée dans un tête-à-tête plus que suspect, s'est décidé à pousser une conquête si peu précieuse jusqu'au mariage. Au surplus, la nouvelle serait peu attachante pour le lecteur, sur qui madame de Ferval n'a pu faire qu'une médiocre impression, sans le double intérêt que Jacob doit y trouver, en apprenant à la fois qu'il est débarrassé d'une femme qu'il n'aimait guère et d'un rival auprès de celle qu'il aime véritablement.

d'avoir badiné l'amour sous le masque de la dévotion, s'en voit à la fin dupe à son tour; elle le mérite bien. Le chevalier est un jeune fou, qui, faute de biens, s'attachait à tout ce qui se présentait, dans l'espoir de trouver quelque bonne poule à plumer : celle-ci s'est présentée ; il n'a point manqué son coup, il en a profité, il a bien fait; aussi c'est sur madame de Ferval que tombe tout le fiel du poëte campagnard qui a composé cet épithalame.

Pendant que notre homme déployait son papier avec précaution, madame de Vambures me jeta un coup d'œil de satisfaction qui me disait : On vous a parlé de ce rival; est-il à craindre? Je compris à merveille ; mais je me contentai de baisser les yeux en souriant, dans la juste appréhension où j'étais qu'elle ne lût dans mes regards embarrassés qu'elle avait de mon côté une rivale bien plus à redouter. Un certain morne que je sentis se répandre sur mon visage, m'inquiéta; je travaillai à le dissiper au plus tôt, et il faut croire que j'y réussis; car elle ne parut pas avoir le moindre soupçon de ce qui se passait dans mon esprit relativement à ma femme; du moins je dus l'augurer à la gaîté qu'elle témoigna pendant la lecture de l'épithalame.

Quoiqu'il fût assez bien écrit, je me contenterai de dire que toutes les ressources de madame de Ferval, pour renouveler et diversifier ses plaisirs sans redouter la censure, y étaient dépeintes avec une naïveté et un sel qui faisaient autant admirer la pièce qu'ils

révoltaient contre son héroïne. M. Jacob y jouait un
rôle qui n'était pas aussi favorable à sa valeur que la
délivrance de M. de Dorsan ; mais cette circonstance
était dépeinte avec des couleurs si singulières, que,
sans le nom qui me blessait l'oreille, je crois que j'y
aurais applaudi. Cette pièce fut universellement goû-
tée ; et, malgré cela, le lecteur ne voulut pas se l'ap-
proprier, parce qu'il prétendait qu'il y avait quelques
expressions basses qui se sentaient d'un poëte des
champs. Enfin on se leva de table, et chacun insensiblement s'en alla ; nous nous disposâmes de même
à nous retirer. Quand compte-t-il partir? demanda
M. Bono. Dans quelques jours, répondit M. de Dorsan. Le plus tôt sera le mieux, reprit Bono. Il nous reconduisit ensuite jusqu'au carrosse ; et là, comme on
allait donner le coup de fouet : Eh ! à propos, me dit
M. Bono, cette petite femme que j'ai vue à Versailles
avec vous, qu'est-elle devenue ? La.... la....

M. de Dorsan, piqué de cette façon de s'exprimer,
l'interrompit avec vivacité : C'est de madame de Dorville que l'on vous parle sans doute ? me dit-il.

Oui, reprit Bono ; juste, la Dorville. Que fait-elle ?
Elle n'est pas venue me voir. Comment se porte son
mari ?

M. de Dorville est mort, lui répondis-je. Oui, reprit
M. de Dorsan indigné, oui, M. de Dorville est mort,
et madame de Dorville est veuve, et elle n'a par
conséquent plus besoin d'emploi. J'en suis fâché, dit
M. Bono en nous saluant ; et il se retira.

Que signifiaient les mots, j'en suis fâché? Je suis

certain qu'il n'en savait rien lui-même, comme j'assurerais que M. Bono n'avait pas pris garde à la colère qu'il avait causée à M. de Dorsan. Il était naturellement bon; mais c'était un de ces caractères dont la simplicité va jusqu'à la dureté, sans y faire attention.

Quelle vivacité! dit alors madame de Vambures au comte de Dorsan; vous paraissez prendre bien de l'intérêt à madame de Dorville.

Oui, madame; loin de le nier, lui répondit le comte, je m'en fais gloire. Ces misérables, parce que leurs richesses les mettent au-dessus du commun, s'imaginent qu'ils peuvent impunément mépriser la noblesse sans opulence. Je ne suis pas assez infatué d'un grand nom pour croire que tous les égards lui soient dus; mais je pense que quand, malgré l'indigence, la noblesse sait soutenir son rang, elle n'en a que plus de droits à notre estime.

J'en conviens, reprit cette dame; la naissance est accidentelle à l'homme; mais une naissance qu'accompagne la vertu est digne des plus sincères hommages. Avouez à votre tour, comte, que, si vous n'aviez pas quelque liaison intime avec madame de Dorville, vous auriez été moins agité d'une expression qui, dans la bouche de Bono, n'est d'aucune conséquence.

Ne soupçonnez rien, je vous prie, reprit le comte, d'injurieux à cette dame. J'admire plus sa vertu que je n'estime sa beauté, qui a cependant tout mon cœur. Je ne doute point de votre discrétion, et je ne fais point difficulté de vous découvrir mes sentimens. Oui, si ma main dépendait de moi, j'irais dans l'instant la supplier à genoux de l'accepter.

Mais est-ce qu'elle ignorerait vos dispositions? lui dis-je. Si elle les sait, reprit sur-le-champ madame de Vambures, elle ne peut y être insensible. Qui pourrait rejeter d'aussi beaux sentimens? Et si cette dame pense aussi bien que vous, comte, je ne puis vous blâmer.

J'ai peu joui de l'avantage de la voir, nous répondit le comte; son état de veuve m'a prescrit des lois que suivait faiblement mon respect, quand ses affaires l'ont entraînée à la campagne. Je ne vous cacherai pas cependant qu'elle connaît ce que je pense. Je vous dirai même que je crois m'être aperçu que mes sentimens lui sont chers; mais sa situation et ma naissance lui ont imposé jusqu'à présent un rigoureux silence. Tout cela s'est manifesté dans la dernière visite que je lui rendis avant son départ. Elle avait la force de me donner des conseils contre mon amour. Je lui en fis mes plaintes; et, en effet, j'étais pénétré de douleur, lorsque les larmes qui couvrirent son visage m'apprirent qu'elle combattait ses propres sentimens, en travaillant à détruire les miens.

Ah! comte, s'écria madame de Vambures, de pareils sentimens tiennent lieu de naissance, de beauté et de fortune. Si je vous plains des obstacles que vous rencontrerez, je vous admirerai si vous êtes inébranlable. Oui, il n'y a rien de si précieux qu'on ne puisse, qu'on ne doive même sacrifier à une si noble façon d'aimer.

Que vous m'enchantez! s'écria à son tour le comte.
Si vous connaissiez celle que j'adore, vous l'aimeriez
vous-même. M. de La Vallée l'a vue; il peut vous
dire si j'exagère.

Je vis que madame de Vambures interrogeait mes
yeux pour y lire l'impression que cet entretien faisait
sur mon âme. Quoi! vous paraissez insensible! me
dit-elle en s'apercevant que je l'avais devinée.

Non, madame, répondis-je [1]; mais je suis si enchanté de la façon dont vous entrez dans les sentimens de monsieur le comte, que j'estimerais heureux
celui qui aurait l'avantage de vous en faire agréer de
pareils. Peu inquiète de son origine, vous ne regar-
deriez que son amour; et voilà ce que j'admire.

Vous ne vous trompez pas sur ma façon de penser,
me dit-elle; oui, je n'écouterai que mon cœur pour
donner ma main, et je m'estimerai heureuse si je
me trouve payée d'un semblable retour.

Pouvez-vous, repris-je avec une vivacité que je ne
me connaissais pas, pouvez-vous être connue sans faire
naître ces sentimens réciproques que vous réclamez? Il
est encore des cœurs capables d'apprécier le mérite,
et vous réunissez tout ce qu'il faut pour gagner leur
suffrage.

---

[1] *Non, madame, répondis-je*, etc. Le détour est très adroit pour
amener un commencement de déclaration, et notre paysan s'en tire
aussi bien à présent que s'il n'avait jamais fait autre chose. Mais il
faut convenir qu'il y a un peu d'effronterie de sa part, à se mettre
en quelque sorte sur les rangs pour obtenir la main d'une autre
femme pendant que la sienne vit encore.

Madame de Vambures, qui s'aperçut que la conversation devenait animée, et qu'elle commençait à
en faire l'intérêt, prit monsieur le comte par le bras
en lui disant : A quoi rêvez-vous donc, comte? Aux
moyens de faire mon bonheur, lui dit-il, et j'y
réussirai.

Cette reprise de M. Dorsan renouvela les craintes
qu'avait eues cette dame de se trouver de nouveau im-
pliquée dans une conversation sérieuse, et, pour s'en
débarrasser, elle tourna l'entretien sur mes affaires.
M. de Dorsan lui dit que tout était arrangé, et que
je pouvais partir dès le lendemain si je voulais; qu'il
avait pourvu à tout, et que, dès que je serais décidé,
il m'enverrait sa chaise de poste et deux de ses domestiques.

Sa fortune, reprit madame de Vambures, lui per-
met-elle de faire une tournée aussi longue? Tout est
arrangé, j'ai eu l'honneur de vous le dire, reprit M. de
Dorsan; n'ayez point d'inquiétude. Mais, dit cette
généreuse dame, son avancement est notre ouvrage
en commun; je veux, comme vous, contribuer à le
soutenir dans son emploi [1].

A ces mots je me jetai sur sa main, que je couvris

---

[1] *Je veux, comme vous, contribuer à le soutenir dans son emploi.*
Ceci ne passe-t-il pas un peu les bornes de la bienséance? Une femme
qui se respecte offre-t-elle jamais de l'argent à un jeune homme
bien fait, qui n'est pas sous les livrées de la misère? Qu'est-ce donc
quand elle aime ce jeune homme, et qu'il vient à l'instant même de
lui faire l'aveu des sentimens les plus tendres?

de mille baisers, pendant que monsieur le comte lui
disait : Cela ne regarde pas M. de La Vallée ; ce
sont nos affaires ; nous les arrangerons bien ensemble. Madame de Vambures pria alors monsieur le
comte de faire arrêter, parce qu'elle se trouvait devant une maison où elle devait passer la soirée. Je
descendis le premier, j'eus l'honneur de lui présenter la main, et je me servis de cette circonstance
avantageuse pour la remercier de nouveau dans des
termes qui devaient plus flatter son amour que sa
générosité.

J'avoue que je n'aurais pu bien démêler ce qui
pouvait dicter mes paroles. Je n'avais pas envie de
tromper, mais j'étais entraîné par des sentimens dont
je n'étais plus le maître. Laissez quelque jour à une
passion, elle fera plus de chemin que souvent on ne
pensera lui en permettre. Si cette passion est l'amour,
la pente naturelle de notre cœur lui donne un cours
bien plus difficile à retenir. Eh! qui s'emploie à y
mettre des bornes? Tout, au contraire, dans nous-
mêmes, concourt à l'étendre. Ainsi on ne doit point
être surpris si, malgré mon mariage, et quoique
M. de Dorsan m'eût donné une haute idée de la vertu
de madame de Vambures, je profitais de toutes les
occasions pour lui marquer ma tendresse. Dès que je
la voyais, j'oubliais mon devoir et le respect que je
lui devais; car l'un et l'autre étaient également dé-
mentis par ma conduite.

En quittant madame de Vambures, monsieur le
comte me reconduisit chez moi, où, de concert avec

mon épouse, dont l'état paraissait toujours le même, mon voyage fut fixé au surlendemain. Pendant cet intervalle, je vis mon frère, que sa femme tourmentait avec le même acharnement; je le conduisis dans l'endroit où j'avais placé ses fils, dont on nous fit concevoir une grande espérance. Le temps que ces occupations ne m'enlevèrent pas, je le donnai tout entier à calmer les tendres inquiétudes de ma femme, dont l'état empirait à chaque instant.

Sur le soir du second jour, M. de Dorsan, chez lequel j'avais envoyé, et que l'on m'avait assuré être à la campagne, vint me voir et me dit, dans un transport de joie inexprimable : Cher ami, je suis aimé, je n'en puis plus douter. Madame Dorville a daigné me l'avouer, et je n'ai plus à combattre que les chimères dont une folle ambition prétend nous tyranniser; mais je les terrasserai; et, dès que son cœur est pour moi, j'ose ne plus douter de mon triomphe.

Si je pris part à sa joie, comme le méritait l'amitié dont il m'honorait, j'avoue que la réflexion me fit payer cher ce sentiment; car je me représentai que rien ne paraissait me permettre, à moi, un semblable espoir. Néanmoins je lui proposai d'aller ensemble chez madame de Vambures.

On sera surpris que je n'y aie pas encore paru : l'étonnement cessera dès qu'on fera attention qu'ennemi déclaré de toute dissimulation, je devais redouter un tête-à-tête avec cette dame. Après les derniers entretiens qui avaient dû lui faire connaître ce que je pensais, et qui m'avaient mis dans le cas de pouvoir soupçonner les sentimens qu'elle avait pour moi, je n'aurais pu me trouver seul avec elle sans lui faire une déclaration en forme. Cette déclaration ne pouvait avoir pour but que de la tromper par l'apparence de sentimens auxquels mon mariage s'opposait, ou de lui faire une injure qu'elle ne m'eût peut-être jamais pardonnée. Dans ce cruel embarras, je crus devoir attendre le retour de M. de Dorsan ; aussi, dès que je le vis, je lui proposai de m'aider à remplir ce devoir de politesse et de reconnaissance ; mais il me répondit que le soir même où nous avions quitté cette dame, elle était partie pour aller à sa campagne.

J'admirai cette singularité qui faisait que nous nous fuyions l'un l'autre, dans un temps où les premiers propos éclaircis semblaient nous prescrire une entrevue prochaine. Je conçus que cette dame, par délicatesse, avait voulu, à la veille de mon départ, éviter une déclaration qui lui aurait rendu mon éloignement plus sensible, mais contre laquelle mon mariage, qu'elle ignorait, la mettait en sûreté.

M. le comte de Dorsan me dispensa de la visite que je voulais lui faire ; et, en me quittant, comme je devais partir le lendemain de bonne heure, il me remit, de la part de madame de Vambures, une bourse qu'il ne voulut jamais me permettre d'ouvrir en sa présence. Je voulais voir ce qu'elle contenait ; mais il partit comme un éclair, en me priant de lui écrire souvent, et en promettant à ma femme qu'il viendrait souvent la consoler de l'absence de son mari.

Il ne fut pas parti, que ma femme devint inconsolable. Elle me répétait sans cesse qu'elle n'aurait plus le plaisir de me revoir. Pour moi, je ne partageais point ses frayeurs ; et j'ose dire que si cette aimable épouse avait été moins aveuglée par la tendresse qu'elle me portait, elle aurait trouvé au moins beaucoup d'insensibilité dans les adieux que je lui fis.

Je partis le lendemain en poste ; j'arrivai à Reims ; mon commis m'y attendait. Je passai quelque temps à m'instruire avec lui des fonctions de mon emploi, et je puis dire, sans me flatter de beaucoup de pénétration, qu'en peu de temps je me mis au fait du principal.

A peine y avait-il un mois que j'étais dans cette ville, lorsque je reçus une lettre de M. de Dorsan, dont le style m'étonna. Chaque ordinaire je recevais de ses nouvelles ; constamment je voyais un style badin et folâtre ; mais celui de cette dernière lettre me paraissait étudié ; enfin je vins à un article dans lequel il m'apprenait que ma femme était fort mal, mais que, comme on ne désespérait pas encore qu'elle ne se rétablît, il me priait de ne point quitter mes affaires, et me montrait l'importance de ne pas abandonner mon poste sans une permission expresse ; enfin il me conjurait de ne point m'alarmer, et de me reposer sur lui.

Après avoir pris lecture de cette lettre, je restai interdit. Tant d'empressement à m'engager de rester en province, quand on m'annonçait que ma femme était fort mal, me fit ouvrir les yeux, et je ne doutai plus qu'elle ne fût morte. Un froid me saisit aussi-

tôt[1] ; je reprenais cette lettre, et je la quittais sans
la lire. J'étais encore dans cette agitation violente,
quand un des laquais que m'avait donnés M. de Dorsan, vint m'avertir qu'un grand-vicaire du diocèse,
parent de son maître, demandait à me parler. J'allai
au devant de lui.

Après quelques questions sur les arrangemens que
j'avais pris avec mademoiselle Habert en l'épousant,
il m'ajouta qu'elle était morte sans donner d'autres
signes de maladie que la faiblesse que je lui ai connue[2]. Je ne pus refuser des larmes à sa mémoire, et
je puis dire qu'elles étaient sincères.

Monsieur, me dit-il, M. de Dorsan a fait jusqu'à
présent tout ce qui dépendait de lui pour vous épargner la douleur de rentrer sitôt dans votre maison ;
mais maintenant vous devez vous y rendre au plus
tôt ; car mademoiselle Habert l'aînée a fait mettre le

---

[1] *Un froid me saisit aussitôt.* Cette phrase n'est pas très-adroite,
et *le froid qui saisit* Jacob, lorsqu'il apprend la mort de sa femme,
n'a guère l'air que d'une continuation de celui qu'elle lui inspirait
pendant sa vie. Il faut avouer même que ce n'est pas là le beau côté
du héros, et nous ne saurions le justifier pleinement du reproche
d'ingratitude. Mais Marivaux n'en a été que plus vrai, en montrant
toutes les conséquences d'un mariage disproportionné.

[2] *Il m'ajouta qu'elle était morte sans donner d'autres signes de
maladie que la faiblesse que je lui ai connue.* Mademoiselle Habert
ne meurt-elle pas un peu dans le roman de Marivaux, par la même
raison que Julie dans *la Nouvelle Héloïse*, parce que l'auteur ne
sait plus qu'en faire ? La véritable maladie de ces deux personnages n'est autre que l'embarras du romancier qui a besoin d'un
dénouement, et qui prend la mort pour son *deus in machinâ.*

scellé chez vous, et je vous apporte une permission
d'interrompre votre tournée.

Je ne perdis point de temps ; je partis la même nuit.
Arrivé chez moi, je pris le deuil ; et, par les soins
de M. de Dorsan, j'eus bientôt arrangé le principal
de mes affaires.

A peine étais-je de retour, que j'eus la visite de
M. Doucin, ce vénérable directeur de mademoiselle
Habert.

Je crois que vous me connaissez, me dit-il en entrant. Je viens de la part de mademoiselle Habert
l'aînée. Cette bonne fille attend de votre équité que
vous lui remettiez les biens de sa sœur. Je vous crois
trop honnête homme pour lui enlever une succession
qui lui appartient par les droits du sang.

Si vous croyez, lui répondis-je, que je vous connaisse, je suis étonné que vous osiez venir ici. Ma
belle-sœur n'a rien à prétendre sur la succession de
ma femme ¹; et votre équité, autant que votre état,
doit l'engager à éviter de mauvais procédés qui ne
l'avanceront de rien.

Il affecta long-temps le ton doucereux pour tâcher

---

¹ *Ma belle-sœur n'a rien à prétendre sur la succession de ma
femme.* Jacob ne se montre-t-il pas ici plus intéressé que dans le
cours de l'ouvrage? Les lois ont beau être pour lui ; sa délicatesse ne
lui reproche-t-elle pas de frustrer de ses droits une héritière naturelle? et croit-il avoir gagné les quatre mille livres de rente de sa
femme par un mariage de deux mois? Il semble qu'on aimerait
mieux le voir renoncer généreusement à la succession d'une per-

de me fléchir; mais, voyant qu'il ne pouvait rien gagner sur mon esprit, et peut-être ayant jugé par mes réponses qu'il ne pouvait se flatter de réussir dans son projet : Nous verrons, me dit-il, qui de vous ou de moi l'emportera.

Je ne pus m'empêcher de rire en voyant cette affection cordiale d'un directeur, qui lui rendait propres les intérêts de sa pénitente. Je le laissai sortir en fureur, sans même le reconduire.

Cette impolitesse procéda moins d'un esprit de colère, que de la timidité que mon ignorance en procédures m'avait inspirée en entendant ses menaces.

J'appris dès le même jour cette scène à M. de Dorsan, qui me conduisit chez son avocat. Il me dit de rester tranquille, et qu'il se chargeait de suivre cette affaire, sans que je dusse m'en inquiéter davantage.

Je restai néanmoins un mois à Paris, pendant lequel j'étais journellement assailli par madame d'Alain, qui avait jeté les yeux sur moi pour établir sa fille Agathe. Je ne parvins à m'en débarrasser qu'en brusquant un peu cette bonne femme.

J'allais retourner en Champagne, quand M. de Dorsan me fit dire que madame de Vambures était de re-

_____

sonne qu'il n'a jamais aimée, et dont la vie même lui paraissait naguère être en effet un obstacle à l'accomplissement de ses vœux les plus chers. Ce procédé noble lui ferait pardonner l'espèce d'insensibilité et d'ingratitude qu'il a involontairement montrée à l'égard de sa bienfaitrice, dont la tendresse a été la première origine de la fortune qu'il est maintenant en chemin de faire.

tour, et qu'il fallait que je m'y rendisse dans le jour.
Je ne balançai pas à lui obéir ; je craignais moins alors
sa présence, quoique mon ajustement me semblât un
reproche parlant de dissimulation.

Quel lugubre appareil ! me dit cette dame en arrivant. Je vous croyais en province. Je me suis rendu
à Paris, madame, lui répondis-je, par ordre de M. le
comte de Dorsan, pour mettre ordre à mes affaires.
La mort de ma femme.... Comment, de votre femme !
reprit-elle vivement. Qu'est-ce que cela veut dire ?
Dorsan ne m'a jamais dit que vous fussiez marié ; et
elle resta là un moment à rêver.

Je profitai de l'instant pour me jeter à ses genoux.
Excusez, madame, lui dis-je, le secret que monsieur
le comte, par zèle pour mes intérêts, a cru devoir
vous faire ; il appréhendait peut-être....

Et qu'appréhendait-il ? dit-elle en m'interrompant. Croyait-il que je vous aurais obligé avec moins
de zèle ? Soupçonnait-il que ma bonne volonté eût
quelques vues auxquelles ce mariage fût contraire ?

Non, madame, repris-je ; M. de Dorsan vous connaît trop bien, il sait trop qui je suis pour croire que
vous daigniez descendre jusqu'à moi, quand il aurait
pu soupçonner que je fusse assez téméraire pour porter mes yeux jusqu'à vous.

Eh ! relevez-vous donc, me dit-elle ; je vous l'ai
dit, ce ne sera point la disproportion des rangs qui
gênera jamais mon inclination ; si je me mariais un
jour, je ne consulterais que mon cœur et celui de la
personne pour laquelle le mien se déciderait.

Ah! madame, lui dis-je dans un mouvement que
je ne pus arrêter, si votre cœur doit chercher qui
vous aime, qui vous adore, ne doit-il pas se fixer
aujourd'hui?

Que voulez-vous donc dire? reprit-elle toute troublée. Mais je crois que vous êtes fou. Votre femme
est à peine enterrée, et vous venez me parler d'amour!
C'est mal diriger votre plan; et cette vivacité, loin
de vous faire gagner mon cœur, serait capable de
diminuer mon estime.

Daignez, lui dis-je, ne me point condamner sans
m'entendre. Sachez l'histoire de mon premier mariage; connaissez comment les nœuds en ont été formés, et vous verrez qu'un motif étranger à l'amour
le décida. Oui, s'il est permis de le dire sans vous
offenser, vous êtes la première qui ayez reçu l'hommage de mon cœur.

Je serai charmée d'être instruite, me dit-elle;
comme je veux absolument décider votre fortune, il
est important que je vous connaisse.

Sous quelle forme ingénieuse l'amour véritable
ne cherche-t-il pas des raisons pour soutenir son feu,
même lorsqu'il croit entrevoir des motifs de le détruire! Plus il est sincère, et moins il manque de ressources au besoin.

Il serait superflu de répéter tout ce que j'ai dit ci-
dessus; il suffira de savoir que je fis un récit aussi
naïf à madame de Vambures que je l'ai fait jusqu'ici
au public. Vous voyez, ajoutai-je alors, madame, si
l'amour a eu quelque part à mon union avec made-

moiselle Habert. Par une suite de ma franchise, je
dois vous avouer que vous êtes la première qui m'ayez
rendu sensible, mais que cette sensibilité est d'autant
plus cruelle, qu'il m'est moins permis d'en concevoir quelque espérance.

Je suis flattée des lumières que vous venez de me
donner, me dit cette aimable dame, puisque je puis
vous rendre mon estime. Votre dissimulation avait
alarmé ma gloire [1]; j'en suis désabusée : il n'est temps
maintenant que de penser à votre fortune. Eh! que
me fait la fortune, si je ne puis mériter vos bontés?
lui dis-je d'un air de douleur.

Soyez content, La Vallée, me dit-elle, de mes
dispositions présentes ; je ne puis vous dire d'espérer ;
vous connaissez ma façon de penser ; que cela vous
suffise. Un œil adouci, et qui me parut satisfait, semblait m'en dire mille fois davantage que la bouche
n'en exprimait [2].

---

[1] *Votre dissimulation avait alarmé ma gloire. Ma gloire,* style de
tragédie. *La gloire* d'une princesse, d'une Monime, d'une Émilie,
veut dire l'opinion qu'elle a et veut inspirer aux autres de sa vertu
et de la difficulté qu'on doit trouver à lui plaire. Il est douteux
que, dans le monde, dans le langage familier et naturel, une femme,
de quelque rang qu'elle fût, se soit jamais servi d'une expression si
pompeuse, et le mot de *délicatesse* semblerait bien plus convenable
dans la bouche de madame de Vambures.

[2] *Mille fois davantage que la bouche n'en exprimait.* L'ad-
verbe *davantage* est synonyme de *plus,* avec cette différence qu'il
ne prend jamais après lui la conjonction *que.* C'est une négligence
d'autant plus importante à signaler, qu'elle est plus commune, et
qu'on la trouve quelquefois même dans des ouvrages d'ailleurs
très-bien écrits.

Entraîné par un mouvement de joie, je me préci-
pitais de nouveau à ses pieds, comptant la forcer à
s'expliquer plus clairement, quand un bruit qui se
fit entendre dans l'antichambre l'obligea de m'arrêter. C'était M. le comte de Dorsan.

Je me rends à vos ordres, dit-il à madame de Vambures. Peut-être suis-je importun, ajouta-t-il en
souriant et en me regardant d'un air malin; mais
comme un intérêt commun m'amène, j'espère qu'on
ne m'en voudra point de mal.

Non, comte, répondit sur-le-champ madame de
Vambures, vous n'êtes point de trop; car je veux vous
parler. Il est question de m'aider de votre crédit pour
achever l'établissement de M. de La Vallée. Bono,
que je vis hier, m'en ouvrit un moyen. C'est un excellent homme que ce Bono !

Oui, madame, reprit le comte, l'intérêt qu'il prend
à M. de La Vallée me le fait estimer; vous pouvez
compter sur moi. Mais je vous avouerai, dit-il encore en badinant, que, si je ne voyais mon ami sous
cet extérieur mortuaire, je serais plus étonné de votre
zèle que le mien ne peut vous satisfaire. Je ne pénètre
jamais mes amis, continua-t-il sur le même ton;
mais je souhaite qu'un état décent le mette au plus
tôt dans un rang plus proportionné aux bontés dont
vous l'honorez.

La fortune n'a point de privilége auprès de moi,
reprit d'un air badin madame de Vambures; M. de
La Vallée n'aura plus besoin de moi quand son chemin sera fait. Je me suis prêtée volontiers à ce que

vous avez souhaité de moi pour son avancement ; mais je crois qu'il demande, si rien ne le retient à Paris, qu'il aille poursuivre sa tournée.

Mais je suis menacé, dis-je alors, d'un procès de la part de ma belle-sœur.

Ne craignez rien de ce côté-là, me dit M. de Dorsan. J'ai vu Doucin, et je crois qu'il portera sa pénitente à rester tranquille ; mais quand il n'exécuterait point ce qu'il m'a promis, vous ne devriez pas être plus inquiet de ses menaces.

Monsieur le comte, qui aperçut sans doute, aux yeux de madame de Vambures et aux miens, qu'ils voulaient se communiquer quelque chose, se retira, en chantant, vers une fenêtre qui donnait sur une place. Qu'il est facile à M. de Dorsan, dis-je aussitôt à cette dame, de me conseiller de n'avoir aucune inquiétude ! Mon cœur a des intérêts plus pressans que ceux de ma fortune, et l'absence que vous me prescrivez..... Je ne pus achever, tant j'étais accablé de tristesse.

Ne vous chagrinez pas, répondit avec douceur cette dame ; songez que je vous l'ordonne, et que je veux être obéie.

Si du moins il m'était permis de vous écrire ? repris-je. Vous l'ai-je défendu ? me dit-elle. Il sera même impossible que je ne sois forcée de vous répondre sur les vues que j'ai pour votre fortune.

M. de Dorsan, qui nous rejoignait, fit décider mon départ ; et je quittai madame de Vambures, dont les yeux semblaient me renouveler l'ordre d'être tran-

quille. Peut-être pour m'aguerrir, monsieur le comte
prit la main de madame de Vambures, qu'il baisa en
la quittant; je me hasardai, en tremblant, de prendre
la même liberté, et je dois avouer que cette complaisance fut accordée avec une distinction marquée en
ma faveur.

On sera sûrement étonné de cette scène; on verra
en effet peu d'exemples d'un homme qui, dans les
premiers jours d'un deuil pris pour la mort de sa
femme, ait déjà poussé si loin les avances d'un second mariage; mais outre que, dans tout le cours de
ma vie, il a semblé que j'étais né pour renverser les
lois ordinaires, si l'on se met à ma place, l'étonnement cessera.

En effet, marié sans inclination, veuf lorsque je
commence à prendre de l'amour pour un objet que la
reconnaissance m'oblige de voir, je doute que qui
que ce soit eût laissé échapper une occasion aussi favorable. Si ces raisons ne suffisent pas, j'ai promis la
vérité à mon lecteur, et c'est surtout dans les circonstances où elle pourrait m'être défavorable, qu'il
doit m'être interdit de la dissimuler.

En sortant de chez madame de Vambures, je me
rendis chez mon frère, que je trouvai dans le dernier
embarras. Sa femme l'avait abandonné depuis quelques jours, résolue de ne point rentrer dans sa maison qu'il n'en sortît. Il voulait employer les voies
de justice pour la remettre dans son devoir. Je l'en
dissuadai; pour le porter à se rendre à mes avis, je
l'engageai à me choisir une petite maison au Marais;

et pendant mon absence, je le priai d'y faire porter mes meubles, en ajoutant que j'attendais de son amitié qu'il y demeurerait au moins jusqu'à mon retour, me flattant que par la suite nous ne nous séparerions plus.

Après avoir tout arrangé avec madame d'Alain, qui ne me paraissait plus si polie, depuis qu'elle craignait qu'on ne parvînt à me dépouiller de la succession de mademoiselle Habert, je partis pour me rendre à mon emploi et pour achever ma tournée.

Comme on voulait absolument que je prisse quelque teinture de ces sortes d'affaires, j'y restai plus long-temps que je ne pensais; il y avait bien dix-huit mois que j'entretenais avec madame de Vambures un commerce de lettres fort régulier, quand elle me pria, de la part de monsieur le comte, de me rendre à une des terres de ce seigneur, qui était sur la frontière de la province que je visitais.

Quel fut mon étonnement d'y trouver madame de Dorville, et d'entendre le comte de Dorsan me dire que le bonheur qu'il avait d'épouser cette aimable veuve ne lui aurait pas paru complet si je n'en eusse été témoin! La cérémonie se fit dès le lendemain. Sa mère, qu'il avait fléchie par ses prières, y assista avec joie; et, quelques jours après, nous nous rendîmes tous à Paris.

Savez-vous, mon cher, me dit en route M. de Dorsan, que madame de Vambures vous a absolument fixé à Paris? Le roi vient d'octroyer un privilége particulier à une nouvelle compagnie: cette dame vous y

a fait agréger, et je ne doute pas que les fonds n'en
soient déjà fournis.

Tant de bontés, de la part d'une personne qui avait
toute ma tendresse, me laissèrent sans réponse. Je
dois dire que, lorsque monsieur le comte me parlait
ainsi, il me cachait toute la part qu'il avait eue à cette
faveur, et il voulait que je l'attribuasse tout entière à
ma chère maîtresse. Ce que je dis n'est pas pour diminuer ce que je dois à l'amour, mais pour ne pas
priver l'amitié de la juste reconnaissance qu'elle a
droit d'exiger. J'ose même avancer que ma restriction fait honneur à madame de Vambures, puisque
c'est par son aveu que je me vois dans le cas de rendre la justice que je dois à la générosité de M. de
Dorsan.

Peut-il et pourra-t-il jamais se trouver un homme
plus heureux? L'amitié disputait à l'amour le privilége de m'obliger, et, ne pouvant l'emporter, ils s'u-
nissaient tous les deux en ma faveur.

Dès que je fus à Paris, je me rendis chez madame
de Vambures. Je la trouvai seule dans son appartement; l'amour et la reconnaissance me précipitèrent
à ses genoux. Je ne pourrais me rappeler ce que je
lui dis : le feu secret qui me dévorait dictait seul mes
paroles [1], et le trouble qu'il devait jeter dans mes dis-

[1] *Le feu secret qui me dévorait dictait seul mes paroles.* Nous
avons déjà remarqué un emploi assez peu convenable du mot *dicter* :
mais un *feu* qui *dicte des paroles* semble une métaphore tout-à-fait
étrange et contraire à l'analogie des idées.

cours ne m'a pas permis de les retenir; mais j'avoue,
à ma honte, que cette flamme perdit un peu de sa
force quand je vis que cette dame, en me relevant,
tâchait de me dérober des papiers qui couvraient sa
table.

J'avoue que cette précaution me causa quelque
inquiétude. Quel était ce mouvement? Doit-on l'attribuer à la jalousie? Je ne le crois point. J'aimais, et
tout m'assurait que j'étais aimé : cela ferme-t-il toute
voie à cet esprit jaloux qui s'alarme de la moindre
apparence? Si l'on me dit que non, je confesserai
volontiers qu'il entrait un peu de jalousie dans mon
procédé; mais si l'on n'y voit qu'un de ces mouvemens passagers qui, sans s'attacher à rien de fixe,
font passer dans l'esprit un de ces nuages volatils [1]
dont on ne pourrait bien définir ni l'essence ni l'origine, je crois qu'on se tromperait encore moins. J'ai
eu d'autant moins lieu de pénétrer la nature du sentiment qui m'agitait, que je crus apercevoir sur ces
papiers un caractère semblable au mien; ce qui me
fit penser que cette dame s'occupait de mes lettres.

Je me disposais même à lui en marquer ma joie,
quand, ayant deviné une partie de ce qui se passait
dans mon âme, madame de Vambures me dit : J'al-

---

[1] *Font passer dans l'esprit un de ces nuages volatils.* L'adjectif
volatil ne s'emploie que dans le langage technique de la chimie, *sel
volatil, alcali volatil.* Acad. Marivaux n'a donc pu l'employer ici
que métaphoriquement, et il semble alors que cette hardiesse serait
plus pardonnable s'il avait associé ce mot à tout autre que celui de
nuage.

lais vous écrire pour presser votre retour en cette
ville. Dorsan vous a obtenu une place qui demande
votre présence.

S'il était un motif de presser mon retour, lui répondis-je, que n'a-t-il pris naissance moins dans
votre générosité que dans votre cœur?

Ne parlons point de mon cœur, me dit-elle. Ah!
repris-je, c'est le seul bien que j'ambitionne. Votre
bouche refuserait-elle de me confirmer le bonheur
que j'ai cru lire dans vos lettres?

Et quand cela serait?... dit-elle en baissant les
yeux. Je sentis tout mon avantage. Si cela était, madame, lui dis-je avec vivacité, l'état où m'ont mis
vos bontés ne me permettrait-il pas quelque espoir?
Elle paraissait rêver profondément. Daignez vous
expliquer à un homme qui vous adore. Les sentimens que vous m'avez fait connaître, cette indifférence sur les titres, sur les grandeurs, sur la naissance même, tout fait ici l'excuse de ma témérité.
Je vous aime, je suis libre; mon nom ne vous révolte
point. J'ose vous demander.... Arrêtez, me dit-elle,
ne pensons qu'à votre arrangement; il y a de quoi
nous occuper. Quand il sera fini, je vous permettrai
de me consulter sur autre chose; mais jusque-là je
vous prie de ne m'en point parler.

Ces dernières paroles furent prononcées de manière
à me donner une espèce de timidité qui m'aurait
fort embarrassé, si les yeux ne m'eussent au plus tôt
rassuré. J'eus beau mettre mon esprit à la torture, il

fallut me retirer sans avoir pu renouer cet entretien charmant.

Je me trouvais dans une position bien nouvelle pour moi; mais heureusement un peu d'usage du monde avait éclairé mon esprit. Jusque-là j'avais toujours été prévenu [1]; mais ici j'étais obligé de faire toutes les avances, et souvent on ne paraissait pas les entendre. Si je m'expliquais clairement, un soupir, un geste, ou un mot plutôt arraché que donné, formait toute la réponse que je recevais.

Que l'on ne croie pas cependant que je restasse en chemin. Mon cœur était véritablement touché, et il suffisait seul pour me conduire dans cette circons-

---

[1] *Jusque-là j'avais toujours été prévenu.* Jusque-là, pourrait-il dire, je n'avais pas aimé. En effet, ainsi que nous l'avons dit plus haut, Marivaux a passé en revue toutes les espèces de sentimens fantastiques qui, dans le monde, se parent du nom d'amour; mais l'amour véritable a été réservé pour la fin du roman. Ce n'est point un simple ébranlement des sens; ce n'est pas non plus une de ces passions exagérées, telles qu'on n'en trouve guère que dans les livres; c'est une juste appréciation du mérite et des charmes de la personne aimée, une sorte de sympathie qui entraîne vers elle le cœur de La Vallée. Son langage est simple, gracieux, timide; et c'est ici surtout qu'il faut admirer la vérité du style de Marivaux. Un écrivain qui aurait eu moins de discernement et de connaissance des hommes, aurait cru nécessaire, pour effacer le souvenir du jargon trivial de Jacob, de lui substituer, dans la bouche de M. de La Vallée, le langage emphatique, assez naturel à un parvenu. Tout ici, au contraire, est simple, parce que tout est vrai : c'est l'image d'une belle soirée à la fin d'un jour qui a commencé assez triste-ment, qui s'est un peu éclairci dès le matin, et dont le midi a été passablement orageux.

tance. Oui, je ne fus pas long-temps à faire connaître
à madame de Vambures toute l'étendue de la passion
qu'elle avait fait naître. Elle dut y voir distinctement
l'empire de l'amour et le pouvoir de la reconnaissance ; car si ce dernier sentiment avait quelque part
à ceux que j'exprimais dans nos entretiens, l'amour
s'en dédommageait avec usure, et rien n'échappait à
cette charmante personne, comme elle me l'a avoué
depuis.

J'ai promis son portrait, et le voici naturellement
placé. Elle était d'une taille haute et avantageuse. Ses
cheveux châtains étaient si parfaitement placés, qu'ils
semblaient s'arranger d'eux-mêmes pour faire ressortir un front majestueux. La grandeur de ce front était
tempérée par deux yeux qui, malgré leur éclat,
paraissaient inspirer la confiance, et manifestaient un
esprit pétillant. Je conviendrai que le visage était un
peu long, mais ce défaut était réparé par les plus
belles couleurs du monde. Sa bouche était mignonne
et la mieux garnie qu'on pût voir. Elle avait la main
fort belle et la gorge admirable.

Je ne puis mieux donner une idée de son esprit
qu'en avouant avec ingénuité que, dès que j'eus
connu la justesse de son discernement et la sagesse
de ses réflexions, je me fis gloire de ne me conduire
que par ses avis. Son âme, grande et modeste suivant
les circonstances, savait se prêter à tout ; son exemple
me dirigeait, et, depuis, il m'a sans doute évité bien
des faux pas. Voilà le portrait que j'avais promis il
y a long-temps. S'il n'est point achevé, on pensera

facilement qu'un léger désordre est excusable, quand je me retrace tant de grâces qui font encore le bonheur de ma vie, et dont j'ai l'original sous les yeux en écrivant. Le lecteur me permettra cette petite digression. Je poursuis.

Je pris possession de mon nouveau poste. L'intérêt considérable que j'avais dans cette compagnie, et la main qui m'y avait placé, m'y donnaient un crédit étonnant. Je me vis bientôt obligé, par les conseils de M. de Dorsan, de prendre une maison décente ; je fis faire un équipage ; enfin je devins un petit seigneur, sans presque m'apercevoir de ma métamorphose.

Que l'homme change ! me disais-je quelquefois. Lors de mon mariage avec mademoiselle Habert, je ne pouvais me lasser d'admirer une simple robe de chambre ; et aujourd'hui, sans étonnement, je remplis le fond d'un carrosse. Un appartement autrefois me semblait un palais, et ma maison n'a rien qui m'étonne. J'aimais à appeler ma cuisinière pour me féliciter d'en avoir une, et mes gens m'entourent maintenant, sans que je leur dise un mot. Que la conduite du traitant est différente de celle de Jacob à peine échappé du village ! Mais voilà l'homme ; j'avais passé tout d'un coup dans cet appartement, et je n'étais venu que par degrés dans ma maison.

Je voulus m'instruire des devoirs de ma nouvelle place ; mais, après un peu d'attention, je vis qu'ils consistaient à savoir placer des gens au fait, sur le zèle desquels on pût compter, et à se réserver le plaisir de recueillir et de consumer le fruit de leurs travaux. Cette méthode me parut douce et aisée, et l'expérience m'a appris qu'on s'y habituait facilement.

Je voyais journellement madame de Vambures, et je ne la voyais jamais sans lui renouveler mes empressemens et mes désirs ; mais quoique je reçusse de cette dame mille assurances de tendresse, elle ne me permettait jamais de lui parler du dessein où j'étais de l'épouser.

Un jour que la réflexion sur les retards qu'essuyait mon amour m'avait retenu à la promenade plus longtemps qu'à mon ordinaire, je rentrais chez moi accablé de tristesse, quand on me dit qu'une personne m'attendait pour me parler.

Je passai dans mon cabinet, après avoir donné ordre de l'y introduire. Jugez de ma surprise ; ce fut M. de Dorsan qui se présenta, lui que je croyais à la campagne.

Vous êtes surpris de me voir, me dit-il ; mais votre intérêt me ramène à Paris. Vous êtes jeune et sans enfans ; il faut vous marier ; j'ai un parti avantageux à vous offrir.

Ne parlez point de mariage, monsieur, lui dis-je d'un air chagrin ; il n'est qu'une personne qui puisse m'en inspirer le désir, et je vois trop que je n'y dois jamais songer.

Avant de recevoir votre refus ou de forcer votre consentement, reprit-il, j'ai une grâce à vous demander ; c'est de placer un jeune homme que j'ai trouvé dans votre antichambre, et qui me paraît mériter votre attention. Son histoire, qu'il m'a contée, m'a attendri. Sa fortune dépendait d'un oncle, dont la mort le réduit dans un état déplorable.

Commandez, lui répondis-je en m'avançant moi-même vers la porte ; et, si vous voulez me permettre, je vais le faire entrer pour l'assurer que je ferai tout en sa faveur, ou plutôt qu'il peut compter sur moi, dès qu'il a votre recommandation.

En effet, le jeune homme se présenta ; l'air également noble et respectueux avec lequel il me salua ne me permit pas de l'envisager, et, s'il ne se fût nommé, peut-être ne l'aurais-je pas reconnu ; mais en entendant le nom de mon premier maître, je vis son neveu, celui même au service duquel j'avais été.

Je ne pus retenir mes larmes en comparant nos positions anciennes et présentes : je lui sautai au cou, et le priai de tout attendre d'un homme qui devait à sa famille les premières faveurs dont il eût joui. La surprise de M. de Dorsan fut extrême, et j'ose dire que, loin que la petite humiliation qui résultait pour moi de ma sincérité fit impression contre moi dans son cœur, elle augmenta son estime. Je priai mon ancien maître de venir souvent me voir, et, peu de jours après, je fus assez heureux pour le mettre dans le cas de ne point regretter de s'être adressé à son cher Jacob.

Dès qu'il fut sorti, M. de Dorsan m'apprit qu'il était venu à Paris pour savoir ce que je devais espérer des intentions de madame de Vambures. Je l'ai vue, me dit-il ; elle n'a point fait de difficulté de m'avouer les sentimens qu'elle a pour vous, et même

la résolution qu'elle a prise de couronner le désir de
l'épouser que vous lui avez souvent témoigné. Il m'apprit que, quoique veuve d'un marquis, elle était fille
d'un financier. Mais cette dame a voulu, ajouta-t-il,
pour éviter la critique, que vous fussiez dans un état
d'opulence avant de vous donner la main. Vous y
voilà, mon cher, me dit-il ; voyez-la maintenant, et
finissez au plus tôt l'ouvrage de votre bonheur, auquel je m'intéresse véritablement.

Je priai M. de Dorsan de me guider, sans même
le remercier du zèle qu'il me marquait. Il me dit que
dès le lendemain je devais aller voir madame de Vambures, et qu'il la préviendrait sur les ouvertures qu'il
venait de me faire.

Je ne dirai point dans quels transports de satisfaction et d'impatience je passai la nuit ; je parvins à
l'heure de partir sans avoir encore pu bien démêler
tous les sentimens qui me partageaient. Je ne doutais
pas de la sincérité de M. de Dorsan ; l'amour même
de madame de Vambures n'était plus un mystère
pour moi ; mais j'appréhendais quelques révolutions.
Quelles, et d'où pouvaient-elles venir ? Je n'en savais
rien ; je craignais, parce que j'aimais.

Je me rendis donc chez l'objet de ma tendresse.
J'y fus reçu avec un air de satisfaction que je ne lui
avais pas encore vu : nos cœurs étaient d'accord ;
nous étions réciproquement prévenus, et notre hymen fut bientôt résolu et accompli. Ce fut alors que
je connus la fortune immense que je venais de faire.
Ma nouvelle épouse marqua à mon frère la même

tendresse qu'elle avait pour moi, en reprenant mes
neveux, pour qu'ils fussent élevés chez elle. Leur
père, malgré toutes mes instances, ne voulut jamais
sortir de son état de médiocrité; content de vivre décemment, il me pria de lui permettre de se retirer à
la campagne. J'y consentis avec peine, et peu de jours
après il partit avec nous pour choisir sa demeure.

Ma nouvelle épouse aurait bien souhaité que je
prisse le nom de quelqu'une de ses maisons; mais je
la priai de m'en dispenser. Elle ne parut pas en faire
difficulté, et nous nous mîmes en route avec mon
frère pour aller me faire reconnaître dans les terres de
madame de Vambures. M. de Dorsan prit la résolution de nous accompagner avec son épouse. Nous
fûmes fort étonnés de les trouver à la première poste,
où ils nous attendaient. Quelle rencontre flatteuse [1]!

---

[1] *Quelle rencontre flatteuse!* Voilà Jacob dans un état presque
incroyable de prospérité : il a trouvé plus que de l'opulence; il est
heureux. Il a fait des fautes; mais,

> A ces petits défauts marqués dans sa peinture,
> L'esprit avec plaisir reconnaît la nature.

Plus parfait, son caractère perdrait beaucoup de sa vraisemblance.
Doué de tous les avantages extérieurs, il a dû en subir les conséquences; mais on admire en lui un fond d'honneur, de probité, de
sensibilité, de courage, qui le rend digne des faveurs extraordinaires de la fortune. Il s'en montrera plus digne encore par l'usage
qu'il saura en faire.

FIN DE LA SEPTIÈME PARTIE.

HUITIÈME PARTIE.

———

Notre voyage fut long, mais très-agréable ; la vanité, ce tyran flatteur, qui chaque jour semblait accroître son pouvoir sur mon cœur, sans pouvoir l'aveugler entièrement, m'y faisait trouver des charmes que rien n'a jamais pu compenser jusqu'à l'instant heureux qui m'a retiré du trouble, du fracas du monde.

Je conviendrai, si l'on veut, qu'il s'est trouvé dans ma vie des circonstances plus essentiellement heureuses ; mais comme le bonheur dépend entièrement de l'âme, dès que celle-ci obtient cette satiété où ses désirs n'ont pas le temps de naître pour être satisfaits, on jouit là seulement d'une félicité complète. Si d'ailleurs ç'avait été beaucoup pour moi d'être sorti de l'obscurité et d'être devenu riche, il était bien plus flatteur que tout s'empressât à me faire sentir ces avantages dont je jouissais ; c'est là, je crois, le comble de la prospérité.

Oui, chaque endroit où nous nous arrêtions était le centre, pour ainsi parler, des hommages que le canton venait nous rendre. Ces témoignages ordinairement suspects de respect et d'amitié ne montraient à mes yeux que ce que l'extérieur représentait, et j'en étais

satisfait. Je ne savais pas encore que les passions
étaient de tous les lieux. J'ignorais que, concentré
dans son castel, le gentilhomme campagnard rendît
la province le théâtre des mêmes défauts que la fatuité étale pompeusement à la ville. Ici les occasions
sont plus fréquentes ; mais là, leur rareté les fait
saisir avec plus d'empressement. Ce qui contribuait
encore beaucoup à entretenir mon illusion, c'est que
nous passions si rapidement dans chaque endroit,
que je n'avais, pour ainsi dire, point le temps de
connaître ceux qui nous venaient voir, ou ceux auxquels nous rendions visite. L'état dans lequel madame de Vambures, ma nouvelle épouse, avait toujours entretenu ses terres, ne me demandait pas
grand soin. Je n'avais qu'à recommander la même
exactitude. Les fermes étaient entre les mains de bons
paysans qui, enrichis par une sage facilité qu'elle
leur avait toujours donnée, faisaient le bien de leurs
maîtres, sans oublier le leur ; et de cette façon on
n'a rien à leur dire.

Chaque pas m'offrait un nouveau plaisir. La compagnie d'une épouse dont j'avais toute la tendresse
et qui possédait toute la mienne, la société de
M. de Dorsan et de l'aimable Dorville, tout semblait réuni pour augmenter l'espèce de triomphe avec
lequel je passais dans mes terres. Car, malgré toute
la confiance que me donnait mon amour-propre, je
m'apercevais cependant quelquefois que la présence
d'un seigneur qui me traitait en ami, retenait mes
voisins dans une soumission forcée, qu'ils auraient

bien voulu franchir. Cette idée eut bientôt sujet de se confirmer dans mon esprit.

Ce seigneur, en effet, nous quitta, quand il se trouva près d'une de ses terres, dans laquelle quelques affaires l'appelaient. Je ne fus pas long-temps à m'apercevoir que le comte me manquait pour soutenir dans mes voisins ce respect qu'ils me marquaient malgré eux, et dont je m'enivrais depuis que j'étais sorti de Paris.

Je ne connaissais donc encore la province que par son beau, quand mon épouse me nomma un village que, peu de temps avant que je reçusse sa main, elle avait acheté de la succession d'une veuve qui venait de mourir dans un couvent.

Quelle fut ma surprise quand j'appris que j'allais paraître en maître, en seigneur, dans un endroit d'où chacun pouvait se souvenir qu'il m'avait vu sortir le fouet à la main! Il est vrai que mon petit amour-propre s'avisa de bouder, et même de m'inspirer quelques scrupules intérieurs qui m'alarmèrent. Je voulus le mater, mais inutilement; et son opiniâtreté me contraignit de communiquer mon embarras à ma femme.

Je ne vous ai rien déguisé, lui dis-je, sur ma naissance ni sur mes parens. Vous savez par conséquent que je suis né dans le village dont vous avez fait l'acquisition. Je ne crains point de paraître aux lieux où ma famille a vécu dans une obscurité honorable; mais je tremble que votre fierté ne souffre de

voir le compère Lucas et la commère Jeanne me
sauter au cou et vous traiter de leur parente.

Vous vous alarmez à tort, me répondit ma femme;
vos parens partagent dans mon cœur les sentimens
que je vous ai voués. Vous allez voir renaître cette
affabilité que j'ai cru devoir suspendre depuis que
nous sommes en route.

Je l'avoue, repris-je; ce changement, qui m'a
étonné, a seul causé mes alarmes. A Paris je vous ai
toujours trouvée simple, unie, bonne, en un mot
charmante; mais dans vos terres vous vous êtes montrée jusqu'à présent grande, je n'ose pas dire orgueilleuse. Vos pas semblaient comptés. Vous pa-
raissiez étudier chaque démarche, et l'on eût dit
que vous craigniez de trop répondre aux avances
qu'on vous faisait, que vous voyiez même avec peine
celles que je croyais devoir faire.

Vous avez raison, reprit-elle en m'interrompant; j'ai
fait ce que l'expérience m'a appris à juger nécessaire.
Je connais l'esprit de tous ces nobles campagnards;
ils n'ont jamais vu sans peine qu'ils fussent mes vas-
saux; le titre de votre femme n'était pas en état de
leur imposer davantage. Ils savent votre naissance,
n'en doutez point; car la curiosité est la passion la
plus chérie par les gentilshommes des champs. Un
nouveau visage paraît; il faut savoir son titre, son
rang, son origine, et là-dessus l'on règle ses démarches. On nous connaît donc tous deux, et dès-lors,
soyez-en sûr, la politesse ne nous rend qu'à regret
des hommages dont la vanité voudrait pouvoir se

dispenser. J'ai depuis long-temps pénétré ce sentiment de nos voisins, et cette connaissance a réglé
ma conduite. Si je n'eusse craint de vous désobliger,
je vous aurais engagé à suivre ma méthode; mais il fallait vous parler de votre origine, et j'appréhendais de
vous déplaire, sans en avoir l'intention. Avec vos parens
nous ne serons pas obligés de nous contraindre. Ils vous
aiment; s'ils me marquent leur joie, vous me verrez
les devancer dans les politesses qu'ils nous feront.

Ce discours me parut fort sensé; et en effet, me
disais-je à moi-même, peut-être d'après ma propre
conduite, voilà l'homme; s'il se croit un avantage
sur son voisin, il ne le cache qu'à regret; et même
lorsqu'il le cache, il cherche en secret un moyen de
le faire valoir. Il faut donc être continuellement en
garde contre lui; car il est d'autant plus prompt à se
relever, que l'honneur dont il se glorifie lui appartient moins. Le gentilhomme qui s'enterre dans sa
campagne a des titres surannés, acquis par une valeur étrangère; il veut les soutenir par des moyens
qui lui sont également étrangers. Les aïeux, voilà le
grand article! La vanité se charge de les découvrir,
et je ne pouvais gagner à cet examen; mon épouse
elle-même, à cet égard, ne pouvait beaucoup augmenter ma gloire. Voilà les motifs de la conduite de
ma femme, qui ne manquait à aucun des devoirs de
la politesse, mais qui les observait strictement.

Si cette conduite paraît étonnante, moi, qui connais le fond du cœur de cette dame, je puis dire
qu'elle la crut nécessaire.

En effet, me disait-elle quelquefois, la conduite qu'on doit tenir à la ville ou à la campagne, est bien différente. Dans la première on pense, et la politesse gagne un cœur que la vanité révolte; mais dans la seconde, l'homme, tout entier à son orgueil, se croit resserré mal à propos dans un coin de la terre; son âme, impatiente de ne pouvoir donner carrière à sa vaine gloire, n'attend qu'un objet pour lui faire prendre un libre essor. Il croit par là se dédommager de l'injustice que lui fait la société. La moindre avance lui paraît une marque de faiblesse dans celui qui la lui fait, et passe en même temps à ses yeux pour une preuve de sa supériorité; et dès-lors il la saisit pour se relever en vous humiliant.

Je trouvai tant de justesse dans ce raisonnement, que je résolus de le mettre en pratique. J'affectai par la suite un air important avec ceux qui voulaient jouer la grandeur; et quiconque semblait vouloir plier, était sûr de trouver une main prête à le relever. Je ne sais si tous mes lecteurs applaudiront à ma conduite, mais le temps m'a confirmé qu'au moins elle était prudente.

Nous arrivâmes dans ces dispositions au village où peu de temps auparavant j'avais tant redouté de paraître. Un saisissement s'empara de moi; mais que devins-je quand je vis que, par ordre sans doute de ma chère épouse, tous les villageois étaient sous les armes pour recevoir leur nouveau seigneur!

Quoi! mes anciens camarades, qui autrefois, en me revoyant, auraient cru m'honorer s'ils m'eussent dit ·

Ah! te voilà, Jacob, bonjour; n'osaient plus me parler que par des transports de joie et des marques de respect. Chacun me regardait, et personne, je crois, ne me reconnaissait. La difficulté de se figurer ma fortune aidait sans doute leur aveuglement. Ils parurent avoir moins oublié le visage de mon frère, car plusieurs le saluèrent d'un air surpris. Le croirait-on? Cette préférence me causa un petit dépit. Je me disais : Il a quitté le village avant moi, cependant les habitans s'en ressouviennent encore; il a donc leur cœur, quand je n'obtiens que leur respect. Ce parallèle diminua considérablement ma satisfaction.

Pendant que je me laissais aller à ce petit mouvement, nous arrivâmes à la porte du château. Là je vis mon père, qui, sans être courbé sous le poids des années, portait de vénérables cheveux blancs. La douceur de la campagne semblait l'avoir défendu contre la rigueur de l'âge. Les larmes me vinrent aux yeux; et, en faisant arrêter l'équipage, je descendis aussitôt et je volai dans ses bras.

Le bonhomme sentit alors toute sa faiblesse. Il ne put soutenir l'excès de la sensibilité que lui inspira ma présence. Il savait les différens événemens qui m'avaient conduit à la fortune; je l'avais instruit de mon dernier mariage; mais il ignorait que je fusse devenu son seigneur. Il ouvrait de grands yeux; et, quoiqu'en me tenant étroitement serré dans ses bras il me vît dans un costume qui devait lui épargner de plus longues recherches, il parcourait cependant des yeux tout l'intérieur du carrosse, pour voir, sans doute, s'il n'y découvrirait pas quelqu'un qui dût être le seigneur pour lequel il avait lui-même commandé tous ces honneurs.

Mon épouse, en voyant mon action et mes transports, s'instruisit facilement des motifs de la scène attendrissante que nous lui donnions. Sans être arrêtée par aucun motif humain, elle descendit de sa voiture, et, après avoir embrassé mon père, elle le pria de nous suivre au château.

Que cet instant eut de charmes pour moi! Je ne sais si la tendresse de mon père me flatta plus que la noble sensibilité de ma femme.

Mon père n'avait ni parole ni voix ; ses yeux, inondés de larmes, sans qu'il s'en aperçût, ne pouvaient se lasser de me regarder. Ce fut dans cette situation que nous traversâmes les cours. Madame de Vambures, par mille discours aussi obligeans que respectueux, cherchait à lui rendre l'usage de la parole ; mais tout était inutile.

La nouvelle de mon arrivée ne fut bientôt plus un mystère. Plus nous avancions, et plus le cortége s'augmentait.

Viens voir Jacob, se disaient les voisins l'un à l'autre. Dame! il est le seigneur du lieu. On a bien raison de le dire, il n'est que bonheur et malheur dans ce monde. Qui l'aurait pensé, quand il alla à Paris, qu'il en reviendrait si gros monsieur? C'est là que l'on fait fortune.

Chacun s'empressait d'approcher, et chacun voulait me voir. Quelques domestiques, irrités de la fa-

miliarité qu'on avait l'audace, disaient-ils, d'avoir
avec leur maître, voulurent repousser cette affluence;
mais mon épouse, qui se doutait sans doute de ce
qui pourrait arriver, réprima la brutalité de nos valets en leur disant : Laissez venir ces bonnes gens;
je prétends que le château soit ouvert à tous les habitans du bourg, et que non-seulement chacun ait la
liberté de nous voir, mais même que tout le monde
soit introduit dans les appartemens, dès que quelqu'un en marquera le désir.

Pour moi, je marchais avec mon père, qui ne pouvait encore que dire : Ah! mon cher Jacob, est-ce
un songe? Quoi! toi-même mon seigneur!

Non, mon père, lui répondis-je; je suis le seigneur du lieu, et non pas le vôtre [1]. Vous comman-
derez toujours partout où je serai le maître; et si je
prends possession du château, c'est pour vous en laisser la disposition.

Le bonhomme ne pouvait encore se persuader la
réalité de tout ce qu'il voyait, et je crois que la surprise du curé, qui nous attendait dans la salle, put
seule le convaincre. Ce pasteur avait sans doute disposé quelque compliment dont son étonnement nous
épargna l'ennuyeux débit; car à ma vue il parut pé-

---

[1] *Je suis le seigneur du lieu, et non pas le vôtre.* Bien, très-bien,
monsieur de La Vallée!

> Il est aisé, mais il est beau pourtant,
> D'être modeste alors que l'on est grand.
> VOLTAIRE.

trifié ; mais je l'embrassai, et lui parlai le premier
pour le tirer d'embarras, en l'assurant que j'étais réellement son seigneur [1].

Nous nous assîmes. Il fallut faire à mon père et à
ce vertueux ecclésiastique un récit circonstancié de
toutes mes aventures, pour leur apprendre par quelle
faveur singulière du ciel j'étais parvenu à ce haut
point de fortune. On juge que j'obéis avec plaisir à
l'empressement qu'ils me marquèrent. Tout devait
me relever à leurs yeux ; car ce qui pouvait m'humilier leur était trop connu pour que j'eusse besoin de
le leur rappeler. Si mes premières aventures galantes
parurent chagriner le pasteur, qui intérieurement
semblait en demander pardon au ciel, elles fourni-
rent à mon père matière à rire. Ce vieillard trouvait
peut-être extraordinaire que son fils, à peine sorti de
dessous ses ailes, eût eu tant de facilité à copier les
airs évaporés d'un petit-maître. Mais le lecteur n'en
aura point été frappé, quand, en sondant son propre
cœur, il y aura vu que tous les hommes ont le même
penchant pour le plaisir, et que le courage nécessaire
pour se soustraire à ses séductions est bien rarement
la vertu de la jeunesse.

---

[1] *En l'assurant que j'étais réellement son seigneur.* M. de La
Vallée consent à être le seigneur de son curé ; il a refusé d'être celui
de son père, cela est dans l'ordre. Il a rendu hommage à l'autorité
paternelle ; il conserve sa supériorité envers son curé ; c'est *l'assurer*
de son bienveillant patronage.

Je ne donnai point le temps à chacun de trop démêler ses sentimens : il manquait quelque chose à ma
joie; je ne voyais point ma sœur, et je ne savais à quoi
attribuer son absence. J'en demandai des nouvelles
à mon père, qui me parut aussi étonné que moi de
ne la point voir. Le bonhomme, ne se souvenant
plus qu'il était mon père, parce qu'il voyait son seigneur, me proposa de l'aller chercher; mais, après
l'avoir embrassé tendrement pour lui rappeler que
j'étais son fils, je le priai de me laisser aller seul pour
avoir la satisfaction de surprendre ma sœur.

Je courus aussitôt à la ferme de mon père; on m'y
reconnaît; personne n'ose m'arrêter; ce ne sont que
cris d'acclamation qui pénétraient à peine dans la
chambre de ma sœur, quand j'y parvins. Je l'embrassai, en lui faisant de tendres reproches du retard
qu'elle avait mis au contentement que je devais goûter en la voyant.

Le lecteur sera sans doute curieux de savoir ce qui
pouvait l'arrêter. S'il connaît bien le sexe, il pénè-
trera les motifs de ma sœur avant que je les lui dé-
couvre. Elle était allée se parer de ses plus beaux
habits, pour soutenir, autant qu'il était en elle, l'honneur de sa nouvelle parenté avec le seigneur du village. On avait déjà essayé et rebuté trois ou quatre
jupes et autant de rubans. Ce n'était dans sa chambre
que cornettes qui avaient été présentées et laissées;
je ne pus m'empêcher de rire, en réfléchissant que,
si la coquetterie à Paris faisait plus d'étalage, elle ne
régnait pas avec moins d'empire au village.

Ma sœur ne me vit pas sans émotion présent à sa toilette. Le frère disparaissait en quelque sorte sous le seigneur. Elle rougit; était-ce d'innocence, ou de satisfaction de voir un personnage plus relevé qu'un villageois lui prêter son secours? Peut-être fut-ce autant de l'un que de l'autre.

Ce qu'il y a de sûr, c'est que tout ce qui parut me plaire fut employé à son ajustement. J'aurais voulu en vain la dissuader de prendre ses habits des dimanches : elle allait se trouver près d'une belle-sœur brillante; aurait-elle pu consentir à en paraître si éloignée, en conservant ses vêtemens ordinaires? Non, non; c'est la vertu capitale des femmes, de ne se jamais céder entre elles que forcément. J'emmenai donc ma sœur au château. Ma femme lui témoigna l'amitié la plus sincère, et même eut la bonté de lui marquer sa surprise de voir une beauté si régulière au village. Il est vrai que, pour peu que la nature leur ait accordé d'attraits, cet air d'ingénuité qu'à la campagne les filles ont pour premier apanage, ces habillemens qui paraissent sans art, quoiqu'elles y mettent bien du raffinement, ajoutent à leurs traits un éclat que l'art des coiffeurs et le brillant du rouge et du blanc ne peuvent jamais égaler.

On lui fit une petite guerre sur le ravage que ses charmes devaient faire dans le canton. Elle la soutint joliment, et l'esprit qu'elle y montra lui gagna totalement l'estime de ma femme. Dès-lors, elles devinrent inséparables pendant notre séjour dans le pays. J'appréhendais qu'elle n'eût formé quelque liai-

son qui nuisît à l'envie que je conçus sur l'heure
de lui faire un sort heureux ; mais, je l'ai dit, mes
désirs n'avaient pas le temps de naître, pour ainsi
dire, pour être couronnés. Ceci en sera par la suite
un nouvel exemple.

Le reste de cette journée nous permit à peine de
répondre aux empressemens qu'eurent tous les habitans, parens ou autres, de me voir et de m'embrasser.
Chaque personne qui se présentait donnait matière à
une scène attendrissante, dont la nature seule faisait
tous les frais.

Je ne pouvais trop admirer mon épouse, qui, dès
le premier jour, se trouvait à son aise avec ces villageois comme si elle les eût tous connus. Elle s'abais-
sait à leur portée en leur parlant ; elle empruntait
souvent même leurs expressions pour les empêcher
de rougir lorsqu'ils la nommaient leur parente.

Le soir elle ordonna que le lendemain toute ma
famille fût traitée au château, et que le village par-
ticipât à cette fête dans l'extérieur. Non contente de
l'avoir ordonnée, elle prit sur elle tout le détail de
cette solennité, et voulut l'honorer de sa présence.

En effet, pendant que j'étais avec mes parens, elle
se fit conduire au village, et y parcourut toutes les
tables qu'elle avait fait dresser. M'étant aperçu de
son absence, et me doutant du motif qui la causait,
je la suivis avec ceux de la compagnie que j'entretenais.

Si je fus ravi de voir l'affabilité de ma femme,
que j'eus lieu d'être satisfait des témoignages de res-

pect et de reconnaissance que lui donnaient nos habitans (je n'ose encore dire, *nos paysans*)!

On le sait, cette espèce d'hommes paraît être conduite par le cœur seul, sans que l'esprit se mêle de
la diriger. J'eus lieu de m'en convaincre dans ce
même jour. Tout inspirait à ces gens le désir de
nous montrer combien ils étaient sensibles aux bontés dont ma femme les honorait, et à l'amitié que je
leur marquais ; mais les preuves auxquelles ils eurent recours pensèrent m'être funestes.

En effet, quand nous nous fûmes mis à table dans
la salle avec la famille, les habitans vinrent l'investir.
Leur but était de nous voir, et ma femme, pour répondre à leur empressement, fit ouvrir toutes les
fenêtres. Elle ordonna qu'on leur distribuât à boire
à discrétion. Cette générosité ne tarda pas à leur
échauffer le cerveau. Chacun, pour témoigner sa
gratitude, alla dans sa maison prendre les armes à
feu qui pouvaient s'y trouver, et revint marquer les
santés qu'on portait, par autant de coups en l'air.

Un ancien du village imita cette folle saillie, et
prit un vieux fusil rouillé. Il charge, tire ou ne tire
point, et boit. Il court au buffet, revient, et fait le
même manége. A la troisième apparition de ce vieillard, ma femme prend elle-même un verre sur la
table et le prie de boire à sa santé.

Cette démarche transporta de joie ce paysan ; une
distinction, quelle qu'elle soit, est toujours flatteuse.
Il charge de nouveau sa vieille arme, et, pour que
son coup réponde mieux à ses sentimens, il double

la dose. Le coup part avec un fracas terrible, et je me retourne au bruit de quelques vitres qui tombè- rent en éclats. Je vois ma femme renversée dans un fauteuil de la salle, et l'homme étendu dans la cour. Je cours à mon épouse; quelques gouttes de sang répandues sur ses habits m'effraient; je cherche ce que cela peut être, pendant qu'on tâche de lui rap- peler les sens. Je ne lui trouvai qu'une petite égra- tignure à la main; je la lui lavai en la couvrant de mille baisers. Je m'aperçus qu'un morceau de verre, en la frappant, lui avait fait cette légère blessure, qui fut guérie en un moment; mais je vis par là l'inconvénient inséparable de pareilles réjouissances.

Elle voulut être informée de ce qui s'était passé dans la cour. J'y courus pour la tranquilliser. J'appris que le vieillard n'avait eu ni peur ni mal; son arme s'était crevée sans le blesser, et la force seule de la charge l'avait renversé. Je le fis transporter sur un lit, et je défendis de tirer davantage. Mais, pour être plus facilement obéi, je fis approcher les ménétriers, et l'amusement qu'en espérèrent les jeunes filles, plus que mes paroles, détournèrent les paysans de leur ardeur à tirer. Partout la femme décide nos goûts.

Ce petit accident ne troubla notre joie qu'un ins- tant, et ma femme parut d'une gaîté charmante le reste du repas.

Le lendemain, mon épouse me dit : Depuis deux jours que nous sommes ici, nous n'avons point vu le chevalier de Vainsac. C'était un homme qui avait un fief relevant de la terre, et qui demeurait au village.

Je m'imagine, lui dis-je, qu'il n'est pas ici. Vous vous trompez, je crois, répondit-elle ; je pense qu'il y est, et qu'il attend votre visite : il faudra la lui rendre aujourd'hui.

Nous venions de convenir de cette démarche, quand le curé de la paroisse entra pour nous annoncer que ce gentilhomme sortait de chez lui, pour lui déclarer qu'il prétendait aux honneurs de l'église avant nous ; et que, sur les difficultés qu'il avait cru devoir lui faire, il les avait demandés avec cet air de hauteur qui veut être obéi sans réplique.

Je ne concevais pas trop quelles étaient les prétentions de ce noble. Je me rappelais bien qu'il y avait à l'église certaines cérémonies qui servaient à distinguer le seigneur du paysan ; mais je les regardais moins comme un devoir que comme une politesse. Le pasteur m'expliqua le mieux qu'il put l'origine de ce droit ; mais quand il voulut m'en faire comprendre l'importance, je ne l'entendais plus. Ma femme, voyant mon embarras, lui dit : Cela suffit ; on dira la messe à la chapelle du château, et nous remettrons à huit jours pour paraître à l'église. Madame de Vambures, dont je dois autant admirer la sagesse que la bonté, voulut que dès le même jour nous rendissions visite à ce gentilhomme ; mon père nous y conduisit.

Quoique cette prévenance le déconcertât d'abord, il ne tarda pas néanmoins à déployer toute sa fatuité. Sur les instructions que ma femme m'avait données, je lui dis : Je suis charmé d'avoir un voisin tel que

vous. Je ne doute pas que nous ne vivions d'intelligence; et j'espère que, dès.... Je ne demande pas
mieux, répondit-il en m'interrompant; il ne tiendra
qu'à vous.

De mon côté, repris-je, j'y mettrai tous mes soins;
s'il s'élevait quelque difficulté, je vous prierais de
m'en donner avis avant d'en venir à quelque éclat.
Je serai toujours prêt à prendre des arbitres et à
suivre leurs décisions.

Vos dispositions me charment, me dit-il. Si vous
les observez, nous serons amis; mais je vais les mettre
à l'épreuve dans une occasion où les arbitres sont
inutiles. Ceux qui possédaient le château que vous
avez acheté, ont usurpé sur mes ancêtres des droits
que je réclame.

Instruisez-moi, lui dis-je, de la nature de ces
usurpations. Si le mal peut se réparer, et qu'il soit
réel, je m'y prêterai volontiers.

Mon humilité apparente lui donna des armes, et il
ne crut plus devoir me ménager. Vous êtes du pays,
m'ajouta-t-il alors; mon nom vous est connu comme
je connais le vôtre. Je prétends aux droits honorifiques de l'église, et je ne crois pas que vous me les
disputiez.

Les droits dont vous parlez, lui dit ma femme avec
beaucoup de douceur, sont attachés à ma terre, et
M. de La Vallée est obligé de les soutenir. Si vous
croyez pouvoir les contester, il faut établir votre
prétention, nous en montrer les titres, et nous nous
ferons plaisir de vous céder. De votre aveu, ceux

8. 26

de qui je tiens la terre ont possédé les droits que vous nous disputez ; j'ai acheté ce bien avec ses avantages. La nature et la justice veulent que je les conserve à ma famille, ou à ceux qui me suivront dans la possession de ce domaine.

C'est donc là votre résolution? lui dit-il en souriant. J'en suis bien aise ; nous verrons si vous la soutiendrez. Nous plaiderons, madame, nous plaiderons ; et nous verrons ce que le nom de La Vallée fera contre celui de Vainsac.

On pense bien que ce dernier ne fut prononcé avec un ton emphatique que pour faire valoir la faiblesse dont on avait marqué le premier. Je sentis cette différence, et elle me choqua. La crainte de m'échapper me fit garder le silence.

En vain mon épouse, qui connaissait à fond tous les droits de sa terre, et qui joignait à l'art de se posséder une grande facilité de s'énoncer, voulut-elle employer toute son éloquence pour le ramener à la raison et lui faire sentir la faiblesse de ses prétentions, elle n'en reçut d'autre réponse que : L'on verra ; enfin, cela est étonnant! M. de La Vallée disputera de rang avec Vainsac!

Cette impertinence m'allait faire ouvrir la bouche, quand mon père, las de toutes ces fanfaronnades, crut devoir prendre la parole.

Il ne sera pas inutile de faire remarquer que sa tendresse le rendait plus épris de ma fortune que je ne l'étais moi-même ; que, d'ailleurs, si sa longue habitation dans le village lui en faisait connaître toutes les familles, une ancienne direction des biens du château lui avait appris tous les droits qui dépendaient de la seigneurie.

Eh ! parbleu, dit-il au chevalier, v'là bian du bruit ! J'ons vu vos ancêtres, au moins, monsieur de Vainsac ; et Jean votre pare n'était pas si haut huppé que vous. Vous tranchez du grand, mais il allait tout bonnement ; et quand j'nous rencontrions, par exemple, il me disait : Bonjour, compare ; comme te portes-tu ? Eh dame ! j'li parlions sans façon. Il n'a pas tenu à lui, voyez-vous, que je n'ayons épousé votre sœur, monsieur de Vainsac, et Jacob serait votre cousin. Mais, tétigué ! j'ons du nez, et je vîmes bien alors qu'on visait à notre bien et non à notre parsonne, et j'ons toujours fait le sourd. Allons, allons, boutez-là, monsieur de Vainsac ; et vous et moi à peu de distance, c'est queu-ci queu-mi ; oui, oui, Colas votre grand-pare était aussi bon farmier que moi.

Cette petite harangue de mon père fit plus que toute l'éloquence de ma femme, et me satisfit, parce qu'elle me vengeait d'autant plus qu'elle humiliait davantage mon adversaire. Il ne fut plus question de dispute entre nous, et nous nous séparâmes bons amis. Je passai encore huit jours dans cette terre, pendant lesquels j'eus le plaisir de rendre M. de Vainsac témoin de mon triomphe. Nous étions prêts à partir pour retourner à Paris, quand mon frère vint me prier de le laisser dans le château, en m'ajoutant qu'il désirait d'y fixer son domicile.

Je ne balançai à acquiescer à sa demande, qu'autant que je le crus nécessaire pour lui faire comprendre qu'il ne devait pas attribuer ma facilité à l'envie de me séparer de lui.

Avant de me mettre en route, je voulus engager mon père à quitter sa ferme pour habiter ma maison, où mon frère allait demeurer; mais toutes mes instances furent inutiles. Non, non, Jacob, me dit-il; nous autres gens du village, j'avons notre trantran, il faut nous le laisser suivre; j'mourrais si j'quittais mes habitudes. Je veux travailler tant que je vivrai.

Que cette noble simplicité, qu'aucun désir d'ambition ne traverse, a de charmes et de douceurs! Quoique la fortune ait toujours semblé me prévenir dans tout ce que j'ai pu désirer, il m'est cependant permis de connaître cette opposition. Je suis homme, et l'expérience m'a appris que l'humanité revendique toujours ses droits. Oui, personne ne doute que je n'aie lieu d'être fort content de mon sort, et que Jacob, triomphant dans le lieu de sa naissance, devait être heureux. Cependant je ne l'étais pas; je commençais à goûter les biens de la fortune; cet avantage, en augmentant mes désirs, faisait croître mon tourment.

Je viens de dire que Jacob, triomphant dans son pays, devait être content. En effet, quoique quelques personnes pensent qu'un rustre à peine décrassé devrait s'éloigner de son pays, parce qu'il s'ôte par ce moyen des sujets d'humiliation journalière, je crois cependant, après l'épreuve faite, que cette humiliation n'a rien de comparable au plaisir de voir courber devant vous ceux ou qui marchaient vos égaux, ou qui même croyaient vous honorer en vous donnant un coup de tête. Par exemple, y eut-il une amorce plus séduisante pour ma vanité que de voir Vainsac, qui m'avait contesté des droits honorifiques, me venir rendre le lendemain des devoirs révérencieux ? Cette action était libre ; mais je me flattais, à chaque cour-bette qu'il faisait à ma femme ou à moi, que je l'o-bligeais de plier sous mon autorité, qui dès-lors l'emportait sur la sienne. Ainsi je reviens de cette idée, et je pense que rien n'est plus flatteur que de paraître glorieux dans un lieu où l'on était confondu peu de temps auparavant. Qu'on me permette cette petite réflexion qui combat un sentiment reçu et ac-crédité, auquel je ne puis opposer que l'expérience ; mais l'expérience m'a toujours paru un argument sans réplique.

Je me disposais à partir le lendemain, quand M. de Vainsac vint me prier de lui accorder ma sœur en mariage. Cette demande me surprit autant qu'elle me fit de plaisir. Je ne pus lui cacher ni mon éton-nement ni ma joie.

Monsieur, lui dis-je, vous honorez beaucoup le nom de La Vallée de l'unir à celui de Vainsac.... Ah ! vous êtes un méchant, me répondit-il, de me rappe-ler une vivacité que je ne cesse de me reprocher. Cette alliance, si vous l'agréez, vous assurera de mes dispositions à votre égard.

J'en serai flatté, repartis-je, et j'en parlerai à mon père et à ma sœur dans ce jour ; car vous sentez que cette alliance doit premièrement plaire à l'une et être autorisée par l'autre.

Tout est prévu, me dit-il; depuis long-temps j'ai cédé aux charmes de votre aimable sœur, et ma flamme lui est agréable. Monsieur votre père, que je quitte, y consent; mais il m'a conseillé de vous voir; il désire même votre aveu.

Votre nom décide mon consentement, lui dis-je; dès que mon père et ma sœur sont contens, je ne partirai point d'ici que je n'aie vu votre union.

Nous nous rendîmes à la maison de mon père; M. de Vainsac renouvela ses instances auprès du vénérable vieillard, dont les yeux s'inondèrent à l'instant de larmes de joie.

Oui, Jacob, me disait-il, tu pousses le bonheur en avant, toi. Voilà ta sœur mariée; je ne souhaite plus que de voir tes enfans, et je mourrai content.

Cet arrangement pris, nous ne nous donnâmes le temps que de remplir les formalités, et M. de Vainsac devint le beau-frère de M. de La Vallée. J'ose dire que le bonheur qui a suivi cette union fait aujourd'hui un des plus grands charmes de ma retraite.

Quelques jours après, nous partîmes pour Paris avec les nouveaux époux. Nous voulions y faire prendre à la jeune femme un certain air du monde qui lui manquait, mais à l'acquisition duquel un petit penchant à paraître belle lui donna plus de facilité que je n'aurais osé l'imaginer.

Nous avions laissé mon frère à la campagne; peu de temps après il perdit sa femme. M. de Vainsac

acheta une charge chez le roi. Tout ainsi prospérait
dans ma famille ; je voyais chaque jour ma fortune
prendre de nouveaux accroissemens, et j'ose dire que
je le voyais sans en être ébloui. Accoutumé à voir mes
désirs s'accomplir, je n'eus plus d'ardeur pour en
former. Je goûtais cette tranquillité d'âme, sans laquelle il n'existe point de véritable bonheur, quand
ma femme vint la troubler par des idées de vanité
qui lui étaient à la vérité permises, mais qui me cau-
sèrent quelque chagrin.

On sait que la personne que j'avais épousée était
fille d'un financier fort riche, dont l'origine ne valait
pas mieux que la mienne ; mais son bien l'avait fait
rechercher en premières noces par M. de Vambures,
et son alliance avec ce marquis l'avait liée avec tous
les gens de cour. Cette union lui avait fait prendre
un air et un ton de grandeur qu'elle aurait voulu
soutenir. Elle m'aimait ; mais elle m'aurait sans doute
aimé davantage, si j'eusse pu réunir à mes traits et à
mon caractère un nom plus décent et des ancêtres
plus relevés. Pour moi, à qui la retraite dans laquelle vivait mademoiselle Habert n'avait pas permis de faire de grandes connaissances, et dont la
vanité n'avait point encore troublé le cerveau, j'étais
satisfait de mon sort et de mon nom.

Cette différence de sentimens m'exposait souvent,
de la part de ma femme, à quelques propositions
ambiguës, que je tâchais d'éluder. Mais il est bien
difficile de ne pas enfin donner quelque prise à une
personne qui épie avec attention toutes les occasions

de se déclarer. Un jour donc que nous raisonnions
ensemble sur nos affaires, mon épouse et moi, elle
me parut d'abord enchantée de la joie que me causait ma position ; mais tout à coup elle tomba dans
une profonde rêverie. Je lui en demandai le motif
avec empressement.

Vous voyez, mon cher, me dit-elle, en quel état
est notre fortune ; elle ne peut être plus arrondie, et
bien des gens de grande famille pourraient l'envier.
Les connaissances que vous prenez des affaires par
votre assiduité à vous y appliquer, me font espérer
que vous la pousserez, cette fortune, aussi loin qu'elle
peut aller ; mais ce n'est pas tout.

Quoi donc ! lui dis-je ; eh ! que faut-il encore ? — Il
faut faire un nom aux enfans que nous pouvons avoir,
et vous leur devez un rang qui, plus que le vôtre,
s'accorde avec le bien que vous leur laisserez. Les
richesses vous font considérer, j'en conviens ; mais
la noblesse leur donne un relief qui, quoique étranger, en relève infiniment les avantages. Voilà ce que
vous pouvez laisser à votre postérité, et ce que j'ose
vous prier de lui accorder.

Ce raisonnement me parut singulier. Qui suis-je
donc, me disais-je à moi-même, pour anoblir ma famille à ma volonté ? Je regardais ma femme, et j'étais
tenté de croire qu'un petit dérangement d'esprit avait
pu lui inspirer cette idée. D'ailleurs j'avais une certaine dose d'orgueil, mais elle n'était pas encore assez
forte pour me fasciner les yeux au point de m'aveugler.

On se ressouviendra sans doute que, lors de mon

mariage, je n'avais pu me résoudre à changer mon nom ; et ici une femme que je croyais incapable de me tromper, me proposait de métamorphoser jusqu'à mon être, et de changer, pour ainsi dire, la nature du sang qui coulait dans mes veines. Il était roturier ce sang ; je ne pouvais le communiquer que comme je l'avais reçu ; et cependant on me parle de rendre purs les canaux les plus voisins d'une source bourbeuse [1] !

Ma femme voyait bien le combat qui s'élevait dans mes pensées, et elle crut sans doute que la réflexion ne pouvait être qu'avantageuse à ses desseins. Elle me laissa donc rêver sans me distraire, et elle aurait continué à garder le silence si je n'eusse pris moi-même la parole.

Je vous avoue, lui dis-je, que je ne conçois point votre proposition. J'aurai toujours une déférence entière pour vos volontés ; mais ici l'impossibilité de réussir décide mon éloignement à vous obéir. Je suis né au village, je ne puis rien changer à cet article. Suis-je donc le maître de faire qu'Alexandre La Vallée, fermier de Champagne, ne soit pas mon père, et par conséquent l'aïeul de mes enfans ? Tant que cela durera, je crois que, fils et petits-fils de roturiers, mes enfans appartiendront à la classe dans laquelle le hasard a placé leurs parens.

---

[1] *D'une source bourbeuse.* Cette expression est aussi par trop modeste. Jacob a fait voir plus d'une fois qu'il savait ne pas rougir de son obscure, mais honorable origine.

Non, mon ami, me dit-elle, vous ne pouvez empêcher ce qui est fait ; mais vous pouvez obtenir que vos enfans soient la tige d'une famille noble, issue de Jacob La Vallée annobli.

Et par quels moyens, par quelles ressources ? lui dit alors mon amour-propre, plus piqué de ne point voir de route au succès, que de la singularité de la proposition qui m'avait d'abord alarmé.

Par votre argent, me répondit-elle. Comment, par mon argent ? lui dis-je. Est-ce que la noblesse s'achète comme un cheval au marché ? J'ai cru jusqu'à présent que les nobles tenaient leur rang d'un partage ancien, dont, à la vérité, je ne pouvais bien découvrir ni la raison ni l'équité ; car le sens commun me dit que, tous les hommes étant nés égaux [1], aucun n'a pu, sans une usurpation tyrannique, établir cette distinction d'ordres que nous voyons parmi les hommes.

Vous avez raison, me dit-elle ; mais si néanmoins vous réfléchissez, vous conviendrez facilement que la même justice, qui avait établi l'égalité dans l'origine, a établi par la suite cette disproportion qui vous surprend. J'avoue, poursuivit-elle, que, le premier pas fait, quelques-uns, par des services importans, ont mérité une distinction qu'ils ont transmise à une pos-

---

[1] *Tous les hommes étant nés égaux.* L'abus horrible que l'on a fait de cette maxime, dont l'érection en dogme politique marque le commencement de nos divisions intestines, n'en détruit pas la vérité absolue, consacrée même par la doctrine de l'Évangile

térité qui, en marchant sur leurs pas, a justifié ce privilége; mais aussi combien parmi, je ne dis pas les simples nobles, mais les plus grands du royaume, qui ne doivent la grandeur et les titres héréditaires qu'à l'erreur, au caprice, à l'argent, ou à d'autres causes encore plus humiliantes !

Vîtes-vous dernièrement ce duc? Si l'un de ses aïeux n'avait eu de la dextérité dans les doigts, il ne porterait point le nom brillant qui le décore. Un marquis de votre connaissance a mis dans sa ferme le seigneur dont, comme vous, il a acquis le domaine. Que vous dirai-je? L'un prête des millions dans un besoin pressant, et il devient comte; l'autre achète une charge, et il efface son origine roturière en anoblissant sa postérité. Si l'on voulait trouver de l'antiquité dans les races de ce pays, n'en doutez pas, me dit-elle, il faudrait quitter et Paris et la cour, et, en convoquant l'arrière-ban, il serait encore nécessaire de bien trier. L'on dira de vous comme des autres. Dans le commencement on sera surpris. Bientôt l'étonnement cessera, et on nommera vos enfans *monsieur le baron, monsieur le chevalier,* avec la même confiance qu'on dit à tant d'autres aujourd'hui, *monsieur le duc* et *monsieur le marquis,* lesquels n'ont pas eu des commencemens de noblesse plus légitimes que ceux que je vous propose d'acquérir.

Dès cet instant je ne combattis plus que faiblement les idées de mon épouse. Cette méthode, lui dis-je, me paraît singulière. Je croyais que la noblesse était le prix de la valeur ou des grands services en tout genre; mais, dès que vous m'assurez que ce sentiment est une erreur, je vous crois. On peut donc l'acheter. Connaissez néanmoins le motif d'un reste de répugnance. Oui, vos propositions sont flatteuses, et si je balance, c'est que je crains d'être forcé moi-même de me dire cent fois le jour : Ces gentilshommes que j'élève chez moi sont fils de Jacob, conducteur de vin, valet, et noble enfin.

Quelque justesse que puisse avoir votre réflexion, reprit ma femme, c'est une grâce que je vous demande et que j'espère obtenir.

Je n'avais plus rien à répondre. Faites ce que vous voudrez, lui dis-je; je souscris à tout.

Qu'on ne soit pas étonné de ma complaisance et qu'on ne l'attribue pas à un excès d'ambition, contre lequel j'avais prévenu mon lecteur; car l'amour, plus que la vanité, arracha ce consentement. Si cependant on voulait trouver dans mon acquiescement quelque trace d'orgueil, devrais-je tant m'en défendre ? La gloire flatte, surprend et rend souvent fou; telle sera alors ma position. Enfin, quoi qu'il en soit, par les soins de ma femme, qui, malgré toute sa tendresse pour moi, portait impatiemment le nom de La Vallée, on découvrit une charge; j'en traitai, je l'obtins, j'en comptai l'argent, et j'eus par là le droit d'ajouter à mon nom, *écuyer, sieur de,* etc.

Quelques mois après cette métamorphose, mon épouse accoucha, et, dans l'excès de joie que me causa cette nouvelle, elle me força d'ajouter à mon nom celui de la dernière terre qu'elle avait acquise;

et bientôt, grâces à ses soins secrets, on s'habitua si bien à prononcer ce dernier nom, qu'on n'en connut plus d'autre dans la maison.

On doit s'apercevoir que la nécessité de suivre un fil d'histoire que je suis résolu de terminer dans cette partie, m'a fait oublier mes chers neveux. Je n'avais pas pourtant moins soin de leur éducation, et j'ose dire qu'ils répondaient parfaitement aux peines que leurs maîtres se donnaient.

J'avais lieu d'être satisfait de tous côtés; et, pendant quinze ou seize ans que je passai à Paris dans l'embarras des affaires, je vis s'accroître ma famille de deux fils et d'une fille. Ma femme leur fit donner une éducation proportionnée aux rôles que leurs grands biens leur permettraient de jouer un jour dans le monde. Ma fortune s'augmentait en effet chaque jour; mes garçons faisaient de grands progrès, et ma fille nous mettait dans le cas de découvrir chaque jour en elle de nouveaux charmes.

Ami aussi favorisé que père fortuné, le jeune homme que j'avais servi en arrivant à Paris et que M. de Dorsan m'avait présenté, M. de Beausson (c'est ainsi qu'il se nommait), par ses rares talens et par l'usage qu'il en faisait, me mettait dans l'heureuse nécessité de contribuer chaque jour à son avancement.

Il venait assidument chez moi, et je l'y voyais avec plaisir. Un caractère doux, liant et gai, lui gagna l'amitié de chacun. Sa figure était gracieuse; j'ose avancer qu'il méritait la fortune que la dissipation de ses parens lui avait fait perdre, et que mon attachement lui fit obtenir. Ce jeune homme était de toutes nos parties, et nous le regardions comme un des enfans de la maison.

Quand je résolus de faire quitter à mes neveux les études, pour les mettre dans des postes qui décidassent leur fortune, je les engageai à se lier d'amitié avec M. de Beausson. Les grâces que ce cavalier mettait dans tout ce qu'il faisait, lui attirèrent bientôt le cœur de mes neveux, et j'en eus une joie bien sincère ; car je savais que souvent la fortune, et presque toujours le caractère des enfans, dépendent des premières liaisons qu'ils forment.

On conçoit assez que la situation de leur père, ruiné par les dissipations de sa femme, ne leur permettait pas de se soutenir dans le monde, s'ils ne faisaient pas eux-mêmes leur chemin. J'avais des enfans, et ces enfans ôtaient à mes neveux toute prétention sur mon bien. Je résolus donc de les accoutumer de bonne heure au travail. Je leur proposai d'entrer dans mes bureaux, sous la conduite de M. de Beausson. L'aîné y consentit volontiers, et se montra bientôt né pour les plus grandes affaires. Mais quelle fut ma douleur de voir le cadet se révolter avec hauteur contre cette disposition prudente ! Que voulez-vous donc faire ? lui dis-je. Je n'ai de goût que pour les armes, me dit-il, et je serais peu propre à piquer l'escabelle [1].

---

[1] *Piquer l'escabelle*, suivant le dictionnaire de Trévoux, ne se dit que de celui qui fait le métier de parasite, et qui vient s'asseoir

Cette inclination ne me parut qu'une saillie de jeunesse, dont je le ferais revenir aisément; car, outre une aimable physionomie, qui annonçait beaucoup de douceur, je remarquais en lui un caractère de réflexion qui me promettait de le faire entrer dans mes raisons.

Je ne blâme point, lui dis-je, l'ardeur qui vous fait souhaiter de courir une carrière honorable; mais tout combat vos idées, mon cher neveu. Votre naissance est obscure; le relief que j'ai été obligé de donner à la mienne ne me relève pas beaucoup, et il ne fait rien en votre faveur, puisqu'il vous est totalement étranger.

Je le sais, me répondit-il; mais c'est à moi d'obtenir par mes actions ce que la nature m'a refusé.

C'est fort bien pensé, repris-je; mais, vous le savez, le service militaire, dans notre patrie, est le chemin où se précipite la noblesse; et, sans cet avantage, obligé de vivre ou d'être en concurrence avec elle, vous serez journellement en butte à mille nouvelles disgrâces. Dans le choix de deux personnes qui se seront également distinguées, le noble obtiendra la préférence sur vous. Vous croirez voir de l'injustice là où l'usage seul aura parlé. Vous êtes vif,

habituellement à l'*escabelle* d'un autre, c'est-à-dire à sa table. On dit aujourd'hui dans le même sens *piquer l'assiette*. Ici ce proverbe est employé dans une signification toute différente. Il veut dire : *Être assidu à un bureau, être un cul de plomb*. Je ne crois pas qu'on en trouvât un autre exemple.

et peut-être la chaleur vous exposera à hasarder quelque folie, qui, en vous forçant de vous expatrier, vous ruinera. Mais, pour ne vous rien déguiser, mon cher neveu, vos services mêmes, si vous êtes assez heureux pour en rendre sans concurrence, sans rivalité, se trouveront obscurcis par votre origine; et si vous parvenez, vous irez lentement au point où d'autres arriveront à pas de géant, sans avoir d'autres droits à faire valoir que des parchemins à demi rongés que leur auront transmis leurs aïeux. Eh bien! ce sera à moi, me dit-il, à brusquer les occasions et à savoir les mettre à profit.

Ces paroles, prononcées avec vivacité, me dénotèrent son caractère. Je vis que, sous une apparence de douceur, il cachait un naturel opiniâtre, que j'aurais peine à vaincre. Je crus cependant le faire revenir par une raison dont l'usage du monde me faisait sentir la force et la vérité.

Le service, lui dis-je, ne convient qu'à deux sortes de gens en France, aux riches et aux nobles indigens. Ceux-ci n'ont point d'autre ressource, et leurs noms sont garans de leur avancement. Ceux-là savent forcer la faveur en prodiguant leur argent. Vous n'êtes ni dans l'une ni dans l'autre de ces classes; que prétendez-vous donc faire?

Suivre le parti pour lequel je me sens de l'inclination, me dit-il.

Nous contestions de la sorte, et j'étais prêt à me servir de l'autorité que mes bienfaits me donnaient sur ce jeune homme, quand M. de Dorsan survint.

Après les complimens ordinaires, je lui fis part de la conversation que j'avais avec mon neveu. Je ne doutais pas qu'il n'entrât dans mes vues. J'étais persuadé qu'élevé dans le service, il devait sentir assurément mieux que personne la solidité de mes raisons. Qu'on juge donc si je fus étonné, quand j'entendis sa réponse.

L'envie de votre neveu, dit-il, est louable; il faut la satisfaire, et je me charge de lui rendre service. Combattre les inclinations des jeunes gens, c'est les fortifier. Je ne voudrais pas cependant, ajouta-t-il, souscrire à toutes leurs volontés. Il faut leur faire envisager le bien et le mal d'un état; mais alors, s'ils persistent, laissez-les juger par eux-mêmes. Si c'est une simple velléité, elle échouera contre le premier obstacle; si au contraire c'est un penchant déclaré, les exhortations ne seront pas plus fortes que les menaces pour les en détourner.

Mais, monsieur, lui dis-je, sans fortune, sans nom, que fera-t-il?

Eh! pourquoi, reprit ce seigneur, n'avancerait-il pas comme mille autres? Avec de la conduite et de la valeur, on fait oublier sa naissance, et l'on parvient dans le métier des armes comme en tout autre. Il n'est pas lucratif, dans sa position; il est long ordinairement, je l'avoue; mais votre neveu est jeune, il est prudent, il peut espérer. Je n'ai rien de vacant dans mon régiment; mais si vous voulez lui fournir de quoi vivre en garnison, je le prendrai pour cadet,

8. 27

et, dès qu'il se présentera quelque occasion de l'obliger, il pourra compter sur moi.

Les bontés dont ce seigneur ne cessait de m'accabler me firent regarder ses paroles comme autant de lois qui forçaient mon obéissance. Je ne trouvai plus de raisons pour combattre les desseins de mon neveu ; je n'avais de voix que pour marquer à son bienfaiteur et au mien une reconnaissance qui allait toujours croissant, comme les services qui la motivaient.

Je venais de faire retirer mon neveu ; ma femme parut. Veuve en premières noces d'un militaire distingué, elle prêta un nouvel appui à M. de Dorsan. Elle remercia ce seigneur dans des termes qui marquaient toute sa joie. Monsieur, me dit-elle, votre neveu mérite votre estime et nos soins. Je serais étonnée que vous vous opposassiez à ses desseins. Il se tirera d'affaire ; notre fortune nous permet de l'aider, et je vous promets d'avance de souscrire à tout ce que vous ferez pour son avancement.

Je me suis chargé de son avancement, reprit M. de Dorsan ; et permettez-moi, madame, dit-il à ma femme, de vous envier cette gloire.

Mais si nous venions à lui manquer, ma femme et moi, dis-je à M. de Dorsan, quelle serait sa ressource ? Il n'a point d'espérance du côté de son père.

Nous ne manquerons pas tous à la fois, reprit M. de Dorsan ; d'ailleurs, depuis que je sers, j'ai toujours vu les gens sans fortune prospérer là où l'opulence a échoué. Je ne voudrais pas cependant recevoir tout le monde sans distinction. Il faut tâcher

que les camarades d'un homme que nous mettons en
place, n'aient point à rougir de se trouver avec lui.
Votre neveu n'est point connu, ou il ne l'est que par
vous. Votre état d'opulence impose, et cela suffit
pour qu'il puisse paraître dans un régiment. En un
mot, je le prends, et je me charge de tout s'il persiste
dans sa résolution.

Dès-lors, ce fut un parti décidé; mon neveu l'apprit avec des transports que je souffrais avec une sorte
d'impatience. Mais il fallut se résoudre à le faire
partir; et comme la suite n'eut rien d'extraordinaire
que son mariage, avant que j'en sois à cette circonstance, je me contenterai de dire ici que M. de Dorsan ne tarda pas à lui procurer de l'emploi, et que
chaque jour ce seigneur me flattait de l'espoir qu'il
le placerait dans son régiment.

Mon autre neveu se livra tout entier à la finance
sous les yeux de M. de Beausson, dont les rapports
flatteurs me faisaient concevoir sur son avenir les
plus heureux présages.

Mes enfans grandissaient, et je ne négligeais rien
de tout ce qui pouvait contribuer à leur éducation.
Quoique Paris nous offrît des écoles célèbres, où ces
jeunes gens pouvaient prendre une teinture de toutes
les sciences, conduit par le conseil de personnes sages,
je crus devoir leur procurer chez moi des maîtres en
tout genre. L'émulation, me dit-on, peut faire beaucoup sur de jeunes cœurs; mais l'œil du père, joint
aux soins d'un maître particulier, dont le nombre
des disciples ne partage point l'attention, sont des

moyens bien puissans pour décider le progrès des jeunes gens [1].

Je ne sais si cette réflexion, qu'on me suggéra, sera également approuvée par tout le monde; mais l'expérience m'a convaincu de sa justesse. En effet, mes fils avancèrent avant l'âge, et ils n'avaient pas encore seize ans, quand je me vis en état d'égayer leurs études sérieuses par des occupations plus amusantes.

Je les envoyai à l'académie. A cette nouvelle, l'aîné tressaillit de joie; le cadet parut peu sensible. Leur caractère, en effet, était très-différent. Celui-là avait un caractère vif et saillant, son esprit était pénétrant; les difficultés dans les sciences ne semblaient se montrer à lui que pour nous fournir de nouvelles preuves de sa pénétration. L'autre avait moins de brillant, mais il paraissait avoir plus de solide. Un esprit de réflexion le rendait sombre et taciturne; mais, dans l'occasion, il n'était ni moins gai ni moins éclairé que son frère.

Cette différence de caractères me faisait attendre avec impatience l'âge où chacun serait en état de prendre un parti; je croyais impossible qu'avec des

---

[1] *Pour décider le progrès des jeunes gens.* Cette opinion, victorieusement réfutée par Quintilien, l'a été plus victorieusement encore par l'expérience. L'éducation des colléges a des inconvéniens que l'on retrouve dans l'éducation domestique; mais elle a des avantages qui lui sont propres, et l'exemple romanesque du neveu de M. de La Vallée n'a rien de concluant dans une question sur laquelle on court risque de se tromper, quand on ne l'examine pas de très-haut et dans toute son étendue.

tempéramens si opposés, ces enfans eussent les mêmes inclinations.

Je voyais avec plaisir l'amitié intime qui les unissait à Beausson. Ma fille était un parti considérable. Mais, quoique douée d'une beauté merveilleuse et d'un esprit délicat et délié, elle paraissait d'un naturel tranquille qui m'alarmait. L'admiration qu'elle causait lui attirait nombre d'adorateurs que sa froideur rebutait bientôt.

M. de Beausson la voyait, à la vérité, assidument; je m'apercevais bien qu'il était le seul que ma fille distinguât; mais j'attribuais cette confiance à la préférence naturelle qu'une fille doit et accorde à un jeune homme qui, dès l'enfance, a fait le métier de complaisant auprès d'elle. Lui-même, dans sa conduite, ne me laissait apercevoir qu'un cœur reconnaissant des obligations qu'il croyait m'avoir, et qui tâchait de m'exprimer ses sentimens par un attachement entier à tout ce qui pouvait m'appartenir.

Je ne pouvais donc pénétrer ce qui se passait dans ces deux cœurs, quand ma femme m'avertit qu'elle avait remarqué dans sa fille un air de rêverie et de distraction qui s'accordait mal avec l'enjouement ordinaire de son esprit.

Je n'y fis pas d'abord attention, parce que cette enfant sortait d'une indisposition qui pouvait lui laisser quelque faiblesse, et, par suite un fond de chagrin; mais, à force de m'entendre répéter par ma femme ce que ses remarques journalières lui faisaient soupçonner, je résolus d'interroger ma fille. Bien dé-

cidé de ne rien faire qui pût contraindre ses désirs,
je l'appelai auprès de moi.

Qu'avez-vous donc, ma fille ? lui dis-je. Votre état
nous inquiète. N'êtes-vous pas bien remise de votre
maladie, ou quelque chagrin causerait-il cet air
abattu et rêveur dont ma tendresse est alarmée ?

Je suis en bonne santé, me dit-elle ; seulement il
m'est resté de ma maladie une certaine langueur que
je ne puis vaincre. Je m'en veux mal à moi-même,
mais il ne m'est pas possible de me surmonter. Au
reste, cela passera et ne mérite pas de vous inquiéter.

On fait ce qu'on veut sur soi, repris-je, et un esprit trop réfléchi cadre mal à votre âge. D'ailleurs, je
vous ai toujours vue si gaie, je pourrais même dire
si folle, lui ajoutai-je en riant, que je ne puis, sans
être alarmé, voir un changement si complet. Votre
mère s'en est aperçue, et n'est pas moins inquiète
que moi ; ne me cachez pas le motif qui vous chagrine, et soyez persuadée que nous ne voulons que
votre bien et votre satisfaction.

On sait, d'après ma conversation chez le président,
qu'en parlant, j'ai l'usage d'étudier les contenances et
les yeux des personnes auxquelles j'adresse la parole.
Je me servis ici de tout mon art pour pénétrer le secret de ma fille ; mais, je dois l'avouer, si une rougeur
légère qui couvrit son visage ne m'échappa point, si
je vis même que mon discours lui avait fait d'abord
desserrer les lèvres pour me parler avec confiance,
sans doute elle éprouva une difficulté insurmontable
à me fournir les lumières que j'espérais recueillir de

cette conversation, et elle me répondit en ces termes :

Que voulez-vous que j'éprouve à mon âge? Je n'ai d'autre dessein que de vous obéir, et j'en fais tout mon bonheur. Je sens et je vois mon changement moi-même. Il vous chagrine, j'en suis au désespoir ; mais je ne puis l'attribuer qu'à ma faiblesse, et il faut espérer que le temps....

J'allais l'interrompre, et je me flattais de la forcer à rompre le silence en lui montrant que je n'étais pas dupe de ses détours, quand on m'avertit que M. de Beausson demandait à me parler. Je le fis entrer; ma fille se retira. Mais, malgré leurs précautions, cette rencontre imprévue jeta sur leurs visages un trouble qui avait des motifs bien différens, et qui m'aurait pu donner quelques soupçons si Beausson ne m'eût adressé ces paroles :

Je suis mortifié que mademoiselle se soit trouvée ici quand on m'y a introduit. Je venais vous parler en secret de monsieur votre neveu, et il était important que personne ne me vît.

Ma fille est capable de garder un secret, lui dis-je ; mais de quoi est-il question?

La confiance dont vous m'honorez, reprit-il, et les bontés que vous avez pour moi, m'obligent à ne vous rien cacher. Votre neveu ne travaille plus ; il paraît depuis deux mois plongé dans une mélancolie étonnante, et rien ne peut l'en tirer. Devant mon oncle je me cache, m'a-t-il dit; mais je ne puis me déguiser quand je suis hors de sa présence.

Quoi ! me dis-je alors, ma fille, mon neveu, tout

me craint! J'en suis mortifié. Puis, m'adressant à M. de Beausson, je lui demandai s'il avait percé le motif de l'inquiétude de ce jeune homme.

Je crois, me répondit-il, l'avoir deviné par un hasard qui peut vous être avantageux, si ses desseins ne s'accordent pas avec les vôtres. Ce matin, en cherchant sur la table de votre neveu un papier dont j'avais besoin pour vos affaires, j'ai trouvé un portrait qu'il doit avoir oublié par distraction. Je savais bien qu'il aimait, ajouta Beausson, mais je n'avais garde de soupçonner l'aimable objet qui cause sa passion. Je n'ose vous en dire davantage.

Un frissonnement subit me passa dans les veines. La conformité qui se trouvait dans la conduite de mon neveu et dans celle de ma fille, m'effraya. Je tremblai de pousser plus loin l'éclaircissement; mais bientôt je pris la résolution de tout savoir, et ce fut en balbutiant que je priai M. de Beausson de me nommer, s'il la connaissait, la personne qui avait inspiré tant d'amour à mon neveu. Je la connais, monsieur, me dit-il en poussant un grand soupir. Mais quoi! lui dis-je, un peu revenu à moi-même, qui peut donc tant vous attrister? Mon neveu a de l'esprit et des sentimens; cette personne pourrait-elle le faire rougir? Si le cœur lui parle pour elle, il est sûr de mon aveu. Il n'est pas riche; si la demoiselle a du bien, il marchera sur mes pas, et ce portrait m'est d'un bon augure.

Ah! reprit-il vivement, si vous saviez le nom de cette adorable personne, vous cesseriez, je crois, de traiter si légèrement un sujet qu'un intérêt peut-être trop vif.... Il s'arrêta, pour voir sans doute si je le devinais, mais je ne l'étudiais même pas ; et, un instant après, il ajouta : Une personne que l'intérêt que je prends à votre repos m'empêche de nommer. Nommez, nommez, lui dis-je avec inquiétude. Vous me l'ordonnez, reprit-il, et je dois vous obéir. C'est votre fille.... Ma fille ! m'écriai-je, et je restai sans mouvement dans mon fauteuil.

Oui, votre fille, me dit-il ; jugez si je devais craindre de la trouver ici.

Mon neveu amoureux de ma fille ! repris-je. Hélas ! quelle bizarrerie dans l'amour ! A peine se sont-ils vus. Mais auriez-vous quelques autres preuves de ses sentimens, et sauriez-vous si ce jeune homme aurait eu la témérité de déclarer sa passion à l'objet qui l'a fait naître ?

Je ne puis là-dessus vous rien dire de plus, me répondit-il, et le portrait est le seul témoin qui puisse déposer de la vérité de mon récit.

Je me ressouvins alors que j'avais le portrait de ma fille en miniature ; je le cherchai, et je le trouvai à sa même place. Dès-lors la preuve me parut convaincante. Car, me disais-je, il ne peut avoir son portrait sans qu'elle ait souffert qu'il l'ait fait peindre. Ils sont donc d'intelligence, et telle est la source de cette honte qui empêche ma fille de s'expliquer sur les motifs de sa langueur. Que je suis malheureux !

M. de Beausson, que ces mots accablaient, et auquel ses sentimens secrets pour ma fille ne permet-

taient pas le moindre soupçon qui pût lui être injurieux, voulut en vain me faire entendre que mon
neveu pouvait avoir obtenu ce portrait par adresse ;
rien ne put me calmer.

Je voyais ce projet d'alliance avec aversion. Je
priai mon ami de ne rien témoigner à mon neveu,
mais de l'amener dîner chez moi ce jour même, étant
bien résolu d'avoir avec lui un entretien où je pénè-
trerais tout ce mystère.

Quand M. de Beausson se fut retiré, je demeurai
dans un profond abattement. Plus on est fait aux
faveurs de la fortune, et moins on peut soutenir ses
disgrâces. J'étais plongé dans une rêverie si complète, que ma femme était entrée dans mon cabinet
sans que je m'en fusse aperçu. Ayant, un instant
après, jeté les yeux sur elle, je lui dis : L'auriez-
vous cru, ma chère ? Et quoi donc ? me dit-elle.
Notre fille... repris-je ; et je m'arrêtai pour attendre
sa réponse. J'étais un homme si fortement prévenu
de mon secret, que je croyais que chacun devait le
savoir avant que je le découvrisse.

Je ne comprends rien, dit-elle, à votre abattement.
Vous est-il arrivé quelque chose de fâcheux ? Beausson qui sort...

Il n'est point question de lui, repris-je vivement.
Ma fille.... mon neveu.... Ah Dieu !...

Que voulez-vous dire ? reprit ma femme, qui commençait à deviner le motif de ma douleur. Cela ne
peut être, monsieur ; achevez, je vous prie.

Je lui racontai alors ce que je venais d'apprendre, et je lui fis part de mes desseins. Elle les goûta, et me promit de me seconder, en interrogeant sa fille. Elle m'engagea à ménager l'esprit de mon neveu, qui était violent, et qui, s'il venait à découvrir la trahison de son ami, pouvait nous causer quelque nouveau chagrin. Je le lui promis, et elle crut me devoir aider de ses lumières sur la conduite que j'avais à tenir.

Mon neveu vint; et, après le dîner, je me retirai avec lui dans mon appartement. Je lui demandai, d'un air gai en apparence, s'il était content de son sort. Il me répondit d'un air froid qu'il en était fort satisfait.

Pourquoi donc, lui dis-je, ne vous voit-on plus dans nos assemblées, ou pourquoi, quand vous y êtes, y paraissez-vous si distrait? A la campagne, on ne vous voit qu'aux heures des repas; et à Paris, vous choisissez pour vos promenades les lieux les plus solitaires.

Je ne pourrais pas, me répondit-il, vous rendre bien compte des motifs d'une conduite qui doit vous paraître bizarre. A mon âge, je crois que tout cela est machinal et sans dessein décidé.

Vous tremblez de vous expliquer avec moi! lui dis-je. Qu'est donc devenue cette confiance que vous me devez? Je vous aime comme j'aime mes propres enfans. Parlez-moi avec cette cordialité qu'un père doit s'estimer heureux d'obtenir, et qu'un ami a droit d'exiger. Oui, mon cher neveu, ajoutai-je, je ne vous crois pas insensible....

Ah ! qu'allez-vous penser ? reprit-il avec vivacité. Excusez si je vous interromps ; mais, en vérité, pouvez-vous concevoir qu'un homme sans fortune, sans espoir, puisse se permettre de prendre de l'amour ?

Et pourquoi ? lui dis-je ; je ne vous en ferais point un crime. Mon exemple sert à autoriser vos sentimens, et je puis vous avouer que la règle que j'ai suivie moi-même sera celle que j'observerai pour l'établissement de mes enfans et pour le vôtre.

Cette approbation donnée vaguement aux sentimens qu'il pouvait avoir pris le charma ; la joie éclata sur son visage. Bientôt un mouvement de doute s'éleva dans son âme. Il appréhenda sans doute de voir un piége dans ma facilité. Je le vis consulter mes yeux pour y démêler ce qui se passait dans mon âme. J'affectai un air tranquille. Il crut en devoir être content ; car, avec un transport qui eut lieu de m'étonner, il me dit : Je puis donc vous avouer sans rougir les sentimens que votre aimable fille a fait naître dans mon cœur. Oui, je l'adore, et rien ne me peut faire changer.

Sa hardiesse me terrassa ; et, quoique je dusse m'attendre à cette ouverture, je ne pus l'entendre sans la plus vive douleur. Je restai interdit, et je n'avais pas la force de lui répondre. Il n'avait plus aucun moyen de feindre. Regardant ce moment comme un instant décisif, il se jeta à mes pieds, et, en fondant en larmes, il me déclara que sa fortune et ses jours dépendaient du succès de la déclaration qu'il venait de me faire.

Quoique ma femme m'eût dit de ménager ce caractère altier, je sentis qu'il ne m'était plus possible de suivre ses avis. Je l'avais laissé aller trop avant, et il est certain que je n'avais pas eu assez d'éducation ni pour manier de pareils esprits, ni pour suivre avec avantage de semblables situations. J'aurais dû me faire accompagner par mon épouse; sa prudence m'aurait été fort nécessaire dans le commencement de l'entretien, pour ménager tellement mon neveu que je le forçasse à m'éclairer, sans le mettre dans le cas de s'expliquer trop clairement; mais le mal était fait, et il était question de le réparer.

Après avoir réfléchi un instant sur les dangers auxquels expose souvent une folle présomption de ses propres forces, je crus voir qu'il n'y avait plus rien à épargner; et, prenant un air surpris et un ton ferme, je dis à ce jeune homme, que l'incertitude rendait immobile, pâle et défait : Est-ce donc là le prix de mes soins? Pouviez-vous, sans rougir, vous laisser aller à une folle passion qui vous maîtrise moins qu'elle ne vous déshonore? Quoi! vous prétendez devenir l'amant de ma fille, vous que la nature a fait son cousin! Avez-vous bien pu penser que j'y donnerais mon aveu? Ne vous en flattez pas, lui dis-je d'un ton décidé. Je ne contraindrai pas vos inclinations; je dis plus, je les seconderai de tout mon pouvoir, si votre choix ne doit pas faire frémir la vertu. Ce sera à vous et à moi à suppléer au reste. Votre idée décidera des charmes de l'objet

que vous adorerez, et je ne les combattrai point.
Ma fortune et les occasions que mon état présent me
met en main, me permettront toujours de vous faire
un sort heureux; mais si vous voulez mériter mes
soins, abandonnez un dessein au succès duquel rien
dans le monde ne peut me faire concourir. Pour ménager votre amour-propre, je cacherai, autant à ma
femme qu'à ma fille, un sentiment qui les révolterait
également et vous ferait perdre leur estime.

Ah! ma cousine connaît mes sentimens, me dit-il,
et sa façon de penser ne s'accorde que trop avec votre
rigueur. Oui, tout se réunit contre moi pour con-
sommer ma disgrâce. Tant mieux, lui répondis-je;
travaillez, d'après ces indications, à ne pas exciter sa
haine et à ne pas allumer ma colère contre vous.

Mon neveu me quitta pénétré de la plus vive douleur. J'appelai M. de Beausson ; je lui racontai suc-
cinctement ce qui venait de se passer, et je le priai
de courir après le jeune homme et de ne pas l'a-
bandonner dans un instant aussi critique. Il y vola
avec zèle.

Je demeurai dans la plus cruelle perplexité; car
tous les soupçons que m'avait fait prendre ma fille
sur l'état de son cœur, je les détournais sur mon
neveu. Je ne voyais que lui capable, par sa témérité, d'avoir allumé dans ce jeune cœur des feux
que rien ne pouvait me faire approuver. Ce jeune
homme, en m'apprenant la passion dont il était dé-
voré, me faisait trembler de connaître les motifs de
la langueur qui consumait ma fille. Dans le dessein

de calmer mon inquiétude, je me rendis à l'appartement de ma femme, tant pour lui rendre compte de ce que j'avais fait, que pour savoir si elle avait découvert quelque chose.

Elle me blâma, avec raison, de l'imprudence avec laquelle j'avais moi-même mis cet amant téméraire dans la nécessité de me déclarer son amour. Il n'aura plus de ménagemens, me disait-elle; sa naissance le rend digne d'entrer dans votre maison; vous ne pouvez lui en défendre l'accès, et sa pétulance lui fera regarder son admission comme un aveu tacite que vous donnez à la recherche qu'il prétend faire de votre fille. Vous voudrez un jour vous y opposer, mais il ne sera plus temps. Si vous lui en parlez alors, il se sera rempli la tête du souvenir de mille exemples pareils, moins fondés sur l'ordre que sur exception à l'ordre. Que lui direz-vous?.....

Je sentis la force des raisons qu'elle m'alléguait; mais, avant de prendre un parti, je voulus savoir ce qui se passait dans le cœur de ma fille.

Votre fille, me dit mon épouse, a eu moins d'avantage auprès de moi que votre neveu n'en a gagné auprès de vous. Elle a cru me tromper, elle s'en flatte encore; mais j'ai découvert deux choses dont l'une est importante à votre tranquillité, et dont l'autre demande de la prudence si on veut l'éclaircir entièrement.

D'abord cette enfant n'a nulle inclination pour votre neveu. J'ai trouvé dans ses réponses à ce sujet tant de sincérité, que je n'ai pas craint de lui demander

comment ce jeune homme avait pu avoir son portrait. Elle en a paru également étonnée et mécon-
tente. Il faut, m'a-t-elle dit, qu'il l'ait pris à mon
père, ou qu'il ait fait copier celui qui est entre ses
mains. Voilà ce qui doit nous tranquilliser, et la petite personne n'a certainement pas pu m'en imposer.

Ce que vous me dites, répondis-je à mon épouse,
s'accorde assez avec ce que m'a avoué mon neveu;
mais, suivant ce que vous me rapportez, ma fille
paraît ignorer la passion qu'elle a fait naître, et cependant mon neveu m'a déclaré qu'elle connaissait
les sentimens qu'il avait pour elle.

Je conviens que cette circonstance m'alarme comme vous, reprit ma femme; mais peut-être cet aveu
n'est-il que déplacé dans son récit. Je vais suivre le
détail de mes découvertes, et vous en jugerez. J'ai
cru m'apercevoir, ajouta-t-elle, que votre fille aimait; mais quel est l'objet de cette tendresse, je
n'ai pu le savoir. Ses soupirs m'ont plus instruite que
ses paroles. Comme j'insistais, elle a cru devoir m'a-
vouer qu'elle voyait une personne avec plus de complaisance que les autres, sans pouvoir bien démêler
si ses sentimens de prédilection étaient des sentimens d'amour. Je lui demandai alors si elle croyait
avoir fait la même impression sur l'esprit de la personne qu'elle chérissait.

Elle m'a répondu qu'elle ignorait son pouvoir à cet
égard, mais qu'elle avait trouvé un jour une lettre
fort tendre sur sa table, et qu'elle l'avait soup-
çonnée de cette personne. Elle me la remit aussitôt.

Je la pris des mains de ma femme; mais il me fut impossible, ainsi qu'à elle, d'en reconnaître l'écriture.

J'allais sûrement, continua ma femme, arracher à l'obéissance de ma fille le nom de celui qu'elle aime, quand M. de Dorsan, vous sachant en affaire, est venu m'apporter une lettre de votre neveu, qui nous demande notre consentement pour terminer une alliance considérable qu'il est près de former dans sa garnison.

Notre idée se porta sur tous ceux qui venaient à la maison. J'avoue que Beausson se présenta mille fois à ma pensée; mais, comme je ne lui voyais qu'un empressement ordinaire, je ne m'y arrêtai point; enfin je proposai à mon épouse d'interroger de nouveau sa fille.

Non, monsieur, me dit-elle, ce serait mal nous y prendre; le premier pas est fait; cette enfant aura réfléchi sur mes démarches et sur ses réponses, et la réflexion ne peut la conduire qu'à chercher les moyens de se rendre impénétrable. Croyez-moi, à l'abri de cette première ouverture, quand je me tairai, elle me croira satisfaite; et bientôt, parce qu'elle ne m'aura pas totalement instruite, elle ne se ménagera plus. Il nous sera facile alors, en étudiant ses pas, ses yeux mêmes, de nous satisfaire sur ce point. Je vous avoue que tous mes soupçons s'arrêtent sur M. de Beausson. Nous partons incessamment pour la campagne; c'est là que je prétends achever de découvrir la vérité.

En effet, quelques jours après, notre voyage fut résolu. Ma femme voulut que Beausson fût de la partie, et se chargea d'annoncer à ma fille que ce cavalier nous accompagnerait. La petite personne reçut cette nouvelle avec une indifférence qui aurait dérangé toutes nos idées, si, au moment du départ, un air de satisfaction qui éclata sur son visage ne l'eût trahie.

Nous arrivâmes à ma terre, où je vis bientôt que, quoique Beausson parût avec sa gaîté ordinaire, un trouble secret le dévorait. Je remarquais que chaque matin il sortait du château, et qu'il n'y rentrait qu'à l'heure où ma fille était visible. Je pris le parti de le suivre un jour, et de tâcher d'obtenir qu'il me dévoilât son secret; mais nos amans m'en offrirent eux-mêmes l'occasion.

En effet, le lendemain matin, ayant vu ma fille s'enfoncer dans un petit bois du jardin, je pris la résolution de la suivre. J'allais la joindre (car elle s'était assise et paraissait rêver profondément), quand je vis Beausson sortir d'un cabinet avec l'air extrêmement abattu. Je soupçonnais un rendez-vous; mais, en accusant l'un de témérité et l'autre d'indiscrétion, je faisais tort à tous les deux. Cette promenade, qui me paraissait concertée, n'était qu'un effet du hasard.

Beausson, en effet, allait gagner une allée pour se retirer, quand un bruit que fit ma fille pour tirer un livre de sa poche, obligea ce jeune homme à tourner la tête. Il aperçut sa maîtresse. Il revint sur ses pas et l'aborda avec un air confus. Quel bonheur, lui dit-il,

mademoiselle, me procure l'avantage de vous trouver en ce lieu? N'y aurait-il point d'indiscrétion à
vous demander le motif qui vous rend si solitaire?

L'agrément de prendre le frais, lui dit-elle en se
levant, m'a fait venir ici, et le plaisir d'être seule un
instant est la seule raison qui m'ait fait descendre au
jardin.

Eh quoi! s'écria-t-il aussitôt, auriez-vous quelque
sujet de tristesse? Vos yeux semblent encore mouillés
de larmes que vous venez de verser.

Je crois que vous vous trompez, lui répondit-elle
en baissant la vue; et d'un air un peu plus gai, sans
qu'il me parût plus libre, elle ajouta : Je vis fort
contente.

Que votre sort est charmant! poursuivit-il. Je n'envie point votre satisfaction; je l'achèterais même aux
dépens de la mienne; mais, hélas! je n'en ai point ni
n'en dois espérer; que vous sacrifierais-je donc?

Je n'entends rien à ce discours, lui dit ma fille.

Je me hasarderais à vous en découvrir le sens, reprit Beausson, si je ne craignais de vous déplaire;
mais....

Ce qui vient de votre part, reprit-elle, ne me peut
déplaire, et ce qui vous intéresse me touche véritablement.

Ah! charmante La Vallée, reprit Beausson, m'est-
il permis d'ajouter foi à ce discours? Il est un mortel
d'autant plus digne de vous charmer qu'il vous touche
de plus près....

Ma fille rougit en voyant que Beausson était ins-

truit de l'amour de son cousin pour elle, et l'interrompant sur-le-champ : Que prétendez-vous dire,
monsieur? lui dit-elle. Sachez au moins me respecter, et ne point me mettre de moitié dans une ardeur
criminelle que je ne protégeai jamais, et que je dé-
teste depuis que je la connais.

Daignez, répondit-il, pardonner cette erreur à un
homme qui n'est coupable que par suite de sentimens
qui seront peut-être aussi malheureux.

Ma fille, présageant sans doute le dessein de Beausson, et sentant sa faiblesse, se levait pour s'en aller,
quand cet amant, jaloux de ne pas laisser échapper
cette occasion favorable, se précipita à ses genoux
en saisissant une de ses mains :

Oui, je vous adore, belle La Vallée, lui dit-il;
la connaissance que j'avais des sentimens de votre
cousin, votre portrait que j'ai vu entre ses mains, et
que je croyais qu'il tenait de votre tendresse, tout,
depuis long-temps, me condamne à un silence rigoureux. Je ne serais peut-être pas encore maître de l'en-
freindre, si votre indulgence n'avait daigné rassurer
mon inquiétude. L'amour a fait mon crime, daignez
permettre qu'il en soit l'excuse. Je sais que ma fortune ne devrait pas me permettre d'aspirer au bonheur de vous posséder; mais j'ai des espérances....

J'ai des parens, lui dit ma fille en le relevant; c'est
à eux à décider de mon sort. Si j'étais libre, je re-
garderais moins les biens et la figure que le caractère
de la personne qui s'offrirait pour obtenir ma main.

En vain insista-t-il pour obtenir une réponse plus

positive ; il n'épargnait rien de tout ce qui peut fléchir un jeune cœur ; mais que la femme est maîtresse d'elle-même ! Ma fille aimait véritablement Beausson ; par conséquent elle devait trouver du plaisir à lui faire concevoir quelque espérance ; néanmoins, rien de tout ce que put employer ce véritable amant n'eut la force de la faire manquer à son devoir.

Beausson allait s'éloigner dans le plus vif désespoir, quand ma fille, pour le tranquilliser, crut devoir lui dire : Je ne puis vous répondre autrement. Votre sexe peut parler, le nôtre doit se taire. Je dépends de mes parens. Je ne vous défends point de les voir. Si votre alliance leur est agréable, mon obéissance à leurs volontés pourra vous prouver quels sont mes sentimens, plus qu'il ne me serait possible de le faire aujourd'hui par mes paroles.

Cette scène m'avait pénétré ; et, sans trop savoir ce que j'allais faire ou dire, je m'approchai de ces deux jeunes gens sans qu'ils s'aperçussent de ma présence. La nécessité de se séparer commençait à les attendrir ; Beausson prenait la main de sa maîtresse, qui n'osait la lui refuser ; je crus devoir y unir la mienne.

Quelle surprise de la part de l'amant ! quelle confusion du côté de la maîtresse ! Ils étaient tous deux sans parole et sans mouvement. Leurs yeux s'interrogeaient et se demandaient : Qu'allons-nous devenir ?

Je jouis un instant de leur embarras ; mais cédant bientôt à toute la tendresse que j'avais pour ma fille et à toute l'amitié que je portais à Beausson. Remet-

tez - vous, mes enfans, leur dis - je. Je connais votre
cœur, Beausson; je crois lire dans le vôtre, ma
fille; je ne demande qu'à vous rendre heureux l'un et
l'autre; soyez-en persuadés, mes enfans. Mais, ma
fille, il s'agit de me parler sans mystère. Pour vous
donner plus de facilité, M. de Beausson voudra bien
se retirer un instant.

Je ne sentais pas ce que cette précaution avait
de mortifiant pour Beausson. Ma fille ne lui avait
point avoué l'impression qu'il avait produite sur son
cœur, et mon injonction paraissait lui enseigner
que j'en doutais moi-même. Il obéit néanmoins; et
prenant alors ma fille par la main : Ne croyez pas,
lui dis-je, que j'aille vous faire un crime d'une rencontre que je sais être l'effet du hasard. J'estime
M. de Beausson; vous n'ignorez pas que je connais
sa famille; ses qualités personnelles m'en ont fait un
ami précieux; ainsi vous pouvez et vous devez même
me parler sans détour. Il vous aime, je n'en puis
douter, et j'approuve ses desseins; mais l'aimez-
vous? voilà ce qu'il me faut avouer. De la confiance
surtout; vous devez vous rappeler ma façon de penser à votre égard; oubliez pour un instant que je suis
votre père, et répondez à votre ami.

Je vous cacherais en vain, me dit-elle, que, sans
me faire une violence extrême, je n'ai pu déguiser à
Beausson une partie de ce que je sens pour lui. Oui,
mon père, je l'aime; et si depuis quelque temps ma
retraite et ma taciturnité ont pu vous causer quelque
inquiétude, n'en accusez que ces sentimens que j'é-

tais obligée de dévorer. J'ignorais que la tendresse
de ce cavalier eût prévenu la mienne. J'avais même
lieu de soupçonner qu'il ne pensait point à moi. Le
froid qu'il affectait dans toutes ses visites m'accablait.
Je ne pouvais me découvrir sans honte, et cette contrainte me jetait dans un embarras continuel qui a
été la source de vos alarmes. Vous voyez maintenant
toute ma faiblesse ; il ne tient qu'à vous de me la
faire chérir ou d'en faire le malheur de ma vie ; mais,
quoi que vous décidiez, mon respect vous assure de
mon obéissance.

En finissant cet aveu que je n'avais pas eu la force
d'interrompre, ma fille jeta sur moi un coup d'œil
qui semblait autant demander que craindre ma réponse.

Je vous l'ai dit, ma fille, répliquai-je en l'embrassant, j'approuve vos sentimens pour Beausson, et je
suis charmé de ceux qu'il a conçus pour vous ; je
veux les couronner. Ne doutez pas de ma sincérité ;
mais je ne puis tout à coup céder à ma bonne volonté. Il est un cœur que vous avez touché et que je
dois ménager. Votre cousin, en un mot, me prescrit
seul de retarder votre bonheur.

Je me rendis alors avec ma fille à la chambre de
mon épouse, à laquelle je fis part de mes nouvelles
découvertes. Elle en fut enchantée ; mais rien ne put
lui faire approuver ces ménagemens que je croyais
nécessaire de garder pour mon neveu.

Que craignez-vous, me dit-elle, ou qu'espérez-vous ?
Devez-vous permettre à votre neveu de conserver

quelque espoir? Plus vous doutez qu'il perde les sentimens qu'il a eu l'imprudence de concevoir pour
votre fille, et moins il doit trouver en vous de faiblesse. Brusquez cette occasion, je vous prie; c'est
en lui enlevant l'espoir qu'on peut le rendre à la raison; un feu qui n'a plus d'alimens, jette quelques
flammes qui ne font qu'en avancer la fin.

Je sentais toute la solidité de ce raisonnement, et
j'étais fermement résolu de presser l'union de Beausson avec ma fille. Je voulais qu'on l'appelât à l'instant
pour lui faire part de la décision que nous venions
de former; mais mon épouse m'apprit que, n'ayant
pu soupçonner qu'il nous serait nécessaire à la campagne, elle l'avait prié de se rendre aussitôt à Paris
pour y recevoir mon frère, qui devait y arriver dans
le jour.

Je fus d'autant plus mortifié de ce départ précipité,
que ce jeune homme ne pouvait être qu'alarmé de la
conversation secrète que je venais d'avoir avec ma
fille; je me flattais de le tirer de peine à mon retour.
Les affaires de Beausson devaient retarder ce contentement que mon amitié était impatiente de lui
donner.

Nous partîmes peu d'heures après pour nous rendre nous-mêmes à Paris. Nos enfans, qui nous avaient
accompagnés dans ce voyage, revinrent avec nous.
L'aîné m'avait enchanté; je n'avais jamais vu dans un
jeune homme un esprit si satisfait de lui-même. J'a-
vais de plus remarqué que son humeur n'était jamais
plus agréable, plus enjouée, que les jours où j'en-

voyais à Paris et ceux auxquels mes commissionnaires
revenaient. Je me doutais qu'il avait quelque liaison d'amitié qui pouvait opérer ces renouvellemens
de plaisir, quand il recevait des lettres. Je lui en
avais parlé plusieurs fois ; il me répondait ordinairement d'un air badin que, si sa joie ne me faisait point
de peine, je ne devais pas le presser de m'en découvrir le motif. L'instant viendra bientôt, me dit-il le
jour de notre départ, que je serai contraint de vous
ouvrir mon cœur à ce sujet.

Comme je ne voyais rien dans toute sa conduite qui
dût m'alarmer, je le laissais tranquille, et la suite
prouvera que je n'avais point tort. En effet, il aimait
et il était aimé, et cet amour ne pouvait que mériter
mon approbation. Cependant il était dit que, malgré tous les soins que j'apportais pour gagner la
confiance de mes enfans et de mes neveux, je ne devrais jamais qu'à d'autres la connaissance de leurs
sentimens.

En arrivant à Paris, je trouvai mon frère qui venait me consulter sur l'établissement de son fils l'officier. Le jeune militaire était digne de l'intérêt que
je prenais à sa fortune. Car, si l'on excepte un orgueil insupportable, il était doué de mille belles
qualités, que ce seul défaut avait le malheur d'obs-
curcir.

Je me rendis avec mon frère chez M. de Dorsan,
pour avoir de ce seigneur des éclaircissemens sur le
projet de mon frère. Monsieur le comte nous dit qu'il
connaissait la personne dont il était question, que

mademoiselle de Sélinville était riche et aimable.
Nous envoyâmes donc à mon neveu notre consentement. M. de Dorsan, qui devait se rendre au régiment, se chargea de le lui remettre, en nous assurant
que sa présence ne nuirait point aux affaires de ce
jeune homme. Nous engageâmes monsieur le comte
à ramener les nouveaux mariés à Paris, lors de son
retour ; il nous le promit.

A peine cette affaire fut-elle terminée, je songeai
aux moyens de communiquer à Beausson et les sentimens de ma fille et la résolution que, d'accord avec
ma femme, j'avais formée à ce sujet ; mais j'appris
que des affaires personnelles et importantes l'avaient
obligé de partir pour la province, et qu'on ne l'attendait que dans quelques jours.

Pendant cet intervalle, je fus étonné de ne point
voir mon neveu paraître à la maison, surtout pendant
le séjour qu'y faisait son père. En effet, ce père
tendre, qui aimait sincèrement ses enfans, me paraissait affligé de ce que, depuis son arrivée, son fils lui
avait à peine accordé un quart d'heure d'entretien.
Le chagrin de mon frère m'était sensible ; mais j'a-
vais d'autres sujets d'inquiétude sur le compte de ce
jeune homme, qui me tourmentaient bien davantage.
L'absence de Beausson me mettait dans l'impuissance de me confier à personne. Dans cet état, je résolus de parler à mon neveu directement ; et, pour
y parvenir, j'ordonnai un jour de me réveiller le
lendemain de si bonne heure, que je pusse le trouver encore au lit. Cet ordre fut exécuté.

Quelle est donc votre conduite? lui dis-je. Ni votre père ni moi, nous ne vous voyons plus. Conserveriez-vous encore une flamme dont la honte vous empêcherait de soutenir notre présence?

Non, mon oncle, me dit-il. Vos conseils ont fait sur moi une impression à laquelle je ne me croyais pas capable de céder. Je rends justice à votre fille; mais je lui suis infidèle.

Est-ce être infidèle, repris-je vivement, que de devenir raisonnable? Mais, si je prends bien le sens de votre discours, un autre objet vous captive; en êtes-vous aimé?

Oui, mon oncle, répondit-il, et votre fils aîné aime dans la même maison.

Apprenez-moi quels sont les objets, lui dis-je, qui vous ont enchaînés l'un et l'autre, et vous verrez, par mon zèle à avancer votre bonheur, que, sans des raisons aussi puissantes que celles qui me commandaient alors, je ne me serais jamais opposé à vos premiers désirs.

C'est aux demoiselles de Fécour que nous adressons nos vœux, me répondit-il. La mort de leur tante les rend immensément riches. Mon cousin peut être heureux; mais moi, que dois-je espérer? Vous connaissez Fécour, et je n'ai ni bien ni établissement. Tranquillisez-vous, lui dis-je; je ne ménagerai rien pour vous rendre content. Mais je sais que vous avez le portrait de ma fille. Il faut me le remettre; je le dois à Beausson, que je lui destine pour époux.

Il ne balança point à me le rendre, en m'apprenant que ce portrait avait été copié sur celui que j'avais dans mon cabinet, et que le hasard lui avait fait trouver. Il m'avoua aussi que c'était lui qui avait écrit à ma fille, mais que, tant par la crainte de lui déplaire que de peur que cette démarche ne vînt à ma connaissance, il s'était servi d'une main étrangère pour transcrire sa lettre.

On juge combien cette conversation eut de charmes pour moi. Je retrouvais mon neveu tel que je le désirais, et je ne désespérais pas de le rendre heureux. Je le quittai en l'assurant que j'allais faire tous mes efforts pour décider Fécour en sa faveur.

Je fis appeler mon fils, qui sans détour me fit l'aveu de sa passion. Il m'ajouta que monsieur et mademoiselle Fécour l'approuvaient ; et, après quelques reproches sur sa discrétion déplacée à mon égard, je l'assurai que je serais toujours prêt à satisfaire des désirs aussi légitimes.

Comme je parlais à mon fils des arrangemens à prendre pour son établissement, on annonça M. de Beausson. Il venait m'apprendre que l'embarras d'un procès important l'avait empêché de venir nous voir depuis notre retour.

Je viens de le gagner, ajouta-t-il, et je me vois forcé de me rendre en province pour faire exécuter l'arrêt qui me remet en possession d'une partie des biens de mon oncle. Cette faveur ne m'est précieuse qu'autant que vous me permettrez de l'offrir à mademoiselle votre fille. Vous m'avez accordé quelque espérance ; daignez me la confirmer.

Je ne balançai pas à le rassurer. Il avait toute mon estime. Je fus même enchanté de voir mon fils lui sauter au cou et le traiter de beau-frère. Je crus voir la preuve d'un bon naturel dans cette sensibilité de mon fils pour le bonheur d'un ami.

M. de Beausson me demanda la permission de saluer ma femme et ma fille. Je le conduisis à l'appartement de mon épouse, et j'ordonnai d'y faire venir ma fille.

M. de La Vallée, dit-il en abordant ma femme, a daigné flatter une passion trop belle pour que je doive craindre de vous en montrer toute l'ardeur. J'aime mademoiselle votre fille. Tant que je me suis cru un rival que la reconnaissance m'obligeait de considérer, j'ai gardé le silence. Je m'étais alarmé vainement. Je connais mon erreur, et actuellement que je suis détrompé, j'ose vous prier de réaliser mon espérance.

Le bonheur de ma fille, répondit ma femme, sera toujours la règle que je suivrai pour son établissement. Je sais que son cœur est à vous.

Ce commencement d'entretien lia une conversation entre ma fille et son amant, dans laquelle tout ce que la tendresse peut inventer fut répandu avec les grâces que deux personnes gaies, spirituelles et libres, donnent à tout ce qu'elles disent. Beausson était au désespoir d'être contraint de partir, mais il ne pouvait s'en dispenser. Comme nos amans étaient

près de se séparer, j'approchai de ma fille et je lui
donnai son portrait que mon neveu m'avait remis.
Voilà, lui dis-je, une restitution qu'on vous fait; il
ne tient qu'à vous, ma fille, d'en disposer. Elle sentit à merveille le sens de mes paroles, et cette peinture passa aussitôt dans les mains du fortuné Beausson, qui, nous ayant tous embrassés, alla se disposer
pour son voyage. Il nous promit de revenir au plus
tôt, et je l'assurai que je ne mettrais à son bonheur
que les délais nécessaires pour ses arrangemens.

Je communiquai à ma femme les sentimens de mon
fils et de mon neveu pour mesdemoiselles de Fécour;
et, après avoir pris nos mesures de concert, le lendemain je rendis visite au père de ces demoiselles. Je
n'eus point de peine à résoudre avec lui l'hymen de
mon fils et de sa fille; mais le mariage de mon neveu était un article plus délicat. Cependant, après
bien des difficultés, nous convînmes que je céderais
mon intérêt dans les fermes à mon fils en faveur de son
union avec mademoiselle de Fécour, et que Fécour
ferait le même avantage à celle de ses filles qui devait
épouser mon neveu.

Ce double article une fois conclu, on se disposa à
faire la solennité du double mariage. Mon fils demeu-
rant chez moi, mon neveu prit une maison et manda
son frère, qui se rendit à Paris avec sa femme. Ma
jeune nièce joignait beaucoup d'attraits à un bien
capable de soutenir noblement un officier.

Ma joie eût été parfaite, si la fatuité de mes neveux
n'était venue tout à coup la corrompre. En effet, le

cadet ne fut pas plus tôt arrivé, que les deux frères se rendirent chez moi pour me faire visite. La tendresse de leur père ne lui permit pas d'attendre leurs hommages; il descendit dans mon appartement pour les embrasser. Il entra et courut à eux ; mais à peine daignèrent-ils répondre à ses avances. Aveuglés sans doute par leur fortune, et comparant les broderies qui les couvraient avec la noble simplicité des habits de mon frère et de leur père, ils eurent presque l'audace de le méconnaître.

Je ne répèterai point cette révoltante entrevue, dont j'ai donné une idée dans le commencement de ma première partie. La singularité de cette scène ne m'a pas permis de la placer dans son lieu.

Je me contenterai seulement de dire ici que, si le chagrin que me causa l'égarement de ces jeunes gens ne se manifesta alors que par mille ironies, je n'employai ce ton que comme plus propre à faire goûter des vérités qui combattaient l'orgueil, passion la plus favorisée dans ce siècle.

En effet, l'expérience m'a appris qu'on corrige moins un écart en brusquant le caractère de celui qui s'y est livré, qu'en déguisant la sagesse sous le voile d'un léger badinage. Le devoir auquel mes neveux venaient de manquer était trop sacré pour que je ne tâchasse pas de les faire rentrer en eux-mêmes ; mais leurs esprits vifs et bouillans se seraient révoltés si je les eusse attaqués de front, tandis que mes froides saillies les ramenèrent insensiblement. Cependant ce changement fut de peu de durée ; leur fortune

ne fut pas plus tôt établie, qu'ils changèrent de nom
et dépouillèrent en même temps les sentimens de la
nature. La vue de leur père les humiliait, parce qu'il
ne donnait pas dans le faste; et je les mortifiais,
parce que ma présence était un reproche secret du
besoin qu'ils avaient eu de moi. Je dis ceci en passant pour n'y plus revenir.

J'avais écrit à Beausson le bonheur qui allait mettre
le comble à ma fortune. Je me flattais qu'il se rendrait à Paris pour en être témoin; mais, le jour pris
pour cette fête, j'appris qu'il était tombé dangereuse-
ment malade.

Quoique cette nouvelle m'affligeât sensiblement,
je crus, de concert avec ma femme, ne devoir rien
changer aux arrangemens pris, et je cachai cet accident à ma fille. Mais, par un pressentiment intérieur
qui semble inséparable d'un vif amour, elle ne porta,
dans toute la fête qui accompagna le double hymen,
qu'un esprit distrait et mélancolique. Malgré mon
silence, elle devina ce que je lui cachais, et la crainte
de la trop alarmer m'obligea de lui confier l'état
dans lequel était Beausson. Elle me pria d'envoyer
au plus tôt quelqu'un de confiance pour avoir des
nouvelles certaines de sa maladie. Je priai l'officier
d'accompagner son père, qui retournait en Champagne, et je l'engageai à ne point quitter le malade.

Assurez-le, lui dis-je, que, dès que je pourrai
quitter Paris, j'irai moi-même le voir, et que je lui
conduirai sa maîtresse, s'il ne peut venir avant mon
départ.

Mon frère et son fils étant partis, ils m'écrivirent, peu de jours après, qu'à leur arrivée ce jeune homme était dans un état désespéré; mais que les nouvelles qu'ils lui avaient apportées de la constance de ma fille et de ma persévérance dans mes bontés pour lui, avaient fait un tel effet sur sa santé, que chaque jour il reprenait ses forces, et qu'on ne doutait plus qu'il ne fût bientôt totalement rétabli.

Nous partîmes quelque temps après pour celle de mes terres qui se trouvait voisine des biens dans lesquels venait de rentrer M. de Beausson. Le jour de notre arrivée, il se rendit au château, et ce fut là qu'il épousa ma fille. Si j'étais aimé dans ma terre, son nom y était également chéri; ce qui rendit la pompe de ce mariage aussi solennelle que le lieu pouvait le permettre.

Si l'on a bien exactement suivi ma vie jusqu'à cette époque, on a dû voir que j'avais reçu les faveurs de la fortune comme des biens ou dus ou conquis. Je n'avais fait nulle réflexion sur la main qui les distribue à qui et quand il lui plaît. Doit-on en être étonné? Frappé continuellement d'une succession rapide de prospérités, mon esprit en était ébloui; il n'avait point trouvé l'instant favorable pour y faire attention. Il était temps que quelque chose d'extraordinaire me rappelât à moi-même, et même malgré moi. Car, quoique dégagé de tout embarras, j'étais trop enivré du charme de la prospérité, pour ouvrir mes yeux à la véritable lumière. Il me fallait un objet étranger pour me dessiller les yeux. Je vais le trouver,

8.   29

et ce sera la source du commencement de mon bonheur.

Il me restait un fils à établir qui entrait dans sa seizième année. Ses talens étaient bornés ; mais un esprit juste, une réflexion solide, un caractère sérieux et au-dessus de la dissipation, me charmaient en lui. J'avais mille projets sur son établissement ; je crus qu'après celui de son frère et de sa sœur, il était temps de les lui communiquer pour me régler sur son inclination.

Mon fils, lui dis-je un jour, vous êtes le seul maintenant qui réclamiez mes soins. Les biens que je dois vous laisser, vous assurent un état d'aisance que l'oisiveté même ne pourrait pas compromettre. Mais qu'est-ce qu'un homme oisif ? Un citoyen inutile, un fardeau à charge à soi-même et aux autres. Telle est l'idée que vous devez vous former d'une personne qui passe sa jeunesse sans rien faire. On n'y pense pas à votre âge. Je n'étais pas destiné comme vous à de grands emplois. Je n'y fus pas formé de bonne heure. Que ne m'en a-t-il point coûté, quand, dans un temps où tout doit être appris, je dus commencer les élémens de tout ! Instruit par cette expérience, je veux vous guider mieux que je n'ai été guidé moi-même. Choisissez l'état qui vous conviendra : la finance, la robe, l'épée, peu m'importe ; mais je veux savoir votre résolution.

Je voudrais entrer dans vos vues, me dit-il ; je me vois à regret obligé de m'en éloigner. Le respect seul a pu jusqu'à présent me forcer au silence, et ma

mère, confidente de mes inclinations, a cru devoir
m'empêcher de vous découvrir mes désirs. Je sais
que la fortune peut me favoriser; mais ses biens n'ont
point d'attraits pour moi. L'amour n'a pas plus de
force sur mon cœur. La retraite et le célibat, voilà
toute mon ambition.

Que dites-vous? m'écriai-je. Quoi! ma femme entre
dans vos idées? Mais vous, mon fils, connaissez-vous
bien ce genre de vie, où l'homme, tout entier à son
état et aux autres, n'est plus à soi que pour se combattre? Il ne peut se vaincre qu'en se contrariant sans
cesse; et s'il fléchit, il devient malheureux. Regardez
le cloître comme un monde, d'autant plus dangereux
qu'il est plus resserré. Les troubles, les agitations,
les passions de la société, que vous voulez éviter en
vous enterrant dans la solitude, s'y reproduisent et y
germent avec d'autant plus de force qu'elles y sont
plus comprimées. L'envie s'y couvre, comme à la
cour, du voile de l'amitié; l'ambition s'y déguise
sous le masque de l'humilité. Tout y est fard, tout
y est ruse, comme dans le monde; on peut n'y pas
donner dans ces excès, j'en conviens; mais, si vous
avez le bonheur de les éviter, êtes-vous sûr de ne pas
éprouver leur fureur? L'homme est homme partout;
voilà ce que vous devez penser. La faiblesse est inséparable de son être; les défauts que vous ne reconnaîtrez pas en vous peuvent se trouver dans les autres,
et y conspirer contre votre intérêt. Pesez ces réflexions, mon cher fils; la seule tendresse me les
dicte; mais ne croyez pas que je prétende gêner vos

inclinations. Consultez votre mère, interrogez-vous vous-même, et je consentirai à tout ce qui vous paraîtra propre à procurer votre bonheur, unique objet de mes vœux depuis votre naissance.

Je tentai souvent, malgré mes promesses, de détourner mon fils d'une résolution qui me faisait trembler; mais rien ne fut capable de changer ses sentimens. Je fus donc forcé de le laisser partir; et, peu de temps après, il commença son temps d'épreuves. L'amitié que j'ai toujours eue pour mes enfans, m'engagea à passer cette année à la campagne. Je l'allais voir fréquemment, et je me flattais que je viendrais à bout d'ébranler sa persévérance. Je l'avoue néanmoins, le commerce que j'eus pendant cet intervalle avec ces reclus, me porta presqu'à changer de sentiment sur leur compte. Je dus même à leur conversation l'avantage de faire quelques réflexions sur mes premières années. Mais enfin, je n'en étais pas moins opiniâtre à traverser le projet de mon fils. En dépit de tout, il consomma son sacrifice avec une générosité qui surprit autant qu'elle charma l'assemblée.

J'avais réuni ma famille pour assister à cette cérémonie; M. de Dorsan avait eu la bonté de s'y rendre avec la sienne, et quoique personne ne pût refuser des larmes à la jeunesse et à la beauté de la victime, mon fils eut le courage de retenir les siennes. Ce ne fut qu'après la consommation du sacrifice qu'il donna quelque chose à la nature, et encore ne fut-ce qu'au moment de notre départ.

Je me rendis à ma terre. Là, plein des réflexions
que ce spectacle m'avait inspirées, je commençai à
porter sérieusement les yeux sur cette espèce d'insensibilité dans laquelle j'avais vécu jusque-là sur les
affaires du salut. J'en compris l'importance ; j'aurais
voulu pouvoir me décider à vivre auprès de ce cher
enfant ; je compris que son voisinage me serait utile ;
je sentais même que sa présence m'était nécessaire ;
mais je n'osais proposer à ma femme de s'enterrer
dans une province.

Nous revînmes à Paris. J'y achevai d'arranger mes
affaires avec mes enfans. Je les voyais tous dans
une position heureuse, et moi dans une opulence
considérable et libre de tout embarras. Bientôt mon
idée de retraite vint me tourmenter de nouveau. Une
force secrète me portait à la réaliser ; mon épouse
me paraissait seule un obstacle invincible. Je craignais que, faite au grand monde, elle ne regardât
mon projet comme une folie ; mais il était dit que
l'amour et la fortune s'accorderaient en ma faveur
jusque dans les moindres choses pour contenter mes
désirs.

Je n'osais donc lui déclarer mes idées, quand mon
aimable femme, me voyant un jour plus rêveur qu'à
l'ordinaire, crut devoir m'en demander le motif. Je
balançais ; et, cédant à mes craintes, qui croissaient
à proportion qu'elle me pressait davantage, j'allais,
je crois, la refuser, quand ses larmes me forcèrent
à rompre le silence.

Tendre épouse, lui dis-je, prenez pitié de mon

embarras, et ne m'obligez pas à vous le découvrir. Cette connaissance ne peut que vous faire peine. Vous m'êtes également chère, je vous aime avec la même ardeur....

A quoi bon ce préambule, et que m'annonce-t-il? me dit-elle. Doutez-vous de ma tendresse, et puis-je soupçonner la vôtre? Pourquoi donc ne suis-je plus digne de votre confiance?

Vous l'avez tout entière, lui répondis-je; et si je pouvais augmenter les preuves que vous avez de ma déférence à vos volontés, je le ferais à l'instant. Mais vous le dirai-je? cette déférence même fait aujourd'hui mon supplice. Accoutumée à figurer dans le grand monde, vous y devez vivre, et la retraite commence à avoir des attraits pour moi. J'envisage la rapidité avec laquelle la fortune m'a prodigué ses faveurs. Elle m'a surpris, elle a ravi toute mon admiration. Seule, jusqu'ici, elle a eu mes vœux et ma reconnaissance; je ne les ai point fait remonter plus haut. Le dévouement de mon fils m'a ouvert les yeux; il a porté un certain trouble en mon âme: j'ai cru entrevoir ce que le ciel exigeait; je voudrais lui obéir. Le bruit et le tumulte de la ville me paraissent moins propres à l'exécution de ce dessein que la douce tranquillité de la campagne; et, quand je désire de vivre en province, la crainte de vous déplaire ou de vous gêner me retient à Paris.

Non, cher époux, me dit cette femme adorable, le dessein que vous avez pris ne me fâche point. Partout où vous serez, mon bonheur sera parfait.

Je la priai de ne pas contraindre ses inclinations avec un homme qui n'aurait jamais d'autre félicité que celle qu'elle partagerait ; mais elle me déclara que le séjour de la ville n'avait jamais eu d'attraits pour elle, et que, pendant son veuvage, elle demeurait presque toujours en province.

Nous nous arrangeâmes donc de concert, et, après avoir cédé ma maison à mon fils aîné, qui possédait déjà mon emploi, nous nous rendîmes dans le lieu de ma naissance, où, depuis plus de vingt ans, nous menons une vie heureuse et tranquille.

Chaque jour je vois ma famille prospérer et s'agrandir. M. le comte de Dorsan, auteur de ma fortune, a la bonté de venir souvent nous visiter. L'aimable Dorville, qu'il a épousée, est intimement liée avec ma femme, et c'est dans cette société charmante que nous goûtons un bonheur que je n'ai jamais trouvé dans le tumulte du grand monde.

C'est là que j'ai commencé à rédiger mes mémoires ; c'est là que je les continue avec la même sincérité. Si j'avais été capable de manquer à la vérité, j'aurais tâché de dérober au public la connaissance de l'ingratitude de mes neveux, qui, sans respecter les lois de la nature ni celles de l'honneur, méconnaissent leur père, et ont oublié les bienfaits de leur oncle.

Cette épreuve, toute sensible qu'elle doive être, n'altère point mon repos. J'en gémis pour eux sans en être plus agité.

On a dû le reconnaître, personne n'a poussé la fortune plus loin que moi ; mais qu'étais-je dans le

moment de ma plus grande prospérité? Un homme
rassasié de jouissances sans en être satisfait, et malheureux par de nouveaux désirs, quand tous ceux
que j'aurais pu naturellement former étaient de bien
loin surpassés. Aujourd'hui, mûri par l'expérience et
par la réflexion, libre du joug des passions, indépen-
dant du caprice des hommes, je suis heureux au sein
d'une famille heureuse; et, tout entier à des pensées
sérieuses et consolantes, j'envisage sans effroi le terme
déjà bien rapproché d'une carrière qui n'a pas été
sans honneur ni sans utilité pour mes semblables [1].

---

[1] *D'une carrière qui n'a pas été sans honneur ni sans utilité pour
mes semblables.* Il est malheureusement trop facile de voir que cette
huitième partie n'est ni de Marivaux ni de l'ingénieuse continua-
trice de *Marianne*. Les réflexions en sont communes, et tous les
soins qu'a mis l'éditeur à faire disparaître les fautes de français et
les incorrections les plus choquantes, n'empêcheront pas un lecteur
attentif de reconnaître que cette fin du *Paysan parvenu* ne peut
être l'ouvrage que d'un mercenaire qui aura obtenu au rabais l'honneur de gâter, en le terminant, l'un des plus agréables et des plus
instructifs romans de notre langue. La première pensée de l'éditeur
avait été de le supprimer entièrement; mais, toute réflexion faite,
il a préféré le conserver. Il n'en est pas d'un roman comme d'un
poëme ou d'un tableau. Un poëme qui ne serait point achevé devrait rester imparfait, le mérite de ce genre d'ouvrage consistant
particulièrement dans la versification : on a essayé de faire un trei-
zième livre à *l'Énéide,* et l'auteur de cette tentative malheureuse
n'a recueilli que le ridicule pour prix de son travail. Qui oserait
aujourd'hui mettre la dernière main à un tableau non terminé de
David ou de Girodet? Dans un roman, au contraire, l'auteur a
principalement en vue d'exciter vivement la curiosité par le récit
d'événemens dont, à quelque prix que ce soit, on veut connaître
les derniers résultats. Si le romancier, prévenu par la mort ou ar-

rêté par tout autre motif, laisse sa narration interrompue, son ouvrage est privé de sa partie la plus satisfaisante, du dénouement. Un roman est écrit en prose; la prose n'a rien de désespérant. Si la disparate de style devient trop sensible dans la continuation, c'est un malheur sans doute, mais qui se trouve racheté par l'avantage d'offrir au lecteur le complément des aventures des principaux personnages, telles à peu près que l'on suppose, sur les précédens et sur les insinuations antérieures, que l'auteur les eût lui-même combinées. C'est cette considération qui a influé sur le parti pris par l'éditeur de conserver cette fin du *Paysan parvenu*. Les faits y sont du moins assez bien récapitulés; la position de toutes les personnes qui ont figuré dans le roman y est arrêtée; enfin l'on a un ensemble, un tout: c'est l'essentiel. Si l'on veut se donner la peine de comparer avec cette édition les éditions précédentes, on s'apercevra que l'on a usé envers le continuateur de Marivaux d'une grande liberté de corrections et de changemens, et nous ne voyons pas qui aurait droit de se plaindre de ce que, dans la collection complète des œuvres d'un écrivain presque toujours aussi pur qu'ingénieux, on n'a pas jugé à propos de comprendre une centaine de locutions barbares, et autant de réflexions niaises, d'un écrivain étranger.

FIN DU ROMAN DU PAYSAN PARVENU

ET DU TOME HUITIÈME

TABLE

DES MATIÈRES CONTENUES DANS CE VOLUME.

FIN DE LA TABLE DU HUITIÈME VOLUME.